GÉLIDO

Obras da autora publicadas pela Editora Record

Série Rizolli & Isles

O cirurgião
O dominador
O pecador
Dublê de corpo
Desaparecidas
O Clube Mefisto
Relíquias
Gélido
A garota silenciosa
A última vítima
O predador
Segredo de sangue
A enfermeira

Vida assistida
Corrente sanguínea
A forma da noite
Gravidade
O jardim de ossos
Valsa maldita

Com Gary Braver

Obsessão fatal

TESS GERRITSEN

GÉLIDO

Tradução de
Ricardo Quintana

4ª edição

EDITORA RECORD
RIO DE JANEIRO • SÃO PAULO
2025

CIP-BRASIL. CATALOGAÇÃO NA FONTE
SINDICATO NACIONAL DOS EDITORES DE LIVROS, RJ

Gerritsen, Tess.
G326g   Gélido / Tess Gerritsen; tradução de Ricardo Quintana. – 4ª ed. –
4ª ed. Rio de Janeiro: Record, 2025.

Tradução de: Ice Cold
ISBN 978-85-01-09232-8

1. Ficção americana. I. Quintana, Ricardo. II. Título.

13-2176   CDD: 813
CDU: 821.111(73)-3

Título original em inglês:
Ice Cold

Copyright © 2010 by Tess Gerritsen

Texto revisado segundo o novo Acordo Ortográfico da Língua Portuguesa.

Todos os direitos reservados. Proibida a reprodução, no todo ou em parte, através de quaisquer meios. Os direitos morais da autora foram assegurados.

Editoração eletrônica: Abreu's System

Direitos exclusivos de publicação em língua portuguesa somente para o Brasil adquiridos pela
EDITORA RECORD LTDA.
Rua Argentina, 171 – Rio de Janeiro, RJ – 20921-380 – Tel.: 2585-2000,
que se reserva a propriedade literária desta tradução.

Impresso no Brasil

ISBN 978-85-01-09232-8

Seja um leitor preferencial Record.
Cadastre-se e receba informações sobre nossos lançamentos e nossas promoções.

Atendimento e venda direta ao leitor:
sac@record.com.br

Para Jack R. Winans
Kearny High School, San Diego

As lições que você me ensinou vão durar a vida inteira.

1

PLAIN OF ANGELS, IDAHO

Ela era a escolhida.

Durante meses, ele havia estudado a garota, desde que ela e a família se mudaram para o complexo. Seu pai era George Sheldon, carpinteiro medíocre que trabalhava em construções. A mãe, mulher pouco marcante e sem graça, fora encaminhada para a padaria comunitária. Os dois estavam desempregados e desesperados quando entraram pela primeira vez na igreja, em Idaho Falls, procurando consolo e salvação. Jeremiah os olhara nos olhos e logo entendera tudo: eram almas perdidas em busca de uma âncora, qualquer uma.

Estavam maduros para a colheita.

Agora, os Sheldon e a filha, Katie, moravam na Casa C, do recém-construído conjunto habitacional Calvary. Todo domingo, sentavam-se no banco que lhes fora designado, na 14ª fila. No jardim da frente, tinham plantado malvas e girassóis, as mesmas flores alegres que adornavam todos os outros jardins. Logo se mesclaram às outras 64 famílias da congregação, que trabalhavam, rezavam e, todo domingo, compartilhavam o pão juntas.

Contudo, os Sheldon eram únicos no que dizia respeito a um fato importante: tinham uma filha extraordinariamente bela, aquela que ele não conseguia parar de olhar.

Da janela, Jeremiah podia vê-la no pátio da escola. Era o intervalo do meio-dia, e os alunos zanzavam do lado de fora, aproveitando o dia cálido de setembro; os garotos de camisa branca e calças pretas, e as meninas em seus longos vestidos de tom pastel. Todos pareciam saudáveis e coloridos pelo sol, como deviam ser todas as crianças. Mesmo entre aquelas garotas com jeito de cisne, Katie Sheldon se destacava, com os cachos impecáveis e a risada sonora. Como as meninas mudavam depressa, pensou ele. Em apenas um ano, ela havia passado de criança a jovem esbelta. Os olhos luminosos, os cabelos reluzentes e as bochechas coradas eram sinais de fertilidade.

Ela estava entre duas garotas, à sombra de um carvalho. Traziam as cabeças inclinadas, como as Três Graças sussurrando segredos. Em torno delas, rodopiava a energia do pátio da escola, onde os alunos tagarelavam, brincavam de amarelinha e chutavam uma bola de futebol.

De repente, Jeremiah notou um garoto indo em direção às três meninas e franziu o cenho. Tinha cerca de 15 anos, cabelos louros embaraçados e pernas compridas, já maiores que as calças. No meio do pátio, ele parou, como se tomando coragem para continuar. Depois, levantou a cabeça e caminhou em direção às meninas. Em direção a Katie.

Jeremiah se aproximou mais da janela.

Quando o garoto chegou perto, Katie levantou a cabeça e sorriu de forma simpática e inocente para o colega, que só tinha uma coisa na cabeça. Sim, Jeremiah podia adivinhar o que estava na mente do menino. *Pecado. Imundície.* Eles começaram a conversar, Katie e o garoto, enquanto as outras duas colegas se afastavam deliberadamente. Não conseguia ouvir a conversa, por causa do barulho no pátio, mas reparou na inclinação atenta da cabeça de Katie e na forma charmosa como tirou o cabelo dos ombros. Viu o garoto se dobrar mais em sua direção, como se sentisse e saboreasse seu perfume. Aquele não era o fedelho dos McKinnon? Adam ou Alan. Uma coisa assim. Havia tantas famílias agora morando no complexo, com tantos filhos, que não conseguia se lembrar do nome de todos. Olhou com raiva para os dois, apoiando-se na janela com tanta força que as unhas perfuraram a pintura.

Deu meia-volta e saiu da sala, descendo a escada ruidosamente. A cada passo, os dentes ficavam mais cerrados, a acidez queimando um buraco no estômago. Saiu do prédio como uma flecha, mas parou antes de cruzar o portão do pátio, lutando para recuperar o controle.

Aquilo não ia adiantar. Demonstrar raiva não seria conveniente.

O sino da escola tocou, chamando os alunos de volta às salas. Continuou tentando se acalmar, respirando fundo. Concentrou-se na fragrância do feno recém-cortado e do pão sendo assado na cozinha comunitária. Do outro lado do complexo, onde o novo salão de culto estava sendo construído, vinham o ruído de uma serra e o eco dos tantos martelos fixando pregos. Sons virtuosos de trabalho honesto, de uma comunidade se esforçando para glória maior do Senhor. E eu sou o seu pastor, pensou ele; eu mostro o caminho. Veja como já estão adiantados! Bastava apenas um olhar em torno do vilarejo que prosperava, em direção às 12 casas novas em construção, para perceber como a congregação florescia.

Por fim, abriu o portão e entrou no pátio. Passou pela sala do ensino básico, onde as crianças cantavam a música do alfabeto, e entrou na do ensino médio.

A professora o viu e deu um pulo da cadeira, surpresa.

— Profeta Goode, que honra! — exclamou ela. — Não sabia que o senhor vinha nos visitar hoje.

Ele sorriu, e a mulher ruborizou, encantada com aquela atenção.

— Irmã Janet, não precisa se preocupar comigo. Só quis entrar para dizer olá a sua turma. E ver se todos estão gostando do novo ano escolar.

Ela sorriu para os alunos.

— Não é uma honra ter o Profeta Goode nos visitando em pessoa? Deem as boas-vindas a ele, todos!

— Bem-vindo, Profeta Goode — responderam os alunos a uma só voz.

— O ano escolar está bom para todos vocês? — perguntou ele.

— Sim, Profeta Goode — disseram eles mais uma vez juntos. A resposta soou tão perfeita que parecia ensaiada.

Katie Sheldon, observou, sentava-se na terceira fila. Ele também notou que o garoto louro, que havia flertado com ela, ocupava a carteira imediatamente atrás. Jeremiah começou a andar pela sala de aula, vagarosamente, balançando a cabeça e sorrindo, enquanto examinava desenhos e redações dos alunos pendurados nas paredes. Como se realmente se importasse. Toda sua atenção estava concentrada em Katie, sentada modestamente a sua carteira; o olhar baixo, como convinha a uma garota modesta.

— Eu não tenho a intenção de interromper a sua aula — disse ele. — Por favor, continue o que estava fazendo. Finja que não estou aqui.

— Está bem — concordou a professora, pigarreando. — Crianças, abram, por favor, o livro de matemática na página 203. Completem os exercícios dos números 10 ao 16. E quando terminarem, vamos conferir as respostas.

Enquanto se ouvia o ruído dos lápis e das folhas de papel, Jeremiah passeava pela sala. Os alunos se sentiam intimidados demais para olharem em sua direção, mantendo os olhos fixos nas carteiras. A matéria era álgebra, algo que nunca se interessara em dominar. Ele parou ao lado do garoto louro que havia demonstrado tão claramente o interesse por Katie e, olhando por cima de seus ombros, viu o nome escrito no livro de exercícios. *Adam McKinnon*. Um problema com o qual teria de lidar mais tarde.

Depois, foi em direção à carteira de Katie, onde parou e olhou também por cima de seus ombros. Nervosa, ela escreveu uma resposta e depois a apagou. Um pedaço do pescoço aparecia por sob os cabelos, e a pele foi tingida por um forte tom de vermelho, como se chamuscada pelo olhar dele.

Inclinando-se mais para perto, sentiu-lhe o perfume, e um calor inundou suas partes íntimas. Não havia nada mais delicioso que o aroma da pele de uma garota nova, e o daquela era o mais doce de todos. Através do tecido da parte de cima do uniforme, podia ver o contorno dos seios que já despontavam.

— Não se aflija tanto, querida — sussurrou ele. — Eu também nunca fui muito bom em álgebra.

Ela ergueu os olhos, e o sorriso que lhe deu foi tão encantador que o deixou sem fala. *Sim. Essa é a garota.*

Flores e fitas enfeitavam os bancos e pendiam em cascatas das altas vigas do recém-construído salão de culto. Havia tantas flores que o local parecia o próprio Jardim do Éden, perfumado e tremulante. Enquanto a luz da manhã penetrava pelas rosáceas, duzentas vozes radiantes cantavam hinos de louvor.

Pertencemos a Vós, oh Senhor. Abundante é Vosso rebanho e generosa Vossa colheita.

As vozes diminuíram, e o órgão tocou de repente uma fanfarra. A congregação se virou a fim de olhar para Katie Sheldon, paralisada sob o portal, piscando em confusão, com todos aqueles olhares voltados para ela. Usava o vestido com rendas que a mãe havia feito para ela, e os sapatos novos de cetim branco despontavam sob a bainha. Na cabeça, estava pousada uma coroa virginal, de rosas brancas. O órgão voltou a tocar, e a congregação aguardava ansiosa, mas Katie não se movia. Não queria fazê-lo.

Foi o pai que a forçou a dar o primeiro passo. Pegou-a pelo braço, enterrando-lhe os dedos na carne, em um comando inequívoco. *Não ouse me envergonhar.*

Ela começou a andar; os pés dormentes dentro dos belos sapatos de cetim, enquanto se movia em direção ao altar que pairava adiante. Em direção ao homem que o próprio Deus proclamara que seria seu marido.

Katie tinha vislumbres de rostos familiares nos bancos: professores, amigos, vizinhos. Lá estavam a Irmã Diane, que trabalhava na padaria com sua mãe, e o Irmão Raymond, que cuidava das vacas, cujos flancos macios ela gostava de acariciar. E sua mãe, de pé diante do primeiro banco, onde jamais estivera antes. Era o lugar de honra, a fila onde apenas os membros mais favorecidos da congregação podiam sentar. Parecia orgulhosa, tão orgulhosa, vestida como uma rainha e usando também uma coroa de rosas.

— Mamãe — sussurrou Katie. — Mamãe.

Contudo, a congregação dera início a um novo hino, e ninguém a ouvia em meio à cantoria.

No altar, o pai enfim soltou o braço da menina.

— Seja boazinha — murmurou ele, afastando-se para ir se juntar à mãe.

Ela se virou para o seguir, mas sua fuga foi impedida.

O Profeta Jeremiah Goode se pôs em seu caminho e pegou-lhe sua mão.

Como os dedos dele pareciam quentes contra a pele fria dela. E como a mão parecia grande, envolvendo a dela, como se estivesse presa no aperto de um gigante.

A congregação começou a cantar a marcha nupcial. *União jubilosa, abençoada no céu, indissolúvel aos olhos do Senhor!*

O Profeta Goode a puxou mais para perto, e ela choramingou de dor quando os dedos dele apertaram sua carne como garras. *Você é minha agora, unida a mim pela vontade de Deus,* foi o que aquele apertão disse a ela. *Tem que me obedecer.*

Ela se virou a fim de olhar o pai e a mãe. Silenciosamente, implorou-lhes que a tirassem dali e a levassem para casa, onde era seu lugar. Ambos sorriam enquanto cantavam. Examinando o salão, procurava por alguém que a resgatasse daquele pesadelo, mas tudo que viu foi um vasto mar de sorrisos de aprovação e cabeças assentindo. Um ambiente onde a luz do sol brilhava sobre pétalas de flores, onde duzentas vozes cresciam com a canção.

Um lugar onde ninguém ouvia, onde ninguém queria ouvir os gritos silenciosos de uma garota de 13 anos.

2

DEZESSEIS ANOS DEPOIS

Eles haviam chegado ao fim do relacionamento, mas nenhum dos dois admitia. Em vez disso, falavam sobre as ruas alagadas pela chuva e como o trânsito estava ruim naquela manhã, e a possibilidade de o voo que ela pegaria no aeroporto Logan estar atrasado. Não falavam sobre o que lhes pesava no espírito, embora Maura Isles pudesse ouvir tudo na voz de Daniel Brophy e mesmo na sua, tão uniforme, derrotada. Ambos tentavam fingir que nada havia mudado entre eles. Não, estavam apenas exaustos por passar metade da noite acordados, presos à mesma conversa dolorosa, que havia se tornado o refrão que precedia o ato amoroso. A conversa que sempre a deixava carente e exigente.

Se ao menos você pudesse ficar aqui comigo toda noite. Se ao menos a gente pudesse acordar juntos toda manhã.

Mas eu estou aqui e agora, Maura.

Mas não por inteiro. Não até você se decidir.

Pela janela, Maura observava os carros atravessando o temporal. Daniel não consegue se decidir, pensou. E mesmo que se decidisse por mim, mesmo que abandonasse o sacerdócio, a sua preciosa igreja, a culpa seria sempre uma presença entre nós, nos encarando como uma amante invisível. Observava o limpador de para-brisa empurrando a água para os lados, e a luz sombria lá fora se adequava a seu estado de espírito.

— Você vai chegar em cima da hora — disse ele. — Fez seu check-in on-line?

— Fiz ontem. Estou com o cartão de embarque.

— Ok. Com isso você ganha uns minutos.

— Mas preciso despachar a mala. Não deu para colocar as roupas de inverno na bagagem de mão.

— Seria mais lógico escolher um lugar mais quente e ensolarado para um congresso médico. Por que Wyoming em novembro?

— Dizem que Jackson Hole é linda.

— Bermuda também.

Ela arriscou um olhar para ele. A penumbra do carro escondia as rugas de preocupação em seu rosto, mas Maura pôde ver o aumento de fios brancos no cabelo. Em um ano apenas, como envelhecemos, pensou. O amor nos envelheceu.

— Quando eu voltar, vamos para algum lugar quente juntos — sugeriu ela. — Só por um fim de semana. — Ela deu um sorriso displicente. — Pelo amor de Deus, vamos esquecer o mundo e viajar por um mês.

Ele permaneceu em silêncio.

— Ou isso é pedir demais? — perguntou ela, em voz baixa.

Ele deu um suspiro de cansaço.

— Mesmo a gente querendo esquecer o mundo, ele vai continuar aí. E temos que retornar para ele.

— Nós não *temos* que fazer nada.

O olhar que Daniel lançou para ela foi infinitamente triste.

— Você não parece acreditar muito nisso, Maura — observou, voltando o olhar para o tráfego. — E nem eu.

Não, pensou ela. Nós dois só acreditamos em ser insuportavelmente responsáveis. Eu vou para o trabalho todo dia, pago minhas contas sem atraso e faço o que o mundo espera de mim. Posso ficar tagarelando o quanto quiser sobre fugir com ele e fazer alguma coisa louca e irresponsável, mas sei que nunca vou. E nem Daniel.

Ele estacionou em frente ao terminal de embarque. Por um momento, ficaram sentados sem olhar um para o outro. Ela concentrou-se nos outros passageiros, de pé na fila do check-in, que ia até a calçada. Todo mundo enfiado em capas de chuva, como participantes de um funeral numa manhã chuvosa de novembro. Ela não queria sair do carro quente e se juntar àquela multidão de viajantes desanimados. Em vez de pegar esse voo, podia pedir a ele que me levasse de volta para casa, pensou. Se tivéssemos mais algumas horas para conversar sobre isso, talvez pudéssemos encontrar uma forma de fazer com que as coisas funcionassem entre nós.

Uma batida de dedos no para-brisa, e ela viu um policial do aeroporto os fulminando com o olhar.

— Aqui é só para desembarque — vociferou ele. — Você tem que tirar o carro daqui.

Daniel baixou o vidro.

— Só estou a deixando.

— Então faça isso.

— Vou pegar a sua bagagem — avisou ele, saindo do automóvel.

Por um momento, os dois ficaram tremendo juntos no meio-fio, silenciosos em meio à cacofonia de ônibus barulhentos e apitos de trânsito. Se ele fosse meu marido, pensou ela, nos despediríamos nos beijando bem aqui. No entanto, por muito tempo, eles haviam escrupulosamente evitado qualquer manifestação pública de afeto, e, embora Daniel não estivesse usando o colarinho de clérigo àquela manhã, mesmo um abraço parecia perigoso.

— Eu não tenho que ir a esse congresso — disse ela. — Podíamos passar a semana juntos.

Ele suspirou.

— Maura, eu não posso simplesmente desaparecer durante uma semana.

— Quando vai poder?

— Preciso de tempo para tirar uma licença. A gente vai viajar, prometo.

— Mas tem sempre que ser em outro lugar, não é? Onde ninguém conheça a gente. Pelo menos uma vez, eu queria passar uma semana com você sem ter que *viajar*.

Ele olhou para o policial, que estava vindo novamente na direção deles.

— Vamos conversar sobre isso quando você voltar, na semana que vem.

— Senhor — gritou o policial. — Tire o seu carro daí *agora*.

— Claro que vamos conversar. — Ela riu. — Nós somos bons de conversa, não? Parece que isso é tudo o que a gente sabe fazer — completou, enquanto pegava a mala.

Ele tentou segurar-lhe o braço.

— Maura, por favor. Não vamos nos separar assim. Você sabe que eu te amo. Só preciso de tempo para resolver as coisas.

Ela viu a dor estampada em seu rosto. Todos aqueles meses de farsa, indecisão e culpa haviam deixado cicatrizes e ofuscado qualquer prazer que ele pudesse sentir ao lado dela. Maura podia tê-lo reconfortado com apenas um sorriso, um aperto tranquilizador no braço, mas, naquele momento, não conseguia enxergar nada além da sua própria dor. Só pensava em retaliação.

— Acho que não temos mais tempo — afirmou ela, afastando-se em direção ao terminal.

No instante em que as portas de vidro se fecharam atrás dela, Maura se arrependeu de suas palavras. Porém, quando se virou para olhar, ele já estava entrando no carro.

* * *

As pernas do homem estavam abertas, expondo testículos rompidos e pele das nádegas e do períneo queimada. A foto de necrotério aparecera na tela sem qualquer aviso prévio do palestrante; apesar disso, ninguém sentado na penumbra do salão de conferências do hotel soltou nada além de um murmúrio de consternação. Aquela plateia estava habituada à visão de corpos destruídos e despedaçados. Para quem já viu e tocou em carne carbonizada e está acostumado com seu cheiro, uma estéril apresentação de slides proporciona poucos horrores. Na verdade, o homem de cabelos brancos sentado ao lado de Maura tinha cochilado várias vezes, e, na semiescuridão, ela podia ver sua cabeça balançando, enquanto oscilava entre o sono e a vigília, imune à sequência de fotos grotescas exibidas na tela.

— O que vocês veem aqui são ferimentos típicos, resultantes de carros-bomba. A vítima era um empresário russo, de 45 anos, que entrou no seu Mercedes uma manhã. Um belo Mercedes, diga-se de passagem. Quando virou a chave na ignição, acionou a carga de explosivos que tinha sido colocada embaixo do assento. Como vocês podem ver pela radiografia...

O palestrante clicou no mouse, e o próximo slide do PowerPoint apareceu na tela. Era a radiografia de uma pélvis, partida no púbis. Lascas de osso e metal haviam penetrado nos tecidos moles.

— A força da explosão fez com que fragmentos do carro penetrassem no períneo, rompendo o escroto e quebrando o túber isquiático. Lamento dizer que ferimentos em decorrência de explosivos, como esses, estão se tornando cada vez mais comuns, especialmente nessa época de ataques terroristas. Essa era uma bomba muito pequena, para matar só o motorista. Quando entramos na questão do terrorismo, estamos falando de explosões muito mais fortes, com muitas vítimas.

Mais uma vez, ele clicou no mouse, e uma foto de órgãos arrancados apareceu, reluzentes como ofertas de açougue sobre um pano cirúrgico verde.

— Às vezes, não se veem muitas evidências de danos externos, mesmo quando os internos são fatais. Esse é o resultado de um ataque suicida num café de Jerusalém. A garota de 14 anos sofreu ferimentos perfurocortantes generalizados nos pulmões, além de perfurações nas vísceras abdominais. O rosto, porém, ficou intacto. Quase angelical.

A foto seguinte arrancou as primeiras reações audíveis da plateia, murmúrios de tristeza e incredulidade. A garota parecia descansar serenamente, o rosto incólume sem linhas e despreocupado, os olhos escuros aparecendo sob cílios espessos. No final das contas, não foi o sangue que chocou o salão cheio de patologistas, mas a beleza. Aos 14 anos, no momento da morte, ela estaria pensando em alguma tarefa da escola, talvez. Ou em um vestido bonito. Ou em um garoto que vira de relance na rua. Nunca imaginaria que seus pulmões, seu fígado e seu baço seriam em breve colocados sobre uma mesa de necropsia, ou que um salão contendo duzentos patologistas ficaria um dia boquiaberto diante de sua imagem.

Quando as luzes se acenderam, a plateia ainda estava amortecida. Enquanto os outros saíam em fila, Maura permaneceu em seu assento, olhando as anotações que fizera num bloco sobre bombas de pregos, pacotes-bomba, carros-bomba e bombas enterradas. Quando se tratava de fazer o mal, a engenhosidade do homem não conhecia limites. Nós somos tão bons em matar uns aos outros, pensou ela. No entanto, falhamos miseravelmente no amor.

— Desculpe. Por um acaso você não é Maura Isles?

Ela olhou para um homem que havia levantado de seu assento, duas filas à frente. Parecia ter sua idade, alto e atlético, com um belo bronzeado e cabelos louros, matizados pelo sol, que a fizeram pensar de imediato: garoto da Califórnia. O rosto parecia um tanto familiar, mas não conseguia se lembrar de onde o conhecia, o que era surpreendente. Aquele era um rosto que uma mulher dificilmente esqueceria.

— Eu sabia! *É* você, não é? — perguntou ele, rindo — Achei que era você na hora em que entrou no salão.

Ela sacudiu a cabeça.

— Desculpe. É realmente embaraçoso, mas não estou conseguindo reconhecer você.

— É porque foi há muito tempo. E eu não uso mais rabo de cavalo. Doug Comley, do preparatório para medicina, em Stanford. Isso foi há, o quê? Vinte anos? Não estou nem um pouco surpreso que você tenha me esquecido. Até *eu* teria me esquecido.

De repente, uma lembrança surgiu em sua cabeça, de um jovem com cabelos louros compridos e um par de óculos de proteção sobre o nariz bronzeado. Era muito mais magro na época, um fiapo vestindo jeans.

— Fizemos algum laboratório juntos? — perguntou ela.

— O de análise quantitativa. Primeiro ano.

— Você se lembra disso depois de vinte anos? Estou pasma!

— Não me lembro de nada de análise quantitativa, mas me lembro de *você*, que sentava no banco bem em frente ao meu e tirava as notas mais altas da turma. Você não acabou indo para a faculdade de medicina da Universidade de São Francisco?

— Sim, mas agora moro em Boston. E você?

— Estou na Universidade de San Diego. Não consigo sair da Califórnia. Sou viciado em sol e surfe.

— O que parece ótimo agora. Ainda é novembro e já estou cansada do frio.

— Eu até que estou gostando dessa neve. Tem sido divertido.

— É porque você não precisa viver isso quatro meses por ano.

O salão de conferências já se encontrava então vazio. Empregados do hotel estavam empilhando as cadeiras e retirando o equipamento de som. Maura enfiou as anotações na sacola e se levantou.

Enquanto os dois caminhavam por fileiras paralelas em direção à saída, ela perguntou:

— Te vejo no coquetel desta noite?

— É, acho que vou. Mas o jantar é por nossa conta, não?

— É o que o programa diz.

Eles saíram do salão juntos e entraram no saguão do hotel, apinhado de médicos portando os mesmos crachás brancos com seus nomes e carregando as mesmas sacolas do congresso. Os dois esperaram o elevador, esforçando-se para manter a conversa viva.

— Você está aqui com o seu marido? — perguntou ele.

— Eu não sou casada.

— Pensei ter visto o anúncio do seu casamento na revista dos alunos.

Ela olhou para ele, surpresa.

— Você acompanha esse tipo de coisa?

— Tenho curiosidade de saber onde vão parar os meus colegas de turma.

— No meu caso, divorciada. Quatro anos atrás.

— Ah, sinto muito.

Ela deu de ombros.

— Eu não.

Eles subiram no elevador até o terceiro andar, onde ambos saíram.

— Te vejo no coquetel — despediu-se ela, acenando e pegando o cartão do hotel para abrir a porta do quarto.

— Você vai jantar com alguém? Porque eu estou livre. Se quiser se juntar a mim, vou caçar um restaurante bom. Me dá uma ligada.

Ela se virou para responder, mas Doug já havia se afastado pelo corredor, a sacola pendurada no ombro. Enquanto o observava se distanciar, outra lembrança surgiu de repente em sua cabeça. Uma imagem dele, vestindo jeans, andando de muletas pelo campus.

— Você não quebrou a perna naquele ano? — gritou ela. — Acho que foi um pouco antes do exame final.

Ele se virou, rindo:

— É *isso* que você lembra sobre mim?

— Estou começando a me lembrar de tudo agora. Você sofreu um acidente esquiando, ou coisa assim?

— Ou coisa assim.

— Não foi um acidente de esqui?

— Ah, cara — disse ele, sacudindo a cabeça. — É vergonhoso demais para contar.

— Agora você tem que me contar.

— Só se você jantar comigo.

Ela se calou quando a porta do elevador se abriu e um homem e uma mulher saíram. Eles caminharam pelo corredor, de braços dados, claramente juntos e sem medo de demonstrar. Como os casais devem ser, pensou ela, enquanto os dois entravam num quarto e fechavam a porta.

Ela olhou para Douglas.

— Eu gostaria de ouvir essa história.

3

Eles fugiram do coquetel dos patologistas cedo e jantaram no Four Seasons Resort em Teton Village. Oito horas seguidas de palestras sobre vítimas de punhaladas e bombas, balas e moscas-varejeiras haviam deixado Maura saturada de conversas acerca de mortes, e ela se sentiu aliviada ao escapar de volta ao mundo normal, onde os assuntos casuais não incluíam putrefação. A questão mais séria da noite foi a escolha entre vinho tinto ou branco.

— Então, como *foi* que você quebrou a perna em Stanford? — perguntou ela, enquanto Doug colocava Pinot Noir no copo.

Ele torceu o nariz.

— Eu tinha esperança de que você esquecesse esse assunto.

— Você prometeu me contar. É a razão de eu ter vindo jantar.

— Não foi por causa da minha inteligência brilhante? Do meu charme juvenil?

Ela riu.

— Ok, foi por isso também. Mas especialmente por causa da história por trás da perna quebrada. Tenho a impressão de que deve ser ótima.

— Tudo bem — suspirou ele. — A verdade? Eu estava no telhado do Wilbur Hall e caí.

Ela arregalou os olhos, espantada.

— Meu Deus, é uma queda e tanto!

— Como eu vim a descobrir.

— Imagino que devia haver álcool na história.

— Óbvio.

— Então foi um exibicionismo idiota típico de faculdade.

— Por que você ficou tão decepcionada?

— Eu esperava algo um pouquinho menos anticonvencional.

— Bem — confessou ele —, eu deixei de fora alguns detalhes.

— Tais como?

— O traje ninja que eu estava usando. A máscara preta. A espada de plástico — contou ele, dando de ombros, envergonhado. — E a humilhante ida de ambulância até o hospital.

Ela o contemplou com um olhar calmo e profissional:

— E você ainda gosta de se vestir de ninja?

— Está vendo? — disse ele, soltando uma gargalhada. — É *isso* que torna você tão intimidante! Qualquer um estaria rindo de mim. Mas você reage com uma pergunta muito lógica e sóbria.

— Existe alguma resposta sóbria?

— Nenhuma — admitiu ele, levantando o copo num brinde. — Aos exibicionismos idiotas de faculdade! Que nunca nos envergonhemos deles!

Ela bebeu e pousou o copo.

— O que você quis dizer quando falou que sou intimidante?

— Sempre foi. Eu estava lá, aquele garoto pateta, tentando me virar na faculdade. Indo a festas demais e dormindo de menos. Mas você... era tão *focada*, Maura. Sabia exatamente o que queria ser.

— E isso me tornava intimidante?

— Até um pouco assustadora. Porque você tinha tudo sob controle, enquanto eu estava muito longe disso.

— Eu não fazia ideia de que provocava essa impressão nas pessoas.

— E ainda provoca.

Ela ficou pensando naquelas palavras, nos policiais que sempre se calavam quando a viam chegando à cena do crime. Pensou na ceia de Natal em que se limitou, tão responsavelmente, a uma única taça de champanhe, enquanto todos se embebedavam. O público nunca veria a Dra. Isles bêbada, falando alto ou impulsiva, mas apenas aquilo que ela lhes permitisse ver. Uma mulher controlada. *Uma mulher intimidante.*

— Ser focada não é um defeito — disse ela, em defesa própria. — É a única forma de se conseguir alguma coisa neste mundo.

— Que é provavelmente a razão por que demorei tanto para conseguir.

— Você entrou para a faculdade de medicina.

— Finalmente. Depois de passar dois anos vagabundeando, o que deixou meu pai completamente louco. Trabalhei como bartender em Baja. Ensinei surfe em Malibu. Fumei muita maconha e bebi muito vinho barato. Foi ótimo! — assumiu ele, sorrindo. — Mas você, Dra. Isles, não teria aprovado.

— Não é o tipo de coisa que eu faria — concordou ela, tomando outro gole de vinho. — Não naquela época, pelo menos.

Ele ergueu as sobrancelhas.

— Você está querendo dizer que faria isso agora?

— As pessoas mudam, Doug.

— Claro, olha para mim! Nunca sonhei que acabaria um patologista chato, isolado num porão de hospital.

— E como isso aconteceu? O que fez você passar de rato de praia a médico respeitável?

A conversa foi interrompida pela chegada do garçom, que trazia os pedidos. Pato assado para Maura, costeletas de carneiro para Doug. Depois, passaram pelo ritual obrigatório de vê-lo moer pimenta e colocar mais vinho nos copos. Só depois que ele se foi, Doug respondeu à pergunta.

— Eu casei — anunciou ele.

Ela não havia visto uma aliança no dedo dele, e era a primeira vez que Doug comentava estar num relacionamento. A revelação fez com que Maura levantasse os olhos, surpresa, mas ele não a estava encarando; contemplava outra mesa, uma família com duas garotinhas.

— Foi uma união ruim desde o início — admitiu ele. — Eu a conheci numa festa. Era uma loura linda, olhos azuis, pernas *até aqui*. Ela soube que eu estava entrando para a faculdade de medicina e tinha pretensões a ser esposa de um médico rico. Não percebeu que acabaria passando os fins de semana sozinha, enquanto eu trabalhava no hospital. Quando terminei a residência em patologia, ela já havia encontrado alguém — disse ele, cortando a costeleta. — Mas tenho que cuidar de Grace.

— Grace?

— Minha filha. Treze anos e tão linda quanto a mãe. Só espero colocá-la numa direção mais intelectual que a da mãe.

— Onde está a sua ex-mulher agora?

— Casou de novo, com um banqueiro. Eles moram em Londres, e temos sorte se ela entra em contato conosco duas vezes por ano — respondeu ele, pousando o garfo e a faca. — Foi assim que me transformei no Sr. Mamãe. Agora tenho uma filha, uma hipoteca e um emprego no Hospital dos Veteranos, em San Diego. Quem precisa de mais?

— E você é feliz?

Doug deu de ombros.

— Não é a vida que eu imaginava quando estava em Stanford, brincando de ninja nos telhados. Mas não posso me queixar. A vida acontece, e a gente se adapta — respondeu, sorrindo para ela. — Você é que tem sorte, é exatamente aquilo que imaginou. Sempre quis ser patologista, e aí está você.

— Eu também queria ser casada e, infelizmente, falhei nisso.

Ele a estudou.

— É difícil para mim acreditar que não haja nenhum homem na sua vida.

Ela empurrava pedaços de pato para lá e para cá no prato, o apetite havia desaparecido.

— Na verdade, tenho alguém.

Ele se inclinou para a frente, bastante interessado.

— Me conta mais.

— Tem mais ou menos um ano.

— Parece sério.

— Não tenho certeza.

O olhar dele a deixava confusa, e Maura direcionou a atenção de volta à comida. Podia senti-lo a estudando, tentando ler o que ela não contava. O que havia começado como uma conversa leve se transformara de repente em algo profundamente pessoal. Os bisturis de dissecação estavam em operação, e os segredos se espalhavam.

— É sério a ponto de os sinos matrimoniais tocarem? — perguntou Doug.

— Não.

— Por que não?

Ela olhou para ele.

— Porque ele não está disponível.

Doug se reclinou contra a cadeira, claramente surpreso.

— Nunca imaginei que uma pessoa tão sensata quanto você fosse se apaixonar por um homem casado.

Maura ia corrigi-lo, mas se deteve a tempo. Em termos práticos, Daniel Brophy era de fato um homem casado com sua igreja. Não havia esposa mais ciumenta, mais exigente. Ela teria mais chances de reivindicá-lo se estivesse simplesmente unido a outra mulher.

— Acho que não sou tão sensata quanto você imaginava — assumiu ela.

Doug soltou uma gargalhada de surpresa.

— Você deve ter um lado selvagem que eu nunca vi. Como não notei isso lá em Stanford?

— Foi há muito tempo.

— A base da personalidade não muda muito.

— Você mudou.

— Não. Debaixo desse paletó Brooks Brothers ainda bate o coração de um rato de praia. A medicina é só o meu emprego, Maura. Paga as contas. Não é o que sou.

— E o que você imagina que eu sou?

— A mesma pessoa que era em Stanford. Competente. Profissional. Que não comete erros.

— Queria que isso fosse verdade. Queria não cometer erros.

— Esse cara com quem você está saindo, ele é um erro?

— Ainda não estou pronta para admitir isso.

— Você se arrepende?

A pergunta a fez se calar, não porque não soubesse a resposta. Sabia que não era feliz. Sim, havia momentos de prazer, quando ouvia o carro de Daniel na entrada para a garagem, ou quando ele batia na porta. Entretanto, havia as noites em que ficava sentada só, à mesa da cozinha, bebendo taças de vinho demais. Alimentando ressentimentos demais.

— Não sei — disse ela, por fim.

— Nunca me arrependi de nada.

— Nem do seu casamento?

— Nem do desastre que foi meu casamento. Eu acho que cada experiência, cada decisão errada, nos ensina alguma coisa. É por isso que a gente não deve ter medo de cometer erros. Eu me jogo nas coisas de cabeça e, às vezes, bato com ela. Mas, no final, tudo serve para alguma coisa.

— Você simplesmente confia no universo?

— Confio. E durmo muito bem à noite. Não tenho dúvidas e nem um armário cheio de ansiedades. A vida é curta demais para isso. Acho que se deve relaxar e aproveitar a jornada.

O garçom veio para levar os pratos. Enquanto ela havia comido apenas a metade, Doug limpara o seu, devorando as costeletas de carneiro do mesmo jeito que parecia devorar a vida, com um desapego exultante. Ele pediu *cheesecake* e café de sobremesa; Maura só quis um chá de camomila. Quando os pedidos chegaram, ele colocou o *cheesecake* entre os dois.

— Coma um pedaço — ofereceu Doug. — Eu sei que você quer.

Rindo, ela pegou o garfo e tirou uma porção generosa.

— Você é uma péssima influência.

— Se todo mundo fosse bem-comportado, a vida seria muito chata. Além disso, o *cheesecake* é um pecado menor.

— Vou ter que me penitenciar quando chegar em casa.

— Quando você volta?

— Não antes de domingo de tarde. Pensei em ficar mais um dia e aproveitar a paisagem. Jackson Hole é espetacular.

— Você vai passear sozinha?

— Se nenhum homem bonito se oferecer para me acompanhar.

Ele pôs um pedaço de *cheesecake* na boca e mastigou, pensativo, por um instante.

— Não sei quanto ao homem bonito — disse Doug —, mas posso oferecer uma alternativa. Minha filha, Grace, está aqui comigo. Ela saiu esta noite para ir ao cinema com dois amigos meus de San Diego. Nós estávamos planejando ir de carro até uma estação de esqui no sábado e passar a noite lá num hotel. Voltaríamos domingo de manhã. Tem lugar para você no Suburban. E estou certo de que no hotel também, se quiser se juntar a nós.

Maura sacudiu a cabeça.

— Eu ficaria sobrando.

— De jeito nenhum. Eles vão adorar. E acho que você vai gostar deles, também. Arlo é um dos meus melhores amigos. De dia, é um contador chato. Mas à noite... — Doug baixou a voz até transformá-la num rosnar sinistro — ele se transforma numa celebridade conhecida como Misterioso Senhor Costeletas.

— Quem?

— Um dos blogueiros de gastronomia mais populares da internet. Ele já comeu em todos os restaurantes do guia Michelin na América, e está fazendo progressos na Europa. Eu o chamo só de Mandíbula.

Maura riu.

— Ele parece ser divertido. E o outro amigo?

— Elaine. A garota que ele namora há anos. Ela trabalha em alguma coisa a ver com decoração de interiores, não sei exatamente o quê. Acho que vocês duas iam se dar bem. Além disso, você tem que conhecer Grace.

Ela pegou outro pedaço de *cheesecake* e o mastigou durante um tempo, pensando.

— Ei, eu não estou propondo casamento — provocou ele. — É só um passeio de carro de dois dias, devidamente acompanhado pela minha filha de 13 anos — acrescentou, inclinando-se mais para perto, os olhos azuis a fitando intensamente. — Vamos! Minhas ideias loucas e surtadas quase sempre terminam em diversão.

— Quase sempre?

— Existe o fator do imprevisto, aquela chance de que alguma coisa totalmente inesperada, espantosa, possa acontecer. É isso que torna a vida uma aventura. Às vezes a gente tem que se jogar de cabeça e confiar no universo.

Naquele momento, olhando em seus olhos, ela sentiu que Doug Comley a via de um jeito diferente das pessoas, que ele olhava através de sua armadura de defesa, para enxergar a mulher que havia dentro. Aquela que sempre tivera medo de onde seu coração poderia levar.

Maura olhou para o prato de sobremesa. O *cheesecake* tinha acabado; não se lembrava de ter terminado.

— Deixa eu pensar um pouco — pediu ela.

— Claro. — Ele riu. — Você não seria Maura Isles se não fizesse isso.

* * *

Àquela noite, de volta ao quarto de hotel, ela ligou para Daniel.

Pelo seu tom de voz, viu que não estava sozinho. Soava educado, mas impessoal, como se falasse com algum paroquiano. Ao fundo, ela ouvia vozes discutindo o preço do combustível para aquecimento, o custo do conserto de um telhado, a queda nas doações. Era uma reunião de orçamento da igreja.

— Como estão as coisas por aí? — perguntou ele, sociável e neutro.

— Está bem mais frio que em Boston. Já tem neve no chão.

— Aqui não para de chover.

— Vou chegar domingo à noite. Você pode me pegar no aeroporto?

— Claro.

— E depois podemos comer algo lá em casa, se você quiser passar a noite.

Silêncio.

— Não sei se vou poder. Me deixa pensar um pouco.

Era quase a mesma resposta que ela tinha dado a Doug mais cedo. E se lembrou do que ele dissera. Às vezes a gente tem que se jogar de cabeça e confiar no universo.

— Posso ligar para você no sábado? — pediu Daniel. — Vou saber como estará minha agenda então.

— Ok. Mas, se você não me encontrar, não se preocupe. Eu posso estar sem sinal no celular.

— A gente se fala, então.

Não houve nenhum *eu te amo* de despedida, só um simples adeus e a conversa acabara. As únicas intimidades que compartilhavam eram a portas fechadas. Cada encontro tinha de ser planejado com antecedência e, depois, analisado várias vezes. *É planejamento demais*, diria Doug. E todo esse planejamento não lhe trouxera felicidade nenhuma.

Ela pegou o telefone do hotel e discou para a telefonista.

— Você pode me ligar com o quarto de Douglas Comley, por favor? — pediu ela.

Ele só atendeu no quarto toque.

— Alô?

— Sou eu — disse Maura. — O convite ainda está de pé?

4

A aventura começou muito bem.

Sexta à noite, os companheiros de viagem se encontraram para tomar uns drinques. Quando Maura entrou no bar do hotel, encontrou Doug e seu grupo já ocupando uma mesa, esperando por ela. Arlo Zielinski parecia ter realmente comido em todos os restaurantes do guia Michelin — rechonchudo e já quase careca, era um homem de apetite tão grande quanto a gargalhada.

— Quanto mais, melhor, eu digo sempre! E agora nós temos uma desculpa para pedir *duas* garrafas de vinho no jantar — comentou ele. — Fique conosco, Maura, e garanto que vai haver diversão, especialmente com Doug no comando — comentou, inclinando-se para a frente. — Eu atesto a moralidade do caráter dele. Faço o seu imposto há anos, e, se existe alguém que conhece os segredos mais íntimos de uma pessoa, é seu contador.

— O que vocês dois estão cochichando? — perguntou Doug.

Arlo levantou a cabeça com um olhar inocente.

— Só estava dizendo que os jurados estavam *todos* mancomunados contra você. Não deveriam nunca ter decretado a condenação.

Maura explodiu numa gargalhada. Sim, ela gostava daquele amigo de Doug.

Porém, não estava tão certa quanto a Elaine Salinger. Embora sorrisse durante toda a conversa, era um sorriso tenso. Tudo nela parecia tenso, das calças de esquiar pretas, apertadíssimas, ao rosto estranhamente sem marcas. Ela tinha mais ou menos a mesma idade e altura de Maura e era magra como uma modelo, com uma cintura de causar inveja e autocontrole necessário para mantê-la. Enquanto Doug, Maura e Arlo dividiam uma garrafa de vinho, Elaine bebia apenas água mineral, num copo enfeitado com uma fatia de limão, e evitava virtuosamente o prato com nozes que Arlo devorava com tanto entusiasmo. Maura não conseguia ver o que aqueles dois tinham em comum; não podia imaginá-los namorando.

A filha de Doug, Grace, era mais um enigma. Ele havia descrito a ex-mulher como uma beldade, e seus genes afortunados tinham sido transmitidos à filha. Aos 13 anos, a menina já era estonteante, uma loura de pernas compridas e sobrancelhas arqueadas, com olhos azuis cristalinos. Contudo, era uma beldade distante, fria e não convidativa. Grace mal falara uma palavra durante a conversa. Permaneceu sentada com os fones do iPod obstinadamente enfiados nos ouvidos. Depois, soltou um suspiro dramático e desenroscou o corpo esbelto da cadeira.

— Pai, posso ir para o meu quarto agora?

— Querida, por favor, fica aí — pediu Doug. — Será que somos tão chatos assim?

— Eu estou cansada.

— Você só tem 13 anos — provocou Arlo. — Nessa idade, você devia estar louca para sair com a gente.

— Não parece que vocês precisam de mim aqui.

Doug olhou para o iPod e franziu o cenho, notando-o pela primeira vez.

— Desligue isso, está bem? Tente participar da conversa.

A garota lhe lançou um olhar de puro desdém adolescente e se atirou de volta na cadeira.

— ... e eu investiguei todos os restaurantes possíveis da região, e não tem nada que valha a pena dar uma parada — afirmou Arlo.

Ele enfiou outro punhado de nozes na boca e limpou o sal das mãos rechonchudas. Tirou os óculos e os limpou também.

— Acho que a gente deve ir direto para o hotel e almoçar lá. Pelo menos, eles têm carne no cardápio. Qual é a dificuldade de se fazer um bife decente?

— Nós acabamos de jantar, Arlo — protestou Elaine. — Não acredito que você já esteja pensando no almoço de amanhã.

— Você me conhece. Sou um planejador. Gosto das coisas organizadas.

— Especialmente se elas incluírem pato com laranja.

— Pai — lamuriou-se Grace. — Eu estou *realmente* cansada. Vou para a cama, está bem?

— Tudo bem — assentiu Doug. — Mas você tem que estar de pé às sete. Às oito, quero já ter carregado o carro e saído.

— Acho que nós devíamos ir para a cama também — falou Arlo, erguendo-se e limpando migalhas da camisa. — Vamos, Elaine.

— São só nove e meia.

— Elaine — insistiu Arlo, inclinando a cabeça significativamente na direção de Maura e Doug.

— Ah... — disse Elaine, lançando um olhar especulativo para Maura e depois se levantando, com a agilidade de um guepardo. — Foi um prazer conhecer você, Maura — despediu-se ela. — Até amanhã.

Doug esperou que o trio fosse embora e depois disse a Maura:

— Eu sinto muito que Grace estivesse chata.

— Ela é uma garota linda, Doug.

— Ela também tem uma cabeça boa. Cento e trinta de QI. Mas não deu para ver esta noite. Em geral, não é tão calada.

— Talvez seja porque eu estou junto. Talvez não tenha gostado disso.

— Nem pense nisso, Maura. Se ela resolveu criar um problema, vai ter que aprender a lidar com isso.

— Se a minha ida for estranha de alguma maneira...

— É estranha? Para você? — perguntou ele, com um olhar tão profundo que ela se sentiu obrigada a dizer a verdade.

— Um pouquinho — admitiu Maura.

— Ela tem 13 anos. Tudo é estranho para quem tem 13 anos. Eu me recuso a deixar que isso dite a minha vida — anunciou ele, levantando o copo. — À nossa aventura!

Maura retribuiu o brinde, e os dois beberam, sorrindo. Na penumbra lisonjeira do bar do hotel, Doug parecia aquele estudante universitário de quem ela se lembrava, o jovem irresponsável que escalava telhados e usava roupas de ninja. Sentiu-se novamente jovem, também. Ousada e destemida, pronta para aquela aventura.

— Eu garanto — disse ele — que a gente vai se divertir muito.

Durante a noite, havia começado a nevar, e, quando terminaram de pôr as bagagens na traseira do Suburban, mais de 5 centímetros de neve fofa cobriam os carros no estacionamento, um manto virginal que fez a turma de San Diego se extasiar com sua beleza. Doug e Arlo insistiram em tirar fotos das três damas, paradas em frente à entrada do hotel, todas sorrindo e de faces coradas, em suas roupas de esqui. A neve não tinha nada de novo para Maura, mas ela a via agora da mesma forma como aqueles californianos, com uma sensação de assombro diante de sua limpeza e brancura, de como pousava suavemente sobre os cílios e caía silenciosamente do céu. Durante os longos invernos de Boston, a neve significava trabalho cansativo com a pá, botas molhadas e ruas enlameadas. Era apenas um fato da vida que tinha de ser tolerado até a primavera. No entanto, aquela neve parecia diferente; era neve de férias, e ela sorriu para o céu, sentindo-se eufórica como os companheiros, encantada com um mundo que parecia, de repente, novo e resplandecente.

— Gente, vamos nos divertir *muito*! — declarou Doug, enquanto prendia os esquis alugados no teto do Suburban. — Neve fresca. Companhias agradáveis. Jantar perto da lareira — disse, dando um último puxão nas tiras de amarrar. — Ok, turma. Vamos!

Grace foi se sentar na frente, no assento do carona.

— Ei, amorzinho — chamou Doug. — Que tal deixar Maura se sentar do meu lado?

— Mas eu sempre sento aqui.

— Ela é nossa convidada. Dê a ela a chance de ir na frente.

— Doug, deixe que ela vá — interpôs Maura. — Posso ir perfeitamente atrás.

— Tem certeza?

— Absoluta — garantiu ela, tomando assento na parte de trás do Suburban. — Estou ótima aqui.

— Ok. Mas talvez vocês duas possam trocar mais tarde — falou Doug, lançando à filha um olhar de desaprovação, mas Grace já havia enfiado os fones do iPod no ouvido e estava olhando pela janela, ignorando-o.

Na verdade, Maura não se importava nem um pouco de ir sozinha no terceiro banco, atrás de Arlo e Elaine, de onde tinha a visão da careca dele e dos cabelos escuros dela, preso com estilo. Ela era o último acréscimo ao quarteto, alheia às suas histórias e brincadeiras, e estava contente em ser uma mera observadora, enquanto saíam de Teton Village e se dirigiam para o sul, em meio à neve cada vez mais grossa. Os limpadores de para-brisa iam de um lado para o outro, como um metrônomo, varrendo para longe torrentes de flocos de neve. Maura se recostou e ficou observando a paisagem. Pensava no almoço perto da lareira, no hotel e numa tarde esquiando. *Cross-country* e não morro abaixo, de modo a não se sentir nem um pouco ansiosa, sem temores de quebrar uma perna, fraturar o crânio ou tomar tombos espetacularmente embaraçosos. Só uma esquiada tranquila por florestas silenciosas, ouvindo o barulho do esqui contra a neve, o ar frio queimando os pulmões de forma agradável. Durante o congresso de patologia, tinha visto imagens demais de corpos danificados. Sentia-se feliz de estar fazendo uma viagem que nada tinha a ver com a morte.

— A neve está caindo bem depressa — comentou Arlo.

— Nós estamos com bons pneus nesta gracinha — respondeu Doug. — O funcionário da Hertz disse que eles dão conta desse tempo.

— Falando do tempo, você viu a previsão?

— Vi, neve. Que surpresa...

— Só quero saber se a gente vai conseguir chegar ao hotel na hora do almoço.

— Lola disse que vamos chegar às onze e trinta e dois. E ela nunca se engana.

— Quem é Lola? — perguntou Maura.

Doug apontou para o GPS portátil, que ele havia colocado sobre o painel.

— Esta é Lola.

— Por que será que os GPSs têm sempre nome de mulher? — questionou Elaine.

Arlo riu.

— Porque as mulheres estão sempre dizendo a nós, homens, aonde ir. Como Lola diz que vamos chegar antes do meio-dia, podemos almoçar mais cedo.

Elaine suspirou.

— Você alguma vez para de pensar em comida?

— A palavra é *refeições*. Na vida, só dá para a gente fazer um certo número de refeições, então devemos...

— ... fazer cada uma delas valer a pena — completou Elaine. — Sim, Arlo, nós conhecemos a sua filosofia de vida.

Ele se virou a fim de olhar para Maura.

— Minha mãe era uma grande cozinheira. Me ensinou a nunca desperdiçar meu apetite com comida medíocre.

— Deve ser por isso que você é tão magro — provocou Elaine.

— Ai — protestou ele. — Você está de péssimo humor hoje. Pensei que quisesse fazer esta viagem

— Eu só estou cansada. Você roncou a noite toda. Acho que vou pegar um quarto só para mim.

— Ei, espera aí. Vou comprar uns protetores de ouvido para você — falou Arlo, passando o braço em torno de Elaine e a puxando para si. — Benzinho. Querida. Não me deixe dormir sozinho.

Elaine se soltou:

— Você está quebrando o meu pescoço.

— Ei, gente, vocês estão vendo essa neve maravilhosa? — perguntou Doug. — É o país das maravilhas no inverno!

Uma hora depois da saída de Jackson, eles viram uma placa: ÚLTIMA CHANCE PARA ABASTECER. Doug entrou no posto de gasolina e loja de conveniência Grubb's, e todos saíram do carro para ir ao banheiro e examinar as poucas prateleiras com salgadinhos, revistas empoeiradas e raspadores de neve para para-brisas.

Arlo parou em frente a uma vitrine, que exibia espetos de carne em embalagens plásticas e riu.

— Quem come uma coisa dessas? Isso é noventa por cento nitrato de sódio, e o resto, corante vermelho número dois.

— Eles têm chocolate Cadbury — observou Elaine. — Vamos levar alguns?

— Devem ter provavelmente dez anos. Olha, amor, eles têm fios de alcaçuz. Eu fiquei doente uma vez por causa deles quando era garoto. É como se tivéssemos voltado aos anos 1950.

Enquanto Arlo e Elaine ficavam bisbilhotando a oferta de salgadinhos e doces, Maura pegou um jornal e foi até o caixa pagar.

— Você sabe que deve ser de uma semana atrás, não é? — disse Grace.

Maura se virou, surpresa de que a garota tivesse falado com ela. Pela primeira vez, estava sem os fones de ouvido, mas o iPod continuava tocando, produzindo um chiado metálico.

— É da semana passada — insistiu a menina, apontando para a data. — Tudo nesta loja já passou da validade. Os salgadinhos têm tipo um ano. Aposto que até o combustível deve ser ruim.

— Obrigada por me avisar. Mas preciso de alguma coisa para ler, então vou ter que me virar com isso — explicou-se Maura, pegando a carteira e se perguntando como a palavra *combustível* fora parar no vocabulário de uma adolescente americana.

Todavia, aquele era apenas mais um detalhe sobre Grace que a deixava intrigada. A garota abriu a porta e saiu, os quadris magros balançando suavemente dentro do jeans apertado, inconsciente do efeito que causava nos outros. O velho atrás do caixa estava de queixo caído, como se nunca tivesse visto uma criatura tão exótica flanando por sua loja.

Quando Maura também saiu, Grace já estava dentro do Suburban, mas, dessa vez, no assento de trás.

— A princesa finalmente renunciou ao trono — sussurrou Doug para Maura, enquanto lhe abria a porta. — Você vai sentar na frente comigo.

— Eu não me importo de sentar atrás.

— Eu me importo. Tive uma conversa com ela, e ficou tudo bem.

Elaine e Arlo também saíram da loja, rindo, e tomaram seus lugares.

— Isso — disse ele — é uma cápsula do tempo. Vocês viram aquela máquina de Pez? Deve ter vinte anos. E o velho atrás do balcão parecia um personagem de *Além da imaginação*.

— É, ele era estranho — concordou Doug, ligando o motor.

— *Sinistro* é o termo que eu usaria. Disse que esperava que a gente não estivesse indo para Kingdom Come.

— O que ele quis dizer com isso?

— Vocês são *pecadores*! — imitou Arlo, fazendo voz de evangélico de programa de televisão. — E estão no caminho do *inferrr-no*!

— Talvez ele só estivesse nos dizendo para ter cuidado — sugeriu Elaine. — Com toda essa neve...

— Parece que está diminuindo — falou Doug, inclinando-se para ver o céu. — Na verdade, acho que estou vendo um pedaço azul lá em cima.

— Sempre otimista — elogiou Arlo. — Este é o nosso Dougie.

— Pensamento positivo. Sempre funciona.

— Nos leve até lá a tempo do almoço.

Doug olhou para o GPS.

— Lola diz que o tempo estimado para a chegada é onze e quarenta e nove. Você não vai morrer de fome.

— Já estou morrendo, e são só dez e meia.

A voz feminina do GPS instruiu.

— Vire à esquerda na próxima bifurcação.

Arlo começou a cantar:

— *Whatever Lola wants...*

— *Lola gets* — acrescentou Doug, também cantando e virando à esquerda na bifurcação.

Maura olhou pela janela, mas não viu nenhum pedaço de céu azul. Tudo que viu foram nuvens baixas e as encostas brancas das montanhas a distância.

— Está começando a nevar de novo — anunciou Elaine.

5

— A gente deve ter entrado na estrada errada — disse Arlo.

A neve caía mais grossa que nunca, e, entre uma batida e outra do limpador de para-brisa, o vidro ficava imediatamente coberto por uma grossa camada de flocos. Eles vinham circundando a montanha, em direção ao alto, já há quase uma hora, e a estrada havia muito desaparecera sob um tapete branco cada vez mais alto. Doug dirigia com o pescoço inclinado para a frente, esforçando-se por ver o que estava adiante.

— Tem certeza de que esse é o caminho certo? — perguntou Arlo.

— Lola disse que é.

— Lola é uma voz sem corpo dentro de uma caixa.

— Eu a programei para o caminho mais direto. É esse.

— Mas será o caminho mais rápido?

— Ei, você quer dirigir?

— Calma, cara. Só estou perguntando.

Elaine falou:

— Não vimos nenhum outro carro desde que entramos nesta estrada. Desde aquele posto de gasolina esquisito. Por que não tem mais ninguém aqui?

— Você tem um mapa? — perguntou Maura.

— Acho que tem um no porta-luvas — respondeu Doug. — Veio com o carro. Mas o GPS diz que estamos exatamente onde deveríamos.

— É. No meio do nada — resmungou Arlo.

Maura pegou o mapa e o abriu. Precisou de um instante para se orientar naquela geografia desconhecida.

— Eu não vejo essa estrada aqui — disse ela.

— Tem certeza de que sabe onde estamos?

— Não está aqui.

Doug tirou o mapa das mãos dela e o apoiou sobre a direção, enquanto dirigia.

— Ei, quer uma sugestão útil aqui do banco de trás? — perguntou Arlo. — Que tal manter os olhos na estrada?

Doug empurrou o mapa para o lado.

— Que bela porcaria! Não é suficientemente claro.

— Talvez Lola esteja errada — tentou Maura. *Meu Deus, eu já estou chamando o aparelho por esse nome idiota.*

— Ela está mais atualizada que esse mapa — retorquiu Doug.

— Pode ser que essa estrada seja sazonal. Ou particular.

— Nada dizia que era particular quando entramos nela.

— Sabe de uma coisa? Acho que a gente devia dar meia-volta — sugeriu Arlo. — Sério.

— São 50 quilômetros daqui até a bifurcação. Você quer chegar lá para o almoço ou não?

— Pai? — chamou Grace, do fundo do Suburban. — O que está acontecendo?

— Nada, meu bem. Só estamos discutindo qual estrada pegar.

— Então você não sabe?

Doug deu um suspiro de frustração:

— Eu sei, sim. E está tudo bem. Estamos ótimos! Se todo mundo se acalmar, a gente pode começar a se divertir.

— Vamos voltar, Doug — pressionou Arlo. — Esta estrada está ficando realmente assustadora.

— Ok — disse Doug. — Acho que é hora de fazer uma votação, todo mundo.

— Eu voto para a gente dar meia-volta — declarou Arlo.

— Elaine?

— Acho que é o motorista quem tem de decidir — anunciou ela. — Concordo com o que você fizer, Doug.

— Obrigado, Elaine — agradeceu ele, olhando para Maura. — Qual o seu voto?

Havia mais na pergunta do que parecia. Ela podia ver em seus olhos, que diziam *Me apoie. Acredite em mim*. Um olhar que a fez lembrar como ele era, duas décadas antes, no tempo de faculdade, despreocupado e descontraído com sua camisa florida desbotada. Não se preocupe, seja feliz. Aquele era Douglas, o homem que conseguia sobreviver a quedas de telhados e a pernas quebradas sem nunca perder o otimismo. Ele estava pedindo que confiasse nele agora, e ela queria.

Entretanto, não podia ignorar os próprios instintos.

— Acho que devemos voltar — afirmou ela, e a resposta pareceu o ferir tanto quanto um insulto.

— Tudo bem — suspirou ele. — Sei reconhecer um motim quando vejo um. Quando encontrar o lugar certo, vamos dar meia-volta. E retornar os 50 quilômetros que já tínhamos feito.

— Eu fiquei do seu lado, Doug — disse Elaine. — Não se esqueça.

— Aqui parece largo o suficiente.

— Espere — falou Maura.

Ela ia acrescentar: *Pode ter uma vala ali*, mas Doug já estava virando o volante, fazendo um retorno em forma de U largo. De repente, a neve cedeu sob o pneu direito e o Suburban se inclinou para um lado, empurrando Maura contra a porta.

— Jesus! — gritou Arlo. — O que você está fazendo?

O Suburban deu um solavanco e parou, inclinado, quase de lado.

— Merda. Merda, *merda*! — xingou Doug.

Ele pôs o pé no acelerador e o motor gemeu, os pneus girando na neve. Doug tentou dar a ré. O carro se moveu alguns centímetros e depois parou, os pneus girando sem sair do lugar.

— Tenta ir para a frente e para trás — sugeriu Arlo.

— É o que estou tentando fazer! — Doug engatou a primeira e tentou ir adiante. Os pneus cantaram, mas o carro não se mexeu.

— Pai? — A voz de Grace estava fina, em pânico.

— Está tudo bem, querida. Vai dar tudo certo.

— O que a gente vai fazer? — choramingou a menina.

— Vamos pedir ajuda, é isso que vamos fazer. Conseguir um reboque para nos tirar daqui e prosseguir viagem — disse Doug, pegando o celular. — Podemos perder o almoço, mas o que tem isso? Estamos numa aventura. Você vai ter o que contar quando voltar para a escola.

Ele se calou, franzindo o cenho para o telefone.

— Alguém está com sinal?

— Você está sem? — perguntou Elaine.

— Dá para vocês todos checarem?

Maura tirou o celular da bolsa.

— Não tem um traço sequer.

— Nenhum sinal por aqui, também — confirmou Elaine.

Arlo acrescentou:

— Idem.

— Grace? — chamou Doug, virando-se a fim de olhar para a filha.

Ela meneou a cabeça e choramingou.

— Estamos presos aqui?

— Vamos todos relaxar. Resolveremos isso — falou Doug, respirando fundo. — Se a gente não consegue pedir ajuda pelo telefone, vamos ter que encontrar uma saída. Vamos empurrar essa porcaria de volta à estrada — disse, pondo o carro em ponto morto. — Muito bem, todo mundo para fora. Vamos conseguir.

A porta de Maura estava bloqueada pela neve, e ela não conseguiu sair por aquele lado. Engatinhou por cima da marcha até o assento do motorista, e Doug a ajudou a sair pela sua porta. Ela afundou na neve até as canelas. Só então, de pé ao lado do veículo inclinado, compreendeu a magnitude do problema. O Suburban havia caído numa vala profunda. As rodas da direita se encontravam enterradas até a altura do chassi. As da esquerda sequer tocavam o chão. *Impossível tirar esse monstro daí.*

— A gente vai conseguir — gritou Doug, numa explosão de entusiasmo. — Vem, gente. Vamos trabalhar juntos.

— Para fazer o quê, exatamente? — perguntou Arlo. — É preciso um reboque para tirar esse troço daqui.

— Eu gostaria de fazer uma tentativa — disse Elaine.

— Porque não é você que tem dor nas costas.

— Pare de choramingar, Arlo. Vamos dar uma mão.

— *Obrigado*, Elaine — agradeceu Doug, procurando as luvas no bolso. — Grace, você fica no assento do motorista. É preciso que alguém guie.

— Eu não sei dirigir!

— Você só tem que guiar para a estrada, amorzinho.

— Não tem outra pessoa para fazer isso?

— Você é a menor aqui. O restante tem que empurrar. Vem, vou te ajudar a entrar.

Grace parecia aterrorizada, mas subiu para o assento do motorista.

— Boa menina — elogiou Doug.

Ele entrou na vala, afundando na neve até os quadris, e plantou as mãos contra a traseira do veículo.

— Então? — perguntou, olhando para os outros.

Elaine foi a primeira a se enfiar na vala ao lado dele. Maura foi a seguinte, e a neve entrou pelas pernas de sua calça, descendo depois pelo interior das botas. As luvas tinham ficado em algum lugar dentro do carro, de maneira que colocou as mãos nuas contra o aço, tão frio que parecia queimar a pele.

— Vou destruir minhas costas — resmungou Arlo.

— Você pode escolher — retorquiu Elaine. — É isso ou congelar até morrer. Vai descer para cá ou não?

Arlo ainda enrolou, colocando as luvas e um gorro de lã, para depois proteger o pescoço diligentemente com um cachecol. Só então, agasalhado contra o frio, entrou na vala.

— Ok, todo mundo junto — comandou Doug. — Empurrem!

Maura jogou o peso do corpo contra o Suburban, e as botas deslizaram para trás na neve. Podia ouvir Arlo bufando a seu lado e sentir o veículo começar a balançar para a frente.

— Dirija, Gracie! — gritou Doug. — Vire para a esquerda!

A frente do Suburban começou a subir, na direção da estrada. Eles continuaram empurrando. Maura fazia tanta força que os braços tremiam e os tendões da perna doíam. Ela fechou os olhos, a respiração presa na garganta, cada grama de esforço concentrado em mover 3 toneladas de aço. Sentia os calcanhares deslizando. De repente, o Suburban começou a deslizar também, para trás, na direção deles.

— Cuidado! — gritou Arlo.

Maura pulou para o lado justamente quando o veículo rolou para trás e virou de lado na vala.

— Jesus! — exclamou Arlo. — Podíamos ter sido esmagados!

— Paaii! Papai! Estou presa no cinto de segurança!

Doug subiu no carro.

— Aguenta aí, querida. Vou tirar você — disse ele, abrindo a porta e esticando o braço para dentro, a fim de puxar Grace. Ela caiu, arfando, na neve.

— Cara, estamos ferrados! — decretou Arlo.

Todos saíram da vala e ficaram de pé na estrada, contemplando o Suburban, que estava então de lado, meio enterrado na neve.

Arlo soltou uma gargalhada com uma nota de histeria.

— Uma coisa é certa: vamos perder o almoço.

— Vamos pensar sobre isso — sugeriu Doug.

— O que tem para pensar? Não tem jeito de a gente tirar esse tanque daí — falou Arlo, apertando o cachecol. — E está congelante aqui.

— A que distância fica o hotel? — perguntou Maura.

— Segundo Lola, a 40 quilômetros — respondeu Doug.

— O posto de gasolina fica a quase 50 quilômetros.

— É. Estamos mais ou menos no meio.

— Uau! — exclamou Arlo. — Não poderíamos ter planejado melhor.

— Arlo — chamou Elaine —, cala a boca.

— Mas os 50 quilômetros que nós percorremos são descida daqui — observou Doug. — Isso facilita.

Arlo o encarou.

— Nós vamos andar 50 quilômetros no meio de uma tempestade de neve?

— Não. Você vai ficar aqui com as mulheres. Vocês podem voltar para o carro e se esquentar. Eu vou tirar os meus esquis da capota e ir atrás de ajuda.

— Já é muito tarde — protestou Maura.

— Eu consigo.

— Já é meio-dia. Você só vai ter umas poucas horas de claridade, e não dá para esquiar no escuro. Pode até cair da montanha.

— Ela está certa — falou Elaine. — Você ia precisar de um dia todo, talvez dois, para ir tão longe. E a neve está muito alta, vai diminuir a sua velocidade.

— Eu coloquei a gente nessa. E agora vou tirar.

— Não seja idiota. Fique conosco, Doug.

Mas ele já estava indo com dificuldade até a vala para pegar os esquis na capota do carro.

— Cara, eu nunca mais vou falar mal novamente de espeto de carne — resmungou Arlo. — Devia ter comprado alguns. Pelo menos, era um pouco de proteína.

— Você não pode ir, Doug — insistiu Elaine. — Não a essa altura do dia.

— Vou parar quando escurecer. Cavar um buraco na neve ou algo assim.

— Você sabe cavar um buraco na neve?

— Qual a dificuldade?

— Você vai morrer congelado lá.

— Pai, não vai — pediu Grace, jogando-se na vala e agarrando seu braço, puxando-o para longe do esqui. — *Por favor.*

Doug olhou para os adultos, de pé na estrada, e sua voz se elevou em um grito de frustração.

— Eu estou tentando *resolver* a situação, ok? Vocês não estão vendo? Estou tentando tirar a gente daqui, e vocês não estão tornando as coisas mais fáceis para mim!

Aquela explosão deixou todos alarmados e em silêncio, tremendo em meio ao frio. A seriedade da situação estava começando a se tornar palpável. *Podemos morrer aqui.*

— Alguém vai passar por aqui, certo? — arriscou Elaine, olhando para os companheiros em busca de apoio. — Isso aqui é uma estrada pública, então deve haver uma máquina de tirar neve ou qualquer outra coisa. É impossível que sejamos os únicos a passar por aqui.

— Você viu mais alguém? — perguntou Arlo.

— Não fica tão longe do movimento.

— Olhem a neve. Já está com quase 50 centímetros de altura e não para de crescer. Se eles fossem limpar, já teriam feito isso.

— O que você está querendo dizer?

— Que deve ser uma estrada sazonal — esclareceu Arlo. — É por isso que não consta no mapa. O maldito GPS nos mostrou o caminho mais curto, tudo bem, mas por cima de uma montanha.

— Alguém vai acabar passando por aqui.

— É. Na primavera. Vocês se lembram daquela história, de uns anos atrás, sobre uma família no Oregon que ficou presa na neve? Eles acharam que estavam numa estrada principal e acabaram no meio do nada. Ninguém procurou por *eles*. Uma semana depois, o homem decidiu sair andando para salvar a família. E morreu congelado.

— Cala a boca, Arlo — ordenou Doug. — Você está assustando Grace.

— Ele está *me* assustando — disse Elaine.

— Elaine, só estou querendo enfatizar que isso não é uma coisa que o nosso Dougie, aqui, possa alegremente resolver pela gente — retorquiu Arlo.

— Eu sei disso — falou Elaine. — Você acha que eu não sei?

O vento soprava pela estrada, fazendo flocos de neve se chocarem contra seus rostos. Maura piscou, a vista ardendo. Ao abrir os olhos de novo, todos continuavam parados exatamente no mesmo lugar, como se paralisados pelo frio, pelo desânimo. Quando uma nova rajada os atingiu, ela se virou para proteger o rosto. Só então viu a mancha verde, contrastando com o inexorável fundo branco.

Ela caminhou na direção do que tinha acabado de notar, afundando na neve que entrava pelas botas e a atolava com sua pressão.

— Maura, aonde você vai? — perguntou Doug.

Ela continuou andando, enquanto ele a chamava. Quando chegou perto, viu que a mancha verde era uma placa, com a frente meio obscurecida pela neve grudada. Maura a limpou com a mão.

ESTRADA PARTICULAR
APENAS PARA MORADORES
ÁREA PATRULHADA

Havia caído tanta neve que ela não conseguia ver nenhuma pavimentação, apenas uma via estreita que seguia por entre as árvores, serpenteando através da densa cobertura de floresta. Havia uma corrente na entrada, com os elos de metal cobertos por poeira de neve.

— Tem uma estrada aqui! — gritou ela.

Quando os outros se aproximaram, Maura apontou para a placa.

— Diz *apenas para moradores*. Significa que deve haver casas nesta estrada.

— A corrente está fechada — alertou Arlo. — Duvido que tenha alguém lá.

— Mas deve ter abrigo. É tudo de que precisamos agora.

Doug deu uma risada e pôs os braços em torno de Maura, apertando-a contra o casaco forrado.

— Eu sabia que era uma boa ideia trazer você com a gente! Que visão aguçada, Dra. Isles! Nunca perceberíamos essa estrada.

Quando ele a soltou, Maura notou que Elaine tinha os olhos fixos neles, e aquilo a perturbou, porque não era um olhar amigável. No instante seguinte, já havia se voltado na direção do Suburban.

— Vamos tirar as nossas coisas do carro — disse ela.

Eles não sabiam por qual distância teriam de carregar os pertences. Doug sugeriu, então, que levassem apenas aquilo de que precisariam para passar a noite. Maura deixou a mala. Pegou a bolsa e a sacola do congresso, que encheu com artigos de toalete e um suéter extra.

— Elaine, não acredito que você vai levar a mala — surpreendeu-se Arlo.

— É só a minha bagagem de mão. Guardo aqui minhas joias e cosméticos.

— Nós estamos no meio de uma floresta.

— É que tem outras coisas também.

— Que coisas?

— Outras. *Coisas* — insistiu ela, movendo-se em direção à estrada particular, as rodinhas da mala deixando marcas na neve atrás dela.

— Acho que vou ter que carregar isso para você — disse Arlo, suspirando e tirando a mala de sua mão.

— Todo mundo pegou o que precisava? — gritou Doug.

— Esperem — pediu Maura. — Precisamos deixar um bilhete, para o caso de alguém encontrar o Suburban — esclareceu, tirando uma caneta e um bloco da bolsa e escrevendo: *Ilhados, por favor, peçam ajuda. Estamos na estrada particular.*

Ela colocou o papel bem à vista, sobre o painel, e fechou a porta.

— Ok — disse, colocando as luvas. — Estou pronta.

Eles passaram por cima da corrente e se foram pela estrada. Arlo bufava, arrastando a mala com rodinhas de Elaine.

— Quando voltarmos para casa, Doug — começou —, você me deve um grande jantar. Estou dizendo *grande*. Veuve Clicquot. Caviar. E um bife do tamanho de Los Angeles.

— Para com isso — cortou Elaine. — Só vai nos deixar com fome.

— Você já está com fome?

— Não vale a pena falar sobre isso.

— Se a gente *não* falar sobre isso, ela não vai embora — continuou Arlo, andando devagar e arrastando a mala pela neve. — E agora, vamos perder o jantar também.

— Deve haver comida lá — especulou Doug. — Mesmo quando se fecha a casa para o inverno, sempre fica alguma coisa na despensa. Manteiga de amendoim. Ou miojo.

— *Isso* é que é desespero. Quando miojo passa a ser uma delícia.

— É uma aventura, gente. Pensem nisso como pular de um avião e confiar no destino de que vai se chegar ao chão em segurança.

— Eu não sou como você, Doug — disse Arlo. — Eu não pulo de aviões.

— Não sabe o que está perdendo.

— Sei. O almoço.

Cada passo era cansativo. Apesar da temperatura em queda, Maura estava suando dentro do agasalho de esqui. A garganta doía cada vez que aspirava o ar gelado e cortante. Exausta demais para abrir caminho pela neve fresca, colocou-se atrás de Doug, deixando aquela tarefa para ele e plantando os pés nas crateras que iam ficando no caminho. Agora, era uma questão de marchar em frente com o máximo de estoicismo, pé esquerdo, direito, esquerdo, ignorando os músculos doloridos, a dor no peito, a bainha encharcada das calças.

Enquanto subiam um ligeiro aclive, Maura fixou o olhar no chão, na trilha de gelo já quebrado. Quando Doug parou, de súbito, ela quase bateu nele.

— Ei, todo mundo! — gritou Doug para os outros. — Vamos ficar bem!

Maura foi até seu lado, viu um vale embaixo e os telhados de uma dúzia de casas. Não saía fumaça da chaminé de nenhuma delas; o caminho que descia estava coberto de neve não pisada.

— Não vejo nenhum sinal de vida — comentou ela.

— Acho que teremos de forçar a entrada em uma dessas casas. Mas pelos menos vamos ter um lugar para passar a noite. Parece ser uma caminhada de uns 3 quilômetros até lá. Vamos chegar antes de escurecer.

— Ei, vejam! Tem outra placa aqui — indicou Arlo, descendo um pouco a estrada e limpando a neve da superfície.

— O que diz? — perguntou Elaine.

Arlo ficou em silêncio por um momento, contemplando a placa como se estivesse escrita em uma língua que não conhecesse.

— Agora eu entendo o que o velho do posto de gasolina quis dizer — disse ele.

— Do que você está falando?

— É o nome daquela vila lá embaixo — respondeu Arlo, movendo-se para o lado, e Maura pôde ver as palavras na placa.

KINGDOM COME

6

— Não estou vendo nenhum fio de eletricidade — disse Arlo.

— Você está dizendo que não vou poder carregar o iPod? — perguntou Grace.

— Talvez os fios sejam subterrâneos — sugeriu Doug. — Ou tenha gerador. Estamos no século XXI. Ninguém vive sem eletricidade — falou ele, ajustando a mochila. — Vamos lá, é uma caminhada longa. Queremos chegar antes de escurecer.

Eles começaram a descer a ladeira, onde o vento fazia o rosto arder como se fosse urtiga gelada, e as rajadas tornavam cada passo um esforço a mais. Doug ia na frente, abrindo uma trilha através da neve profunda e virgem, com Grace, Elaine e Arlo seguindo em fila, atrás dele. Maura ia por último. Embora estivessem descendo, a neve, cada vez mais alta, transformava o percurso numa marcha exaustiva. Ninguém falava àquela altura; todas as forças estavam dirigidas voltadas para se manter indo em frente.

Nada naquele dia havia sido o que Maura esperava. Se tivéssemos ignorado o GPS e seguido o mapa, pensou ela, estaríamos no hotel agora, bebendo vinho em frente à lareira. Se, em primeiro lugar, eu não tivesse aceitado o convite de Doug, não estaria aqui com essas pessoas. Estaria no meu próprio hotel, quente e segura para a noite. *Segurança* era a escolha que quase sempre fazia. Investimentos seguros, carros seguros, viagens seguras. Os únicos riscos que já correra haviam sido com homens, e todos eles deram errado. Daniel, e agora Douglas. *Lembrete: no futuro, evite homens cujos nomes comecem com D.* Fora isso, os dois não tinham mais nada em comum. Esse fora o fascínio de Doug, o fato de ser rebelde e um pouco irresponsável. Ele a fizera querer ser irresponsável também.

Aí está o resultado, pensou ela, enquanto tropeçava montanha abaixo. Deixei um homem impulsivo me colocar numa confusão dessas. E o que é pior, ele se recusava a reconhecer a seriedade da situação, que só parecia piorar. No mundo ensolarado de Doug, tudo dava certo.

A luz começava a diminuir. Eles já deviam ter caminhado um quilômetro e meio, no mínimo, e suas pernas pesavam como chumbo. Se ela desabasse ali, de exaustão, os outros talvez nem percebessem. E depois que escurecesse, ninguém ia conseguir encontrá-la. De manhã, estaria coberta pela neve. Como era fácil desaparecer naquele lugar. Perder-se numa nevasca, ficar enterrada sob um monte de neve, e o mundo não faria ideia do que teria acontecido a você. Ela não contara a ninguém em Boston sobre esse passeio de dois dias. Uma vez na vida, tentara ser espontânea, embarcar e aproveitar a viagem, como Doug a exortara. E havia sido sua chance de tirar Daniel da cabeça e declarar independência. Convencer-se de que era dona do seu nariz.

A bolsa escorregou do ombro, e o celular caiu na neve. Ela se abaixou para pegá-lo, limpou os flocos de neve e checou a recepção. Nada de sinal ainda. Lixo inútil, aqui, pensou ela, desligando-o para conservar a bateria. Imaginou se Daniel teria ligado. Ficaria preocupado quando ela não retornasse nenhuma das mensagens de voz? Ou pensaria que estava o ignorando de propósito? Ficaria esperando que ela quebrasse o silêncio?

Se você esperar demais, eu posso morrer.

De repente, com raiva de Daniel, de Doug, daquele maldito dia, ela encarou o último monte de neve e arremeteu como um touro, com neve até os quadris. Ultrapassou o obstáculo e seguiu os outros até terreno plano, onde todos pararam, a fim de recuperar o fôlego, exalando baforadas de vapor. Flocos de neve flutuavam como mariposas brancas e chegavam ao chão suavemente.

Na penumbra que se adensava, duas filas de casas idênticas se erguiam escuras e silenciosas. Todas tinham o mesmo telhado inclinado, as mesmas garagens contíguas, os mesmos pórticos e os mesmos balanços. Até no número de janelas eram estranhos clones perfeitos umas das outras.

— Olá? — gritou Doug. — Tem alguém aí?

Sua voz ecoou de volta, vinda das montanhas circundantes, até desaparecer.

Arlo gritou:

— Viemos em paz! E temos cartão de crédito!

— Isso não tem graça — protestou Elaine. — Podemos morrer congelados.

— Ninguém vai morrer congelado — contestou Doug, subindo ruidosamente os degraus do pórtico da casa mais próxima e batendo à porta.

Ele esperou alguns segundos e bateu de novo. O único som era o rangido do balanço, sob o pórtico coberto, o assento congelado pela neve que o vento trouxera.

— Force a entrada — sugeriu Elaine. — É uma emergência.

Doug girou a maçaneta, e a porta se abriu. Ele se virou para os outros.

— Vamos torcer para que não tenha ninguém dentro nos esperando com uma espingarda.

O interior da casa não estava mais quente. Eles ficaram tremendo na penumbra, exalando vapor como cinco dragões expelindo fogo. A última luz cinzenta do dia se esvaía através da janela.

— Alguém tem uma lanterna? — perguntou Doug.

— Acho que eu tenho — disse Maura, procurando na bolsa a miniMaglite que sempre usava no trabalho. — Droga! — resmungou. — Acabo de me lembrar que deixei em casa. Achei que não ia precisar dela num congresso.

— Será que tem um interruptor em algum lugar?

— Nessa parede, nada — falou Elaine.

— Também não encontro nenhuma tomada. Não tem nada ligado, em parte alguma — concluiu Arlo, fazendo uma pausa. — Sabem de uma coisa? Acho que não há eletricidade neste lugar.

Por um momento, todos ficaram sem falar, desanimados demais para dizer qualquer palavra. Não ouviam o barulho de nenhum relógio, nenhum zumbido de geladeira ligada. Só o vácuo de um espaço morto.

Um ruído metálico fez Maura dar um pulo.

— Desculpem. Derrubei alguma coisa — avisou Arlo, que estava perto da lareira, ficando em silêncio depois. — Ei, tem uma caixa de fósforos aqui.

Eles ouviram o som de um palito sendo aceso. À luz incerta da chama, viram lenha empilhada. Logo, a luz se extinguiu.

— Vamos acender a lareira — disse Doug.

Maura se lembrou do jornal que havia comprado no posto de gasolina e o tirou da bolsa.

— Vocês precisam de papel para acender?

— Não, tem uma pilha bem aqui.

Na escuridão, eles ouviam Doug revirando a lenha para armar o fogo, amassando jornais. Ele riscou outro fósforo e o papel se incendiou.

— Que se faça luz! — disse Arlo.

E assim se fez. E calor também, espalhando-se em ondas abençoadas à medida que o fogo crescia. Doug acrescentou duas achas e todos chegaram mais perto, apreciando o calor e o brilho alegre.

Podiam ver mais do ambiente agora. A mobília era de madeira, comum e simples. Um grande tapete trançado cobria o chão, também de madeira, próximo à lareira. As paredes eram nuas, a não ser pela grande foto emoldurada de um homem, com olhos negros como carvão e cabeleira espessa, da mesma cor, o olhar reverentemente direcionado para o céu.

— Tem uma lamparina a óleo aqui — anunciou Doug, acendendo o pavio e sorrindo, à medida que a sala se iluminava. — Temos luz e uma bela pilha de lenha. Se a gente conseguir manter esse fogo, vai começar a esquentar aqui.

Maura franziu de repente o cenho para a lareira, onde ainda se viam cinzas antigas. O fogo queimava bem, com chamas se elevando como uma lâmina serrilhada.

— Nós não abrimos o cano da chaminé — disse ela.

— Parece estar queimando sem problemas — retrucou Doug. — Não tem fumaça.

— Essa é a questão — esclareceu Maura, abaixando-se e olhando para a chaminé. — Já estava aberto. É estranho.

— Por quê?

— Quando se fecha a casa para o inverno, não seria normal limpar as cinzas e fechar o cano? — replicou ela, ficando em silêncio depois. — Você não trancaria a porta?

Todos ficaram calados por um instante, enquanto o fogo queimava, consumindo a madeira que chiava e dava estalos. Maura viu os outros olharem nervosamente em torno, para as sombras, e percebeu que o mesmo pensamento deveria estar passando por suas cabeças. *Será que os ocupantes tinham mesmo ido embora?*

Doug ficou de pé e pegou a lamparina a óleo.

— Vou dar uma olhada no resto da casa.

— Vou com você, papai — disse Grace.

— Eu também — ofereceu Elaine.

Agora, estavam todos de pé. Ninguém queria ficar para trás.

Doug seguiu à frente por um corredor, enquanto a lamparina lançava sombras pelas paredes. Eles entraram numa cozinha com chão de pinho, armários e fogão a lenha. Sobre a pia de pedra-sabão, havia uma bomba para puxar água do poço. Mas o que atraiu a atenção de todos foi a mesa de refeições.

Sobre ela, viam-se quatro pratos, quatro garfos e quatro copos de leite congelado. A comida congelara nos pratos — alguma coisa escura e em pedaços, ao lado de montes cimentados de purê de batata, tudo coberto por uma fina camada de gelo.

Arlo enfiou um garfo num dos pedaços.

— Parecem almôndegas. Que prato vocês acham que era o do ursinho menor?

Ninguém riu.

— Eles largaram o jantar aqui — disse Elaine. — Serviram o leite, colocaram a comida na mesa. E depois... — Sua voz sumiu, e ela olhou para Doug.

Na penumbra, a lamparina tremulou quando uma corrente de ar varreu a cozinha. Doug foi até a janela, que tinha sido deixada aberta, e a fechou.

— Isso também é estranho — comentou ele, franzindo o cenho diante da camada de neve que se acumulara sobre a pia. — Quem deixa a janela aberta quando está congelando lá fora?

— Ei, olhem. Tem comida aqui! — disse Arlo, que havia aberto a porta da despensa, revelando prateleiras cheias de mantimentos. — Tem farinha. Feijão e um monte de enlatados: milho, pera e picles. Dá para durar até o Juízo Final.

— Ninguém como Arlo para descobrir um jantar — falou Elaine.

— Podem me chamar de caçador-coletor supremo. Pelo menos não vamos morrer de fome.

— Como se você pudesse deixar isso acontecer.

— E se acendermos esse fogão a lenha — observou Maura —, a casa vai esquentar mais rápido.

Doug olhou para cima, na direção do segundo andar.

— Desde que eles não tenham deixado outras janelas abertas. Vamos dar uma olhada no resto.

Mais uma vez, ninguém queria ficar para trás. Doug enfiou a cabeça na garagem vazia e depois se dirigiu para a escada. Levantou a lamparina, mas a luz revelou apenas degraus escuros que subiam para a escuridão. Eles prosseguiram; Maura por último, onde era mais escuro. Nos filmes de horror, o primeiro a desaparecer era sempre quem ia na retaguarda, o personagem infeliz no final da coluna que levava a flechada nas costas ou o primeiro golpe de machado. Ela olhou para trás, mas tudo que viu foi um poço de sombras.

O primeiro aposento diante do qual Doug parou foi um quarto. Todos se comprimiram na entrada e viram uma grande cama, com cabeceira e pé, imaculadamente arrumada. Em frente, havia um baú de pinho, sobre o qual um par de jeans tinha sido deixado. De homem, tamanho 46, com um cinto de couro surrado. Pelo chão, via-se uma camada de poeira de neve, que entrara por outra janela aberta. Doug a fechou.

Maura foi até a cômoda e pegou uma foto, com moldura metálica simples. Quatro rostos a encaravam de volta: um homem e uma mulher, ao lado de duas garotas, com cerca de 9 e 10 anos, os cabelos louros cuidadosamente trançados. O homem usava o cabelo liso para trás e tinha um olhar inflexível, que parecia desafiar qualquer um a questionar sua autoridade. A mulher era comum e pálida, com cabelos louros trançados, as feições tão sem cor que se confundiam com o fundo. Maura a imaginou trabalhando na cozinha, fios de cabelos louros escapando das tranças e caindo-lhe sobre o rosto. Imaginou-a pondo pratos e talheres sobre a mesa e servindo a comida. Montanhas de purê de batata, porções de carne e molho.

E o que acontecera então? O que faria uma família abandonar a refeição, deixando-a congelar?

Elaine agarrou o braço de Doug:

— Você ouviu isso? — sussurrou ela.

Todos ficaram imóveis. Só então Maura ouviu o que parecia ser sons de passos no assoalho.

Vagarosamente, Doug se dirigiu ao corredor e, depois, para a próxima porta. Levantando a lamparina, entrou no aposento, que revelou ser outro quarto.

De repente, Elaine riu.

— Meu Deus, como somos idiotas! — disse ela, apontando para o armário, onde uma porta rangia para lá e para cá, impulsionada por rajadas que sopravam pela janela aberta do recinto. Aliviada, sentou-se em uma das duas camas gêmeas.

— Uma casa vazia, é só isso! E conseguimos ficar tão assustados.

— Fale por você — corrigiu Arlo.

— Está bem. Como se você não tivesse tremido.

Maura fechou a janela e olhou para a noite. Não via qualquer luz, nenhum sinal de que outra pessoa no mundo estivesse viva, a não ser eles. Sobre a escrivaninha, havia uma pilha de livros escolares. *Programa independente de estudo individual. Nível 4.* Ela abriu a capa e foi até uma página de exercícios de ortografia. O nome da aluna estava impresso no interior da capa: Abigail Stratton. Uma das garotas na foto, pensou ela. Este é o seu quarto. Mas, olhando as paredes em torno, viu pouca coisa indicando que garotas pré-adolescentes vivessem ali. Não havia cartazes de cinema, nenhuma foto de ídolos. Apenas duas camas gêmeas, muito bem-arrumadas, e aqueles livros escolares.

— Acho que agora podemos dizer que esta casa é nossa — disse Doug. — Só temos de ficar sentados, quietos, até alguém aparecer procurando por nós.

— E se ninguém aparecer? — perguntou Elaine.

— Alguém vai dar por falta da gente. Tínhamos reservas naquele hotel.

— Vão achar apenas que desistimos. E só somos esperados de volta ao trabalho depois do Dia de Ação de Graças. Daqui a nove dias.

Doug olhou para Maura.

— Você está sendo esperada no voo de amanhã, certo?

— Sim, mas ninguém sabe que eu vim com você, Doug. Eles não vão saber por onde começar a procurar.

— Por que alguém viria procurar *aqui*? — questionou Arlo. — Estamos no meio do nada! A estrada só vai ficar transitável na primavera, o que significa que podem se passar meses até nos encontrarem — completou ele, sentando-se na cama, ao lado de Elaine, e pondo a cabeça nas mãos. — Jesus, estamos ferrados.

Doug olhou para os companheiros desanimados.

— Muito bem, eu não estou em pânico. Temos comida e lenha. Não vamos morrer de fome nem de frio — falou ele, dando um tapa nas costas de Arlo. — Vamos lá, cara. É uma aventura. Podia ser pior.

— Quão pior? — contestou Arlo.

Ninguém respondeu. Ninguém queria.

7

Quando a detetive Jane Rizzoli chegou à cena do crime, um grupo de curiosos já havia se juntado, atraído pelas luzes piscantes dos carros do Departamento de Polícia de Boston e pelo misterioso instinto que sempre parece atrair as multidões para os lugares onde aconteceram coisas ruins. A violência exala a sua versão de feromônios, e aquelas pessoas haviam sentido o cheiro, comprimindo-se agora contra o cordão de isolamento da U-Store-More e aguardando um vislumbre do que trouxera a polícia até sua vizinhança.

Jane estacionou o carro e saltou, abotoando o casaco para se proteger do frio. Naquela manhã, a chuva tinha parado, mas com o céu claro vieram as temperaturas baixas, e ela percebeu que não havia trazido nenhuma luva quente, só as de látex. Ainda não estava pronta para o inverno, não havia colocado os protetores no limpador de para-brisa e a neve açoitava o seu carro. Entretanto, naquela noite, o inverno estava definitivamente se fazendo sentir.

Ela caminhou até o portão e entrou, não sem antes falar com o patrulheiro que fazia guarda. Os curiosos a observavam de celular na mão, filmando e tirando fotos. *Ei, moça, dá uma olhada nas minhas fotos da cena do crime.* Francamente, pessoal, pensou Jane. Arrumem o que fazer! Sentia as câmeras apontadas para ela, enquanto caminhava sobre o pavimento congelado, até o depósito 22. Três patrulheiros muito agasalhados se encontravam do lado de fora da unidade, com as mãos enfiadas no bolso e os quepes bem enterrados na cabeça, protegendo-se contra o frio.

— Olá, detetive — cumprimentou um deles.

— É aqui?

— É. O detetive Frost já está lá dentro com a gerente — disse o policial, abaixando-se para agarrar a alça e levantar a porta de alumínio. Ela se abriu, e, no espaço atravancado que se revelou, Jane viu o parceiro, Barry Frost, ao lado de uma mulher de meia-idade, vestindo uma jaqueta branca forrada, tão grossa que parecia ter travesseiros amarrados ao peito.

Frost se encarregou das apresentações.

— Esta é Dottie Dugan, gerente da U-Store-More. Esta é minha parceira, a detetive Jane Rizzoli — disse ele.

Todos mantiveram a mão nos bolsos; estava frio demais para formalidades.

— Foi você quem fez a ligação? — perguntou Jane.

— Sim. Eu estava dizendo ao detetive Frost como fiquei chocada ao descobrir o que estava aqui.

Uma rajada de vento fez com que pedaços de papel deslizassem pelo chão de concreto. Jane pediu ao patrulheiro que estava do lado de fora:

— Dá para você fechar a porta?

Eles esperaram até a porta de alumínio descer, fechando-os num espaço tão frio quanto estava lá fora, mas ao menos protegido contra o vento. Uma única lâmpada nua balançava acima deles, e a luz forte realçava as bolsas sob os olhos de Dottie Dugan. Até Frost, que ainda não tinha 40 anos, parecia tenso e de meia-idade sob aquela iluminação, o rosto de uma palidez anêmica. Atravancando o espaço, havia um ajuntamento de móveis velhos. Jane viu um sofá puído, coberto por um tecido floral espalhafatoso, uma poltrona

Naugahyde manchada e várias cadeiras de madeira, todas de conjuntos diferentes. Havia tantos móveis que as pilhas alcançavam 3 metros ao longo das paredes.

— Ela sempre pagava em dia — disse Dottie Dugan. — Todo mês de outubro, eu recebia um cheque por um ano de aluguel. E esta é uma das nossas maiores unidades, 10 por 30. Não é exatamente barata.

— Quem é o locatário? — perguntou Jane.

— Betty Ann Baumeister — respondeu Frost, consultando as anotações e lendo as informações que já havia coletado. — Ela alugou esta unidade por 11 anos. O endereço ficava em Dorchester.

— Ficava?

— Ela morreu — esclareceu Dottie Dugan. — Parece que foi um ataque cardíaco. Já tem um tempo, mas eu só descobri quando fui tentar receber o aluguel. Era a primeira vez que ela não me enviava o cheque. Então percebi que tinha algo errado. Tentei encontrar os parentes, mas só achei um tio velho e senil na Carolina do Sul. Ela era de lá. Tinha um sotaque do sul, suave e bonito. Fiquei com pena de que ela tivesse se mudado para tão longe, para Boston, e morrido aqui sozinha. Pelo menos foi o que pensei na hora.

Ela deu uma risada triste e estremeceu dentro da jaqueta forrada.

— A gente nunca sabe, não é? Uma mulher do sul, de aparência tão suave, como ela. Me senti realmente culpada por ter que leiloar as suas coisas, mas não posso mantê-las aqui — falou ela, olhando em torno. — Não que valham muito.

— Onde você encontrou?

— Naquela parede ali atrás, onde fica a tomada — indicou Dottie Dugan, guiando-os através do desfiladeiro de cadeiras empilhadas, até um grande freezer baixo. — Eu achei que ela guardava aqui carnes caras ou algo do gênero. Por que se preocupar em manter isso funcionando o ano todo, a menos que seja uma coisa que valha a pena deixar congelada?

A mulher fez uma pausa e olhou para Jane e Frost.

— Se vocês não se importam, eu prefiro me afastar. Não quero ver aquilo de novo — falou ela, virando-se e retirando-se em direção à porta.

Jane e Frost trocaram olhares. Foi ela quem levantou a tampa. Uma bruma gelada se ergueu do freezer, obscurecendo o que havia dentro. Depois, a neblina se dissipou e o conteúdo ficou à mostra.

Embrulhado em plástico transparente, um rosto de homem os contemplava, uma camada de gelo cobrindo as sobrancelhas e os cílios. O corpo nu estava dobrado em posição fetal, os joelhos contra o peito, para caber no pequeno espaço. Embora a face estivesse rachada por queimaduras do gelo, a pele não era enrugada; a carne jovem estava preservada como um bom corte de filé, embrulhado, congelado e guardado para uso posterior.

— Quando alugou esta unidade, a única coisa em que ela insistiu foi uma tomada elétrica confiável — disse Dottie, com o rosto desviado para não ver o ocupante do freezer. — Disse que não podia haver cortes de eletricidade. Agora eu sei por quê.

— Você sabe mais alguma coisa sobre a Sra. Baumeister? — perguntou Jane.

— Só o que já contei aqui ao detetive Frost. Pagava em dia, e os cheques eram sempre bons. As pessoas para quem eu alugo, a maioria delas entra e sai, não quer conversar muito. Várias têm histórias tristes. Perderam as casas, e é aqui que as suas coisas vêm parar. Raramente têm algo que valha a pena leiloar. Na maioria das vezes, é assim — exemplificou ela, apontando para a mobília gasta, empilhada contra as paredes. — Só têm valor para os donos.

Jane examinou vagarosamente os objetos que Betty Ann Baumeister havia achado valer a pena guardar nesses 11 anos. A 250 dólares por mês, aquilo teria custado a ela 3 mil por ano, e, durante uma década, 30 mil, só para guardar aqueles pertences. Via-se ali o bastante para se mobiliar uma casa de quatro quartos, embora não com bom gosto. As cômodas e as estantes eram de aglomerado e estavam empenadas. As cúpulas de abajur amareladas pareciam frágeis a ponto de se desintegrarem com um toque. Sucata sem valor, na opinião de Jane. Mas, quando Betty Ann olhava para o sofá puído e as cadeiras bambas, via tesouros ou lixo?

E a qual das duas categorias pertencia o homem no freezer?

— Você acha que ela o matou? — perguntou Dottie Dugan.

Jane olhou para ela.

— Não sei. Sequer sabemos quem ele é. Vamos ter que esperar e ver o que o legista diz.

— Se ela não o matou, por que o enfiou no freezer?

— A senhora se surpreenderia se soubesse o que as pessoas fazem — respondeu Jane ao fechar a tampa, feliz por tirar o rosto congelado, com aqueles cílios incrustados de gelo, do seu campo de visão. — Talvez ela não quisesse perdê-lo.

— Acho que vocês, detetives, veem um bocado de coisas estranhas.

— Mais do que eu gosto de pensar — suspirou Jane, exalando vapor.

Ela não estava nada ansiosa para procurar por pistas naquele compartimento desgraçadamente frio. Pelo menos, o tempo não estava contra eles; nem as provas nem o suspeito corriam o risco de escapar.

Seu celular tocou.

— Com licença — desculpou-se, afastando-se alguns passos para atender. — Detetive Rizzoli.

— Desculpe incomodá-la tão tarde da noite — começou o padre Daniel Brophy. — Acabo de falar com o seu marido, e ele disse que você estava na cena de um crime.

Ela não se surpreendeu de ouvir Brophy. Como clérigo a serviço do Departamento de Polícia de Boston, era muitas vezes chamado a comparecer a cenas de crimes, a fim de ministrar aos aflitos.

— Está tudo bem aqui, Daniel — garantiu ela. — Não parece haver membros da família precisando de aconselhamento.

— Na verdade, eu estou ligando por causa de Maura — explicou ele, fazendo então uma pausa.

Era um assunto que tinha dificuldades em abordar, e não era de se surpreender. Seu caso com Maura não era segredo para Jane, e ele devia saber que ela o desaprovava, mesmo que nunca tivesse lhe dito na cara.

— Ela não está atendendo o celular — esclareceu ele. — Estou preocupado.

— Talvez ela esteja evitando ligações. — *As suas ligações* foi o que Jane pensou.

— Já deixei meia dúzia de mensagens de voz. Só queria saber se você tem conseguido falar com ela.

— Não tentei.

— Eu queria ter certeza de que está tudo bem com ela.

— Ela está num congresso, não? Talvez tenha desligado o telefone.

— Então você não sabe onde ela está.

— Acho que em algum lugar de Wyoming.

— Sim, eu sei onde deveria estar.

— Você tentou ligar para o hotel dela?

— É exatamente isso. Ela pagou a conta hoje de manhã.

Jane se virou quando a porta da unidade de armazenamento se abriu de novo e o legista entrou.

— Eu estou um pouco ocupada agora — disse ela a Brophy.

— Ela só devia sair do hotel amanhã.

— Então mudou de ideia. Fez outros planos.

— Não me contou nada. O que me preocupa é não conseguir falar com ela.

Jane acenou para o legista, que se espremia entre as montanhas de móveis e foi se juntar a Frost no freezer. Impaciente para retornar ao trabalho, disse diretamente:

— Talvez ela não queira ser encontrada. Você pensou na possibilidade de que ela esteja precisando de um tempo sozinha?

Ele ficou em silêncio.

Havia sido uma pergunta cruel, e ela se arrependeu de tê-la feito.

— Você sabe — acrescentou, mais gentilmente — que este ano tem sido difícil para ela.

— Eu sei.

— Você tem as cartas na mão, Daniel. É você que tem de tomar uma decisão, fazer uma escolha.

— Você acha que isso torna as coisas mais fáceis para mim, saber que sou eu quem tem de escolher?

Ela percebeu o sofrimento dele e pensou: por que as pessoas fazem isso consigo mesmas? Como é que dois seres humanos bons e inteligentes caem numa armadilha de tanta infelicidade? Ele previra, meses antes, que as coisas chegariam àquele ponto, quando os hormônios se acalmassem e o resplendor do novo relacionamento desaparecesse, que o arrependimento seria uma amarga companhia.

— Eu só quero ter certeza de que está tudo bem com ela — insistiu Brophy. — Não a teria incomodado se não estivesse preocupado.

— Eu não sei onde ela está.

— Mas você poderia tentar entrar em contato com ela por mim?

— Como?

— Telefonando. Talvez você esteja certa, ela pode estar filtrando as ligações. Nossa última conversa não foi... — Ele fez uma pausa. — Poderia ter terminado melhor.

— Vocês brigaram?

— Não. Mas eu a decepcionei. Sei disso.

— Pode ser por isso que ela não está retornando as suas ligações.

— Mesmo assim, não é do feitio dela não atender o telefone.

Nisso Brophy estava certo. Maura era conscienciosa demais para ficar fora de alcance por muito tempo.

— Eu vou ligar para ela — cedeu Jane, desligando e agradecendo por sua vida ser tão bem-resolvida.

Nada de lágrimas, drama, altos e baixos estapafúrdios. Só a certeza feliz de que, naquele momento, o marido e a filha estavam em casa, esperando por ela. Parecia-lhe que, a seu redor, o turbilhão dos romances estava destruindo a vida das pessoas. O pai havia deixado a mãe por outra mulher. O casamento de Barry Frost havia se desfeito recentemente. Ninguém estava se comportando da maneira que costumava, que deveria. Enquanto ligava para o número de Maura, perguntava-se: será que sou a única por aqui a permanecer sã?

Deixou tocar quatro vezes e depois ouviu a gravação: Aqui é a Dra. Isles. Não posso atender no momento. Deixe sua mensagem e eu retornarei o mais rápido possível.

— Ei, doutora, estávamos nos perguntando por onde você anda — disse Jane. — Me dá uma ligada, ok?

Ela desligou e ficou olhando para o celular, pensando em todas as razões pelas quais Maura não tinha atendido. Fora de área. Sem bateria. Ou talvez estivesse se divertindo demais em Wyoming, longe de Daniel Brophy, do trabalho, com todas as suas implicações de morte e decomposição.

— Está tudo bem? — gritou Frost.

Jane enfiou o telefone no bolso e olhou para ele.

— Sim, com certeza.

8

— O que vocês acham então que aconteceu aqui? — perguntou Elaine, a voz ligeiramente pastosa por ter bebido uísque demais. — Para onde foi essa família?

Eles estavam sentados em torno da lareira, envolvidos em cobertores que haviam tirado dos frios quartos do andar de cima. Tinham comido carne de porco e feijão enlatado, miojo com queijo, biscoitos salgados e manteiga de amendoim. Um banquete com altos níveis de sódio, engolido com uma garrafa de uísque barato, que encontraram escondida no fundo da despensa, atrás dos sacos de farinha e açúcar.

Devia ser o uísque *dela*, pensou Maura, lembrando-se da mulher na fotografia, de olhos parados e rosto sem expressão. A despensa era o local onde uma mulher ocultaria um estoque secreto de bebida alcoólica, onde o marido nunca se daria ao trabalho de explorar. Não se considerasse que cozinhar era tarefa feminina. Maura deu um gole e, à medida que o uísque lhe descia pela garganta, queimando, perguntou-se o que levaria uma mulher a beber escondida, que infelicidade a faria buscar o consolo entorpecente do álcool.

— Ok — disse Arlo. — Eu tenho uma explicação lógica para onde essas pessoas foram.

Elaine encheu novamente o copo e acrescentou apenas uma gota de água.

— Vamos ouvir.

— É hora do jantar. A esposa de penteado feio põe a comida na mesa, e, quando eles vão se sentar e dar graças, ou seja lá o que essas pessoas fazem, o marido de repente segura o peito e diz: estou tendo um ataque cardíaco! Aí todo mundo se enfia no carro e corre para o hospital.

— Deixando a porta da frente destrancada?

— Por que se preocupar em trancar? O que tem aqui que alguém pudesse querer roubar? — perguntou Arlo, indicando a mobília com desprezo. — Além do mais, não tem ninguém perto, por quilômetros, que pudesse se dar ao trabalho de entrar aqui.

Ele fez uma pausa e levantou o copo de uísque num brinde irônico.

— Exceto os presentes.

— Me parece que eles saíram já faz dias. Por que não voltaram?

— As estradas — arriscou Maura.

Ela pegou o jornal que havia comprado no posto de gasolina Grubb's mais cedo. Séculos atrás, parecia. Abrindo-o, colocou-o perto da lareira para que todos pudessem ler a manchete, que tinha observado na hora de pagar.

Mau tempo retorna
Após uma semana de tempo quente, fora de época, com temperaturas atingindo 20º, uma frente fria parece estar a caminho. Meteorologistas preveem que podem cair de 5 a 10 centímetros de neve, a partir de terça-feira à noite. Uma tempestade de inverno bem mais poderosa está a caminho, com possibilidade de nevascas ainda mais fortes no sábado.

— Talvez eles não tenham conseguido voltar — especulou Maura. — Podem ter saído antes da tempestade de terça, quando a estrada ainda estava desimpedida.

— Isso explicaria por que as janelas ficaram abertas — observou Doug. — Porque o tempo ainda estava quente quando eles foram embora. E depois veio a tempestade — acrescentou ele, inclinando a cabeça para Maura. — Eu não disse a vocês que ela era brilhante? A Dra. Isles sempre tem uma explicação lógica.

— Isso quer dizer que essas pessoas planejam voltar — concluiu Arlo. — Depois que a estrada ficar livre.

— A menos que mudem de ideia — disse Elaine.

— Mas deixaram a casa destrancada e todas as janelas abertas. Eles têm de voltar.

— Para *isso*? Sem eletricidade, nenhum vizinho em volta? Que mulher em pleno juízo suportaria uma coisa dessas? E, por falar nisso, onde *estão* todos os vizinhos?

— Este lugar é ruim — disse Grace, em voz baixa. — Eu não voltaria.

Todos olharam para ela. A garota estava sentada sozinha, tão enrolada em um cobertor que parecia uma múmia na penumbra. Estivera em silêncio, perdida na música que tocava no iPod, mas agora havia retirado os fones do ouvido e se sentado, abraçada a si mesma, olhando em torno da sala com olhos bem abertos.

— Eu olhei o armário deles — continuou Grace. — No quarto onde os pais dormiam. Vocês sabiam que ele tem 16 cintos? São 16 cintos de couro, cada um com seu próprio gancho para pendurar. E tem corda lá, também. Por que alguém guardaria corda no armário?

Arlo deu uma risada nervosa.

— Com nenhum propósito inocente que eu possa imaginar — falou ele, recebendo um leve tapa de Elaine.

— Não acho que ele seja um homem bom — insistiu Grace, contemplando a escuridão que se estendia para além da lareira. — Talvez a esposa e as filhas tenham fugido. Podem ter visto uma chance e escapado.

Ela fez uma pausa.

— Se tiveram essa sorte. Se ele não as matou primeiro.

Maura estremeceu sob o cobertor de lã. Nem o uísque estava conseguindo dispersar o frio gelado que se espalhara de repente pela sala.

Arlo pegou a garrafa.

— Ai, meu Deus, se nós vamos contar histórias assustadoras, é melhor ficarmos um pouco sedados.

— Acho que você já está suficientemente sedado — protestou Elaine.

— Quem mais tem uma história de horror para contar em frente à fogueira do acampamento? — perguntou Arlo, olhando para Maura. — Com o seu trabalho, você deve ter uma tonelada delas.

Maura olhou de relance para Grace, que havia voltado a ficar em silêncio. Se eu estou amedrontada pela situação, pensou ela, como isso tudo deve ser assustador para uma menina de apenas 13 anos!

— Não acho que este seja o momento para contar histórias de terror — disse Maura.

— Tudo bem. Que tal histórias engraçadas, então? Os patologistas não possuem a reputação de ter um humor de necrotério?

Maura sabia que ele queria apenas um pouco de distração para ajudar a passar a noite longa e fria, mas ela não estava com vontade de ser divertida.

— Não tem nada de engraçado no que eu faço — cortou. — Pode acreditar.

Fez-se um longo silêncio. Grace se aproximou mais da lareira e ficou olhando para o fogo.

— Queria que a gente tivesse ficado no hotel. Não gosto deste lugar.

— Estou com você, meu bem — concordou Elaine. — Esta casa me dá arrepios.

— Não sei — falou Doug, oferecendo, como sempre, o ponto de vista ensolarado. — É uma casa boa, de construção sólida. Nos fala um pouco sobre o tipo de pessoa que moraria aqui.

Elaine soltou uma gargalhada de depreciação.

— Pessoas com um péssimo gosto para móveis.

— Sem falar no gosto que têm para comida — completou Arlo, apontando para a lata vazia de carne de porco com feijão.

— Você comeu bem rápido.

— São condições de sobrevivência, Elaine. Para ficar vivo, a gente faz o que deve.

— E vocês viram as roupas nos armários? Só algodão e gola alta. Roupa de pioneiro.

— Esperem, esperem. Estou fazendo um retrato mental dessas pessoas — disse Arlo, apertando as têmporas com os dedos e fechando os olhos, como um *swami* evocando visões. — Estou vendo...

— Gótico americano! — murmurou Doug.

— Não, a família Buscapé! — exclamou Elaine.

— Ei, mãezinha — debochou Arlo, com voz arrastada —, me dá mais uma dose daquele caldo de esquilo.

O trio de velhos amigos estourou numa gargalhada, estimulados pelo uísque e pela alegria em potencial de ridicularizar pessoas que nunca conheceram. Maura não participou.

— E o que você vê, Maura? — perguntou Elaine.

— Vamos lá — instigou Arlo. — Entre na brincadeira com a gente. O que você acha que essas pessoas são?

Maura olhou em torno da sala, para as paredes sem enfeites, a não ser pela fotografia emoldurada do homem de cabelos escuros, com olhos hipnóticos e olhar reverentemente elevado. Não havia cortinas, nem objetos de decoração. Os únicos livros eram manuais técnicos. *Conserto de motor a diesel. Encanamento básico. Manual veterinário caseiro.* Não era uma casa de mulher; não era um mundo feminino.

— Ele tem o controle total aqui — começou ela. — O marido.

Os outros observavam, esperando que dissesse mais.

— Vocês veem como tudo nesta sala é frio e prático? Não há sinal da esposa aqui. É como se ela não existisse, fosse invisível. Uma mulher que não importa, caiu numa cilada e não encontra outra saída a não ser uma garrafa de uísque.

Ela fez uma pausa, pensando de repente em Daniel, e seus olhos ficaram mareados de lágrimas. *Eu também caí numa cilada. Apaixonada e incapaz de ir embora. Seria melhor ficar isolada num vale só meu.* Maura piscou e, quando a visão clareou, viu-os olhando para ela.

— Uau! — exclamou Arlo, em voz baixa. — Isso é que é psicanálise para uma casa.

— Vocês perguntaram minha opinião — disse ela, tomando o último gole do uísque e pousando o copo ruidosamente. — Estou cansada. Vou dormir.

— Todos nós precisamos dormir — disse Doug. — Vou ficar acordado mais um pouco e manter o fogo aceso. Não podemos deixar que se apague, vamos ter que nos revezar.

— Eu pego o próximo turno — ofereceu-se Elaine, encolhendo-se no tapete e se enrolando no cobertor. — Me acorda quando for a hora.

O chão rangeu enquanto todos se acomodavam, tentando ficar confortáveis sobre o tapete trançado. Mesmo com o fogo na lareira, a sala estava gelada. Sob o cobertor, Maura ainda vestia o casaco. Eles haviam trazido travesseiros dos quartos, e o dela cheirava a suor e loção pós-barba. Era o do marido.

Com o cheiro dele contra o rosto, ela adormeceu e sonhou com um homem de cabelos escuros e olhar pétreo, que pairava sobre ela e a observava dormir. Viu ameaça em seus olhos, mas não conseguia se mexer, se defender, com o corpo paralisado pelo sono. Acordou ofegante, os olhos esbugalhados de terror, o coração martelando no peito.

Não tinha ninguém em cima dela. Contemplou a escuridão vazia.

O cobertor havia escorregado para o lado, e a sala estava gelada. Olhou para o fogo e viu que as chamas tinham morrido, deixando apenas algumas brasas brilhantes. Arlo estava sentado contra a lareira, roncando, com a cabeça caída. Deixara o fogo se apagar.

    Tremendo e se sentindo dura, por causa do chão frio, Maura se levantou e colocou outra acha na lareira. O fogo pegou quase que imediatamente, e, num instante, as labaredas crepitavam, exalando ondas deliciosas de calor. Ela olhou com aversão para Arlo, que sequer se mexeu. Inútil, pensou ela. Não posso contar com eles sequer para manter um fogo aceso. Que erro ter se metido com aquelas pessoas! Estava cansada das gracinhas de Arlo, das lamentações de Grace e do insuportável otimismo constante de Doug. E Elaine a deixava inquieta, embora não soubesse por quê. Lembrava-se do modo como ela havia olhado quando Doug a abraçara na estrada. Eu sou a intrusa, aquela que não pertence a esse quarteto feliz, pensou. E Elaine se ressente de mim.

    O fogo agora ardia quente e brilhante.

    Maura olhou para o relógio e viu que eram quatro da manhã. Já estava quase na sua vez de tomar conta do fogo, de maneira que era melhor permanecer acordada até amanhecer. Quando ficou de pé para se espreguiçar, seus olhos perceberam um brilho refletido, ao lado do fogo. Aproximando-se, viu que havia gotas de água no chão de madeira. Depois percebeu, na região de sombras, uma leve camada branca. Alguém tinha aberto a porta, deixando entrar uma rajada de neve.

    Ela caminhou até a porta, onde a neve ainda não havia derretido, e olhou para o pó fino. Marcado nele, via-se uma única marca de sola de sapato.

    Maura se virou e examinou rapidamente a sala, contando as formas que dormiam. Todos estavam ali.

    A porta estava destrancada; ninguém se preocupara em passar a tranca na noite passada; e por que o fariam? Quem desejariam manter do lado de fora?

    Maura baixou a tranca e foi olhar pela janela. Embora a sala estivesse começando a esquentar novamente, ela tremia sob o cobertor.

O vento uivava na chaminé, e ouvia a neve batendo na vidraça. Não dava para ver nada do lado de fora, só escuridão. Porém, qualquer um lá poderia *vê-la*, sua silhueta recortada pelo brilho da lareira.

Maura se retirou da janela e se sentou no tapete, tremendo. A neve perto da porta derreteu, levando consigo os últimos restos da pegada. Talvez a porta tivesse se aberto durante a noite, e um deles se levantara para fechá-la, deixando a marca. Talvez alguém tivesse saído para verificar o tempo ou urinar na neve. Completamente acordada agora, ficou sentada, vigiando, enquanto a noite ia dando aos poucos lugar para o amanhecer, e as trevas lá fora iam se tornando cinzentas.

Os companheiros não se mexiam.

Quando se levantou para atiçar o fogo mais uma vez, viu que só restavam umas poucas achas. Havia um bocado de madeira no telheiro, lá fora, mas provavelmente estaria úmida. Se quisesse secá-la, alguém teria de trazer uma braçada agora. Ela olhou para os companheiros adormecidos e suspirou. Esse alguém sou eu.

Pôs as botas e as luvas, enrolou o cachecol em volta do rosto e abriu a porta da frente. Protegendo-se contra o frio, saiu, fechando a porta atrás de si. O vento varria o pórtico, picando como agulhas finas. O balanço se movia em protesto. Olhando para baixo, não viu nenhuma pegada, mas o vento teria apagado qualquer coisa. Um termômetro na parede registrava -11°C. Parecia muito mais frio.

Os degraus estavam enterrados na neve, e, quando colocou a bota no que pensou ser o primeiro deles, o pé escorregou e ela caiu. A força do impacto subiu por sua coluna e explodiu no crânio. Ela se sentou, por um instante, zonza e piscando os olhos diante da claridade da aurora. O sol brilhava num céu azul e se refletia num mundo ofuscante. O vento jogou uma rajada de pó em seu rosto, e ela espirrou, o que só fez a cabeça doer mais.

Maura se levantou e limpou as calças. Apertou os olhos contra a neve que reluzia nos telhados. Entre as duas filas de casas, havia uma área de neve virgem, convidando-a a ser a primeira a pisar naquela superfície perfeita. Ela ignorou o impulso e dobrou o canto de uma casa, esforçando-se, em meio à neve que subia até o joelho, para alcançar o depósito de madeira. Tentou puxar uma acha do alto da pilha, mas estava congelada e não saía. Apoiando um pé contra a pilha, puxou com mais força. Com um ruído forte, a madeira congelada cedeu de repente, e ela tropeçou para trás. A bota esbarrou em alguma coisa enterrada na neve, e Maura se esparramou no chão.

Dois tombos num dia só. E a manhã estava apenas começando.

A cabeça doía e sentia os olhos queimados pela luz do sol. Estava com fome e enjoada ao mesmo tempo, resultado de uísque demais na noite passada. A perspectiva de carne de porco com feijão no café da manhã não a fazia se sentir melhor. Pôs-se novamente de pé e procurou a acha que havia arrancado. Chutando a neve em volta, bateu contra alguma coisa. Cavou com as mãos enluvadas e sentiu um bloco duro. Não era a lenha, mas uma coisa maior, congelada e presa ao chão. Fora nisso que sua bota havia esbarrado.

Ela afastou mais a neve e, de repente, ficou imóvel, com os olhos fixos no que havia encontrado. Enojada, recuou. Depois se virou e correu para a casa.

9

— Devem tê-lo deixado aqui fora, e ele morreu congelado — teorizou Elaine.

Eles estavam parados, um círculo solene em torno do cachorro morto, como cinco parentes diante da sepultura do morto, golpeados por um vento que parecia vidro estilhaçado. Doug havia usado uma pá para alargar o buraco, e o cão jazia agora totalmente descoberto, o pelo cintilando por causa da neve. Um pastor-alemão.

— Quem deixaria um cachorro do lado de fora com esse tempo? — perguntou Arlo. — Que crueldade!

Maura se ajoelhou e apertou a mão enluvada contra o flanco do animal. O corpo se encontrava solidamente congelado, a carne dura como pedra.

— Não vejo nenhum ferimento. E não se trata de um cão sem dono — disse. — Parece bem-alimentado e está com coleira.

Na placa de metal, estava gravado o irônico nome Sortudo.

— Ele pertence a alguém.

— Pode ter saído de casa e os donos não conseguiram encontrá-lo a tempo — rebateu Doug.

Grace levantou a cabeça, com um olhar impressionado.

— E então o deixaram aqui, sozinho?

— Talvez eles tenham saído com pressa.

— Como alguém pode fazer isso? Nós nunca faríamos isso com um cachorro.

— A gente não sabe o que aconteceu aqui exatamente, meu bem.

— Você vai enterrá-lo, não?

— Grace, é só um cachorro.

— Você não pode deixá-lo aqui, assim.

Doug suspirou.

— Ok, vou dar um jeito nisso, prometo. Por que você não vai lá dentro e atiça um pouco o fogo? Eu vou cuidar de tudo.

Eles esperaram até Grace entrar na casa. Depois, Elaine disse:

— Você não está realmente preocupado em enterrar esse cachorro, está? O chão está uma pedra de gelo.

— Você viu como ela está perturbada.

— Ela não é a única — comentou Arlo.

— Só vou cobri-lo de neve. Está tão alta. Ela nem vai saber se o cachorro ainda está aqui.

— Vamos voltar para a casa — disse Elaine. — Estou congelando.

— Eu não entendo isso — comentou Maura, ainda agachada diante do animal morto. — Os cachorros não são bobos, especialmente o pastor-alemão. Ele estava bem-alimentado e tem essa capa natural para o inverno.

Ela ficou de pé e examinou a paisagem, os olhos apertados contra a luminosidade do sol.

— Essa é a parede que dá para o norte. Por que ele acabaria morrendo justamente aqui?

— Qual seria a hipótese mais provável? — perguntou Elaine.

— Maura levantou uma boa questão — disse Doug.

— Eu não estou entendendo — contrapôs Elaine, claramente aborrecida porque ninguém a estava seguindo de volta para a casa.

— Os cachorros têm bom senso — explicou Doug. — Sabem como se proteger do frio. Poderia ter se enterrado na neve. Ou rastejado para baixo do pórtico. Poderia ter procurado vários lugares onde estaria mais bem-protegido, porém não fez isso.

Ele olhou para o cão.

— Veio acabar aqui. Totalmente exposto ao vento, como se tivesse caído fulminado e morrido.

Eles ficaram em silêncio enquanto uma rajada lhes açoitava a roupa e assoviava entre as casas, provocando redemoinhos de partículas brancas. Maura contemplava os altos montes de neve, enrugando a paisagem como ondas grandes, gigantescas, e se perguntava que outras surpresas estariam enterradas sob a neve.

Doug se virou a fim de olhar para as outras construções.

— Talvez devêssemos dar uma olhada no que tem dentro dessas outras casas — sugeriu ele.

Os quatro caminharam em fila, na direção da casa mais próxima, com Doug à frente, como sempre, abrindo caminho na neve profunda. Subiram os degraus. Como a casa em que haviam dormido na noite anterior, essa tinha um pórtico com um balanço idêntico.

— Vocês acham que eles conseguiram um desconto pela quantidade? — perguntou Arlo — *Compre 11 balanços, e nós damos o 12º de graça.*

Maura pensou na mulher de olhar vidrado da foto. Imaginou um vilarejo inteiro de mulheres pálidas e silenciosas, sentadas naqueles balanços, sacudindo-se mecanicamente para a frente e para trás, como bonecas em que se dá corda. Casas clonadas, pessoas clonadas.

— A porta está destrancada também — anunciou Doug, abrindo-a.

Dentro, havia uma cadeira virada.

Por um momento, eles ficaram parados na entrada, desconcertados diante da cadeira caída. Doug a pegou e a colocou de pé.

— Isso é meio estranho.

— Olhem — disse Arlo, indo até o retrato emoldurado, suspenso na parede. — É o mesmo cara.

A luz da manhã caiu como um raio celeste sobre o rosto levantado do homem, como se o próprio Deus aprovasse sua piedade. Estudando o retrato, Maura viu outros detalhes que não havia notado antes. O fundo de trigo dourado atrás dele. A camisa branca de camponês, com as mangas dobradas até os cotovelos, como se estivesse trabalhando no campo. E os olhos, penetrantes e negros como ébano, contemplando uma eternidade distante.

— *E ele reunirá os justos* — disse Arlo, lendo a placa incrustada na moldura. — Queria saber quem é esse cara. E por que todo mundo parece ter o retrato dele pendurado em casa?

Maura notou o que parecia ser uma Bíblia, aberta sobre uma mesa de centro. Ela a fechou e leu o título, estampado em dourado sobre a capa de couro.

Palavras de nosso profeta
A sabedoria da Assembleia.

— Acho que isso é uma espécie de comunidade religiosa — disse ela. — Talvez ele seja o líder espiritual.

— Isso explicaria algumas coisas — concordou Doug. — A falta de eletricidade. A simplicidade no estilo de vida.

— Amish em Wyoming? — objetou Arlo.

— Muitas pessoas, hoje em dia, desejam uma vida mais simples. E é possível encontrar isso aqui, neste vale, plantando a própria comida, se desligando do mundo. Nada de TV, das tentações do mundo lá fora.

Elaine riu.

— Se chuveiro e luz elétrica são obras do diabo, então me recrutem para o inferno.

Doug se virou.

— Vamos ver o restante da casa.

Eles percorreram o corredor até a cozinha e encontraram os mesmos armários de pinho e o fogão a lenha, a mesma bomba manual para puxar água que tinham visto na primeira casa. Ali, também, a janela estava aberta, mas uma tela mantivera a neve do lado de fora, só permitindo a entrada do vento e de algumas partículas brilhantes. Elaine atravessou a cozinha para ir fechar a janela e, de repente, respirou fundo.

— O que foi? — perguntou Doug.

Ela recuou, apontando para a pia.

— Tem uma coisa... uma coisa morta ali!

Quando Maura se aproximou, viu uma faca de açougueiro, com a lâmina suja de sangue. Na pia, havia respingos congelados de mais sangue e bocados de pelo cinza.

— São coelhos — esclareceu ela, apontando para uma tigela com batatas descascadas, pousada perto. — Alguém ia cozinhá-los.

Arlo riu.

— Boa, Salinger! Nos dê um susto danado à custa do jantar de alguém.

— E o que aconteceu com a cozinheira? — perguntou Elaine, ainda de longe, como se as carcaças na pia pudessem se reanimar, transformando-se numa coisa perigosa. — Ela ia esfolar os coelhos e o que aconteceu, então? Simplesmente foi embora, largando os bichos aí?

Elaine olhou para o rosto de todos.

— Alguém me responda, me dê uma explicação lógica.

— Talvez ela tenha morrido — disse uma voz suave. — Talvez todos tenham morrido.

Eles se voltaram e viram Grace na porta. Não a tinham ouvido entrar na casa. Trazia os braços passados em torno de si, tremendo na cozinha gelada.

— E se estiverem todos enterrados debaixo da neve, como aquele cachorro? E a gente não consegue ver.

— Grace, meu bem — chamou Doug, gentilmente. — Volte para a outra casa.

— Eu não quero ficar sozinha.

— Elaine, você pode voltar com ela?

— O que vocês vão fazer? — perguntou Elaine.

— *Volte* com ela, está bem? — respondeu ele, com rispidez.

Elaine estranhou o tom.

— Tudo bem, Doug — rebateu ela, com secura. — Faço o que você quiser. Eu não faço sempre?

Ela pegou a mão de Grace, e as duas saíram da cozinha.

Doug suspirou.

— Cara, isso está ficando cada vez mais estranho.

— E se Grace estiver certa? — questionou Arlo.

— Você também?

— Quem sabe o que tem debaixo dessa neve toda? Pode haver corpos.

— Cala a boca, Arlo — cortou Doug, virando-se para a porta da garagem.

— Por que essa parece ser a frase favorita de todo mundo ultimamente? *Cala a boca, Arlo.*

— Vamos olhar o restante das casas. Ver se tem alguma coisa que possamos usar. Um rádio, um gerador — sugeriu Doug, entrando na garagem e parando de repente. — Acho que acabei de encontrar a nossa saída daqui.

Um jipe Cherokee estava estacionado dentro.

Doug correu para a porta do motorista e a abriu.

— As chaves estão na ignição!

— Doug, olha! — exclamou Maura, apontando para um monte de elos de metal em uma das prateleiras. — Acho que são correntes para pneu!

Doug deu uma gargalhada de alívio.

— Se a gente conseguir levar essa belezinha até a estrada principal, vai ser fácil dirigi-la montanha abaixo.

— Mas então por que *eles* não fizeram isso? — perguntou Arlo. Ele permanecia contemplando o jipe, como se fosse uma coisa estranha, que não fizesse parte daquilo ali. — As pessoas que moravam aqui, que iam cozinhar aqueles coelhos, por que deixaram esse belo carro para trás?

— Provavelmente tinham outro.

— Essa garagem é para um carro só, Doug.

— Então eles foram com as pessoas da primeira casa. Não tinha carro na garagem delas.

— Você está supondo. Temos uma casa abandonada com um belo utilitário novo na garagem, coelhos mortos na pia e nenhuma pessoa. Onde está todo mundo?

— Não interessa! O que importa é que temos agora uma forma de sair daqui. Então vamos trabalhar. Se formos até as outras garagens, talvez encontremos pás. E talvez cortadores de metal, para passar por aquela corrente no alto da estrada — insistiu ele, indo para a porta da garagem e agarrando o trinco para suspendê-la.

A claridade súbita do sol na neve fez com que todos protegessem os olhos.

— Se você encontrar qualquer coisa que possamos usar, pegue. A gente acerta as coisas com essas pessoas mais tarde.

Arlo apertou o cachecol e foi na direção da casa em frente. Maura e Doug se dirigiram para a do lado. Ele cavou a neve, em busca do trinco, e ergueu a porta, que se abriu rangendo. Os dois ficaram imóveis, olhando para a garagem.

Havia uma picape estacionada dentro.

Maura se virou e olhou para o outro lado da rua, onde Arlo tinha acabado de abrir a porta de outra garagem.

— Ei, tem um carro aqui! — gritou ele.

— O que diabo está acontecendo? — murmurou Doug, correndo e atravessando montes de neve, até o joelho, até a próxima casa, onde abriu a garagem. Deu uma olhada no que havia dentro e seguiu em frente, na direção da casa seguinte.

— Outro carro nessa garagem! — exclamou Arlo, do outro lado.

O vento uivava como se sentisse dor, e uma rajada veio na direção deles como garanhões brancos escoiceando neve. De repente, a ventania se abrandou, impondo um silêncio estranho, gelado. Maura contemplou a fila de casas diante de si, com todas as portas das garagens agora abertas.

Havia um veículo dentro de cada uma delas.

10

— Eu não sei como explicar isso — dizia Doug, enquanto levantava uma pá de neve e a jogava para o lado, limpando o espaço atrás do jipe, de forma que pudesse colocar as correntes de pneu. — Tudo que me interessa agora é dar o fora daqui.

— Mas isso não preocupa você nem um pouco? Que a gente não saiba o que aconteceu com essas pessoas?

— Arlo, a gente tem que manter o foco — opôs-se Doug, aprumando-se; com o rosto vermelho pelo esforço, ergueu os olhos para o céu. — Eu quero estar naquela estrada principal antes de escurecer.

Todos haviam ajudado a cavar e agora faziam uma pausa para descansar, com os rostos encobertos pelo vapor da própria respiração. Maura olhou para a estrada sinuosa, fora do vale. Havia montes de neve no caminho, e, mesmo que alcançassem o ponto onde tinham abandonado o Suburban, era necessário percorrer ainda uma distância de mais de 50 quilômetros, montanha abaixo, durante a qual poderiam ficar presos na neve.

— Podíamos também ficar aqui onde estamos — disse Maura.

— E esperar sermos resgatados? — bufou Doug. — Isso não é saída. Eu me recuso a cruzar os braços e ficar passivo.

— Estou sendo esperada em Boston esta noite. Quando eu não aparecer, todos vão saber que tem alguma coisa errada e vão começar a procurar por mim.

— Você disse que ninguém sabe que veio conosco.

— A questão é que eles *vão* me procurar. Nós temos comida e abrigo aqui. Podemos resistir pelo tempo que for necessário. Por que correr riscos?

O rosto dele assumiu um tom de vermelho mais escuro ainda.

— Maura, é minha culpa que tenhamos nos envolvido nessa confusão. E agora eu vou tirar todo mundo dessa. Basta confiar em mim.

— Eu não estou dizendo que não confio em você. Só estou apontando uma alternativa a ficarmos presos naquela estrada de novo, onde podemos não encontrar abrigo nenhum.

— Alternativa? Ficar sentado aqui e esperar sabe Deus quanto tempo?

— Pelo menos estamos seguros.

— Estamos? — Foi Arlo quem fez a pergunta. — Eu só vou dizer uma coisa para que vocês todos pensem nela, considerando que sou o único que parece estar preocupado com isso. Mas este lugar. Este *lugar...* — continuou ele, estremecendo ao olhar em volta, para as casas abandonadas. — Algo de ruim aconteceu aqui. Alguma coisa que eu não tenho certeza se acabou. Voto por sairmos o mais rápido possível, assim que pudermos.

— Eu também, papai — disse Grace.

— Elaine? — perguntou Doug.

— O que você decidir, Doug. Eu confio em você.

Foi por causa disso que entramos nessa fria, em primeiro lugar, pensou Maura. Todos nós confiamos em Doug. Mas ela era a forasteira, eram quatro contra um, e nada que pudesse dizer modificaria o equilíbrio. E talvez eles estivessem certos. *Havia* algo de errado com aquele lugar; ela sentia. Antigos ecos do mal que pareciam sussurrar no vento.

Maura levantou a pá novamente.

Com todos trabalhando juntos, foram necessários só mais alguns minutos para liberar espaço suficiente atrás do jipe. Doug arrastou as correntes até as rodas de trás.

— Elas estão bem gastas — constatou Arlo, franzindo o cenho para o metal enferrujado.

— É o que temos — rebateu Doug.

— Alguns dos elos estão quebrados. Talvez essas correntes não sirvam.

— Elas só têm de aguentar até o posto de gasolina — argumentou Doug, subindo no jipe e virando a ignição.

O motor pegou de primeira.

— Ok, estamos bem! — exclamou ele, sorrindo pela janela. — Por que vocês, mulheres, não pegam uns suprimentos? O que acharem que possamos precisar na viagem. Arlo e eu vamos trabalhar nas correntes.

Quando Maura saiu da casa com uma pilha de cobertores, as correntes já estavam instaladas, e Doug já havia manobrado o jipe, colocando-o de frente para a estrada. Já era mais de meio-dia, e eles correram para carregar o carro com comida, velas, pás e o cortador de metal. Quando finalmente empilharam tudo no jipe, pararam um momento em silêncio, como se todos estivessem simultaneamente fazendo preces para ter sucesso.

Doug respirou fundo e engrenou o carro. Eles se puseram em movimento, as correntes fazendo um barulho alto contra o chassi, e seguiram adiante, por sobre a neve.

— Acho que vai dar certo — murmurou Doug. Maura ouviu uma nota de espanto em sua voz, como se mesmo ele tivesse duvidado das chances de que aquilo realmente acontecesse. — Meu Deus, eu acho que vai *funcionar mesmo!*

Eles deixaram as casas para trás e começaram a subir o vale, refazendo a rota que haviam percorrido a pé, um dia antes. Neve fresca havia coberto suas pegadas, e eles não tinham como ter certeza de onde ficava a beira da estrada, mas o jipe seguia em frente, subindo gradualmente. Do assento de trás, vinha um canto baixo, emitido por Arlo, a mesma palavra repetida diversas vezes.

Vai. Vai. Vai.

Depois, Elaine e Grace se juntaram a ele, suas vozes sincronizadas no tempo do ritmo em que as correntes batiam no carro.

Vai. Vai. Vai.

O canto ia se misturando a gargalhadas, à medida que subiam cada vez mais, quase até a metade do vale. A estrada ficou mais íngreme, com curvas mais fechadas, e eles ouviam a neve arranhando a parte de baixo do chassi.

Vai. Vai. Vai.

Até Maura se viu murmurando as palavras então, não as dizendo em voz alta, mas mentalmente. Ousando esperar que sim, aquilo ia acabar dando certo. Sim, eles sairiam daquele vale e desceriam pela estrada principal, com as correntes batendo o tempo todo, até Jackson. Que história teriam para contar, exatamente como Doug prometera, uma que poderiam contar no jantar durante muitos anos, sobre sua aventura num vilarejo estranho chamado Kingdom Come.

Vai. Vai. Vai...

De repente, o jipe parou, projetando Maura para a frente, contra o cinto de segurança. Ela olhou para Doug.

— Calma — disse ele, engatando a ré. — Vamos voltar um pouquinho e pegar mais impulso.

Ele pisou no acelerador. O motor gemeu, mas o jipe não saiu do lugar.

— Alguém está tendo uma sensação ruim de *déjà-vu*? — perguntou Arlo.

— Ah, mas dessa vez temos pás! — interpôs Doug, saindo do carro e olhando o para-choque frontal. — Batemos num monte de neve um pouco mais alto aqui. Acho que podemos removê-lo com a pá. Vamos fazer isso.

— Eu estou realmente tendo aquele *déjà-vu* — resmungou Arlo, enquanto saltava e pegava uma pá.

Quando começaram a cavar, Maura percebeu que o problema era pior do que Doug havia anunciado. Eles tinham saído da estrada, e nenhum dos dois pneus traseiros estava em contato com o chão. Tiraram a neve do para-choque dianteiro, mas mesmo assim o jipe não se moveu, com as rodas da frente derrapando no pavimento congelado.

Doug saiu novamente do assento do motorista e olhou frustrado para os pneus traseiros, suspensos, enrolados na corrente enferrujada.

— Maura, pegue a direção — pediu ele. — Arlo e eu vamos empurrar.

— Até Jackson?

— Você tem alguma ideia melhor?

— Se isso for continuar a acontecer, não vamos chegar lá antes do entardecer, com certeza.

— E o que você quer fazer?

— Eu só estou dizendo que...

— O quê, Arlo? Você quer que a gente volte para aquela casa? Que a gente sente o rabo e espere que apareça alguém para nos resgatar?

— Ei, cara, calma! — rebateu Arlo, com um riso nervoso. — Não estou propondo nenhum motim.

— Talvez devesse. Talvez você queira tomar as decisões importantes, em vez de deixar sempre que eu tenha que solucionar tudo.

— Nunca pedi que você assumisse o comando.

— Não, isso aconteceu espontaneamente. Engraçado como sempre funciona assim. Eu faço as escolhas difíceis, você se omite e depois me diz o que fiz de errado.

— Doug, calma.

— Não é assim que funciona a coisa? — perguntou Doug, olhando para Elaine. — Não é?

— Por que está perguntando para ela? Você sabe o que Elaine vai dizer.

— O que significa isso? — questionou Elaine.

— *O que você fizer, Doug* — debochou Arlo, imitando. — *Eu estou com você, Doug.*

— Vai se foder, Arlo! — explodiu ela.

— Você gostaria de foder é com Doug!

O desabafo dele chocou a todos, que ficaram em silêncio. Olharam uns para os outros enquanto o vento varria a ladeira, bombardeando-lhes o rosto com pelotas de neve.

— Eu dirijo — disse Maura, em voz baixa, passando para o assento do motorista, feliz por escapar do conflito. Qualquer que fosse a história entre esses três amigos, ela não fazia parte. Era simplesmente a observadora acidental, testemunha de um psicodrama que havia começado muito antes de se juntar a eles.

Quando Doug falou, por fim, sua voz estava calma e controlada.

— Arlo, vamos para trás dessa coisa e empurrar. Ou nunca sairemos daqui.

Os dois homens se posicionaram atrás do jipe; Arlo no para-choque da direita e Doug no da esquerda. Os dois mantinham um silêncio carrancudo, como se a explosão de Arlo nunca tivesse ocorrido. Porém, Maura vira seu efeito no rosto de Elaine, observara-o se paralisar numa máscara de humilhação.

— Pisa um pouquinho, Maura — gritou Doug.

Maura engatou a primeira no jipe e pisou ligeiramente no acelerador. Ouviu as rodas guincharem e as partes soltas da corrente baterem contra o chassi. O jipe se moveu alguns centímetros para a frente, impelido apenas pela força de músculos, enquanto Doug e Arlo colocavam o peso contra o veículo.

— Continue pisando! — comandou Doug. — Estamos nos mexendo.

O jipe balançava para a frente e para trás, mas a gravidade o empurrou novamente para fora da estrada.

— Não para! — berrou Doug. — Acelera!

Maura teve um vislumbre do rosto de Arlo pelo retrovisor, que estava de um vermelho brilhante, em virtude do esforço, enquanto fazia força contra o carro.

Ela pisou fundo no acelerador. Ouviu o motor roncar e as correntes baterem mais rápido contra as calotas. O jipe deu um solavanco brusco, e, de repente, ouviu-se um som diferente. Uma batida abafada, que ela sentiu mais que ouviu, como se o carro tivesse atingido uma tora.

Depois vieram os gritos.

— Desliga o motor! — berrou Elaine, batendo em sua porta. — Ai, meu Deus, *desliga*!

Maura desligou imediatamente.

Os gritos vinham de Grace. Lamentos agudos, penetrantes, que não pareciam humanos. Maura se virou para olhá-la, mas não via por que a menina estava gritando. Grace estava parada à beira da estrada, com as mãos comprimidas contra o rosto, as pálpebras apertadas, como se tentasse desesperadamente bloquear algo da visão.

Maura abriu a porta e saltou do jipe. Havia sangue espalhado sobre a brancura da neve em linhas vermelhas, chocantes.

— Não o deixe se mexer! — gritou Doug. — Elaine, você tem que mantê-lo imóvel!

Os gritos de Grace se transformaram num soluço abafado.

Maura correu para a parte traseira do carro, onde o chão estava repleto de sangue, exalando vapor sobre a neve revolvida. Ela não conseguia ver a origem, porque Doug e Elaine bloqueavam sua visão, ajoelhados perto do pneu direito traseiro. Só quando se inclinou sobre o ombro de Doug, viu Arlo, de barriga para cima, com o casaco e as calças empapados. Elaine pressionava seus ombros para baixo, enquanto Doug apertava a virilha descoberta. Maura divisou a perna esquerda — ou o que sobrara dela — e cambaleou para trás, nauseada.

— Preciso de um torniquete! — berrou Doug, esforçando-se para manter as palmas da mão, lambuzadas de sangue, posicionadas sobre a artéria femoral.

Maura desafivelou rapidamente o cinto e o arrancou. Ajoelhando-se na neve ensanguentada, sentiu a água gelada ensopar-lhe a calça. Apesar da pressão de Doug sobre a artéria, um fluxo constante de sangue continuava a escorrer para a neve. Ela passou o cinto por baixo da coxa, e sua manga ficou vermelha, criando uma listra estranha sobre o náilon branco. Quando enrolou o cinto, sentiu Arlo tremendo, o corpo entrando rapidamente em choque. Ela apertou forte o torniquete, e o fluxo de sangue diminuiu até se transformar num fio. Só então, com o sangramento controlado, Doug parou de fazer pressão sobre a artéria. Ele recuou para ver a carne despedaçada e o osso se projetando, num membro tão retorcido que o pé apontava numa direção e o joelho na outra.

— Arlo? — chamou Elaine. — *Arlo?* — repetiu, sacudindo-o, mas ele estava mole e sem reação.

Doug tocou seu pescoço.

— Ele está com pulso e respirando. Acho que só desmaiou.

— Ai, meu Deus — desesperou-se Elaine, levantando-se e cambaleando para longe.

Eles a ouviram vomitando na neve.

Doug olhou para as mãos e, com um estremecimento, pegou um pouco de neve e começou a esfregar freneticamente o sangue.

— A corrente do pneu — murmurou ele, esfregando a neve contra a pele, como se assim pudesse se purificar de alguma maneira daquele horror. — Um dos elos partidos deve ter prendido na calça dele e enrolado a perna no eixo...

Doug deu meia-volta, de joelhos, e tomou fôlego, meio suspirando e meio soluçando.

— Nunca vamos tirar esse jipe daqui. A corrente arrebentou de vez.

— Doug, temos que levá-lo de volta para a casa.

— Para a casa? — questionou ele, olhando-a. — O que ele precisa é de uma sala de cirurgia!

— Ele não pode ficar aqui fora, no frio. Está em choque — argumentou ela, levantando-se e olhando em volta.

Grace estava encolhida, sozinha, de costas para eles. Elaine se encontrava agachada na neve, como se zonza demais para ficar de pé. Nenhuma das duas poderia ajudar em nada.

— Eu já volto — disse Maura. — Fique aí com ele.

— Aonde você vai?

— Eu vi um trenó numa das garagens. Podemos arrastá-lo de volta nele — respondeu ela, começando a correr em direção à vila.

As botas escorregavam na trilha deixada pela subida do jipe. Era um alívio deixar para trás a neve ensanguentada e os companheiros traumatizados, concentrando-se numa tarefa concreta, que requeria apenas velocidade e músculos. Ela temia o que aconteceria após removerem Arlo de volta para a casa, quando seriam obrigados a confrontar o que havia sobrado de sua perna, pouco mais que carne mutilada e ossos despedaçados.

O trenó. Onde vi aquele trenó?

Encontrou, por fim, na terceira garagem, pendurado em um gancho na parede, ao lado de uma escada e uma parafernália de ferramentas. Quem morava ali mantinha a casa organizada, e, enquanto pegava o trenó, imaginava-o prendendo os ganchos, pendurando as ferramentas altas o bastante para que mãos pequenas não as alcançassem. O trenó era de bétula e não tinha etiqueta de fabricante. Feito à mão, fora fabricado com cuidado, os deslizadores bem-lixados e recém-envernizados, prontos para o inverno. Tudo isso ela registrou de uma só olhada. A adrenalina aguçara sua visão e tornara seus reflexos rápidos como fios de alta voltagem. Ela examinou a garagem em busca de algo mais de que viesse a precisar. Viu varas de esqui, corda, um canivete e um rolo de fita isolante.

O trenó era pesado, e arrastá-lo pela estrada íngreme logo a fez suar. Contudo, era melhor suar como um burro de carga do que se ajoelhar impotente ao lado do corpo deformado de um amigo, afligindo-se com o que fazer a seguir. Ela já estava ofegante então, subindo a estrada escorregadia, perguntando-se se Arlo estaria vivo quando chegasse lá em cima. Um pensamento fugidio passou por sua cabeça, que a chocou, mas foi inevitável. Uma voz cochichando sua lógica cruel: *Talvez fosse melhor ele ter morrido.*

Puxou a corda do trenó com mais força, colocando o peso contra os obstáculos da neve e da gravidade. Estrada acima ia ela; as mãos dormentes em volta da corda, enquanto fazia curvas fechadas, passando por pinheiros cujos galhos pesados de neve ocultavam a visão do trecho seguinte. Já era para estar lá agora. Podia jurar que já havia subido o bastante. No entanto, as marcas de pneu do jipe se estendiam sinuosamente diante dela, e Maura via as pegadas que deixara ao descer aquela mesma estrada, pouco tempo antes.

Um grito, carregado de dor, veio por entre as árvores e terminou num soluço. Arlo não só estava vivo como havia acordado.

Ela fez a curva e lá estavam eles, exatamente onde os deixara. Grace continuava encolhida, sozinha, as mãos nos ouvidos, para não ouvir os soluços de Arlo. Elaine estava agarrada ao jipe, os braços apertados em torno do corpo, como se fosse ela quem estivesse sentindo a dor. Quando Maura arrastou o trenó mais para perto, Doug a olhou com uma expressão de alívio profundo.

— Você trouxe alguma coisa para amarrá-lo? — perguntou ele.

— Encontrei corda e fita adesiva — respondeu ela, posicionando o trenó ao lado de Arlo, cujos soluços haviam se tornado lamúrias.

— Você o pega pelos quadris — disse Doug. — E eu pelos ombros.

— Precisamos fazer primeiro uma tala para a perna. Foi por isso que eu trouxe as varas de esqui.

— Maura — protestou ele, em voz baixa. — Não tem mais nada para prender em uma tala.

— Mas temos que mantê-la rígida. Não podemos deixá-la balançando durante toda a descida.

Doug olhou para o membro mutilado de Arlo, mas parecia não conseguir se mover. Ele não quer tocar, pensou Maura.

Nem ela.

Os dois eram médicos, patologistas acostumados a abrir troncos e a serrar crânios. Entretanto, carne viva era diferente. Era quente, sangrava e sentia dor. Ao simples toque de sua mão contra a perna ferida, Arlo começou a berrar novamente.

— Para! Por favor! *Não*!

Enquanto Doug o segurava, ela isolava a perna com cobertores dobrados, cobrindo ossos estraçalhados, ligamentos partidos e carne exposta, que começava a arroxear no frio. Com o membro agora protegido, ela o prendeu nas varas de esqui, usando a fita adesiva. Quando terminou de fazer a tala, Arlo estava reduzido a soluços baixos, o rosto riscado por fios brilhantes de saliva e muco. Não resistiu quando o colocaram de lado sobre o trenó, prendendo-o com fita adesiva. Depois de todas as agonias por que havia passado, o rosto empalidecera até atingir um tom de amarelo, semelhante a cera, de um choque iminente.

Doug pegou a corda do trenó, e todos iniciaram a marcha de retorno ao vale.

De volta a Kingdom Come.

11

Quando trouxeram Arlo para dentro da casa, ele já estava inconsciente de novo. Era uma bênção, considerando-se o que eles tinham de fazer a seguir. Com canivete e tesoura, Maura e Doug cortaram o que havia sobrado da roupa. Ele tinha esvaziado a bexiga, e os dois sentiam o cheiro amoníaco da urina, que havia ensopado as calças. Deixando apenas o torniquete no lugar, eles arrancaram os pedaços de tecido rasgados e ensanguentados, até deixá-lo nu, com os genitais pateticamente à mostra. Não era uma visão adequada para uma menina de 13 anos, e Doug se virou para a filha.

— Grace, precisamos de mais lenha para o fogo. Vá lá fora e traga um pouco. Grace, *vá*!

Suas palavras incisivas a puseram em estado de atenção novamente. Ela balançou a cabeça, um pouco zonza, e saiu da casa, deixando entrar uma corrente de vento frio, enquanto a porta se fechou atrás dela.

— Jesus — murmurou Doug, direcionando toda atenção à perna esquerda de Arlo. — Por onde começamos?

Começamos? Havia tão pouco para trabalhar, apenas cartilagens retorcidas e músculos despedaçados. O tornozelo havia sofrido uma rotação de 180 graus, mas o pé se encontrava estranhamente intacto, apesar de ter assumido uma cor azul, sem vida. Poderia ser confundido com plástico, não fosse pelo calo grande e inconfundível no calcanhar. Está morrendo, pensou Maura. O membro, inclusive o tecido, não estava recebendo circulação por causa do torniquete. Ela não precisava tocar o pé para saber que estaria frio e sem pulso.

— Ele vai perder a perna — disse Doug, ecoando os pensamentos dela. — Temos que soltar o torniquete.

— Será que ele não vai começar a sangrar de novo? — perguntou Elaine, que permanecia na outra extremidade da sala, olhando na direção oposta.

— Ele gostaria que salvássemos a sua perna, Elaine.

— Se vocês tirarem o torniquete, como vão impedir que ele sangre?

— Vamos ter que ligar a artéria.

— O que isso significa?

— Isolar o vaso danificado e amarrá-lo. Isso vai interromper um pouco o fluxo de sangue para a parte de baixo da perna, mas ele ainda teria uma circulação alternativa suficiente para manter os tecidos vivos — explicou Doug, olhando para a perna, pensativo. — Vamos precisar de instrumentos. Sutura. Deve ter uma caixa de costura nesta casa. Pinça, uma faca afiada. Elaine, ponha um pouco de água para ferver.

— Doug — interrompeu Maura. — Ele provavelmente rompeu vários vasos. Mesmo que a gente ligue um, ele pode sangrar pelos outros. Não dá para expor e ligar todos. Não sem anestesia.

— Seria preferível, então, amputar agora. É isso que você quer que a gente faça? Desistir?

— Pelo menos, ele ficaria vivo.

— E sem uma perna. Não é o que eu gostaria que fizessem se eu fosse ele.

— Você não é ele. Não pode tomar essa decisão por ele.

— Nem você, Maura.

Ela olhou para Arlo e considerou a perspectiva de cortar a perna. De perfurar carne que ainda estava viva e com sensibilidade. Ela não era cirurgiã. Os indivíduos que paravam em sua mesa não espirravam sangue quando ela os cortava. Não gritavam.

Isso pode se transformar numa complicação grande e séria.

— Olha, nós temos duas escolhas — disse Doug. — Ou tentamos salvar a perna, ou a deixamos como está, deixando necrosar e gangrenar. O que poderia matá-lo do mesmo jeito. Não acho que tenhamos muitas opções aqui. Temos que fazer *alguma coisa*.

— *Em primeiro lugar, não causar dano.* Você não acha que isso se aplica?

— Acho que vamos nos arrepender se não agirmos. É nossa responsabilidade, pelo menos, fazer uma tentativa para salvar a perna.

Os dois baixaram os olhos quando Arlo respirou mais ruidosamente e gemeu.

Por favor, não acorde, pensou ela. Não nos faça cortá-lo com você berrando.

Porém, os olhos de Arlo se abriram devagar, e, embora estivessem embaçados, devido à confusão mental, ele se encontrava plenamente consciente e tentava focar o rosto dela.

— Prefiro... prefiro morrer — sussurrou ele. — Ai, Deus, eu não tenho como aguentar isso.

— Arlo — chamou Doug. — Ei, amigo, a gente vai te dar uma coisa contra dor, ok? Vamos ver o que conseguimos encontrar.

— Por favor — murmurou Arlo. — Por favor, me matem.

Ele já estava, então, soluçando; as lágrimas escorriam-lhe pelo rosto. O corpo todo tremia tanto que Maura chegou a achar que estivesse tendo uma convulsão. Contudo, o olhar permanecia fixo neles, implorando.

Ela colocou um cobertor sobre seu corpo descoberto. O fogo na lareira queimava com brilho, então, reavivado por uma nova leva de lenha, e, com o aumento do calor, o cheiro de urina ficou mais forte.

— Tem Advil na minha bolsa — avisou ela a Doug. — Ficou lá no jipe.

— Advil? Não vai provocar nem *cócegas* num caso desses.

— Eu tenho Valium — gemeu Arlo. — Na minha mochila...

— Também ficou no jipe — disse Doug, pondo-se de pé. — Eu vou lá pegar as nossas coisas e trazer tudo de volta.

— E eu vou dar uma busca nas casas — prontificou-se Maura. — Tem que haver alguma coisa neste vale que a gente possa usar.

— Eu vou com você, Doug — ofereceu Elaine.

— Não, você precisa ficar aqui com ele — respondeu Doug.

Com relutância, o olhar de Elaine baixou para Arlo. Estava claro ser aquele o último lugar em que ela queria estar, sozinha com um homem aos soluços.

— E ferva um pouco de água — pediu ele, ao sair pela porta. — Nós vamos precisar.

Lá fora, o vento açoitava o rosto de Maura com nuvens de neve que espetavam como alfinetes, mas ela se sentia feliz por estar longe da casa e respirando ar fresco, que não cheirava a sangue e urina. Enquanto se dirigia à casa ao lado, ouviu passos atrás de si. Ao se virar, viu que Grace a havia seguido.

— Posso ajudar você a procurar? — perguntou a garota.

Maura a olhou por um momento, achando que Grace iria atrapalhar mais que ajudar. No entanto, naquele instante, a menina parecia perdida, apenas uma criança assustada que eles tinham ignorado tempo demais.

Acabou assentindo.

— Você pode ser de grande ajuda, Grace. Venha comigo.

Elas subiram os degraus do pórtico e entraram na casa.

— Que tipo de remédio estamos procurando? — perguntou a adolescente, enquanto subiam a escada para o segundo andar.

— Qualquer coisa. Nem perca tempo lendo rótulos. Pegue tudo.

Maura entrou num quarto e tirou a fronha de dois travesseiros, atirando uma para Grace.

— Procure nas cômodas e nas mesas de cabeceira. Qualquer lugar onde eles pudessem guardar comprimidos.

No banheiro, Maura examinou o conteúdo do armário, pondo algumas coisas na fronha. Deixou as vitaminas de lado, mas pegou todo o resto. Laxantes. Aspirina. Peróxido de hidrogênio. Qualquer um deles poderia ser útil. Ela ouvia Grace no quarto ao lado, abrindo e fechando gavetas.

Elas se dirigiram para a próxima casa, com frascos tilintando nas fronhas. Maura foi a primeira a atravessar a porta da frente, entrando em um ambiente onde o silêncio pairava como uma nuvem pesada. Ela ainda não tinha posto os pés ali e deu uma parada, diante de mais um já familiar retrato pendurado na parede, olhando em torno da sala.

— É aquele homem de novo — disse Grace.

— É. Parece que não conseguimos nos livrar dele — comentou Maura, dando alguns passos pela sala e, de repente, parando. — Grace — chamou ela, em voz baixa.

— O quê?

— Leve os comprimidos para Elaine. Arlo precisa deles.

— Mas nós ainda não procuramos nesta casa.

— Pode deixar que eu procuro. Volte para lá, ok? — Ela entregou à garota a sua fronha com frascos de remédios e lhe deu uma cutucada em direção à porta. — Volte, por favor.

— Mas...

— *Vai.*

Só depois de Grace deixar a casa foi que Maura cruzou a sala. Contemplava o que a menina não tinha visto. A primeira coisa que notou foi uma gaiola de pássaro, com um canário morto na parte de baixo, um pequeno monte amarelo sobre a folha de jornal que servia de forro.

Ela se virou e olhou para o chão, para o que a havia feito parar em seu caminho: uma mancha marrom que se estendia através das tábuas de pinho. Seguindo as marcas do que parecia ter sido arrastado, Maura percorreu o corredor e chegou, por fim, à escada.

Ali, estacou ao ver uma poça de sangue congelado na base dos degraus.

Quando seu olhar se ergueu na direção do segundo andar, imaginou um corpo rolando por aquela escada, pôde quase ouvir o estalo de um crânio quebrando, enquanto ia batendo contra os degraus, e arrebentando no piso, próximo a seus pés. Alguém caiu aqui, pensou ela.

Ou foi empurrado.

Enquanto Maura caminhava de volta para dentro da casa, Doug já tinha retornado com os pertences de todos, que haviam ficado no jipe. Ele abriu a mochila de Arlo e despejou o conteúdo sobre a mesa de centro. Ela viu comprimidos para sinusite, solução nasal, protetor solar, ChapStick e mais uma variedade de medicamentos e produtos de toalete. Tudo de que um homem precisava para ficar bem-arrumado, mas nada que o ajudasse a mantê-lo vivo. Só quando abriu um bolso lateral foi que encontrou um frasco com comprimidos.

— *Valium, 5 miligramas. Para espasmos musculares* — leu ele. — Vai ajudá-lo a aguentar isso.

— Doug — chamou Maura, em voz baixa. — Numa das casas, eu encontrei... — Calou-se quando Grace e Elaine entraram na sala.

— Encontrou o quê?

— Depois eu digo.

Doug espalhou todos os medicamentos que tinham conseguido encontrar.

— Tetraciclina. Amoxicilina — enumerou ele, sacudindo a cabeça. — Se a perna infeccionar, ele vai precisar de antibióticos melhores do que estes.

— Pelo menos, achamos um pouco de Percocet — disse Maura, abrindo o frasco. — Mas só tem 12 comprimidos. Temos mais alguma coisa?

Elaine interpôs.

— Eu sempre tenho codeína na minha... — Interrompeu-se de repente, franzindo o cenho diante do que Doug havia trazido do jipe. — Onde está minha bolsa?

— Só encontrei uma bolsa — retrucou Doug, apontando.

— É a de Maura. Onde está a minha?

— Elaine, foi tudo o que encontrei no jipe.

— Então você não a viu. Tem codeína nela.

— Eu vou pegá-la mais tarde, ok? — disse ele, ajoelhando-se ao lado de Arlo. — Vou dar a você uns comprimidos, amigo.

— Me apaga — implorou Arlo. — Não aguento mais de dor.

— Isso vai ajudar — consolou Doug, levantando gentilmente a cabeça de Arlo e colocando dois comprimidos de Valium e dois de Percocet em sua boca, com um pouco de uísque para engolir. — Pronto! Primeiro, vamos dar a esses medicamentos um tempo para agir.

— Primeiro? — perguntou Arlo, engasgando-se com o uísque, e novas lágrimas escorreram de seus olhos. — Como assim?

— Precisamos trabalhar na sua perna.

— Não. Não toquem nela.

— A sua circulação foi interrompida com o torniquete. Se a gente não der uma afrouxada, a sua perna vai gangrenar.

— O que você vai fazer?

— Nós vamos desatar a artéria rompida e então controlar o sangramento. Acho que você lesionou a artéria tibial posterior ou a anterior. Se uma delas ainda estiver intacta, pode ser que haja circulação suficiente para alimentar a sua perna com sangue. E mantê-la viva.

— Isso quer dizer que vocês vão ter que mexer lá.

— Nós precisamos isolar a artéria que está sangrando.

Arlo sacudiu a cabeça.

— De jeito nenhum.

— Se for a tibial anterior, só vamos passar entre alguns músculos, bem embaixo do joelho.

— Esqueça. Não toque em mim.

— Eu só estou pensando no que é melhor para você. Vai doer um pouco, mas no fim você vai ficar feliz de eu...

— Um pouco? Um *pouco*? — insistiu Arlo, dando um riso de desespero. — Fique longe de mim!

— Escuta, eu sei que dói, mas...

— Você não sabe de merda nenhuma, Doug.

— Arlo.

— Saia de perto! Elaine, pelo amor de Deus, faça ele sair de perto!

Doug se pôs de pé.

— A gente vai deixar você descansar agora, ok? Grace, fique aqui com ele — pediu Doug, olhando para Maura e Elaine. — Vamos para outro lugar.

Eles se reuniram na cozinha. Elaine havia deixado uma panela com água para esquentar no fogão a lenha e já estava fervendo, pronta para esterilizar os instrumentos. Através da janela embaçada pelo vapor, Maura viu que o sol já estava caindo em direção ao horizonte.

— Você não pode obrigá-lo a passar por isso — falou Maura.

— Mas é para o bem dele.

— Uma operação sem anestesia? *Pense* nisso, Doug.

— Vamos dar ao Valium um tempo para agir. Ele vai se acalmar.

— Mas não vai ficar inconsciente. Vai sentir a incisão.

— Ele vai nos agradecer por isso mais tarde. Confie em mim — argumentou Doug, virando-se para Elaine. — Você concorda comigo, não? Não podemos abrir mão da perna dele.

Elaine hesitou, dividida entre aquelas duas opções terríveis.

— Ligar a artéria é a única forma de removermos o torniquete. O único jeito de restabelecer algum fluxo sanguíneo.

— Vocês realmente acham que vão conseguir fazer isso?

— É um procedimento fácil. Maura e eu conhecemos anatomia.

— Mas ele vai se mexer — disse Maura. — Pode haver mais perda de sangue. Eu não concordo com isso, Doug.

— A alternativa é sacrificar o membro.

— Acho que a questão do membro já é uma causa perdida.

— Eu não acho — insistiu Doug, voltando-se para Elaine. — Vamos ter que fazer uma votação. Tentamos salvar a perna ou não?

Elaine respirou fundo e balançou a cabeça.

— Acho que estou com você.

Claro que estaria. Arlo estava certo. Ela sempre está do lado de Doug.

— Maura? — perguntou ele.

— Você sabe o que eu penso.

Doug olhou pela janela.

— Não temos muito tempo. Estamos perdendo a luz do dia e não sei se vamos conseguir ver o suficiente com lamparina de querosene. — Ele olhou para Maura. — Elaine e eu votamos por seguir em frente com a coisa.

— Vocês esqueceram um voto. O de Arlo, e ele deixou muito claro o que quer.

— Ele não tem competência para tomar decisão nenhuma agora.

— É a perna *dele*.

— E podemos salvá-la! Mas eu preciso da sua ajuda. Maura, não tenho como fazer isso sem você.

— Pai? — chamou Grace, parada na porta da cozinha. — Ele não está muito bem.

— Como assim?

— Ele não está mais falando. E está roncando muito alto.

Doug assentiu.

— As drogas devem ter produzido efeito. Vamos ferver alguns instrumentos. E vamos precisar de agulhas. Um carretel de linha — disse ele, olhando para Maura. — Então, você vai me ajudar ou não?

Não importa o que eu diga, pensou ela. Ele vai fazer de qualquer forma.

— Vou ver o que consigo encontrar — assentiu ela.

Eles levaram uma hora para juntar e esterilizar todos os itens que conseguiram encontrar. Àquela altura, apenas uma claridade fraca de fim de tarde passava pela janela. Eles acenderam a lamparina de querosene, e, à luz daquela chama incerta, os olhos de Arlo estavam imersos na sombra, como se seus tecidos moles estivessem entrando em colapso, o corpo se consumindo. Doug retirou o cobertor, liberando o cheiro acre que impregnava o tapete saturado de urina.

A perna estava pálida como um pedaço de carne fria.

Por mais que esfregassem, não conseguiriam eliminar todas as bactérias das mãos, mas Doug e Maura tentaram mesmo assim, ensaboando e enxaguando até a pele ficar quase esfolada. Só então Doug pegou a lâmina. Tratava-se de uma faca de descascar frutas, a mais delicada que conseguiram encontrar, e eles a haviam afiado antes de esterilizar. Quando se inclinou sobre a perna, o primeiro indício de incerteza passou por seus olhos. Ele olhou para Maura.

— Pronta para soltar o torniquete? — perguntou Doug.

— Você não soltou a artéria ainda — disse Elaine.

— Precisamos identificar que artéria é essa. E a única forma é ver onde ele está sangrando. Você tem que segurá-lo, Elaine. Porque ele vai acordar — explicou Doug, olhando para Maura e balançando a cabeça afirmativamente.

Mal ela soltou o torniquete um jato de sangue jorrou do ferimento, salpicando o rosto de Doug.

— É a tibial anterior — afirmou ele. — Tenho certeza.

— Aperta o cinto! — gritou Elaine, em pânico. — Ele está sangrando demais!

Maura apertou de novo o torniquete e olhou para Doug. Ele respirou fundo e começou a cortar.

Ao primeiro corte da faca, Arlo despertou com um grito.

— Segurem-no! Segurem-no!

Arlo continuava a berrar, empurrando-os para longe, os tendões do pescoço tão tensos que pareciam prestes a se partir. Elaine empurrava-lhe os ombros contra o chão, mas não conseguia o impedir de bater e chutar seus torturadores. Maura tentava imobilizar-lhe as coxas, mas o sangue e o suor haviam tornado a pele desnuda escorregadia, de maneira que ela jogou todo o peso em cima dos quadris dele. Os berros de Arlo se transformaram em gritos agudos, que penetravam até os ossos dela, tão profundos como se o som estivesse saindo do seu próprio corpo, como se ela gritasse também. Doug disse algo, mas Maura não conseguia ouvi-lo com todos aqueles berros. Só quando levantou os olhos, viu que ele tinha pousado a faca. Parecia exausto, o rosto brilhando de suor, mesmo naquela sala fria.

— Está feito — disse ele, ajoelhado, limpando a testa com a manga da camisa. — Acho que consegui.

Arlo soltou um soluço de agonia.

— Vai se foder, Doug. Vão se foder todos vocês.

— Arlo, tivemos que fazer isso — disse Doug. — Maura, afrouxe o torniquete. Vamos ver se conseguimos controlar o sangramento.

Devagar, Maura foi desapertando o cinto, meio que esperando ver outro jato de sangue. Entretanto, nenhum fio escorreu, nem uma gota sequer.

Doug tocou o pé de Arlo.

— A pele ainda está fria. Mas acho que está começando a ficar rosada.

Ela sacudiu a cabeça.

— Não estou vendo nenhuma perfusão.

— Não, veja. Está mudando de cor, com certeza — insistiu ele, pressionando a palma da mão contra a carne. — Acho que está esquentando.

Maura franziu o cenho diante daquela pele que parecia tão morta e pálida quanto antes, mas não disse nada. Não fazia diferença o que ela pensava; Doug se convencera de que a operação fora um sucesso, que haviam feito exatamente o necessário. Que tudo iria dar certo. No mundo de Doug, tudo sempre dava certo. Então seja ousado, pule de aviões e deixe o universo tomar conta de você.

Ao menos, o torniquete havia sido retirado e ele não estava mais sangrando.

Doug se pôs de pé, o cheiro azedo do suor de Arlo impregnado em suas roupas. Exausto pelo suplício, Arlo estava quieto, tomado pelo sono. Massageando o pescoço dolorido, Maura foi até a janela e olhou para fora, aliviada por dirigir a atenção para outra coisa que não fosse o paciente.

— Vai escurecer daqui a uma hora — disse ela. — Não podemos sair agora.

— Não no jipe — acrescentou Doug. — Não com aquela corrente de pneu quebrada.

Ela podia ouvi-lo sacudindo todos os frascos de remédio.

— Temos o suficiente de Percocet para mantê-lo confortável por pelo menos mais um dia. E, além disso, Elaine disse que tem codeína na bolsa. Se eu conseguisse encontrá-la.

Maura se virou da janela. Todos pareciam tão exauridos quanto ela. Elaine estava jogada sobre o sofá. Doug contemplava com ar alheio a fileira de frascos de remédio. E Grace abandonara a sala havia muito.

— Ele precisa ir para um hospital — afirmou Maura.

— Você disse que está sendo esperada em Boston esta noite — comentou Elaine. — Eles vão começar a procurar.

— O problema é que não vão saber onde procurar.

— Tem aquele velho lá do posto de gasolina, que vendeu o jornal para você. Ele vai se lembrar de nós. Quando souber que você está desaparecida, vai chamar a polícia. Uma hora, *alguém* vai aparecer por aqui.

Maura olhou para Arlo, que retornara ao estado de inconsciência. *Mas não a tempo para ele.*

12

— O que você queria me mostrar? — perguntou Doug.

— Venha comigo — sussurrou Maura, fazendo uma pausa na porta e olhando para a sala, onde os outros haviam adormecido.

Aquela era a hora de dar uma escapada. Ela pegou lamparina de querosene e saiu, noite afora.

Uma lua cheia havia surgido, e o céu estava repleto de estrelas. Maura não precisava da lamparina para enxergar o caminho; a própria neve parecia emitir luz sob seus pés. O vento havia parado, e o único som que se ouvia era o de suas passadas, triturando a camada de gelo que recobria a neve, como glacê. Ela ia na frente, guiando-o através da fileira de casas silenciosas.

— Você pode me dar uma pista? — pediu ele.

— Eu não queria falar disso na frente de Grace. Mas encontrei algo.

— O quê?

— Está nessa casa — disse Maura, parando diante do pórtico e levantando o olhar para as janelas, que não refletiam a luz das estrelas, nem da lua, como se a escuridão lá dentro pudesse engolir até o mais tênue raio de luz. Ela subiu os degraus e abriu a porta. A lamparina lançava um círculo de luz débil em torno deles, enquanto cruzavam a sala. Para além dessa circunferência, na penumbra que os envolvia, pairavam as silhuetas escuras da mobília e o lampejo de claridade que se refletia na moldura do retrato. O homem de cabelos escuros os encarava na foto, os olhos quase vivos na sombra.

— Isso foi o que eu percebi primeiro — avisou ela, apontando para a gaiola de pássaro a um canto.

Doug se aproximou e olhou para o interior da gaiola, vendo o canário sem vida na parte de baixo.

— Outro animal de estimação morto.

— Como o cachorro.

— Quem deixa um canário de estimação morrer de fome?

— Esse pássaro não morreu de fome — contestou Maura.

— O quê?

— Veja, está cheio de sementes aqui — explicou ela, trazendo a lâmpada até a gaiola, a fim de mostrar que o comedouro estava repleto de alpiste e que a água havia congelado no bebedouro. — As janelas também foram deixadas abertas nesta casa — completou.

— Ele morreu congelado.

— E tem mais — acrescentou ela, caminhando pelo corredor e apontando para a mancha sobre as tábuas de pinho, como se alguém tivesse passado um pincel sobre elas. À luz baça da lamparina, a nódoa parecia mais preta que marrom.

Doug examinou a marca e não tentou explicá-la. Não disse uma única palavra. Em silêncio, ia seguindo a mancha, à medida que ficava maior, até chegar à escada, onde parou, com os olhos fixos na poça de sangue seco a seus pés.

Maura ergueu a lamparina e a luz revelou pingos escuros nos degraus.

— As marcas começam mais ou menos na metade — falou ela. — Alguém caiu por essa escada, batendo nos degraus na descida. E foi parar aqui.

Ela baixou a lamparina, iluminando a poça seca na base da escada. Alguma coisa brilhava naquele sangue, um fio prateado que não percebera mais cedo, à tarde. Maura agachou e viu que se tratava de um fio longo, de cabelo louro, parcialmente grudado no sangue coagulado. *Uma mulher.* Ela havia ficado deitada ali, enquanto o coração continuava a bater, pelo menos durante alguns minutos. Tempo suficiente para um pequeno lago de sangue se formar sob seu corpo.

— Acidente? — perguntou ele.

— Ou homicídio?

Na luz opaca, ela viu a boca de Doug se retorcer num meio sorriso.

— É uma médica-legista falando. O que vejo aqui não é necessariamente a cena de um crime. Só sangue.

— E um bocado.

— Mas nenhum corpo. Nada que nos diga como aconteceu, de uma forma ou de outra.

— A falta do corpo é o que me preocupa.

— Eu ficaria bem mais preocupado se ainda estivesse aqui.

— Mas onde está? Quem levou?

— A família? Talvez a tenham levado para um hospital. Isso explicaria por que o canário foi esquecido.

— Eles *carregariam* uma mulher ferida, Doug. Não a arrastariam pelo chão feito uma carcaça. Mas se estivessem tentando se livrar de um corpo...

O olhar dele seguiu as marcas do corpo arrastado até desaparecerem nas sombras do corredor.

— Eles não voltaram para limpar o sangue.

— Talvez planejassem — contrapôs ela. — Talvez não tenham conseguido voltar ao vale.

Doug olhou para ela.

— A nevasca os impediu.

Ela balançou a cabeça. A chama da lamparina tremeu, come se atingida por uma respiração fantasmagórica.

— Arlo estava certo. Alguma coisa terrível aconteceu neste vilarejo, Doug. Algo que deixou manchas de sangue, animais de estimação mortos e casas vazias — afirmou Maura, olhando para o chão. — E provas, provas que contam uma história. Estamos esperando que alguém volte e nos encontre.

Ela ergueu os olhos para Doug.

— Mas e se não vierem aqui para nos resgatar?

Doug se sacudiu, como se tentando se livrar do peso mórbido daquelas palavras.

— Estamos falando de uma comunidade inteira que desapareceu, Maura — argumentou ele. — Doze casas, doze famílias. Se alguma coisa aconteceu a tanta gente, não há como esconder.

— Neste vale, daria para esconder muita coisa.

Ela olhou para as sombras que os cercavam, pensou no que poderia estar oculto para além da luz da lamparina e apertou um pouco o casaco.

— Não podemos ficar neste lugar.

— Era você que achava que deveríamos esperar pelo resgate. Você disse isso hoje de manhã.

— De hoje de manhã até agora, as coisas foram de mal a pior.

— Eu estou tentando tirar a gente daqui. Estou fazendo o possível.

— Eu não disse o contrário.

— Mas é o que está pensando, não? Que é tudo culpa minha — disse ele, dando um suspiro profundo e virando-se para o outro lado. — Prometo que vou encontrar um jeito de tirar a gente daqui.

— Eu não estou culpando você.

Ele sacudiu a cabeça na escuridão.

— Mas devia.

— As coisas simplesmente deram errado. Coisas que ninguém podia prever.

— E agora estamos presos, e Arlo provavelmente vai perder a perna. Se não algo pior — sugeriu ele, ainda de costas para Maura, como se não conseguisse olhá-la nos olhos. — Eu lamento ter convencido você a embarcar nessa. Com certeza essa não era a viagem que eu estava planejando, não com você junto. Especialmente com você.

Ele se voltou para olhá-la, e a luz da lamparina aprofundava cada reentrância em seu rosto. Aquele não era o mesmo homem cujos olhos tinham cintilado para ela no restaurante, que havia falado com tanta despreocupação sobre confiar no universo.

— Eu precisei de você hoje, Maura — falou ele. — Pode ser egoísta da minha parte, mas, por mim e por Arlo, estou contente que você esteja aqui.

Ela esboçou um sorriso.

— Não posso dizer que sinta a mesma coisa.

— Não, tenho certeza de que você preferiria estar em qualquer outro lugar agora. Como naquele avião, indo para casa.

Para Daniel. Àquela altura, seu voo teria chegado, e ele já estaria sabendo que ela não estava a bordo. Teria ficado desesperado? Ou pensaria que aquela era sua forma de castigá-lo por todo o sofrimento que havia lhe causado? *Você me conhece bem. Se me ama, vai saber que estou com algum problema.*

Eles saíram do corredor sujo de sangue, caminharam de volta pela escura sala da frente e chegaram ao lado de fora, a uma paisagem iluminada pela lua e pelas estrelas. Podiam ver a luz do fogo brilhando na casa onde os outros dormiam.

— Estou cansado de estar no comando — reclamou Doug, olhando para a janela. — Cansado de sempre ir à frente. Mas é o que esperam de mim. Quando as coisas não dão certo, Arlo se queixa, mas nunca assume a dianteira. Ele prefere ficar em segundo plano e reclamar.

— E Elaine?

— Você já viu como ela é. Sempre: *Você decide, Doug.*
— Porque ela é apaixonada por você.
Ele meneou a cabeça.
— Nunca percebi. Somos amigos, só isso.
— Nunca passou disso?
— Da minha parte, não.
— Mas da dela é diferente. E Arlo sabe.
— Nunca a encorajei, Maura. Jamais faria isso com ele — afirmou Doug, virando-se para ela, as feições mais acentuadas e nítidas à luz da lamparina. — Era você que eu queria.

Ele tocou seu braço. Nada além do roçar de sua luva na manga do casaco dela; um convite silencioso dizendo-lhe que o movimento seguinte era com ela.

Maura se afastou, saindo propositalmente de seu alcance.
— Vamos ver Arlo.
— Então não há nada entre nós, há?
— Nunca houve.
— Por que você aceitou meu convite? Por que veio com a gente?
— Você me pegou num momento particular, Doug. Um momento em que eu precisava fazer alguma coisa louca, impulsiva — explicou ela, tentando afastar as lágrimas que borravam a luz da lamparina, transformando-a numa neblina dourada. — Foi um erro.
— Então não foi por minha causa?
— Foi por outra pessoa.
— O homem de quem você falou no jantar. O homem que você não pode ter.
— Sim.
— Essa situação não mudou, Maura.
— Mas eu mudei — disse ela, afastando-se.

Quando entrou, viu que todos ainda dormiam e o fogo se transformara num braseiro brilhante. Pôs mais uma acha e ficou em pé, na frente da lareira, enquanto as chamas se avivavam, sibilando e estalando. Ouviu Doug entrar e fechar a porta, e a rajada súbita de ar fresco fez com que as labaredas se movessem.

Arlo abriu os olhos e murmurou:

— Água. Por favor, água.

— Claro, amigo — falou Doug, ajoelhando-se e segurando a cabeça de Arlo, enquanto encostava o copo em seus lábios. Ele tomou goles sedentos, deixando escorrer metade pelo queixo. Satisfeito, deixou a cabeça cair sobre o travesseiro.

— Que mais você quer? Está com fome? — perguntou Doug.

— Frio. Está tão frio.

Doug pegou um cobertor do sofá e o colocou gentilmente sobre o amigo.

— Vamos avivar esse fogo. Você vai se sentir melhor.

— Andei sonhando — murmurou Arlo. — Uns sonhos tão esquisitos. Estava todo mundo aqui, olhando para mim. Parado em volta, me observando. Esperando alguma coisa.

— Os narcóticos vão fazer com que você tenha sonhos ruins.

— Não é que fossem ruins. Só estranhos. Talvez eles sejam anjos. Anjos com roupas engraçadas, como aquele homem do retrato.

Ele virou os olhos encovados para Maura, mas não parecia estar olhando para ela. Estava fitando alguma coisa por sobre o ombro dela, como se houvesse uma presença espreitando dali.

— Ou talvez eles sejam fantasmas — sussurrou.

Para quem ele está olhando? Ela se virou e olhou para o vazio. Viu o retrato do homem de olhos negros como carvão, mirando-a. O mesmo retrato que havia pendurado em todas as casas de Kingdom Come. Seu rosto brilhava com o reflexo do fogo, como se chamas sagradas ardessem dentro dele.

— *E ele reunirá os justos* — disse Arlo, citando a placa sobre a moldura do retrato. — E se for verdade?

— Verdade o quê? — perguntou Doug.

— Talvez seja para onde todos eles foram. Ele os reuniu e os foi guiando.

— Para fora do vale, você quer dizer?

— Não. Para o céu.

Uma madeira estalou na lareira, como um tiro de revólver. Maura pensou no pano bordado em ponto de cruz que tinha visto num dos quartos. PREPAREM-SE PARA A ETERNIDADE.

— É estranho, vocês não acham? — insistiu Arlo. — Como nenhum dos rádios de carro funciona aqui. Só se ouve estática. Nenhuma estação. E não tem sinal de celular. Nada.

— Estamos no meio do nada — disse Doug. — E num vale. Não há recepção.

— Tem certeza de que é só isso?

— O que mais poderia ser?

— E se alguma coisa realmente ruim acontecesse lá fora, no mundo? Isolados aqui, não ficaríamos sabendo.

— Como o quê? Uma guerra nuclear?

— Doug, ninguém veio nos procurar aqui. Você não acha isso estranho?

— Ninguém percebeu ainda que estamos desaparecidos.

— Talvez seja porque não sobrou ninguém lá fora. Todo mundo se foi — sugeriu Arlo, com os olhos fundos, olhando em torno da sala, onde sombras brincavam nas paredes. — Acho que sei quem eram essas pessoas, Doug. As que moravam aqui. Acho que estou vendo os seus fantasmas. Eles estavam esperando pelo fim do mundo. Pelo arrebatamento. Talvez tenha acontecido, e nós ainda não sabemos.

Doug riu.

— Arlo, acredite em mim. Não foi um arrebatamento o que aconteceu a essas pessoas.

— Pai? — chamou Grace, em voz baixa, a um canto. Ela se sentou, enrolando-se mais no cobertor. — Do que ele está falando?

— Os remédios estão deixando Arlo confuso, só isso.

— O que é esse arrebatamento?

Doug e Maura se entreolharam, e ele suspirou.

— É só uma superstição, meu bem. Uma crença maluca de que este mundo está condenado a acabar com o Armagedon. E, quando isso acontecer, as pessoas escolhidas por Deus vão subir diretamente para o céu.

— E o que acontece com o resto?

— Fica todo mundo preso na terra.

— E serão massacrados — murmurou Arlo. — Todos os pecadores que ficarem vão ser massacrados.

— O quê? — surpreendeu-se Grace, olhando para o pai com olhos assustados.

— Meu bem, isso é bobagem. Esquece.

— Mas tem gente que acredita nisso? Que o fim do mundo está chegando?

— Tem gente que acredita também em ser abduzido por alienígenas. Use a cabeça, Grace! Você realmente acha que as pessoas vão ser transportadas para o céu num passe de mágica?

A janela trepidou, como se algo estivesse arranhando o vidro, tentando entrar. Uma corrente de ar penetrou, gemendo, pela chaminé, espalhando as chamas e jogando uma rajada de fumaça na sala.

Grace encostou os joelhos no peito. Olhando para as sombras dançantes, murmurou:

— Então para onde foram todas essas pessoas?

13

A garota pesava 10 quilos de não! *Não, cama! Não, dormir! Não, não, não!*

Jane e Gabriel despencaram no sofá, com olhos sonolentos, e observaram a filha, Regina, girando sem parar, como um dervixe pigmeu.

— Quanto tempo mais será que ela vai ficar acordada? — perguntou Jane.

— Mais do que nós.

— Seria de se esperar que ela ficasse tonta e vomitasse.

— Seria o lógico — concordou Gabriel.

— Alguém tem que assumir o controle aqui.

— É.

— Alguém tem que fazer o papel de pai.

— Concordo plenamente — falou ele, olhando para Jane.

— O quê?

— É a sua vez de fazer o papel de policial má.

— Por que eu?

— Porque você é boa demais nisso. Além do mais, fui eu quem a coloquei na cama nas últimas três vezes. Ela simplesmente não me ouve.

— Porque ela já entendeu que o Sr. FBI é um marshmallow.

Ele olhou para o relógio.

— Jane, já é meia-noite.

A filha do casal girava cada vez mais rápido. Quando eu tinha a idade dela, será que era tão cansativa assim?, perguntou-se Jane. Deve ser isso que o termo *justiça poética* significa. Um dia, você vai ter uma filha igualzinha a você, costumava se queixar sua mãe.

E aí está ela.

Gemendo, Jane se levantou do sofá; a policial má finalmente entrando em ação.

— É hora de ir para a cama, Regina — comandou ela.

— Não.

— É, sim.

— *Não!* — disse o pequeno demônio, correndo para longe, os cachos negros balançando.

Jane a encurralou na cozinha e a pegou no colo. Era como tentar segurar um peixe escorregadio, cada músculo e nervo lutando contra ela.

— Não *quero*! Não *quero*!

— Quer, sim — insistiu Jane, carregando a filha em direção ao quarto, enquanto braços e pernas miúdos se debatiam contra ela. Colocou Regina no berço, apagou a luz e fechou a porta, o que só fez os seus gritos se tornarem mais lancinantes. Não era um choro de sofrimento, mas de pura fúria.

O telefone tocou. *Oh, céus! Devem ser os vizinhos, ligando para reclamar novamente.*

— Diga a eles que dar Valium para ela não é uma opção! — falou Jane, quando Gabriel entrou na cozinha para atender o telefone.

— Nós é que precisamos de Valium — respondeu ele, antes de pegar o aparelho. — Alô?

Cansada demais para se manter ereta, ela se encostou na porta da cozinha, imaginando a chuva de críticas sendo despejada pelo telefone. Deviam ser aqueles Windsor-Miller, uns trintões que tinham se mudado para o prédio apenas um mês antes. *A sua filha nos deixa acordados a noite inteira. Nós dois temos trabalhos muito exaustivos, você sabe. Não consegue controlá-la?* Eles não tinham filhos, de maneira que não lhes ocorria que uma criança de 1 ano e meio não podia ser ligada e desligada como um aparelho de TV. Jane tivera certa vez um vislumbre do apartamento deles, e era irrepreensível. Sofá branco, carpete branco, paredes brancas. O apartamento de um casal que enlouquecia à simples ideia de mãozinhas meladas se aproximando de seus móveis preciosos.

— É para você — avisou Gabriel, estendendo o fone.

— Vizinhos?

— Daniel Brophy.

Ela olhou para o relógio da cozinha. Ligando à meia-noite? Devia ter alguma coisa errada. Ela pegou o telefone.

— Daniel?

— Ela não estava no avião.

— O quê?

— Acabei de sair do aeroporto. Maura não estava no voo em que tinha reserva. E ela não me ligou. Eu não sei o que... — disse ele, até que fez uma pausa, e Jane ouviu o som de um carro buzinando.

— Onde você está? — perguntou ela.

— Estou entrando no túnel Sumner agora. A ligação vai cair a qualquer momento.

— Por que não dá uma passada aqui em casa? — perguntou Jane.

— Agora?

— Gabriel e eu estamos acordados. Poderíamos conversar sobre isso. Alô? Alô?

O túnel havia interrompido a ligação. Ela desligou e olhou para o marido.

— Parece que temos um problema.

Meia hora depois, o padre Daniel Brophy chegou. Àquela altura, Regina havia por fim se cansado de chorar e dormira; o apartamento estava calmo quando ele entrou. Jane já tinha visto aquele homem trabalhando sob as circunstâncias mais penosas, em cenas de crimes, onde parentes aos prantos estendiam-lhe a mão, em busca de conforto. Ele sempre transmitia uma sensação de força serena e, com apenas um toque e algumas palavras suaves, conseguia tranquilizar até os mais desesperados. Naquela noite, era o próprio Brophy quem parecia desesperado. Ele tirou o pesado casaco de inverno, e Jane viu que não usava o colarinho de clérigo, mas um suéter azul e uma camisa oxford. Roupas à paisana o faziam parecer mais vulnerável.

— Ela não apareceu no aeroporto — começou ele. — Fiquei esperando quase duas horas. Sei que o voo dela chegou, e todos pegaram a bagagem. Mas ela não estava lá.

— Talvez vocês tenham se desencontrado — especulou Jane. — Ela pode ter saído do avião e não ter visto você.

— Ela teria me ligado.

— Você tentou ligar para ela?

— Várias vezes. Ninguém atende. Não consegui falar com ela o fim de semana todo. Desde que liguei para você.

E eu descartei as suas preocupações, pensou ela, sentindo uma ponta de culpa.

— Vou fazer um café — disse Jane. — Acho que vamos precisar.

Eles estavam na sala de estar: Jane e Gabriel no sofá e Brophy numa poltrona. O calor do apartamento não lhe trouxera nenhuma cor ao rosto; ainda estava pálido, e tinha as mãos apertadas sobre os joelhos.

— Então a sua última conversa com Maura não foi muito feliz? — perguntou Jane.

— Não. Eu... eu tive que desligar de forma abrupta — confessou Brophy.

— Por quê?

O rosto dele ficou mais tenso ainda.

— Precisamos falar sobre Maura, e não sobre mim.

— Estamos falando sobre ela. Estou tentando entender o seu estado de espírito. Você acha que ela se sentiu esnobada quando você encerrou a ligação de repente?

Ele abaixou a cabeça.

— Provavelmente.

— Você ligou para ela de novo? — perguntou Gabriel, usando sua voz de *vamos nos restringir aos fatos*.

— Não naquela noite. Já era tarde. Só tentei falar com ela no sábado.

— E ela não atendeu.

— Não.

— Talvez só esteja chateada com você — sugeriu Jane. — Este último ano foi difícil para ela, você sabe. Tendo que esconder o que estava acontecendo entre vocês.

— Jane — interrompeu Gabriel. — Isso não ajuda em nada.

Brophy suspirou.

— Mas eu mereço ouvir — admitiu ele, em voz baixa.

Merece mesmo. Você quebrou os seus votos e agora está quebrando o coração dela.

— Você acha que o estado de espírito de Maura pode explicar isso? — perguntou Gabriel, mais uma vez usando sua voz prática de agente da lei.

Dos três, ele era o único que parecia estar abordando a questão de forma lógica. Ela já o vira reagir a outras situações tensas da mesma maneira, tinha observado o marido ficar mais calmo e focado, enquanto tudo e todos desabavam a sua volta. Deem-lhe uma crise para administrar e Gabriel Dean podia, num instante, passar de pai exausto àquele agente que, às vezes, Jane esquecia que o marido era. Ele observava Brophy com olhos que não revelavam nada, mas notavam tudo.

— Ela estava aborrecida o suficiente para fazer alguma coisa sem pensar? — perguntou Gabriel. — Se ferir? Ou coisa pior?

Brophy meneou a cabeça.

— Maura não.

— As pessoas fazem coisas surpreendentes sob estresse.

— *Ela* não faria! Ei, Gabriel, você a conhece. Vocês dois — disse Brophy, olhando para Jane e depois de volta a Gabriel. —Vocês acham que ela seria imatura a esse ponto? Que desapareceria só para me punir?

— Ela já fez coisas inesperadas antes — insistiu Jane. — Se apaixonou por você.

Daniel enrubesceu, enchendo por fim o rosto de cor.

— Mas não faria nada irresponsável. Como desaparecer assim.

— Desaparecer? Ou só ficar longe de você?

— Ela tinha reserva naquele voo. Pediu para eu ir pegá-la no aeroporto. Quando Maura diz que vai fazer alguma coisa, ela faz. E, se não puder, liga. Não importa o quão aborrecida possa estar comigo, não se rebaixaria a fazer uma coisa dessas. Você sabe como ela é, Jane. Nós dois sabemos.

— Mas e se ela estivesse muito perturbada? — questionou Gabriel. — As pessoas tomam decisões drásticas.

Jane franziu o cenho para ele.

— Do que você está falando? Suicídio?

Gabriel mantinha o olhar fixo em Brophy.

— Exatamente o que andou acontecendo entre vocês dois recentemente?

A cabeça de Brophy pendeu.

— Acho que nós dois percebemos que... alguma coisa tinha de mudar.

— Você disse para ela que ia terminar?

— Não — respondeu Brophy, erguendo o rosto. — Ela sabe que eu a amo.

Mas isso não é o suficiente, pensou Jane. Não o bastante para se construir uma vida.

— Ela não faria nada contra si mesma — afirmou Brophy, endireitando-se na poltrona, o rosto endurecendo com um ar de certeza. — Não faria joguinhos. Tem alguma coisa errada, e não acredito que vocês não estejam levando isso a sério.

— Nós estamos — esclareceu Gabriel, calmamente. — É por isso que estamos fazendo essas perguntas, Daniel. Porque são exatamente as mesmas que a polícia vai fazer em Wyoming. Sobre o estado de espírito dela. Se poderia ter decidido desaparecer. Só quero ter certeza de que você sabe as respostas.

— Em que hotel ela estava? — perguntou Jane.

— Em um que fica em Teton Village. Se chama Mountain Lodge. Já liguei para lá, e eles disseram que ela saiu no sábado de manhã. Um dia antes.

— Eles não sabem para onde ela foi?

— Não.

— Será que voltou para casa mais cedo? Talvez já esteja de volta a Boston.

— Já liguei para a casa dela. Até passei de carro por lá. Não tem ninguém.

— Você sabe mais alguma coisa sobre o esquema de viagem dela? — perguntou Gabriel.

— Eu tenho o número dos voos. Sei que alugou um carro em Jackson. Ela estava planejando dar uma volta pela área, depois que o congresso terminasse.

— Em que agência?

— Hertz.

— Você sabe se ela falou com mais alguém além de você? Com os colegas do Departamento de Medicina Legal, talvez? Com a secretária?

— Eu liguei para Louise no sábado, e ela não sabia de nada, também. Não investiguei mais porque achei... — disse ele, olhando para Jane. — Pensei que você fosse fazer uma verificação.

Não havia nenhuma nota de acusação em sua voz, mas também era possível que tivesse. Jane sentiu um rubor de culpa nas faces. Ele *tinha* ligado para ela, e ela não fizera nada porque sua cabeça estivera ocupada com outras coisas. Corpos em freezers. Bebês pouco cooperativos. Não havia acreditado de fato que alguma coisa pudesse estar errada, pensara que aquilo não passava de uma briga de namorados, seguida de um silencioso gelo. Esse tipo de coisa acontecia o tempo todo, não? Além do quê, havia o fato de que Maura deixara o hotel um dia antes. Isso não soava a rapto, mas a uma mudança de planos deliberada. Nada disso absolvia Jane do fato de que não fizera nada além de uma ligação para o celular de Maura. Agora, quase dois dias haviam se passado, as 48 horas de ouro, aquela janela de oportunidades, quando é mais fácil encontrar uma pessoa desaparecida e identificar um criminoso.

Gabriel se levantou.

— Acho que é hora de dar alguns telefonemas — disse ele, indo para a cozinha.

Ela e Brophy ficaram sentados em silêncio, escutando-o falar. Usava sua voz de FBI, como Jane gostava de chamar, o tom calmo e autoritário que adotava para as tarefas oficiais. Ouvindo-a agora, ela achava difícil crer que aquela voz pertencia ao mesmo homem que fora derrotado, com tanta facilidade, por uma criança teimosa. Era eu quem devia estar dando os telefonemas, pensou Jane. Eu sou a policial que deveria estar investigando. Porém sabia que apenas ouvir aquelas três letras, FBI, faria com que a pessoa do outro lado da linha ficasse mais em alerta. Quando se tem um marido do FBI, deve-se tirar vantagem disso.

— ... sexo feminino, 42 anos, acho. Cabelos pretos. Um metro e setenta, cerca de 55 quilos...

— Por que ela sairia do hotel um dia antes? — indagou-se Brophy, em voz baixa.

Ele estava sentado rígido na poltrona, olhando para a frente:

— Isso é que eu ainda não entendi, por que ela fez isso. Aonde iria? Para outra cidade, outro hotel? Por que mudar os planos de repente?

Talvez tenha encontrado alguém. Um homem. Jane não queria dizer aquilo, mas esse foi o primeiro pensamento que lhe ocorreu, que ocorreria a qualquer policial. Uma mulher sozinha numa viagem de trabalho, cujo amante acabara de lhe causar uma decepção. Surge um estranho atraente que sugere um pequeno passeio fora da cidade. Enterre os planos anteriores e tenha uma pequena aventura.

Talvez houvesse tido uma aventura com o homem errado.

Gabriel voltou para a sala, segurando o celular.

— Ele vai ligar daqui a pouco.

— Quem?

— Um detetive, em Jackson. Ele disse que não houve nenhuma fatalidade no trânsito durante o fim de semana, e não tem conhecimento de nenhum paciente hospitalizado que permaneça sem identificação.

— E quanto a... — começou Brophy, mas se interrompeu.

— Nem de qualquer corpo, também.

Brophy respirou aliviado e afundou na poltrona.

— Então já temos alguma informação, pelo menos. Ela não está em nenhum hospital.

Ou necrotério. Era uma imagem que Jane queria bloquear, mas ali estava ela: Maura estendida sobre uma mesa, como tantos outros cadáveres que Jane já tinha visto. Qualquer um que já esteve numa sala de necropsia e assistiu a um exame *post mortem* imaginou a cena terrível de ver alguém conhecido ou amado deitado na mesa. Certamente aquela era a mesma imagem que atormentava Daniel Brophy naquele momento.

Jane fez outro bule de café. Em Wyoming eram onze da noite. O telefone permanecia preocupantemente silencioso, enquanto olhavam para o relógio.

— Nunca se sabe, ela pode nos surpreender — brincou Jane, já agitada de tanta cafeína e açúcar. — Ela pode aparecer no trabalho amanhã, pontualmente. Dizer que perdeu o celular ou algo do gênero.

Era uma explicação capenga, e nenhum dos dois homens se deu ao trabalho de comentar.

O toque do telefone fez com que todos se sobressaltassem. Gabriel pegou o aparelho. Não disse muito; nem seu rosto revelava que informações estava ouvindo. Contudo, ao desligar e olhar para Jane, ela soube que as notícias não eram boas.

— Ela não devolveu o carro alugado.

— Eles checaram na Hertz?

Gabriel assentiu.

— Ela o alugou na terça, no aeroporto, e era para ter devolvido hoje de manhã.

— Então o carro também está desaparecido?

— Sim.

Jane não olhou para Brophy; não queria ver o rosto dele.

— Acho que está decidido, então — falou Gabriel. — Só tem uma coisa que podemos fazer.

Jane balançou a cabeça.

— Vou ligar para minha mãe de manhã. Tenho certeza de que vai gostar de ficar tomando conta de Regina. Nós a deixamos lá no caminho para o aeroporto.

— Vocês vão para Jackson? — perguntou Brophy.

— Se conseguirmos dois lugares no voo de amanhã — respondeu Jane.

— Reservem três — pediu Brophy. — Eu também vou.

14

Maura acordou com o som dos dentes de Arlo batendo uns contra os outros. Ao abrir os olhos, viu que ainda estava escuro, mas sentiu que o amanhecer se aproximava, que a escuridão da noite começava a se transformar em cinza. Da luminosidade que emanava da lareira, dava para contar os corpos adormecidos: Grace, enroscada no sofá; Doug e Elaine dormindo próximos, quase se tocando. Sempre quase se tocando. Era possível adivinhar quem se movera na direção do outro durante a noite. Parecia tão óbvio, agora que tinha consciência do fato: o modo como Elaine olhava para Doug, como o tocava com tanta frequência, a forma como acatava prontamente as sugestões dele. Arlo estava só ao lado da lareira, o cobertor moldando-lhe o corpo como uma mortalha. Os dentes se chocavam uns nos outros cada vez que um novo arrepio lhe percorria o corpo.

    Ela se levantou, as costas duras por causa do chão, e pôs mais lenha na lareira. Agachando-se, aqueceu-se enquanto o fogo reavivava, estalando, brilhante e ardente. Virando-se, olhou para Arlo, cujo rosto se encontrava agora iluminado pelas chamas.

    O cabelo grisalho parecia oleoso e duro de suor. A pele assumira o tom amarelado dos cadáveres. Se não fosse pelos dentes que batiam, ela acharia que ele já estava morto.

— Arlo — chamou, baixinho.

Vagarosamente, as pálpebras se abriram. O olhar pareceu vir de um poço profundo e sombrio, como se tivesse resvalado para muito além do alcance da ajuda humana.

— Que... frio — sussurrou ele.

— Reavivei o fogo agora. Daqui a pouco, vai ficar mais quente aqui — disse ela, tocando-lhe a testa, e o calor de sua pele era tão alarmante que pareceu queimar sua mão. Imediatamente, Maura foi até a mesa de centro, onde haviam enfileirado todos os remédios, e esforçou-se para ler os rótulos no escuro. Encontrou os frascos de amoxicilina e Tylenol, e virou algumas cápsulas na mão.

— Pronto. Tome isso aqui.

— O que é? — resmungou Arlo, enquanto ela levantava-lhe a cabeça para ajudá-lo a engolir os medicamentos.

— Você está com febre. É por isso que está tremendo. Isso vai fazer você se sentir melhor.

Ele engoliu os comprimidos e se deitou de novo, tomado por um calafrio tão violento que Maura achou que ele estivesse à beira de uma convulsão. No entanto, seus olhos estavam abertos e conscientes. Ela entregou o próprio cobertor a ele, colocando outra camada de lã sobre seu corpo. Sabia que precisava conferir o estado da perna, mas a sala ainda estava muito escura, e não desejava acender a lamparina de querosene, não enquanto todos estivessem dormindo. A janela já estava se iluminando. Em mais uma hora ou duas, estaria amanhecendo, e ela poderia examinar o membro. Entretanto, já sabia o que iria encontrar: a febre significava que estaria, quase certamente, infeccionado, e que bactérias tinham invadido a corrente sanguínea. Sabia também que a amoxicilina não era um antibiótico suficientemente poderoso para salvá-lo.

De qualquer modo, só restavam vinte cápsulas.

Maura olhou para Doug, tentada a acordá-lo para que dividissem o fardo, mas ele ainda estava profundamente adormecido. Assim, ela, sozinha, sentou-se ao lado de Arlo, segurando-lhe a mão, acariciando-lhe o braço por cima dos cobertores. Embora a testa estivesse quente, a mão estava preocupantemente gelada, parecendo mais carne morta que viva.

E eu sei como é carne morta.

Desde a época de estudante de medicina, era na sala de necropsias, e não junto à cabeceira do paciente, onde se sentia mais à vontade. Os mortos não esperam que se entabulem conversas sobre assuntos gerais, que se escutem suas queixas sem fim ou que se assista enquanto se contorcem de dor. Estão além da dor, e não esperam que se façam milagres impossíveis. Esperam pacientemente e sem reclamar o tempo que for necessário para o patologista terminar sua tarefa.

Olhando para o rosto castigado de Arlo, ela pensou: Não são os mortos que me deixam inquieta, mas os vivos.

Porém permanecia a seu lado, segurando-lhe a mão enquanto o dia nascia e seus arrepios diminuíam. Ele estava respirando com mais facilidade então, e gotas de suor brilhavam no rosto.

— Você acredita em fantasmas? — perguntou ele em voz baixa, observando-a com olhos acesos pela febre.

— Por que está perguntando?

— Por causa do seu trabalho. Se alguém neste mundo já viu um fantasma, seria você.

Ela fez que não com a cabeça.

— Nunca vi um.

— Então não acredita.

— Não.

Ele olhava para além dela, focando algo que Maura não conseguia enxergar.

— Mas eles estão aqui, nesta sala, nos observando.

Ela tocou-lhe a testa. A pele já estava mais fresca ao toque; a febre cedia. Todavia, mostrava-se claramente delirante, os olhos percorrendo o ambiente, como se seguisse o movimento dos fantasmas pairando no ar.

Já estava claro o bastante agora para que desse uma olhada em sua perna.

Ele não protestou quando Maura levantou o cobertor. Estava nu da cintura para baixo, o pênis encolhido e quase perdido no ninho de pelos púbicos castanhos. Durante a noite, havia urinado, e as toalhas que tinham sido colocadas sob ele estavam encharcadas. Ela retirou camadas de gaze do machucado, e a arfada de espanto lhe escapara da garganta antes que pudesse suprimi-la. Maura havia examinado o ferimento apenas seis horas antes, à luz da lâmpada de querosene. Agora, no clarão inexorável da luz do dia, pôde ver as bordas escurecidas da pele e os tecidos inchados. E sentiu o cheiro fétido de carne em decomposição.

— Me diga a verdade — pediu Arlo. — Eu quero saber. Vou morrer?

Ela se esforçou para encontrar palavras tranquilizadoras, uma resposta em que não acreditava de fato. Antes de poder dizer qualquer palavra, a mão de alguém pousou de súbito sobre seu ombro e ela se virou, surpresa.

— É claro que você não vai morrer — falou Doug, parado bem atrás dela. — Porque eu não vou deixar, Arlo. Não importa quanto trabalho você vá me dar.

Arlo conseguiu sorrir palidamente.

— Você sempre foi convencido, cara — murmurou ele, fechando os olhos.

Doug se ajoelhou e fitou a perna. Não precisou dizer nada; Maura pôde ler em seu rosto a mesma coisa em que estava pensando. *A perna está apodrecendo diante dos nossos olhos.*

— Vamos para outro lugar — pediu Doug.

Eles entraram na cozinha, de onde os outros não poderiam ouvi-los. A aurora dera lugar a uma manhã ofuscantemente clara, e o brilho que entrava pela janela acertava em cheio o rosto de Doug, fazendo cada fio branco se sobressair na barba dura.

— Dei amoxicilina para ele agora — disse ela. — Vamos ver o efeito.

— O que ele precisa é de uma cirurgia.

— Concordo. Você quer cortar a perna dele?

— Jesus! — exclamou ele, andando de um lado para o outro da cozinha, agitado. — Ligar uma artéria é uma coisa. Mas fazer uma amputação...

— Mesmo que conseguíssemos fazê-la, não seria o bastante. Ele já apresenta um quadro de septicemia. Precisa de doses maciças de antibiótico intravenoso.

Doug se virou para a janela e estreitou os olhos diante da claridade do sol sobre a neve.

— Temos umas oito, talvez nove horas de luz do dia. Se eu sair agora, posso chegar no sopé da montanha ao entardecer.

— Você vai esquiando?

— A menos que você tenha uma ideia melhor.

Ela pensou em Arlo, suando e tremendo na sala ao lado, enquanto a perna inchava e o ferimento ia apodrecendo. Pensou nas bactérias tomando conta de seu sangue, invadindo cada órgão. E se lembrou de um cadáver que dissecara certa vez, de uma mulher que havia morrido de choque séptico. Pensou nas hemorragias espalhadas, na pele, no coração e nos pulmões. O choque causava falência múltipla dos órgãos, fazendo parar coração, rins e cérebro. Arlo já estava demonstrando sinais de delírio, vendo pessoas que não existiam, fantasmas pairando ao seu redor. Contudo, encontrava-se, pelo menos, produzindo urina ainda e, enquanto os rins não falhassem, ele tinha uma chance de sobreviver.

— Vou separar alguma comida para você — disse ela. — E vai precisar de um saco de dormir para o caso de não conseguir chegar antes da noite.

— Vou o mais longe que puder essa noite — falou Doug, olhando na direção da porta da frente, onde Arlo estava morrendo. — Acho que vou ter de deixá-lo nas suas mãos.

Grace não queria que o pai fosse. Agarrou-se a seu casaco, quando Doug saiu para o pórtico, implorando-lhe que não os deixasse, choramingando que ele era seu pai, e que não podia deixá-la para trás, como a mãe havia feito. Que tipo de pai faria aquilo?

— Arlo está muito doente, meu bem — explicava Doug, retirando-lhe as mãos da manga de seu casaco. — Se eu não conseguir ajuda, ele pode morrer.

— Se você for, *sou eu* quem pode morrer! — exclamou ela.

— Você não está sozinha. Elaine e Maura vão tomar conta de você.

— Por que é *você* que tem de ir? Por que *ela* não vai? — perguntou Grace, apontando para Maura, num gesto tão agressivo que parecia uma acusação.

— Pare com isso, Grace. Pare — exigiu ele, agarrando os ombros da filha e sacudindo-a com força. — Eu sou o mais forte. Tenho mais chances de chegar lá. E Arlo é *meu* amigo.

— Mas você é meu *pai* — revidou Grace.

— Preciso que você seja adulta agora. Você tem de perceber que não é o centro do universo — falou ele, colocando a mochila nas costas. — Vamos falar sobre isso quando eu voltar. Agora, me dá um beijo, ok?

Grace recuou.

— Não é de se estranhar que mamãe tenha largado você — acusou a garota, dirigindo-se para dentro da casa e batendo a porta atrás de si.

Doug parecia atônito, olhando, sem poder acreditar, para a porta fechada. Todavia, aquela explosão não devia tê-lo surpreendido muito. Maura já havia reparado na voracidade com que Grace competia pela atenção do pai, e na habilidade com que utilizava a culpa como arma para controlá-lo. Doug pareceu então pronto para seguir a filha até a casa, que era exatamente o que ela queria e, sem dúvida, esperava.

— Não se preocupe — disse Maura. — Prometo tomar conta dela. Vai ficar tudo bem.

— Com você no comando, sei que vai — concordou ele, tomando-a nos braços para um abraço de despedida. — Eu sinto muito, Maura, por tudo que deu errado — murmurou ele, dando um passo atrás e olhando para ela. — Quando você me conheceu em Stanford, tenho certeza de que me achava um idiota. Acho que não fiz muito para tirar essa impressão.

— Tire a gente daqui, Doug, e eu reconsidero essa opinião.

— Pode contar com isso — garantiu ele, apertando a alça peitoral da mochila. — Defenda o forte, Dra. Isles, e eu prometo retornar com a cavalaria.

Ela observou do pórtico, enquanto ele subia a estrada. O dia esquentara até ficar próximo de zero, e não se via uma única nuvem no céu. Se ele ia tentar a jornada, aquele era o dia para fazê-la.

A porta se abriu de repente, e Elaine saiu voando da casa. Já tinha se despedido de Doug momentos antes, mas lá ia ela, correndo para alcançá-lo, como se sua vida dependesse disso. Maura não conseguiu ouvir a conversa dos dois, mas viu Elaine tirar o cachecol de caxemira que usava sempre e enrolá-lo gentilmente em torno do pescoço dele, como um presente de despedida. Eles se abraçaram; um abraço que pareceu durar para sempre. Depois, Doug partiu, subindo a estrada sulcada que levava para fora do vale. Só quando fez a curva e desapareceu por detrás das árvores que Elaine finalmente deu meia-volta em direção à casa. Subiu os degraus do pórtico, onde Maura estava parada, mas não disse palavra, apenas passou raspando por ela e entrou, fechando a porta atrás de si.

15

Antes mesmo de o detetive Queenan se apresentar, Jane já tinha percebido que se tratava de um policial. Estava de pé ao lado de um Toyota, coberto de neve, no estacionamento do Mountain Lodge, conversando com um homem e uma mulher. Quando Jane e seu grupo saltaram do carro alugado e se aproximaram do Toyota, foi a vez de Queenan se virar, a fim de olhar para eles, observando alerta, característica de um homem cujo trabalho era pura observação. Sob todos os aspectos, ele parecia comum — calvo, acima do peso e com um bigode em que se viam os primeiros fios brancos.

— Você é o detetive Queenan? — perguntou Gabriel.

O homem assentiu.

— Você deve ser o agente Dean.

— E eu sou a detetive Rizzoli — disse Jane.

Queenan franziu o cenho para ela.

— Do Departamento de Polícia de Boston?

— Unidade de Homicídios — completou ela.

— Homicídios? Vocês não estão, por um acaso, metendo o bedelho aqui? Não sabemos de nenhum crime que tenha sido cometido.

— A Dra. Isles é uma amiga nossa — esclareceu Jane. — É uma profissional responsável, que não ia desaparecer por um capricho. Estamos todos preocupados com o seu bem-estar.

Queenan se virou, a fim de olhar para Brophy.

— E você é do Departamento de Polícia de Boston, também?

— Não, senhor — disse Brophy. — Sou padre.

Queenan soltou uma gargalhada de espanto.

— Um agente do FBI, uma policial e um padre. Uma equipe que nunca tinha visto antes.

— O que você apurou até agora? — perguntou Jane.

— Bem, temos isso aqui — respondeu Queenan, apontando para o Toyota onde estavam paradas as duas pessoas, assistindo à conversa. O homem se chamava Finch e trabalhava como segurança do hotel. A mulher era funcionária da agência da Hertz.

— Este Toyota está estacionado aqui desde pelo menos sexta à noite — afirmou Finch. — Não saiu do lugar.

— Você confirmou isso com as câmeras de segurança? — indagou Jane.

— Hum, não, senhora. As câmeras não cobrem este estacionamento.

— Então como sabe que o Toyota está aqui há tanto tempo?

— Olhe para a neve acumulada. Tivemos uma tempestade forte no sábado, quase 70 centímetros de neve cobrindo tudo, que é mais ou menos o que eu vejo neste carro.

— Este é o carro de Maura?

A funcionária da Hertz disse:

— O contrato de aluguel desse veículo foi feito para a Dra. Maura Isles. Ele foi reservado on-line há três semanas, e ela o pegou na terça passada. Pagou com um cartão AmEx. Era para ter sido devolvido ao nosso estacionamento do aeroporto ontem de manhã.

— Ela não telefonou para prolongar o aluguel? — perguntou Gabriel.

— Não, senhor — respondeu a mulher, tirando um chaveiro do bolso e olhando para Queenan. — Aqui está a chave sobressalente que você queria, detetive.

Queenan colocou um par de luvas de látex e abriu a porta do passageiro, na frente. Cuidadosamente, inclinou-se para dentro e abriu o porta-luvas, onde encontrou o contrato de aluguel.

— Maura Isles — confirmou ele, examinando os papéis e olhando para o velocímetro. — Parece que ela rodou cerca de 150 quilômetros. Não é muito para um aluguel de seis dias.

— Ela estava aqui para um congresso médico — explicou Jane. — E estava hospedada nesse hotel. Provavelmente, não teve muita oportunidade de sair para passear.

Jane olhou pela janela, tendo o cuidado de não tocar no vidro. A não ser por um exemplar do *USA Today*, dobrado sobre o assento do passageiro, o interior parecia imaculado. Claro que estaria, Maura era fanática por arrumação, e Jane nunca notara mais que um lenço de papel perdido no seu Lexus.

— Qual a data do jornal? — perguntou ela.

Queenan abriu o *USA Today*.

— É de terça passada.

— O dia que ela chegou aqui — disse Brophy. — Deve ter comprado no aeroporto.

Queenan se ergueu.

— Vamos dar uma olhada na mala — sugeriu ele, fazendo a volta até a parte de trás, retirando a neve e apertando o botão para abrir, no controle.

Todos se juntaram para ver, e Jane notou que Queenan hesitou antes de estender a mão enluvada, a fim de abrir o bagageiro. O mesmo pensamento devia estar passando pela cabeça de todos naquele momento. *Uma mulher desaparecida. Um veículo abandonado.* Surpresas demais já haviam sido encontradas em malas de carro, horrores demais, dobrados como embriões dentro de úteros de aço. Naquelas temperaturas congelantes, não haveria odores para alertar ninguém, nenhuma pista para o que haveria no interior. Quando Queenan abriu o bagageiro, Jane sentiu o ar ficar preso na garganta e olhou então para o espaço revelado.

— Vazio e limpo — anunciou Queenan, e ela sentiu o alívio em sua voz.

Ele olhou para Gabriel.

— Temos então um carro alugado, que parece estar em ordem, e nenhuma bagagem. Aonde quer que a amiga de vocês tenha ido, levou suas coisas com ela. Isso me soa como um passeio planejado.

— Onde está ela, então? — questionou Jane. — Por que não atende o celular?

Queenan olhou para ela como se Jane não passasse de uma distração irritante.

— Não conheço sua amiga. Talvez você tenha mais ideia da resposta que eu.

A funcionária da Hertz disse:

— Quando vamos poder ter este veículo de volta? É parte da nossa frota.

— Precisamos retê-lo por mais um tempo ainda — disse Queenan.

— Quanto tempo?

— Até decidirmos se um crime foi cometido de fato. Por enquanto, não temos certeza.

— Como explica, então, o desaparecimento dela? — perguntou Jane.

Mais uma vez, a centelha de irritação passou por seus olhos, quando se voltou para ela.

— Eu disse que não temos certeza. Estou tentando manter a cabeça aberta. Que tal todos nós tentarmos?

* * *

— Não posso dizer que me lembre exatamente dessa hóspede em particular — começou Michelle, recepcionista do Mountain Lodge. — Nós tivemos duzentos médicos, mais as famílias, hospedados aqui semana passada. Não havia como prestar atenção em todo mundo.

Eles estavam na sala da gerência, que mal tinha espaço para abrigar todos. O gerente estava de pé, próximo à porta, com os braços cruzados, enquanto observava a conversa. Era sua presença, mais do que as perguntas, que parecia deixar Michelle nervosa, e ela ficava olhando para ele, o patrão, a todo momento, como se temerosa de que ele desaprovasse alguma resposta sua.

— Você não a reconhece, então, pelo retrato? — perguntou Queenan, dando um tapinha na foto oficial, que Jane tinha imprimido no site dos médicos-legistas de Massachusetts. Era a imagem de uma profissional melancólica. Maura olhava diretamente para a máquina, a boca neutra e sem sorrir — adequada ao tipo de trabalho que fazia. Quando a função de alguém envolvia abrir pessoas mortas, um sorriso largo seria algo perturbador.

Michelle examinou a foto de novo com uma atenção constrangida. Era jovem, 20 e poucos anos, e, com tantas pessoas observando-a, ficava difícil para qualquer um se concentrar. Especialmente quando uma dessas pessoas era o patrão.

Jane disse ao gerente:

— O senhor se importaria de sair?

— Mas este é o meu escritório.

— Precisamos dele emprestado por um tempo curto.

— Considerando que esse negócio envolve o meu hotel, acho que eu deveria saber o que está acontecendo — disse ele e, olhando para a recepcionista, acrescentou: — Você se lembra dela ou não, Michelle?

A jovem deu de ombros, indefesa.

— Não tenho certeza. Tem alguma outra foto?

Após um silêncio, Brophy disse, em voz baixa:

— Eu tenho.

Do bolso interno do casaco, ele tirou a foto. Era um retrato espontâneo de Maura sentada à mesa de sua cozinha, um copo de vinho tinto diante dela. Comparada à foto sombria do site dos médicos legistas, ela parecia inteiramente outra mulher, o rosto corado pelo efeito do álcool e das gargalhadas. O retrato estava gasto nas pontas, em virtude do manuseio constante; era algo que ele provavelmente sempre carregava consigo, para ser tirado do bolso e contemplado, em momentos solitários. Para Daniel Brophy, devia haver muitos desses instantes, divididos entre dever e desejo, Deus e Maura.

— Ela parece familiar? — perguntou Queenan a Michelle.

A jovem franziu o cenho.

— É a mesma mulher? Parece tão diferente nessa foto.

Mais feliz. Apaixonada.

Michelle levantou a cabeça.

— Sim, acho que me lembro dela. Estava aqui com o marido?

— Ela não é casada — disse Jane.

— Ah, então talvez seja outra.

— Fale dessa mulher que você se lembra.

— Ela estava com um cara. Um cara bem bonito, de cabelo louro.

Jane evitou olhar para Brophy; não queria ver sua reação.

— O que mais você se lembra sobre eles?

— Saíram para jantar juntos. Lembro que pararam na recepção, e ele perguntou onde ficava o restaurante. Achei que eram casados.

— Por quê?

— Porque ele riu e disse algo como "Está vendo? Eu *aprendi* a pedir informações". Acho que isso é uma coisa que um cara diria para a esposa, certo?

— Quando você viu esse casal?

— Acho que foi quinta à noite. Porque eu estava de folga na sexta.

— E no sábado, o dia em que ela foi embora? Você estava trabalhando de manhã?

— Sim, mas vários de nós estávamos de serviço. Foi quando o congresso acabou e todos os hóspedes estavam indo embora. Não me lembro de vê-la, então.

— Alguém na recepção deve tê-la atendido.

— Na verdade, não — interpôs o gerente, exibindo uma cópia impressa de computador. — Vocês disseram que queriam ver a conta; então tirei uma cópia. Parece que ela usou a opção de check-out no próprio quarto, que está disponível na TV. A Dra. Isles não precisou parar na recepção quando foi embora.

Queenan pegou a cópia impressa. Passando as páginas, ele foi lendo em voz alta todas as cobranças:

— Quarto. Restaurante. Internet. Restaurante. Não vejo nada fora do comum aqui.

— Mas se foi um check-out feito no próprio quarto — questionou Jane —, como podemos saber que foi ela mesma quem fez?

Queenan sequer se preocupou em disfarçar o sorriso de desdém.

— A senhora está sugerindo que alguém invadiu o quarto dela? Fez as malas e pagou a conta por ela?

— Não, só estou dizendo que não temos provas de que ela estava de fato aqui no sábado de manhã, o dia em que supostamente teria ido embora.

— De que tipo de prova a senhora precisa?

Jane se virou para o gerente.

— Você tem uma câmera de segurança no balcão da recepção. Por quanto tempo mantêm os registros?

— Nós ainda temos o vídeo da semana passada, mas estamos falando de horas e horas de gravação. Centenas de pessoas passando pelo saguão. Teria de ficar aqui uma semana para assistir a tudo.

— A que horas ela fez o check-out, de acordo com a conta?

Queenan olhou para o papel.

— Às sete e cinquenta e cinco da manhã.

— Então vamos começar por aí. Se ela saiu deste hotel a pé, vamos conseguir encontrá-la.

Não há nada na vida tão monótono quanto rever a gravação de uma câmera de segurança. Após trinta minutos apenas, o pescoço e os ombros de Jane já doíam de tanto se esticar para a frente, tentando reparar em cada figura que passava no monitor. Não ajudava em nada o fato de Queenan se manter suspirando e se mexendo em sua cadeira, deixando claro a todos os presentes que achava aquilo uma idiotice. E talvez seja, pensou Jane enquanto assistia a pessoas cruzando a tela, grupos se juntando e se dispersando. Quando a marca do tempo se moveu em direção às oito da manhã e dezenas de hóspedes do hotel convergiram para o balcão da recepção, para pagar a conta, sua atenção foi exigida em direções demais ao mesmo tempo.

Foi Daniel quem a descobriu.

— Ali!

Gabriel congelou a imagem. Jane contou, no mínimo, duas dezenas de pessoas no saguão, captadas naquele quadro da fita de vídeo, a maioria perto do balcão. Outras eram vistas no fundo, agrupadas próximo às poltronas. Dois homens apareciam de pé, falando ao celular, e ambos olhavam simultaneamente para os relógios. Bem-vindos à era da multitarefa compulsiva!

Queenan disse:

— Não a vejo.

— Volte a fita — falou Daniel. — Tenho certeza de que era ela.

Gabriel retornou a sequência, quadro a quadro. Eles assistiam a pessoas andando para trás, grupos se dispersando e novas reuniões de pessoas sendo criadas. Um dos que falavam ao celular se mexia para lá e para cá, como se dançasse ao som de uma batida errática, vinda do aparelho.

— Ali está ela — disse Daniel, em voz baixa.

A mulher de cabelos escuros estava bem na margem da tela, o rosto pego de perfil. Não era de espantar que Jane não tivesse visto a primeira vez: Maura ziguezagueava pelo saguão com meia dúzia de pessoas paradas entre ela e a câmera. Só naquele instante, quando passou por um vazio na multidão, a lente captou sua imagem.

— Não é uma imagem muito clara — reclamou Queenan.

— Eu sei que é ela — insistiu Daniel, contemplando Maura com uma saudade indisfarçada. — É o rosto dela, o corte de cabelo. E estou reconhecendo o casaco.

— Vamos ver se conseguimos outras imagens — sugeriu Gabriel, movendo o vídeo para a frente, quadro a quadro.

O cabelo escuro de Maura ressurgiu, aparecendo e desaparecendo à medida que se locomovia. Apenas na margem da tela foi que ela emergiu novamente da multidão. Estava usando calças escuras e um casaco de esqui branco, com capuz forrado de pele. Gabriel avançou uma imagem mais, e a cabeça de Maura se deslocou para fora do quadro, mas metade do corpo era ainda visível.

— Ei, vejam aquilo — disse Queenan, apontando. — Ela está arrastando uma mala.

Ele olhou para Jane.

— Acho que isso resolve o caso, não? Ela pegou a mala e foi embora. Não foi arrastada do hotel. No sábado, às oito e cinco, ela estava viva, bem e deixando o hotel por vontade própria — completou ele, olhando para o relógio e se pondo de pé. — Me chamem se vocês virem alguma coisa que valha a pena observar.

— Você não vai ficar?

— Enviamos a foto dela para todos os jornais e estações de TV do estado de Wyoming. Estamos atendendo todas as chamadas que são feitas. O problema é que ela, ou alguém que se parece com ela, tem sido vista em tudo quanto é lugar.

— Onde, exatamente? — perguntou Jane.

— Pode imaginar qualquer lugar, que ela foi vista lá. No Dinosaur Museum, em Thermopolis. Na loja de conveniência Grubb's, em Sublette. Jantando no Hotel Irma, em Cody. Numa dúzia de lugares diferentes, em todo o estado. No momento, não sei o que mais posso fazer. Não conheço a sua amiga desaparecida. Não sei que tipo de mulher ela é. Mas estou achando que ela conheceu um cara, talvez um desses médicos que estavam aqui. Fez a mala, foi embora um dia mais cedo, e eles decidiram ir de carro para algum lugar juntos. Você não concorda que essa é a explicação mais provável? Que está escondida em algum quarto de hotel com o cara, e estão fazendo tanto sexo que ela perdeu a noção do tempo?

Dolorosamente ciente de que Daniel estava a seu lado, Jane disse:
— Ela não faria isso.
— Não consigo contar o número de vezes que as pessoas já me disseram isso, ou alguma variação dessas palavras. *Ele é um bom marido. Nunca faria isso.* Ou: *Ela nunca deixaria os filhos.* A questão é que as pessoas surpreendem. Fazem coisas malucas e, de repente, percebemos que não as conhecíamos. Você já deve ter lidado com essa situação, detetive.

Jane não tinha como negar o fato; se os seus papéis estivessem trocados, ela provavelmente estaria fazendo aquele mesmo discurso. De como as pessoas não são quem pensamos que são, nem mesmo aquelas que amamos a vida inteira. Ela pensou nos próprios pais, cujo casamento de 35 anos havia se desintegrado após o caso do pai com outra mulher. Pensou na transformação surpreendente da mãe, de dona de casa antiquada em divorciada sensual, com roupas decotadas. Não, as pessoas não são, com muita frequência, quem se acha que elas são. Às vezes, fazem coisas tolas e inexplicáveis.

Vez por outra, se apaixonam por um sacerdote católico.
— A questão é que não temos ainda sinais de crime algum — afirmou Queenan, vestindo o casaco de inverno. — Nenhum sangue, nada sugerindo que alguém a forçou a fazer qualquer coisa.

— Tem esse homem, o que a funcionária do hotel viu com Maura.
— O que tem ele?
— Se Maura saiu com esse cara, eu gostaria de saber quem é ele. Não deveríamos dar uma conferida nos vídeos da quinta à noite?

Queenan ficou fazendo cara feia enquanto se decidia se tirava o casaco novamente. Por fim, suspirou.

— Ok. Vamos ver a quinta à noite. A funcionária disse que eles iam sair para jantar; então, podemos começar o vídeo a partir de cinco da tarde.

Dessa vez, foi mais fácil acertar o alvo. Segundo Michelle, o casal tinha chegado ao balcão da recepção para perguntar onde ficava o restaurante. Eles aceleraram a gravação, diminuindo apenas quando alguém se aproximava do balcão. Transeuntes tremulavam para a frente e para trás na tela. A marca do tempo avançava em direção às seis da tarde, e a multidão aumentava, à medida que os hóspedes se dirigiam para jantar, as mulheres ostentando brincos e colares, e os homens usando paletó e gravata.

Às seis e quinze, apareceu um homem louro em frente ao balcão.

— Aí — disse Jane.

Por um momento, fez-se silêncio, enquanto todos focavam a mulher de cabelos escuros, parada ao lado do homem. Não havia dúvidas quanto a sua identidade.

Era Maura, e ela estava sorrindo.

— Essa é a garota de vocês, certo? — perguntou Queenan.

— É — confirmou Jane, em voz baixa.

— Ela não parece nem um pouco aflita. Parece uma mulher que está indo para um bom restaurante, vocês não acham?

Jane contemplou a imagem de Maura e do homem desconhecido. Queenan está certo, pensou ela. A médica parecia feliz. Ela não conseguia se lembrar da última vez que vira um sorriso daqueles no rosto da amiga. Durante os últimos meses, Maura se tornara melancólica e cada vez mais fechada, como se, ao fugir das perguntas de

Jane, pudesse evitar também encarar a verdade: que o amor a havia tornado mais infeliz do que nunca.

E a razão daquela infelicidade estava ali, ao lado de Jane, assistindo ao vídeo daquele par sorridente. Eles formavam um casal incrivelmente belo. O homem era alto e magro, com cabelos louros despenteados e infantis. Mesmo não sendo uma imagem de alta resolução, Jane imaginou ver uma piscada de olhos em sua expressão e entendeu por que a funcionária se lembrava daquele encontro. Quem quer que fosse, ele sabia como atrair a atenção das mulheres.

Intempestivamente, Daniel saiu da sala.

Aquela partida súbita fez com que Queenan ficasse olhando para o lado da porta, pensativo.

— Foi alguma coisa que eu disse? — perguntou ele.

— Foi um golpe duro para ele — explicou Jane. — Estávamos todos esperando por respostas.

— Acho que esse vídeo pode ser a sua resposta — falou Queenan, mais uma vez ficando de pé e pegando o casaco. — Vamos continuar monitorando as ligações que surgirem. E esperar que a sua amiga resolva aparecer por vontade própria.

— Eu quero saber quem é esse homem — insistiu Jane, apontando para o monitor.

— Um cara bem-apessoado. Não é de espantar que a sua amiga estivesse com esse sorriso largo no rosto.

— Se ele era hóspede do hotel — sugeriu Gabriel —, podemos investigar os nomes.

— Tivemos casa cheia a semana passada — interveio o gerente. — Estamos falando de 250 quartos.

— Eliminemos as mulheres e nos concentremos nos homens que fizeram reservas de quartos de solteiro.

— Era um congresso médico. Muitos homens se hospedaram em quartos de solteiro.

— Então é melhor começarmos logo, você não acha? — disse Gabriel. — Vamos precisar de nomes, endereços e números de telefone.

O gerente olhou para Queenan.

— Essas pessoas não precisariam de um mandado? Temos questões de privacidade envolvidas aqui, detetive.

Jane apontou para o rosto de Maura no monitor.

— Vocês também têm uma mulher desaparecida, que foi vista pela última vez neste hotel. Na companhia de um dos *seus* hóspedes.

O gerente deu um sorriso incrédulo.

— Era um monte de médicos! A senhora realmente acha que um deles...

— Se ela foi raptada — interrompeu Jane —, temos muito pouco tempo para trabalhar.

Ela se aproximou do gerente, perto o bastante para fazê-lo recuar contra a porta e ver suas pupilas se dilatarem:

— Não nos faça perder um único minuto.

O toque do celular de Queenan quebrou o silêncio.

— Detetive Queenan — respondeu ele. — O quê? Onde?

O tom de voz fez com que todos se virassem para ouvir a conversa. Seu rosto estava sombrio quando desligou.

— O que foi? — perguntou Jane, temerosa de ouvir a resposta.

— Vocês precisam ir ao Condado de Sublette. Até o Hotel Rancho Circle B. Não é minha jurisdição. Vocês têm que falar com o xerife Fahey quando chegarem lá.

— Por quê?

— Eles encontraram dois corpos — explicou Queenan. — Um homem e uma mulher.

16

Em todos os seus anos como detetive de homicídios, Jane Rizzoli nunca se sentira tão relutante em chegar a uma cena de crime. Ela e Gabriel estavam sentados no carro alugado, em frente ao Hotel Rancho Circle B, observando mais um veículo do Departamento de Polícia do Condado de Sublette parar, juntando-se ao grupo de carros e utilitários oficiais, estacionados diante do chalé de recepção para hóspedes. No acesso para carros, uma mulher com um microfone falava, de pé, para uma câmera de televisão, o cabelo louro irremediavelmente despenteado pelo vento. Parecia o alinhamento normal de policiais e repórteres, que Jane estava acostumada a atravessar, em cada cena de crime. Dessa vez, no entanto, via aquela barricada com temor. *Graças a Deus que convencemos Daniel a ficar no hotel. Essa não é uma situação para ele encarar.*

— Não consigo imaginar Maura sequer se hospedando num lugar desses — disse Gabriel.

Jane olhou para o outro lado da rua, em direção à placa que anunciava TARIFAS SEMANAIS E MENSAIS SUPERECONÔMICAS! INFORME-SE NA RECEPÇÃO! Havia um tom de desespero naquela placa, um quê de última chance para manter o negócio aberto. Não, não conseguia imaginar Maura se hospedando numa daquelas cabanas de aparência caquética.

Gabriel pegou-lhe o braço, enquanto atravessavam a rua congelada. Ele parecia estranhamente calmo, e era exatamente daquilo que ela precisava naquele momento. Era o Gabriel que havia conhecido dois verões antes, quando trabalharam juntos no primeiro homicídio, o homem cuja eficiência fria o fazia parecer distante e insensível. Era apenas a *persona* que adotava, quando a situação se tornava sombria. Ela olhou para o marido, e sua resolução acalmou-lhe os nervos.

Eles se aproximaram de um subxerife, que se encontrava discutindo com uma jovem.

— Preciso falar com Fahey — insistia a mulher. — Precisamos de mais informação ou não vamos poder fazer o nosso trabalho.

— O xerife está meio ocupado agora, Cathy.

— Nós somos responsáveis pelo bem-estar dela. Pelo menos, me diga o nome deles. Quem é o parente mais próximo?

— Você vai saber quando nós soubermos.

— O casal é de Plain of Angels, não?

O policial franziu o cenho para ela.

— Como você sabe?

— Eu rastreio essas pessoas. Faço questão de saber quando elas surgem na cidade.

— Então, só para variar, você devia tomar conta da sua vida e deixar essas pessoas em paz.

Ela bufou.

— E você devia tentar fazer o seu trabalho, Bobby. Pelo menos *fingir* que investiga as minhas queixas.

— Sai. Agora.

— Diga ao xerife Fahey que vou ligar para ele — decretou a mulher, falando com tanta ênfase que o vapor formou uma nuvem em torno de seu rosto, quando se virou para ir embora.

Ela parou, surpresa, quando viu Jane e Gabriel parados atrás dela.

— Espero que vocês tenham mais sorte com essas pessoas — resmungou, caminhando com arrogância pelo acesso para carros.

— Repórter? — perguntou Gabriel, com a solidariedade de um colega da lei.

— Não, assistente social do condado. Esses corações moles são realmente uma desgraça — respondeu o policial, avaliando Gabriel de alto a baixo. — Posso ajudá-lo, senhor?

— O xerife Fahey está nos esperando. O detetive Queenan ligou para avisá-lo que viríamos.

— Vocês são as pessoas de Boston?

— Sim, senhor. Agente Dean e detetive Rizzoli — confirmou Gabriel, dando a devida nota de respeito para enfatizar que sabia de quem era aquela jurisdição. E quem estava no comando.

O policial, que devia ter seus 20 e poucos anos, era jovem o bastante para ficar lisonjeado com a abordagem de Gabriel.

— Venha comigo, senhor. Senhora.

Eles o seguiram até o chalé da recepção do Circle B. Dentro, fogo crepitava na lareira, e vigas baixas de pinho tornavam o espaço tão claustrofóbico quanto uma caverna escura. O vento frio, lá fora, havia deixado o rosto de Jane dormente, e ela se pôs diante do fogo, enquanto o calor trazia de volta, vagarosamente, a sensibilidade às suas bochechas. O ambiente era uma cápsula do tempo da década de 1960, as paredes enfeitadas com chicotes de couro cru, esporas e quadros de cores pastel, representando caubóis. Ela ouviu vozes conversando na sala de trás — dois homens, pensou, até dar uma olhada pela porta e ver que uma delas pertencia a uma mulher loura, de pele castigada pelo tempo e com uma tosse de fumante.

— ... nunca coloquei os olhos na esposa — dizia ela —, foi ele quem fez o registro.

— Por que não pediu a carteira de identidade dele?

— Ele pagou em dinheiro vivo e assinou. Isso aqui não é a Rússia. Pelo que sei, as pessoas são livres para ir e vir neste país. Além do mais, parecia ser uma boa pessoa.

— Como assim?

— Educado e respeitoso. Disse que dirigiu durante aquela nevasca no sábado e precisava de um lugar para ficar, enquanto esperavam que as estradas ficassem transitáveis. Me pareceu razoável.

— Xerife? — chamou o policial. — Aquelas pessoas de Boston estão aqui.

Fahey acenou para eles do corredor.

— Um minuto! — pediu, e continuou a conversar com a gerente. — Eles se registraram dois dias atrás, Marge. Quando foi a última vez que você limpou a cabana deles?

— Nunca tive chance. Eles deixaram a placa de NÃO PERTURBE pendurada na maçaneta todo o sábado e domingo. Imaginei que quisessem privacidade, então os deixei em paz. Aí, hoje de manhã, notei que não estava mais pendurada e entrei no quarto, por volta das duas, para limpar. Foi quando os encontrei.

— Então a última vez que você viu o homem vivo foi quando ele se registrou?

— Eles não podem ter estado mortos esse tempo todo. Tiraram a placa de NÃO PERTURBE da porta, não? Ou então alguém tirou.

— Ok — suspirou Fahey, fechando o zíper do casaco. — O pessoal da Agência Central de Inteligência está aí para ajudar. Vão conversar com você também.

— É? — disse a mulher, tossindo com pigarro. — Talvez precisem de quartos para passar a noite. Eu tenho vagas.

Fahey saiu do escritório e cumprimentou com a cabeça os recém-chegados. Era um homem robusto, na casa dos 50 anos, e, como seu jovem auxiliar, usava corte de cabelo militar. Seu olhar pétreo passou através de Jane e se fixou em Gabriel.

— Vocês são as pessoas que deram parte do desaparecimento de uma mulher?

— E esperamos que essa não seja ela — disse Gabriel.

— Ela desapareceu no sábado, certo?

— Sim, em Teton Village.

— Bem, as datas coincidem. Essas pessoas se hospedaram aqui no sábado. Por que vocês não vêm comigo?

Ele os conduziu por um caminho de neve já pisada, passando por outras cabanas, que permaneciam escuras e claramente desocupadas. A não ser pela recepção, só havia mais um local com as luzes acesas, que ficava na extremidade do terreno. Quando chegaram à cabana oito, o xerife parou para lhes entregar luvas de látex e pantufas de papel para os sapatos, itens obrigatórios em qualquer cena de crime.

— Antes de vocês entrarem, é melhor avisar — disse Fahey. — Não vai ser agradável.

— Nunca é — retrucou Gabriel.

— O que eu quero dizer é que vai ser difícil identificá-los.

— Estão desfigurados? — perguntou Gabriel, com tanta calma que o xerife franziu o cenho para ele.

— É, vamos dizer que sim — respondeu Fahey, por fim, e abrindo a porta.

Jane parou na entrada da cabana oito. Já da porta, dava para ver o sangue. Esguichos alarmantes, formando arcos nas paredes. Sem uma palavra, ela entrou no quarto e, quando viu a cama desarrumada, percebeu sua origem.

O corpo caído ao lado da cama estava com o rosto virado para cima, sobre o chão nu de tábuas de pinho. Tinha sinais de calvície e estava, no mínimo, 20 quilos acima do peso; vestia calças pretas, camisa branca e meias brancas de algodão. Entretanto, foi o rosto — ou melhor, a falta dele — que atraiu o olhar horrorizado de Jane. Tinha sido desfigurado.

— Um ataque motivado por fúria total. Se você me perguntar, isso é o que está vendo — disse um homem de cabelos prateados, que acabara de sair do banheiro. Estava vestido à paisana e parecia abalado pelos horrores que o cercavam: — Que outro motivo faria alguém martelar o rosto de uma pessoa? Quebrar todos os ossos, todos os dentes? Virou uma polpa. Cartilagem, pele, ossos, tudo isso martelado até virar essa pasta de sangue. — Suspirando, ele retirou uma luva ensanguentada para cumprimentá-los. — Eu sou o Dr. Draper.

— Legista? — perguntou Gabriel.

Draper fez que não com a cabeça:

— Não, sou só o investigador forense do condado. Não temos médico-legista no estado de Wyoming. Um patologista forense está vindo de carro do Colorado.

— Eles estão aqui para identificar a mulher — alertou o xerife Fahey.

O Dr. Draper apontou com a cabeça para o banheiro.

— Ela está lá.

Jane olhou para a porta, mas não conseguia dar o primeiro passo. Foi Gabriel quem caminhou até o banheiro. Por um longo tempo, ficou parado, contemplando o ambiente sem dizer nada, e Jane sentiu o medo contorcer seu estômago. Vagarosamente, foi se aproximando e tomou um susto ao ver o próprio reflexo no espelho do banheiro, o rosto pálido e tenso. Gabriel deu um passo para o lado, e Jane olhou para o chuveiro.

A morta estava jogada, com as costas apoiadas contra azulejos mofados. As pernas à mostra estavam abertas, suas partes íntimas protegidas apenas pela cortina de plástico do chuveiro, que lhe havia caído sobre o corpo. A cabeça pendia para a frente, o queixo quase pousado no peito, o rosto oculto pelos cabelos, negros, emaranhados de sangue e matéria encefálica. *Comprido demais para ser de Maura.*

Jane registrou outros detalhes. A aliança de ouro na mão esquerda. As coxas grossas, com marcas de celulite. O sinal grande e negro no antebraço.

— Não é ela — disse Jane.

— Tem certeza? — perguntou Fahey.

Jane se agachou para olhar o rosto. Ao contrário do homem, as feições daquela vítima não estavam desfiguradas. O golpe atingira um lado do crânio, afundando-o, mas aquela batida fatal não fora seguida de mutilação. Ela soltou um longo suspiro e, enquanto exalava, toda a tensão ia de repente deixando-lhe o corpo.

— Esta não é Maura Isles — repetiu Jane, pondo-se de pé e olhando, pela porta, para a vítima do sexo masculino. — E aquele definitivamente não é o homem que vimos na fita de vídeo do hotel.

— O que significa que sua amiga ainda está desaparecida.

É mil vezes melhor do que estar morta.

Só então, quando todos seus temores haviam se dissipado, Jane pôde começar a se concentrar na cena do crime com olhos de policial. De súbito, notou detalhes que lhe haviam escapado antes. O cheiro de fumaça de cigarro, que pairava no ar. As poças de neve derretida e as várias marcas de solado de bota, espalhadas pelo chão, deixadas pelos policiais. E algo que devia ter visto assim que entrou na cabana: o pequeno berço portátil, enfiado num canto, do outro lado do quarto.

Ela olhou para Fahey.

— Tinha uma criança aqui?

Ele assentiu.

— Uma bebê. Cerca de 8 ou 9 meses, segundo a assistente social do condado. Eles a colocaram sob o serviço de proteção à criança.

Jane se lembrou da mulher que haviam acabado de encontrar lá fora. Agora sabia por que uma assistente social estivera na cena do crime.

— Então a criança estava viva — concluiu ela.

— Sim. O assassino não tocou nela. Encontraram-na naquele berço ali. A fralda estava encharcada. Tirando isso, parecia em boas condições.

— Depois de ficar um ou dois dias sem comer?

— Havia quatro mamadeiras vazias no berço. A criança não teve a menor chance de ficar desidratada.

— Mas deve ter chorado — disse Gabriel. — Ninguém ouviu?

— Eles eram os únicos hóspedes do Circle B. E, como vocês notaram, essa cabana fica meio afastada. Bem isolada, com as janelas fechadas. Lá de fora não se ouviria nada.

Jane se aproximou novamente do homem morto. Olhando para um rosto tão destruído, era difícil dizer sequer se havia sido humano:

— Ele não ofereceu resistência — afirmou ela.

— O assassino provavelmente o pegou de surpresa.

— A mulher, eu entendo. Estava no chuveiro. Pode não ter ouvido ninguém entrando. Mas e o homem? — questionou ela, olhando para Fahey. — A porta foi forçada?

— Não. Todas as janelas estavam trancadas. Ou as vítimas não passaram o trinco na porta, ou deixaram o assassino entrar.

— E essa vítima ficou tão surpresa que não se defendeu? Mesmo enquanto destroçavam a sua cabeça?

— Isso também me intrigou — disse o Dr. Draper. — Nenhum ferimento defensivo óbvio. Ele deixou o assassino entrar, virou de costas e foi destruído.

Uma batida na porta fez com que todos se virassem. O subxerife enfiou a cabeça no quarto.

— Acabamos de receber a confirmação das placas. O registro do carro confere com a identidade da vítima. O nome é John Pomeroy. Plain of Angels, Idaho.

Fez-se silêncio.

— Ai, meu Deus — resmungou o Dr. Draper. — Aquela gente.

— Que gente? — indagou Jane.

— Eles se chamam de A Assembleia. É uma espécie de comunidade religiosa em Idaho. Nos últimos tempos, eles vêm se mudando para o Condado de Sublette — explicou o investigador, olhando para Fahey. — Esses dois deviam estar indo para aquele assentamento novo.

— Não era para lá que eles estavam indo — discordou o subxerife.

O Dr. Draper olhou para ele.

— Você parece muito seguro disso, policial Martineau.

— Porque eu estive lá na semana passada. O vale está completamente deserto. Todo mundo fez as malas e foi embora por causa do inverno.

Fahey franziu o cenho diante do homem morto.

— Por que essas pessoas estariam na cidade então?

— Só posso dizer que não estavam indo para Kingdom Come — insistiu o policial Martineau. — A estrada está fechada desde sábado. E só vai reabrir na primavera.

17

Hidratar, hidratar, hidratar. Esse era o mantra que estava na cabeça de Maura enquanto convencia Arlo a beber água, cada vez mais água. Ela colocava uma pitada de sal e uma colher de sopa de açúcar em cada copo — uma versão pobre do Gatorade. Forçando-o a beber o líquido, conseguia fazer a pressão subir e manter os rins funcionando. Isso significava trocar constantemente as toalhas, quando ficavam saturadas de urina, mas a urina era um bom sinal. Se ele parasse de produzi-la, provavelmente entraria em choque e estaria condenado.

Talvez já esteja condenado, de qualquer jeito, pensou ela, enquanto o observava engolir as duas últimas cápsulas de antibiótico. Contra a infecção que lhe grassava agora na perna, a amoxicilina não passava de poder de sugestão. Ela já podia farejar a gangrena iminente, a zona crescente de tecido necrosado na panturrilha. Mais um dia, talvez dois, no máximo, e não teria escolha se quisesse salvá-lo.

A perna teria de ser amputada.

Será que vou conseguir fazer isso? Amputar essa perna sem anestesia? Ela tinha familiaridade com anatomia. Podia procurar os instrumentos necessários em cozinhas e garagens. Só precisava de facas afiadas e uma serra esterilizada. Não eram os mecanismos da amputação o que fazia suas mãos suarem e o estômago se contrair diante da perspectiva. Eram os gritos. Ficava imaginando serrar inexoravelmente o osso, enquanto o paciente berrava e se contorcia. Pensava nas facas escorregadias de sangue. E durante isso tudo, teria de contar apenas com Elaine e Grace para segurá-lo.

Você tem que trazer ajuda logo, Doug. Porque acho que não vou conseguir fazer isso. Não posso torturar esse homem assim.

— Dói tanto — murmurou Arlo. — Preciso de mais comprimidos.

Ela se ajoelhou a seu lado.

— Acho que não temos mais Percocet, Arlo — disse Maura. — Mas tenho Tylenol.

— Não adianta.

— Vem mais codeína por aí. Elaine subiu a estrada para pegar a bolsa. Ela disse que tem um frasco quase cheio, suficiente para durar até chegar ajuda.

— Quando?

— Logo. Talvez esta noite ainda.

Maura olhou pela janela e viu que era de tarde. Doug havia partido na manhã do dia anterior. Àquela altura, já teria descido a montanha, certamente.

— Você o conhece. Provavelmente vai retornar em grande estilo, com câmera de TV e tudo.

Arlo deu um sorriso cansado.

— Com certeza, esse é o nosso Doug. A estrela dele é forte. Sempre consegue surfar pela vida sem um arranhão, enquanto eu... — suspirou ele. — Eu juro, se eu sobreviver a essa, nunca mais saio de casa.

A porta da frente se abriu, e um ar frio entrou juntamente com Elaine, que retornava à casa.

— Onde está Grace? — perguntou ela.

— Deu uma saída — respondeu Maura.

Elaine viu a mochila de Grace num canto. Ajoelhou-se e a abriu.

— O que você está fazendo, Elaine?

— Não consigo encontrar minha bolsa.

— Você disse que tinha deixado no jipe.

— Pensei que estava lá, mas Doug disse que não a tinha visto. Procurei pela estrada toda, para o caso de ter caído, em algum lugar, na neve.

Ela começou a remexer a mochila e espalhou o conteúdo no chão. Podia-se ver o iPod de Grace, óculos escuros, moletom, celular. Frustrada, Elaine virou a mochila de cabeça para baixo, e moedas soltas caíram sobre o piso.

— Onde está minha bolsa?

— Você acha realmente que Grace a pegaria?

— Não está em lugar nenhum. Só pode ter sido ela.

— Por que faria isso?

— Ela é adolescente. Alguém consegue explicar os adolescentes?

— Você tem certeza de que não deixou em algum lugar da casa?

— Absoluta! — exclamou Elaine, jogando a mochila vazia no chão. — Tenho certeza de que ela estava comigo no jipe quando subimos a estrada. Mas, depois do acidente, entramos todos em pânico. Eu fiquei totalmente concentrada em Arlo. A última vez que me lembro de vê-la, estava no banco de trás, ao lado de Grace.

Ela vasculhou a sala, procurando um esconderijo onde a bolsa pudesse estar.

— Ela era a única que teria a chance de pegá-la. Você desceu a estrada para vir buscar o trenó. Doug e eu ficamos tentando conter o sangramento. Mas ninguém estava de olho em Grace.

— Pode ter caído do jipe.

— Já te disse, procurei pela estrada toda.

— Talvez tenha ficado enterrada na neve.

— Não neva há dois dias. Já tem uma crosta dura de gelo.

De repente, Elaine ficou ereta quando a porta da frente se abriu. Havia sido pega numa posição inconfundivelmente suspeita, ajoelhada ao lado da mochila vazia, com o conteúdo todo espalhado pelo chão.

— O que você está fazendo? — perguntou Grace, batendo a porta. — Essas são as *minhas* coisas.

— Onde está minha bolsa, Grace?

— Por que você está mexendo na minha mochila?

— Os meus comprimidos estão lá. O frasco de codeína. Arlo está precisando.

— E você achou que ia encontrar isso nas minhas coisas?

— Me diga onde está.

— Como eu vou saber? — disparou Grace, pegando a mochila e começando a jogar suas coisas de volta para dentro. — Como é que você sabe que não foi *ela* quem pegou?

A garota não deu nomes, mas todos perceberam que estava se referindo a Maura.

— Grace, eu só estou fazendo a você uma pergunta muito simples.

— Você nem parou para pensar que poderia ter sido outra pessoa. Simplesmente decidiu que fui *eu*.

Elaine suspirou.

— Estou cansada demais para brigar.

— Por que eu te diria alguma coisa? Você não ia acreditar mesmo — reclamou Grace, fechando a mochila e pendurando-a no ombro, enquanto ia em direção à porta. — Tem mais 11 casas aqui. Não vejo por que ficar nesta.

— Grace, temos que ficar juntos — interpôs Maura. — Prometi a seu pai que ia tomar conta de você. Fique aqui, por favor.

— Para quê? Eu vim dizer a você o que tinha encontrado, e a primeira coisa que ouço quando abro a porta é *Você é uma ladra*.

— Eu não disse isso! — protestou Elaine.

Maura se levantou e se aproximou da garota com tranquilidade.

— O que você encontrou, Grace?

— Como se você estivesse interessada.

— Mas eu estou. Quero saber o que você descobriu.

A garota fez uma pausa, dividida entre o orgulho ferido e a ansiedade por compartilhar a descoberta.

— Está lá fora — disse ela, por fim. — Perto da floresta.

Maura vestiu o casaco, calçou as luvas e seguiu Grace. A neve, que havia sido revirada pelas idas e vindas de todos, havia endurecido e criado pequenos montes de gelo. Maura atravessava com cuidado a superfície escorregadia, enquanto ela e Grace contornavam os fundos da casa e percorriam a extensão de neve, em direção às árvores.

— Foi isso o que eu vi primeiro — avisou a garota, apontando para a neve. — Essas marcas.

Eram pegadas de animal. Um coiote, pensou Maura, ou talvez um lobo. Embora a neve carregada pelo vento as tivesse apagado em alguns trechos, era óbvio que se moviam, numa linha reta, em direção à casa.

— Deve ter deixado essas marcas na noite passada — arriscou Grace —, ou talvez na anterior. Porque estão congeladas agora — disse ela, virando-se para a floresta. — E tem uma outra coisa que eu quero te mostrar.

Grace prosseguiu pelo campo, seguindo as marcas até um monte coberto de neve. Era uma pequena elevação, suas formas se misturavam à vasta paisagem de neve, onde tudo era branco, e arbustos e rochas se tornavam indistinguíveis, sob seus grossos cobertores de inverno. Só quando chegaram perto do monte foi que Maura viu a listra amarela transparecendo, onde Grace raspara a neve, para ver o que havia embaixo.

Uma escavadeira.

— Ficou aqui fora — disse Grace. — Como se eles estivessem escavando alguma coisa e de repente... pararam.

Maura abriu a porta e deu uma olhada na cabine do motorista. Não havia chave na ignição. Se conseguissem fazê-la funcionar, poderiam abrir caminho até a estrada. Ela olhou para Grace.

— Você sabe fazer uma ligação direta?

— Se a gente tivesse Google, podíamos dar uma olhada.

— Se tivéssemos Google, já teríamos ido embora deste lugar há muito tempo — suspirou Maura, fechando a porta.

— Está vendo essas marcas? — perguntou Grace. — Elas passam por aqui e vão na direção da floresta.

— Estamos na natureza. É de se esperar que encontremos pegadas de animais.

— Esse bicho sabe que a gente está aqui — disse a garota, olhando em torno, inquieta. — Está nos farejando.

— Então vamos ficar dentro de casa à noite, ok? — sugeriu Maura, para tranquilizá-la, apertando-lhe o braço fino e frágil, sob a manga do casaco, como um lembrete de que aquela garota tinha, afinal de contas, só 13 anos. Uma criança sem mãe nem pai para confortá-la. — Prometo que vou espantar qualquer lobo que venha até a nossa porta — garantiu Maura.

— Não pode ser um lobo só — observou Grace. — Eles andam em bando. Se todos resolverem atacar, você não vai conseguir espantá-los.

— Grace, não se preocupe com isso. Os lobos raramente atacam pessoas. Provavelmente, eles têm mais medo ainda de nós.

A garota não pareceu muito convencida. Para provar que não tinha medo, Maura seguiu os rastros até as árvores, em uma neve que era mais profunda, tão profunda que ela de repente afundou até o joelho. Era por isso que os veados se tornavam presas fáceis no inverno: os animais pesados afundavam mais na neve e não conseguiam escapar dos lobos, mais leves e ligeiros.

— Eu não fiz aquilo! — gritou Grace, atrás dela. — Não peguei aquela bolsa horrorosa. Como se eu quisesse aquilo.

De repente, Maura percebeu um novo conjunto de marcas e parou na borda da floresta, examinando. Aquelas não tinham sido deixadas por lobos. Quando se deu conta do que estava contemplando, um arrepio súbito fez com que os pelos de sua nuca se arrepiassem.

Sapatos para neve.

— Para que eu ia querer a bolsa dela? — prosseguiu Grace, ainda ao lado da escavadeira. — Você acredita em mim, não? Pelo menos *você* me trata como adulta.

Maura examinou a floresta, esforçando-se para divisar o que se escondia sob o abrigo daqueles pinheiros. Porém, as árvores eram muito densas, e tudo que conseguia ver eram galhos arqueados e vegetação enredada. Uma cortina tão densa que dezenas de olhos poderiam estar observando-a naquele momento e ela não conseguiria vê-los.

— Elaine é toda carinhosa e preocupada comigo, mas só quando papai está por perto — reclamou Grace. — Ela me dá vontade de vomitar.

Bem devagar, Maura se afastou da floresta. Cada passo parecia assustadoramente alto e desajeitado. Suas botas estalavam na crosta de neve e partiam galhos secos. Atrás dela, Grace continuava:

— Ela só é legal comigo por causa *dele*. As mulheres sempre começam sendo legais comigo. Depois, não veem a hora de se livrar de mim.

— Vamos voltar para casa, Grace — chamou Maura, em voz baixa.

— É tudo um teatro, e papai é cego demais para reparar — falou a menina, fazendo uma pausa, quando viu, de repente, o rosto de Maura. — O que foi?

— Nada — respondeu Maura, pegando o braço da menina. — Está ficando frio. Vamos entrar.

— Você está cheia de mim ou o quê?

— Não, Grace. Não é isso.

— Então por que está me apertando com tanta força?

Maura soltou imediatamente o braço da garota.

— Acho que deveríamos entrar antes de escurecer. Antes de os lobos voltarem.

— Mas você acabou de dizer que eles não atacam pessoas.

— Prometi ao seu pai que iria tomar conta de você, e é isso que estou tentando fazer — disse ela, esforçando-se para sorrir. — Vamos, vou fazer um chocolate quente para nós.

Maura não queria deixar a garota mais apavorada do que já estava. Assim, não disse nada a ela sobre o que acabara de ver na floresta. Elaine, contudo, teria de saber. Precisavam estar preparadas, agora que sabia a verdade.

Não estavam sós naquele vale.

18

— Se tem alguém lá fora, por que ainda não o vimos? — perguntou Elaine.

Elas estavam acordadas, já tarde da noite, atentas a cada rangido, cada sussurro. No sofá, Grace dormia profundamente, alheia ao cochicho tenso entre as duas, às especulações ansiosas. Quando Maura trancara a porta e colocara uma cadeira contra ela, Grace imaginou que era para manter os lobos do lado de fora. Contudo, naquela noite, não eram predadores de quatro patas que Maura e Elaine temiam.

— As pegadas são recentes — disse Maura. — Se tivessem mais de um dia ou dois, o vento e a neve que ele arrasta já as teriam coberto.

— Por que não vimos nenhuma outra pegada?

— Talvez ele as tenha apagado. Ou então está nos observando à distância.

— Ou seja, não quer que saibamos que ele está lá fora.

Maura assentiu:

— Certamente.

Elaine estremeceu e olhou para o fogo.

— Ele sabe que *nós* estamos aqui. Deve poder ver a nossa luz a um quilômetro e meio de distância.

Maura espreitou através da janela, vendo a escuridão lá fora.

— Pode estar nos observando agora.

— Você pode estar totalmente enganada. Talvez não fosse uma marca de sapato para neve.

— Era, Elaine.

— Bem, eu não estava lá para ver — disse ela, dando um riso súbito, com uma ligeira nota de histeria. — Você pode estar inventando alguma história maluca de acampamento só para me assustar.

— Eu não faria isso.

— *Ela* faria — insistiu Elaine, apontando para Grace, que dormia, alheia a tudo. — E iria se esbaldar com isso. Foi ideia dela fazer essa brincadeira de mau gosto comigo? Se foi, não acho a menor graça.

— Já falei para você que ela não sabe nada sobre isso. Não quis assustá-la.

— Se realmente *tem* alguém lá fora, por que ele não vem até aqui e se apresenta? Por que fica escondido na floresta? — questionou ela, apertando os olhos. — Sabe de uma coisa, Maura? Nós todos estamos ficando um pouco loucos aqui. Arlo está vendo fantasmas. Eu não consigo encontrar a minha bolsa. Você também não está imune. Talvez os seus olhos a estejam enganando, e o que você viu não eram marcas de sapato para neve. Não tem ninguém nos observando da floresta.

— Tem alguém neste vale, sim. Alguém que sabe sobre nós desde que chegamos.

— Mas você só encontrou essas marcas hoje.

— Tem uma coisa que não contei a você. Aconteceu na noite em que chegamos aqui — confidenciou Maura, olhando novamente para Grace, a fim de se certificar de que dormia.

Ela baixou a voz até transformá-la num sussurro.

— Eu acordei no meio da noite e tinha neve espalhada no chão. E uma pegada. Óbvio que alguém abriu a porta e deixou o vento entrar. Mas todos vocês dormiam profundamente. Então quem abriu aquela porta, Elaine? Quem entrou nesta casa?

— Você nunca mencionou isso antes. Por que só está me contando agora?

— Antes, eu achava que um de vocês tinha saído durante a noite. No dia seguinte, a pegada havia desaparecido e não ficou nenhuma evidência. Achei que tudo podia ter sido um sonho.

— E provavelmente foi. Você criou essa fantasia paranoica do nada. E agora está *me* enlouquecendo por causa de uma pegada que você *acha* que viu na floresta.

— Estou contando isso a você porque precisamos ficar em alerta, as duas. Temos que descobrir outros sinais.

— Estamos no meio do nada. Quem poderia andar por aqui? O abominável homem das neves?

— Não sei.

— Se ele esteve dentro desta casa, se anda se escondendo por aí, nos observando, como é que nenhum de nós o viu?

— Eu vi — disse uma voz fraca.

Maura não havia notado que Arlo estava acordado. Ela se virou, então, e viu que ele as estava observando, com olhos opacos e fundos. Maura chegou mais perto dele, para falar num sussurro.

— O que você viu? — perguntou ela.

— Eu disse a vocês ontem. Acho que foi ontem... — falou ele, engolindo e se contraindo por causa do esforço. — Meu Deus, não sei mais quando foi.

— Não me lembro de você dizer nada — falou Elaine.

— Estava escuro. Tinha um rosto, olhando.

— Ah! — suspirou Elaine. — Ele está falando daqueles fantasmas, de novo. Todas essas pessoas que ele vê aqui na sala.

Ela se ajoelhou ao lado de Arlo e ajeitou-lhe o cobertor.

— Você só está tendo sonhos ruins. A febre faz você ver coisas que não existem.

— Eu não o imaginei.

— Ninguém mais o vê. São esses analgésicos. Meu bem, você está confuso.

Mais uma vez, ele tentou engolir, porém a boca estava seca e não conseguiu.

— Ele estava ali — sussurrou Arlo. — Eu o vi.

— Você precisa se hidratar mais — alertou Maura, enchendo um copo e o levando até seus lábios.

Ele só conseguiu dar uns pequenos goles, antes de começar a tossir, a água escorrendo pelos cantos da boca. Muito debilmente, afastou o copo e deitou de novo, com um gemido.

— Chega.

Maura pousou o copo e o estudou. Fazia horas que não urinava, e o som da respiração tinha mudado. Parecia áspero e rouco, sinal de que estava aspirando líquidos para o pulmão. Se ficasse muito fraco, seria perigoso forçá-lo a beber, mas a alternativa era a desidratação e o choque. De um jeito ou de outro, pensou ela, estamos perdendo-o.

— Conte para mim de novo — pediu ela. — O que você viu?

— Rostos.

— Pessoas na sala?

Ele respirou estertorando, mais uma vez.

— E nas janelas.

Será que tem alguém lá agora?

Um arrepio gelado percorreu-lhe a espinha, e Maura se virou rápido para olhar a janela. Tudo que via para além da vidraça eram trevas. Nenhum rosto fantasmagórico, nenhum olhar demoníaco fixo nela.

Elaine estourou numa gargalhada debochada.

— Está vendo? Agora os dois estão ficando loucos! Começo a achar que sou a única pessoa sã nesta casa.

Maura foi até a janela. Lá fora, a noite parecia densa como um manto de veludo, ocultando todos os possíveis segredos do vale. Contudo, sua imaginação preenchia os detalhes que não conseguia ver, pintando-os com esguichos de sangue e muito horror. Alguma coisa fizera com que os moradores daquele assentamento fugissem, deixando portas destrancadas, janelas abertas e refeições intactas. Algo tão terrível que os induziu a abandonar animais de estimação no frio e com fome. Estaria ali ainda a coisa que os impelira para longe daquele lugar? Ou simplesmente não havia nada lá fora, exceto suas próprias fantasias sombrias, nascidas do medo e do isolamento?

É este lugar. Está mexendo com as nossas cabeças, roubando nossa sanidade.

Ela pensou na sequência inexorável de catástrofes que os havia deixado ilhados ali. A nevasca, a estrada errada. A derrapada do Suburban para dentro da vala. Era como se estivessem destinados a terminar ali, atraídos como presas inocentes para a armadilha que era Kingdom Come, e cada tentativa de fuga acabava em mais desgraça. O acidente com Arlo não fora uma prova da tolice de tentar escapar? E onde estava Doug? Quase duas manhãs antes, ele saíra do vale. A ajuda já devia ter chegado.

O que significava que ele não tinha sido bem-sucedido. Kingdom Come não lhe permitira escapar, também.

Ela se sacudiu e se virou da janela, de repente descontente de si mesma por alimentar pensamentos sobrenaturais. Era isso que o estresse fazia até com as mentes mais lógicas: criava monstros que não existiam.

Mas sei que vi aquela pegada na neve. E Arlo viu um rosto na janela.

Maura foi até a porta, retirou a cadeira que havia posto ali e abriu a tranca.

— O que você está fazendo? — perguntou Elaine.

— Quero descobrir se estou imaginando coisas — respondeu Maura, colocando o casaco e fechando o zíper.

— Você vai *sair*?

— Por que não? Não é você que acha que estou ficando louca? Você insiste que não há nada lá fora.

— O que vai fazer?

— Arlo viu um rosto na janela. Não neva há três dias. Se havia alguém lá fora, as pegadas podem estar lá ainda.

— Será que dá para ficar dentro de casa, por favor? Você não precisa me provar nada.

— Quero provar para mim mesma — esclareceu Maura, pegando lamparina de querosene e se aproximando da porta.

Antes mesmo de girar a maçaneta, teve de combater o medo que lhe gritava: *Não saia! Passe o trinco!* No entanto, aqueles temores eram ilógicos. Ninguém tentara lhes fazer mal; eles haviam provocado suas próprias desventuras, graças a uma série de decisões maltomadas.

Ela abriu a porta e saiu.

A noite estava quieta e silenciosa. Não havia vento e nenhuma árvore farfalhava. O som mais alto que se ouvia era o das batidas de seu coração, martelando em seu peito. De repente, a porta se abriu outra vez, e Elaine surgiu, vestindo o casaco.

— Eu também vou.

— Não precisa.

— Se você encontrar outras pegadas, quero vê-las eu mesma.

Juntas, as duas contornaram o lado da casa para onde dava a janela. Elas não tinham passado por aquele caminho antes, e, quando Maura examinou a neve à luz da lamparina de querosene, não viu qualquer pegada, apenas neve intacta. Todavia, quando chegaram à janela, ela parou, contemplando a evidência inconfundível, revelada pela pouca iluminação.

Então Elaine viu, também, e prendeu a respiração.

— Parecem pegadas de lobo.

Como se em resposta a seu comentário, um uivo distante rasgou a noite, seguido por uma resposta em coro de latidos e ganidos, que provocaram arrepios em Maura.

— Essas estão bem debaixo da janela.

Elaine de repente explodiu em riso.

— Isso explica o rosto que Arlo viu, não?

— Como assim?

— Não é óbvio? — perguntou Elaine, virando-se para a floresta, e sua gargalhada era desenfreada e incontrolável, como os uivos que ouviam. — Lobisomens!

Abruptamente, os uivos cessaram. O silêncio que se seguiu foi tão absoluto, inexplicável, que Maura sentiu a pele pinicar.

— Vamos voltar para dentro — sussurrou ela. — *Já*.

Elas correram sobre uma crosta de neve, de volta ao pórtico e para dentro de casa. Maura passou novamente a tranca e colocou a cadeira contra a porta. Por um momento, as duas permaneceram arfando, sem dizer nada. Na lareira, uma acha caiu sobre o leito de brasas, e centelhas voaram.

Elaine e Maura se enrijeceram e se entreolharam enquanto ouviam outro som ecoando pelo vale. Eram os lobos, uivando novamente.

19

Antes de o sol raiar, no dia seguinte, Maura percebeu que Arlo estava morrendo. Podia ouvir em sua respiração, no gorgolejar aquoso da garganta, como se estivesse se esforçando para puxar o ar por um respiradouro entupido. Os pulmões estavam encharcados de líquidos.

Ela acordou com aquele som e se virou, a fim de olhar para ele. À luz do fogo, viu que Elaine se encontrava inclinada sobre ele, limpando-lhe gentilmente o rosto com um pano.

— Hoje é o dia, Arlo — murmurava ela. — Eles vão vir nos resgatar, eu sei. Assim que clarear.

Arlo inspirou penosamente.

— Doug...

— Sim, tenho certeza de que, a essa altura, ele já chegou lá. Você sabe como ele é. *Nunca desiste, nunca se entrega.* É o nosso Doug. Você só precisa aguentar um pouco mais, ok? Só mais umas horas. Veja, está começando a amanhecer.

— Doug e... você — continuou Arlo, a respiração entrecortada. — Nunca tive a menor chance, não é?

— O que você está dizendo?

— Eu sempre soube — falou ele, abafando um soluço. — Sempre soube que você o tinha escolhido.

— Arlo, não. Não é o que você está pensando.

— É hora de ser honesta. Por favor.

— Nunca aconteceu nada entre mim e Doug. Juro a você, meu bem.

— Mas você bem que gostaria.

O silêncio que se seguiu foi a resposta mais honesta que Elaine poderia ter dado. Maura permanecia em silêncio e imóvel, testemunha desconfortável daquela confissão penosa. Arlo devia saber que seu tempo estava se esgotando. Aquela era a última chance de ouvir a verdade.

— Não importa. — Ele suspirou. — Não agora.

— Importa *sim* — rebateu Elaine.

— Ainda te amo — confessou Arlo, fechando os olhos. — Queria que você... soubesse disso.

Elaine pôs a mão sobre a boca para abafar um soluço. A primeira luz do alvorecer iluminou a janela, envolvendo-a com seu brilho, enquanto ela permanecia ajoelhada ao lado dele, atormentada por sofrimento e culpa. Depois, respirou fundo e se endireitou. Só então percebeu que Maura estava acordada e os observando. Virou-se para outro lado, envergonhada.

Por um instante, as duas mulheres não se falaram. O único som audível era o da respiração difícil de Arlo, inspirando e expirando, roncando de tanto muco. Mesmo estando do outro lado da sala, Maura podia ver que seu rosto estava diferente, os olhos ficavam mais fundos e a pele assumira então um tom verde, mórbido. Ela não queria ver sua perna, mas agora havia luz suficiente para examiná-la, e sabia que devia fazê-lo. Era responsabilidade sua, e, ainda que não desejasse tomar parte naquilo, ela era médica. Contudo, todo seu treinamento se mostrara inútil, sem drogas modernas, instrumentos cirúrgicos esterilizados e a determinação férrea para fazer o que era necessário: cortar a perna de um homem aos gritos. Porque isso era o que deveria ser feito. Sabia antes mesmo de ver o membro, de sentir o odor do que apodrecia sob o cobertor.

— Ai, meu Deus! — gemeu Elaine, afastando-se. Maura ouviu a porta da frente se abrir enquanto a outra escapava da sala fétida, em busca de ar puro.

Tem que ser feito hoje, pensou Maura, contemplando a perna em decomposição. Entretanto, não podia fazer aquilo sozinha; precisava de Elaine e Grace para segurá-lo, ou jamais conseguiria conter o sangramento. Ela olhou para a garota, que ainda se encontrava profundamente adormecida no sofá. Poderia contar com ela? Teria Elaine forças para se manter firme, apesar dos gritos e do ruído cruel da serra? Se elas afrouxassem, Maura poderia acabar matando-o.

Ela vestiu o casaco, calçou as luvas e saiu. Encontrou Elaine parada no pórtico, respirando fundo o ar frio, como se pudesse limpar o odor do corpo apodrecido de Arlo dos pulmões.

— Quanto tempo ainda você acha que ele tem? — perguntou Elaine, em voz baixa.

— Não quero falar em contagem regressiva, Elaine.

— Mas ele está morrendo, não?

— Se nada for feito.

— Você e Doug *já* fizeram alguma coisa. E não adiantou.

— Então temos que dar o próximo passo.

— Qual?

— Amputação.

Elaine se virou e olhou para ela.

— Você está falando sério?

— Não sobrou outra escolha. Os antibióticos acabaram todos. Se deixarmos aquela perna no lugar, ele vai morrer de choque séptico.

— Mas você não queria fazer uma cirurgia antes! Doug teve que convencer você a fazer.

— As coisas pioraram muito desde então. Agora não é mais a perna que queremos salvar. É a vida dele. Eu preciso que você o segure.

— Não posso fazer isso sozinha.

— Grace vai ter que ajudar.

— *Grace*? — bufou Elaine. — Você acha que aquela moleca mimada pode ser útil para alguma coisa?

— Se explicarmos a ela. Se dissermos como é importante.

— Conheço a menina melhor que você, Maura. Ela mantém Doug completamente sob controle, e ele faz qualquer coisa pela sua princesinha. Tudo para que *ela* fique feliz, para compensar o fato de que a mãe foi embora.

— Você não dá muito crédito a ela. Pode ser uma criança ainda, mas é inteligente. Vai entender o que está em jogo.

— Ela não se importa. Você não percebe isso nela? Não está *nem aí* para ninguém, a não ser ela mesma — disse Elaine, sacudindo a cabeça. — Não conte com Grace.

Maura suspirou.

— Se você for a única a me ajudar, então vamos precisar de corda. Alguma coisa para amarrá-lo na mesa.

— Você realmente pretende seguir em frente com isso?

— O que você quer que eu faça? Que fique parada, vendo Arlo morrer?

— Eles podiam chegar hoje. Podiam estar aqui daqui a algumas horas.

— Elaine, temos que ser realistas.

— Mais um dia não vai fazer diferença, vai? Se eles aparecerem amanhã, ainda dá tempo.

— Doug já se foi há dois dias. Alguma coisa deu errado — disse ela, fazendo uma pausa, relutando em admitir o óbvio. — Acho que ele não conseguiu — confessou, baixando a voz. — Acho que estamos sozinhas.

Os olhos de Elaine de repente ficaram molhados de lágrimas, e ela se virou, contemplando a neve.

— E se você fizer a amputação? Se cortar a perna dele, quais são as chances de ele viver?

— Sem antibióticos, acho que não são muitas. Não importa o que façamos.

— Então por que fazê-lo passar por isso? Se vai morrer de qualquer jeito, por que torturá-lo?

— Porque não tenho mais nenhum coelho na cartola, Elaine. É isso ou nada.

— Doug ainda pode enviar alguma ajuda...

— Se fosse o caso, já era para ter chegado.

— Você tem que dar tempo a ele.

— Quanto tempo vamos ter que esperar para você aceitar o óbvio? *Não vai vir ajuda nenhuma.*

— Não me importa o tempo que vai levar! Jesus Cristo, você está ouvindo o que acabou de dizer? Está falando sério, cortar a porra da *perna* dele? — Elaine se encostou de repente contra a coluna do pórtico, como se estivesse cansada demais para suportar o próprio peso. — Eu não vou ajudar você a fazer isso — decretou ela, em voz baixa.

— Sinto muito.

Maura se virou e contemplou a estrada que levava para fora do vale. Era mais um dia esplendorosamente ensolarado e claro, e ela protegeu os olhos contra o brilho do sol da manhã, refletido sobre a neve. Temos uma última opção, pensou. Se ela não aceitar, Arlo vai morrer. Talvez não hoje, ou sequer amanhã, mas naquela sala ela podia farejar a inevitabilidade do que estava por vir, a menos que agisse.

— Você tem que mantê-lo hidratado — orientou ela. — Enquanto ele estiver suficientemente acordado, fique lhe dando goles de água com açúcar. E comida, se ele aguentar. Tudo o que sobrou para dor é o Tylenol, mas temos bastante.

Elaine franziu o cenho para ela.

— Por que está me dizendo isso?

— Porque agora é você quem está no comando. É só mantê-lo confortável; é o melhor que pode fazer.

— Mas e você?

— Meus esquis ainda estão na capota do Suburban. Vou levar alguma coisa para a noite, para o caso de não chegar lá antes de escurecer.

— Você vai tentar esquiar montanha abaixo?

— Você prefere fazer isso?

— Mas se Doug não conseguiu...

— Ele pode ter sofrido um acidente. Pode estar caído em algum canto com a perna quebrada. Se esse for o caso, é mais importante ainda que eu parta imediatamente, enquanto tenho um dia inteiro pela frente.

— E se você também não voltar? — perguntou Elaine, com desespero na voz.

— Tem bastante comida e lenha. Você e Grace podem ficar aqui por meses até... — disse ela, virando-se.

— Espere. Preciso lhe dizer uma coisa.

Maura fez uma pausa no pórtico e olhou para trás.

— Sim?

— Doug e eu nunca ficamos juntos.

— Eu ouvi você dizer isso a Arlo.

— É a verdade.

— Que importância tem isso?

— Achei que você gostaria de saber.

— Com toda honestidade, Elaine, o que aconteceu ou não entre você e Doug não faz a menor diferença para mim — retrucou Maura, voltando-se em direção à casa. — Tudo que me interessa agora é tirar todos nós deste lugar, vivos.

Ela precisou de uma hora para fazer a mochila. Encheu-a de comida, pares de meias e de luvas extras e um suéter. Na garagem, conseguiu encontrar uma lona e um saco de dormir, itens que esperava não precisar usar. Com um pouco de sorte, poderia chegar à base da montanha ao cair da tarde. O celular estava completamente sem bateria, e ela o deixou aos cuidados de Elaine, juntamente com a bolsa, levando apenas dinheiro e a identidade. Numa jornada de 50 quilômetros, não havia espaço para 1 grama de peso desnecessário.

Ainda assim, a mochila pesava-lhe nos ombros quando começou a subir a estrada do vale. Cada passo que dava a fazia se lembrar da malsucedida tentativa anterior de partir: ali estavam as marcas de pneu deixadas pelo jipe, enquanto forcejava para subir em meio à neve; as pegadas que deixaram após terem abandonado o veículo encalhado e voltado para a casa, arrastando Arlo no trenó. Mais algumas centenas de metros, outra curva fechada, e ela começou a ver o sangue dele sobre a neve, impresso na estrada pela sola das botas. Na próxima, via-se o jipe abandonado, com a corrente para pneu partida. E mais sangue.

Ela fez uma pausa para recuperar o fôlego e contemplou a neve revolvida, manchada em tons diferentes de vermelho e rosa, como confeitos gelados que se chupam em dias quentes de verão. Aquilo lhe trouxe de volta à memória os gritos e o pânico, e seu coração batia, tanto por causa daquela lembrança terrível quanto em razão da marcha estrada acima.

Maura deixou o jipe para trás e continuou a caminhar. Ali a neve estava marcada apenas pelas pegadas de Doug. Ao longo dos últimos três dias, elas haviam derretido parcialmente no sol e endurecido até se transformarem em crostas duras. Ela continuou a subida, perturbada pela ideia de que estava seguindo o rastro de Doug; cada passo que dava, ele também dera duas manhãs antes. Por que distância conseguiria acompanhar aquela trilha montanha abaixo? Haveria um ponto quando terminaria de súbito, em que descobriria o que lhe havia acontecido?

Terei o mesmo destino?

A estrada se tornou mais íngreme, e Maura começou a suar, com suas roupas pesadas. Ela desceu o zíper do casaco, tirou as luvas e o gorro. Aquela subida seria a parte mais árdua da jornada. Quando chegasse à estrada principal, a maior parte do caminho seria uma descida, feita com os esquis. Teoricamente, ao menos. Ainda assim, Doug não conseguira completá-la. Ela começou a se perguntar então se estava sendo incauta, tentando uma façanha que ele, tão preparado e atlético, fora incapaz de concluir.

Ainda dava tempo de mudar de ideia. Poderia dar meia-volta e retornar à casa, onde tinham comida suficiente para durar até a primavera. Ela chegou a um ponto de onde podia ver o assentamento embaixo, na distância, e a fumaça que se elevava da chaminé da casa. Não havia sequer chegado à estrada principal e já se sentia exausta, com as pernas doloridas e trêmulas. Teria Doug sentido o mesmo cansaço quando chegou àquele ponto da subida? Teria feito uma pausa no mesmo local, olhado para o vale e questionado a prudência de continuar?

Ela logo soube o que ele escolheu; as pegadas deixaram registrada sua decisão. Elas continuavam estrada acima.

Maura também fez o mesmo. É por Arlo, pensou. O nome se tornou seu cântico silencioso, enquanto caminhava. *Salvar Arlo. Salvar Arlo.*

Logo, pinheiros bloquearam-lhe a vista, e o vale desapareceu atrás dela. A mochila parecia ficar mais pesada a cada passo, e ela considerou a possibilidade de descartar parte do conteúdo. Precisaria de fato daquelas três latas de sardinha? A metade do pote de manteiga de amendoim não seria suficiente para lhe fornecer a energia necessária para descer a montanha? Pensava no assunto enquanto ofegava estrada acima, as latas batendo umas contra as outras dentro da mochila. Era um mau sinal que já estivesse levando em consideração aquela medida com menos de duas horas de jornada.

A estrada ficou plana e ela viu a placa à frente, que marcava o ponto onde tiveram o primeiro vislumbre de Kingdom Come, cinco dias antes. O vale havia ficado tão abaixo agora que o assentamento parecia uma paisagem de brinquedo, decorada com florestas artificiais e polvilhada com neve falsa. Porém a fumaça da chaminé era de verdade, assim como as pessoas daquela casa, e uma delas estava morrendo.

Ela se virou para continuar a seguir a trilha, deu dois passos e parou de repente. Olhando para a neve, viu as pegadas de Doug marcando a rota à sua frente.

Outro grupo de rastros o seguia. Eram de sapatos para neve.

Ela viu que haviam sido deixadas após Doug passar por ali, porque se sobrepunham às marcas feitas por ele. Mas quanto tempo depois? Horas ou no dia seguinte? Ou teria seu perseguidor estado bem atrás dele, chegando cada vez mais perto?

Será que está bem atrás de mim agora?

Maura se virou rápido, o coração martelando enquanto examinava o entorno. As árvores pareciam mais próximas, como se tivessem, de alguma forma, se movido em direção à estrada quando ela não estava olhando. A claridade do sol a deixava meio cega, incapaz de perscrutar a sombra sob aqueles galhos pesados. Seu olhar conseguia penetrar apenas alguns metros floresta adentro, antes que a penumbra encobrisse a visão. Não ouvia nada naquela trilha silenciosa. Nem vento, nem passos, apenas o som da própria respiração arquejante.

Coloque os esquis. Desça essa montanha.

Ela começou a correr, seguindo a trilha dos passos de Doug. Ele não havia corrido. As passadas continuavam como antes, firmes e constantes, as solas deixando marcas profundas na neve. Provavelmente só estivera pensando na tarefa que lhe cabia cumprir. Em pôr os esquis e deslizar montanha abaixo. Nunca lhe ocorreria que estava sendo seguido.

O peito doía-lhe e a garganta queimava, por causa do ar frio. Cada passo que dava parecia ensurdecedoramente alto, quando as botas quebravam a camada de gelo. Qualquer um por perto pensaria que se tratava de um elefante vagando por ali, ofegante e desajeitado.

Por fim, viu a corrente estendida ao longo do acesso à estrada particular. Estava quase lá. Seguiu as marcas das botas de Doug pelas últimas dezenas de metros, ultrapassou a corrente, a placa APENAS para moradores e viu o Suburban, ainda de lado, dentro da vala. Faltava um par de esquis no bagageiro da capota.

Então Doug havia chegado até ali. Ela viu a trilha paralela deixada por seus esquis, quando começou a deslizar estrada abaixo.

Entrou na vala, afundando na neve até a altura da coxa, e soltou o segundo par de esquis do bagageiro. Pegar os sapatos para esquiar levaria mais tempo. Estavam dentro do Suburban, e, com o veículo caído de lado, abrir aquela porta pesada demandaria certo esforço. Quando conseguiu por fim fazê-lo, estava sem fôlego e arquejante.

De repente, ouviu um ronco distante. Ficou parada, tentando escutar em meio às batidas de seu coração, com medo de que estivesse apenas imaginando. Não, era real — um barulho de motor.

Uma escavadeira estava subindo a montanha.

Ele conseguiu. Doug conseguiu, e agora seremos todos salvos.

Ela soltou um grito de alegria e deixou a porta do Suburban se fechar. Ainda não conseguia ver a máquina, mas o ruído ia ficando mais alto, mais próximo. Ria e chorava ao mesmo tempo. De volta à civilização, pensava ela. Às duchas quentes, à luz elétrica e aos telefones. E, o mais importante, de volta aos hospitais.

Arlo iria viver.

Ela subiu para a estrada e ficou esperando seus salvadores, sentindo o sol no rosto, a alegria pulsando nas veias. Agora tudo vai entrar nos eixos, pensava. Aqui termina o pesadelo.

Então, em meio ao ronco da máquina que se aproximava, ouviu o suave triturar de alguém caminhando sobre a neve. O som vinha bem detrás dela. Suspirou de pura surpresa, e o ar entrou-lhe nos pulmões como um vento frio. Só então viu a sombra se aproximando e engolindo a sua.

O observador da floresta. É ele.

20

Jane encontrou Daniel Brophy curvado sobre uma mesa no bar vazio do hotel. Ele não a olhou, dando claramente a entender que desejava ficar sozinho.

Ela se sentou assim mesmo.

— Sentimos a sua falta no almoço — disse Jane. — Você comeu alguma coisa?

— Não tenho fome.

— Ainda estou esperando alguma novidade de Queenan. Mas não creio que ele vá ter algo de novo para nos dizer hoje.

Daniel balançou a cabeça, ainda sem olhar para ela, emitindo sinais de *Vá embora. Não estou a fim de conversar.* Até na penumbra condescendente do bar, ele parecia visivelmente mais velho. Cansado e derrotado.

— Daniel — insistiu ela. — Eu não vou desistir. E acho que você também não devia.

— Já fomos a cinco condados diferentes — argumentou ele. — Falamos ao vivo em seis emissoras de rádio. Assistimos a cada minuto dos vídeos das câmeras de segurança.

— Pode haver alguma coisa que não percebemos. Algo que possamos localizar e assistir de novo.

— Ela parecia feliz nos vídeos, não? — contrapôs Daniel, levantando a cabeça, e ela viu o tormento em seus olhos. — Parecia feliz com aquele homem.

Após um silêncio, Jane admitiu:

— É. Parecia.

As câmeras de segurança pegaram alguns vislumbres de Maura e do homem louro no saguão. Mas eram momentos rápidos, poucos segundos no máximo, e depois ela ficava fora de visão. Assistir àquelas imagens no monitor era como ver um fantasma. Um fantasma revivendo seus últimos momentos de vida, várias vezes.

— Não sabemos o que aquilo significa — disse Jane. — Ele poderia ser um velho conhecido.

— Alguém que a fazia sorrir.

— Era um congresso médico. Um bando de patologistas que provavelmente se conheciam. Talvez ele não tenha nada a ver com o motivo do desaparecimento.

— Ou talvez Queenan esteja certo. E eles estão metidos em algum motel, fazendo... — Ele se calou.

— Pelo menos, isso significaria que ela está viva.

— Sim, com certeza.

Os dois ficaram em silêncio. Eram só três da tarde, cedo demais para drinques. A não ser por um bartender empilhando copos atrás do balcão, eles eram os únicos no bar sombrio.

— Se ela partiu com outro homem — continuou Jane, em voz baixa —, você pode entender por que isso aconteceu.

— A culpa é minha — assumiu ele. — Por não ser eu aquele homem. E eu fico pensando...

— Em quê?

— Se ela já não veio para cá com planos de encontrá-lo.

— Você tem alguma razão para achar isso?

— Olha o jeito como eles riam um para o outro. Como pareciam à vontade juntos.

— Talvez sejam velhos amigos. — *Ou velhos amantes,* foi o que ela não disse. Nem era necessário; aquele pensamento deveria estar atormentando-o também. — Isso tudo é teoria, sem base nenhuma — lembrou Jane. — O que temos é um vídeo dela saindo para jantar com ele. Encontrando no saguão.

— E sorrindo. — O sofrimento toldava seus olhos. — Não pude fazer isso por ela. Não pude dar o que ela queria.

— O que ela precisa agora é que nós não desistamos. Que continuemos procurando. Eu não vou desistir.

— Me diga a verdade — pediu ele, olhando-a nos olhos. — Você é uma investigadora de homicídios há tempo suficiente para saber. O que o seu instinto diz?

— O instinto pode errar.

— Se ela não fosse sua amiga, se fosse só mais um caso de pessoa desaparecida, o que você estaria pensando agora?

Ela hesitou, e o único som no bar era o tinido dos copos, enquanto o bartender os arrumava atrás do balcão, preparando-se para a hora dos drinques, que se aproximava.

— Depois desse tempo todo? — Ela sacudiu a cabeça. — Eu imaginaria o pior.

Daniel não pareceu se surpreender com a resposta. Àquela altura, já teria chegado à mesma conclusão.

O celular dela tocou, e os dois gelaram. Ela olhou o número. Queenan. Assim que ouviu sua voz na linha, Jane soube que aquela não era uma ligação que ele gostaria de fazer. Nem que ela gostaria de receber.

— Sinto ter que dar a notícia — disse ele.

— Qual?

— Vá para o centro médico St. John, em Jackson. O Dr. Draper vai encontrar você lá.

— O Dr. Draper? O investigador forense do Condado de Sublette?

— Sim. Porque foi lá que aconteceu, no Condado de Sublette. — Uma pausa longa e agonizante. — Acho que encontraram sua amiga.

— Acho melhor vocês não a verem — declarou o Dr. Draper, encarando sombriamente os três amigos de Maura, do outro lado da mesa de reuniões. — Vocês devem se lembrar dela do jeito que era. Tenho certeza de que ela preferiria assim também.

O St. John fora construído para servir aos vivos, não aos mortos, e através da porta fechada da sala de conferências eles podiam ouvir os sons de um dia comum num hospital: telefones tocando, ruído de elevadores, o choro longínquo de uma criança na emergência. Os ruídos lembravam a Jane que, na sequência de uma tragédia, a vida ainda continuava.

— O veículo só foi descoberto hoje de manhã, numa estrada vicinal — começou Draper. — Não podemos ter certeza de há quanto tempo estava naquele barranco. Houve danos demais causados pelo fogo. E, mais tarde, por animais... — Ele fez uma pausa. — É uma área de vida selvagem.

O Dr. Draper não queria entrar em detalhes. Jane sabia o que ele estava deixando de fora. No mundo natural, criaturas sempre se ocultaram nas sombras da morte, esperando para se alimentarem com bicos, garras e dentes afiados. Até mesmo nos bosques dos subúrbios de Boston, um cadáver atraía cachorros e guaxinins, ratos e urubus. Nas montanhas escarpadas do oeste de Wyoming, devia haver uma horda ainda maior de comedores de carniça, esperando para se banquetear, capazes de roer um rosto, arrancar mãos e espalhar membros. Jane pensou na pele de marfim de Maura e nas magníficas maçãs do rosto, e se perguntou o que teria sobrado daqueles traços. *Não, não quero vê-la. Não quero saber o que aconteceu ao seu rosto.*

— Se os restos estavam tão danificados, como vocês fizeram a identificação? — perguntou Gabriel.

Ele, pelo menos, ainda estava pensando como investigador, ainda era capaz de se concentrar naquilo que tinha de ser perguntado.

— Havia evidências suficientes no local do acidente para se levantar a identidade.

— Evidências?

— Quando o veículo caiu pelo barranco, vários itens foram ejetados. Algumas malas e outros objetos pessoais que sobreviveram ao fogo.

Ele pegou uma caixa grande de papelão que havia trazido para a sala. O cheiro de plástico queimado escapou quando o Dr. Draper levantou a tampa. Embora estivesse tudo lacrado em sacos de provas, o odor de fogo e fumaça era forte o bastante para exalar até de sacolas com zíper. Ele parou por um instante, contemplando a caixa, como se estivesse de repente questionando se não seria um erro compartilhar o conteúdo. Todavia, agora era tarde demais para fechá-la, negando-lhes a prova que tinha prometido. Ele tirou o primeiro saco e o colocou sobre a mesa.

Através do plástico transparente, eles puderam ver uma etiqueta de couro para bagagem. Virando-a do outro lado, Draper revelou o nome escrito em letra maiúscula caprichosa.

Maura Isles, médica

— Imagino que o endereço esteja correto — disse ele.

Jane engoliu.

— Está — murmurou.

Não ousava olhar para Daniel, sentado a seu lado. Não queria ver sua expressão devastada.

— Isso estava preso a uma das malas que foi atirada do veículo — continuou Draper. — Vocês podem examinar se quiserem. Está sob a custódia do Departamento de Polícia do Condado de Sublette, junto aos itens maiores.

Enfiando a mão na caixa, retirou outros sacos com provas e os colocou na mesa. Havia dois telefones celulares, um deles queimado.

Outra etiqueta de bagagem, esta com o nome de Douglas Comley, Médico. Um nécessaire masculino. Um frasco de lovastatina, receitada para um paciente chamado Arlo Zielinski.

— O Suburban foi alugado por um Dr. Douglas Comley, de San Diego — explicou Draper. — Ele o reservou por dez dias. Imaginamos que fosse ele quem estava por trás do volante quando o veículo despencou. A estrada faz uma curva fechada ali, e, se fosse noite, ou se estivesse caindo neve, a visibilidade devia estar ruim. A estrada congelada pode ter sido um fator que contribuiu também.

— Então você acha que foi um acidente — disse Gabriel.

Draper franziu o cenho.

— Qual seria a outra possibilidade?

— Há sempre outras a considerar.

O investigador suspirou.

— Em vista da sua linha de trabalho, agente Dean, suponho que seja natural que você esteja pensando nessas outras possibilidades. Mas o xerife Fahey concluiu que foi um acidente. Eu já olhei as radiografias. Os corpos têm fraturas múltiplas, como era de se esperar. Não há fragmentos de balas, nada que indique outra coisa diferente do que parece ter acontecido. O veículo simplesmente derrapou numa estrada de montanha e caiu num barranco de 15 metros, onde pegou fogo. Duvido que qualquer um dos passageiros tenha sobrevivido à pancada inicial. Então acho seguro supor que a sua amiga morreu com o impacto.

— Houve uma nevasca no último sábado, não? — perguntou Gabriel.

— Sim. Por quê?

— Se há neve pesada no veículo, isso poderia nos dizer quando aconteceu.

— Vi só uma camada leve — afirmou Draper. — Mas o fogo teria derretido qualquer cobertura de neve.

— Ou o acidente ocorreu mais recentemente.

— Mas ainda paira a pergunta de por onde a sua amiga andou nos últimos sete dias. A hora da morte vai ser quase impossível de determinar. Eu prefiro me pautar por quando as vítimas foram vistas vivas pela última vez, o que nos leva ao sábado — disse ele, olhando em torno da mesa, para seus rostos preocupados. — Vejo que muitas questões permanecem sem resposta. Mas pelo menos agora vocês estão inteirados do que aconteceu e podem ir para casa com uma sensação de fechamento. Sabem que a morte dela foi rápida e que provavelmente não sofreu — suspirou ele. — Lamento muito que isso tudo tenha ocorrido.

Draper se pôs de pé, parecendo mais velho e cansado que há apenas meia hora, quando eles entraram. Mesmo sendo o sofrimento dos outros, o simples fato de se estar por perto deixa a alma exaurida, e Draper provavelmente vira muitas vidas irem assim.

— Me deixem acompanhá-los até a porta.

— Podemos ver os restos? — perguntou Gabriel.

Draper franziu o cenho para ele.

— Eu não recomendaria.

— Mas acho que isso tem de ser feito.

Jane quase esperou que Draper recusasse, poupando-a daquela provação. Ela sabia como Maura fora quando viva; quando visse o que tinha se tornado, não haveria mais jeito de apagar a imagem, de fazer o relógio voltar sobre aquele horror. Olhando para o marido, perguntava-se como permanecia tão calmo.

— Me deixem mostrar a vocês a radiografia — sugeriu Draper. — Talvez seja o suficiente para convencê-los das minhas descobertas.

Gabriel disse a Brophy:

— É melhor você esperar aqui.

Daniel assentiu e permaneceu onde estava, a cabeça baixa, sozinho com sua dor.

Enquanto Jane e Gabriel seguiam Draper até o elevador, ela sentia o medo borbulhando como ácido no estômago. *Não quero ver* isso, pensava. Não preciso ver. Gabriel, contudo, caminhava na frente, determinado, e ela era orgulhosa demais para não o seguir. Quando entraram no necrotério, ficou aliviada ao ver que a mesa de necropsia estava vazia; os cadáveres estavam armazenados em segurança, fora de vista.

Draper remexeu uma pilha de radiografias e prendeu alguns na caixa de luz. Virou um interruptor, e imagens esqueléticas apareceram contra a claridade.

— Como vocês podem ver, há evidências amplas de traumatismo — disse Draper. — Fraturas de crânio e de várias costelas. Impactação do fêmur esquerdo na articulação do quadril. Por causa do fogo, os membros se contraíram numa postura pugilística.

Sua voz assumiu o tom trivial de um profissional transmitindo informações a um colega. Como se, pelo simples ato de entrar naquela sala e ver o brilho frio do aço inoxidável, tivesse vestido um uniforme de legista.

— Mandei estas imagens por e-mail para o nosso patologista forense, no Colorado. Ele concluiu que se tratava de uma mulher entre 30 e 45 anos. A altura estimada é de 1,67m a 1,70m. E, a julgar pela articulação sacroilíaca, era nulípara. Nunca deu à luz. — Ele fez uma pausa e olhou para Jane. — Essa descrição corresponde à sua amiga?

Anestesiada, ela assentiu.

— Sim — murmurou.

— E tinha dentes muito bem-cuidados. Tem uma coroa aqui, no molar inferior direito. Algumas obturações.

Mais uma vez, ele olhou para Jane, como se ela fosse a pessoa com todas as respostas.

Jane contemplou a mandíbula que brilhava na caixa de luz. *Como eu vou saber?* Ela nunca estudara a boca de Maura ou contara quantas coroas e obturações tinha. Maura era sua colega e amiga. Não uma coleção de dentes e ossos.

— Lamento — disse Draper. — Provavelmente, foi informação demais para você processar. Eu só queria que tivesse certeza quanto à identificação.

— Então não vai haver necropsia — falou Jane, em voz baixa.

Draper meneou a cabeça.

— Não há razão. O patologista do Colorado está satisfeito com a identificação. Temos a etiqueta da bagagem dela, e as radiografias correspondem a uma mulher da sua idade e altura. Os ferimentos são compatíveis com os que se encontram num passageiro que viaja solto, quando é submetido a uma desaceleração de alta velocidade.

Jane levou alguns segundos para registrar o que ele dissera. Tentou conter as lágrimas, e a radiografia pendurada na caixa de luz de repente voltou ao foco.

— Passageiro que viaja solto? — perguntou ela.

— Sim.

— Você está dizendo que ela não estava usando o cinto de segurança.

— Correto. Nenhum dos mortos estava.

— Tem alguma coisa errada. Maura nunca se esqueceria de colocar o cinto. Era desse tipo de pessoa.

— Acho que dessa vez ela se descuidou. De qualquer forma, estar usando o cinto provavelmente não a teria salvado. Não num acidente tão traumático.

— Não é essa a questão. O problema é: tem alguma coisa errada aí — insistiu Jane. — É completamente atípico da parte dela.

Draper suspirou e desligou a caixa de luz.

— Detetive, sei que deve ser difícil aceitar a morte de uma amiga chegada. Usando cinto ou não, o fato é que ela está morta.

— Mas como isso aconteceu? Por quê?

— Faz alguma diferença? — perguntou Draper, em voz baixa.

— Sim — persistiu ela, mais uma vez sentindo as lágrimas voltarem aos olhos. — Não faz sentido para mim. Preciso entender.

— Jane — disse Gabriel. — Pode ser que nunca faça. Temos que aceitar.

Gentilmente, ele a pegou pelo braço.

— Acho que já vimos o bastante. Vamos voltar para o hotel.

— Ainda não — discordou Jane, soltando-se dele. — Tem uma outra coisa que eu preciso ver.

— Se você insiste em ver os restos — disse Draper —, eu posso mostrá-los a você. Mas não vai conseguir reconhecer nada. Não há muito para ver, exceto carne carbonizada e osso.

Ele fez uma pausa e disse suavemente:

— Confie em mim. É melhor que vocês não a vejam. Leve-a para casa.

— Ele está certo — concordou Gabriel. — Não precisamos ver o corpo.

— O corpo não — explicou ela, respirando fundo e endireitando-se. — Eu quero ver o local do acidente, onde aconteceu.

21

Uma neve fraca estava caindo na manhã seguinte quando Gabriel e Jane saltaram do carro e caminharam até a beira da estrada. Ficaram ali em silêncio, contemplando o barranco, onde a carroceria queimada do Suburban ainda estava alojada. Uma trilha de neve pisoteada indicava o caminho tortuoso pelo qual a equipe de resgate havia descido, no dia anterior, para recuperar os corpos. Deve ter sido uma escalada exaustiva, de volta à estrada, carregando as macas montanha acima, as botas escorregando sobre pedras de gelo.

— Quero chegar mais perto — disse ela, dando início à descida da trilha.

— Não há nada lá para ver.

— Eu devo isso a ela. Preciso ver onde morreu.

Jane continuou andando, o olhar fixo no caminho escorregadio. Sob os flocos recém-caídos, a neve era dura e traiçoeira, e ela tinha de se mover vagarosamente. As coxas logo começaram a doer por causa da descida abrupta, e flocos de neve que derretiam, misturados a seu suor, escorriam pelo rosto. Jane começou a ver destroços do acidente espalhados pelo declive: um fragmento de metal retorcido, um tênis sem o par, um pedaço de tecido azul, tudo isso começando então a desaparecer sob a neve fresca. Quando finalmente alcançou o veículo escurecido, ele se encontrava coberto por uma leve camada de gelo. O cheiro do fogo ainda pairava naquele ar frio e puro, e ela podia ver as cicatrizes deixadas por ele: arbustos queimados e galhos de pinheiro carbonizados. Pensou na trajetória aterrorizante do Suburban, enquanto ricocheteava pelo despenhadeiro. Imaginou os gritos, quando as últimas frações de segundo de vida lampejaram diante dos olhos de Maura.

Jane parou, soltando um suspiro abalado, enquanto observava a neve que caía, apagando vagarosamente as terríveis evidências da morte. Ouviu passos se aproximando, e Gabriel se postou a seu lado.

— É tão difícil de acreditar — disse Jane. — Você acorda de manhã, achando que vai ser mais um dia qualquer. Entra num carro com amigos. E, de repente, tudo acaba. Tudo que se sabia, pensava, sentia... Num instante, se foi.

Ele a puxou mais para perto.

— É por isso que temos de aproveitar cada minuto.

Ela limpou a neve do veículo, revelando uma faixa de metal escurecido:

— Nunca se sabe, não é mesmo? Que decisões pequenas vão acabar mudando a sua vida. Se ela não tivesse vindo a esse congresso, não teria encontrado Doug Comley. Não teria entrado na caminhonete dele.

De repente, Jane tirou a mão do Suburban, como se o toque a queimasse. Contemplando o utilitário destruído, imaginou os últimos dias da vida de Maura. Agora eles sabiam que era Comley a pessoa que tinham visto com Maura no vídeo da câmera de segurança. Haviam olhado sua fotografia no site dos médicos do hospital de San Diego, onde trabalhava como patologista. Tinha 42 anos, pai solteiro, divorciado, participara do mesmo congresso médico. Homens atraentes descobrem mulheres igualmente atraentes, e a natureza segue seu curso. Jantar, conversa, todo tipo de possibilidade revirando em suas cabeças. Qualquer mulher ficaria tentada, até uma tão sensata quanto Maura. Que tipo de futuro, afinal de contas, poderia Daniel Brophy prometer, além de uma vida de encontros furtivos, decepções e arrependimentos? Se Daniel tivesse dado a ela o que precisava, Maura não teria se desviado. Não teria se juntado a Douglas Comley nesse malfadado passeio.

Estaria viva.

Daniel se sentia, não havia dúvida, atormentado pelos mesmos pensamentos. Tinham-no deixado no hotel sem dizer a ele aonde estavam indo. Aquela não era uma visita que devesse fazer. Agora, parada sob a neve que caía suavemente, não estava certa também se deveria ter vindo. De que servia ver aquela carroceria queimada, visualizar o mergulho do veículo no ar, pedaços de vidro voando, a explosão das chamas? Mas agora já vi, pensou ela. E posso ir para casa.

Jane e Gabriel deram meia-volta e retornaram pela trilha. O vento soprava com mais força, e uma neve fina castigava-lhe o rosto, alfinetando os olhos. Ela espirrou, e, quando abriu os olhos de novo, uma coisa azul passou flutuando a seu lado. Jane a pegou e viu que era um envelope de bilhete de linha aérea, rasgado, os cantos enegrecidos pelo fogo. Um pedaço do cartão de embarque ainda estava dentro, mas apenas as cinco últimas letras do nome eram visíveis.

inger.

Ela olhou para Gabriel.

— Qual era o nome do outro homem no carro? — perguntou ela.

— Zielinski.

— Era o que eu pensava.

Ele franziu o cenho diante do fragmento de cartão de embarque.

— Eles identificaram todos os quatro corpos. Comley e a filha, Zielinski e Maura.

— De quem era essa passagem então? — perguntou Jane.

— Talvez tenha sido deixada por um cliente que havia alugado o carro antes.

— Mais uma coisa que não se encaixa. Isso e o cinto de segurança.

— Podem não ter relação nenhuma.

— Por que isso não o incomoda, Gabriel? Eu não estou acreditando que você aceite assim!

Ele suspirou.

— Você só está tornando as coisas mais difíceis para si mesma.

— Eu preciso que você me apoie nisso.

— Eu estou tentando.

— Ignorando o que eu digo?

— Ah, Jane — murmurou Gabriel, passando-lhe os braços ao redor, mas ela permaneceu dura e insensível ao abraço. — Fizemos tudo o que pudemos. Precisamos seguir em frente com as nossas vidas.

Mas Maura não pode. De repente, ela dolorosamente se deu conta de todas as sensações que a amiga nunca mais experimentaria. O ar frio entrando e saindo dos pulmões. O calor dos braços de um homem a envolvendo. *Posso estar pronta a ir para casa*, pensou ela. *Mas ainda não terminei de fazer perguntas.*

— Ei! — gritou uma voz, lá do alto. — O que vocês estão fazendo aí embaixo?

Os dois levantaram a cabeça e viram um homem parado na estrada acima.

Gabriel acenou e gritou de volta:

— Já estamos subindo!

A escalada foi muito mais difícil que a descida. O novo acúmulo de flocos mascarava o gelo traiçoeiro, e o vento continuava a jogar-lhes neve no rosto. Gabriel alcançou a estrada primeiro, e Jane se arrastou com dificuldade atrás dele, ofegando.

Uma picape castigada se encontrava estacionada no acostamento. Ao lado, estava parado um homem de cabelos grisalhos, segurando um rifle, com o cano apontado para o chão. Tinha o rosto profundamente curtido, como se tivesse passado a vida toda nas agruras da intempérie. As botas e o casaco de rancheiro pareciam igualmente gastos. Embora desse a impressão de estar na casa dos 70 anos, mantinha-se ereto e inflexível como um pinheiro.

— Houve um acidente lá embaixo — avisou o homem. — Não é um lugar para turistas.

— Sabemos disso, senhor — respondeu Gabriel.

— E é também propriedade particular. Minha propriedade — rebateu o homem, apertando mais o rifle na mão.

Embora o mantivesse apontado para o chão, sua postura deixava claro que estava preparado para erguê-lo num instante.

— Eu chamei a polícia.

— Pelo amor de Deus — disse Jane. — Isso é ridículo.

O homem pousou seu olhar sério sobre ela.

— Vocês não têm nada que vasculhar aqui.

— Não estávamos vasculhando.

— Botei para correr um bando de adolescentes para fora deste barranco, ontem à noite. Estavam procurando suvenires.

— Somos agentes da lei.

O homem lançou um olhar duvidoso para o carro alugado.

— De fora da cidade?

— Uma das vítimas era minha amiga. Morreu aqui, neste barranco.

Isso pareceu desconcertá-lo. Ele a observou durante um longo tempo, como se estivesse tentando resolver se acreditava nela ou não. Mantinha os olhos fixos nos dois quando um veículo do Departamento de Polícia do Condado de Sublette fez a curva e parou atrás da picape.

Um policial familiar saltou do carro. Era Martineau, que haviam conhecido na cena do duplo homicídio, algumas noites antes.

— Ei, Monty — gritou ele. — O que está acontecendo aqui?

— Peguei essas pessoas invadindo minha propriedade, Bobby. Dizem que são policiais.

Martineau olhou para Jane e Gabriel.

— Na verdade, são sim.

— O quê?

Ele fez educadamente um aceno de cabeça para Jane e Gabriel:

— Você é o agente Dean, certo? E olá, senhora. Lamento o mal-entendido, mas o Sr. Loftus aqui tem andado um pouco tenso por causa de intrusos. Especialmente depois que uns garotos estiveram aqui na noite passada.

— Como você conhece essas pessoas? — perguntou Loftus, não muito convencido.

— Monty, tudo bem com eles. Eu os vi lá no Circle B, quando vieram falar com Fahey — confirmou ele, virando-se para Jane e Gabriel, e sua voz se tornou mais suave. — Lamento muito o que aconteceu com a amiga de vocês.

— Obrigado, policial — agradeceu Gabriel.

Loftus deu um resmungo de conciliação.

— Então acho que devo desculpas a vocês — disse, estendendo a mão.

Gabriel a apertou.

— Não precisa se desculpar, senhor.

— Foi só porque vi o carro de vocês e achei que havia mais caçadores de suvenires lá embaixo. Garotos malucos, todos metidos com essa coisa de morte e vampiros — explicou Loftus, olhando para o Suburban queimado no barranco. — Totalmente diferente da época em que eu cresci aqui. Quando as pessoas respeitavam o direito à propriedade. Agora todo mundo acha que pode vir caçar nas minhas terras. E ainda deixam minhas porteiras abertas.

Jane podia ler o olhar que chamejava pelo rosto de Martineau: *Já o ouvi falar isso mil vezes.*

— E você nunca aparece a tempo de fazer nada, Bobby — acrescentou Loftus.

— Estou aqui agora, não? — protestou Martineau.

— Passa lá em casa mais tarde, e eu vou mostrar a você o que eles fizeram com as minhas porteiras. Alguém tem que fazer alguma coisa.

— Ok.

— Eu estou dizendo *hoje*, Bobby — pressionou Loftus, subindo na picape e ligando o motor.

Com um aceno mal-humorado, ele gritou, de má vontade:

— Desculpa mais uma vez, gente. — E foi embora.

— Quem é esse cara? — perguntou Jane.

Martineau riu.

— Montgomery Loftus. A família dele era dona de zilhões de hectares por aqui. O rancho Double L.

— Ficou furioso com a gente. Pensei que fosse nos fuzilar com aquele rifle.

— Ele agora vive furioso com tudo. Sabe como é com algumas pessoas mais velhas. Sempre se queixando de que as coisas não são mais como eram antes.

E não são mesmo, pensou Jane, enquanto observava Martineau entrar de volta no veículo. E não vão ser em Boston, também. Não sem Maura.

No caminho de volta para o hotel, Jane olhava pela janela do carro, pensando na última conversa que havia tido com a amiga. Fora no necrotério, e elas estavam de pé diante da mesa de necropsias, enquanto Maura abria um cadáver. Ela falara sobre a viagem a Wyoming, que nunca estivera lá, e como esperava poder ver um alce, um búfalo e talvez um lobo ou dois. Elas tinham conversado sobre a mãe de Jane e o divórcio de Barry Frost, e de como a vida sempre surpreendia as pessoas. Nunca se sabe, dissera Maura, o que se vai encontrar na próxima esquina.

Não, você não sabia. Não tinha a menor ideia de que voltaria para casa, de Wyoming, num caixão.

Eles entraram no estacionamento do hotel, e Gabriel desligou o motor. Por um momento, ficaram sentados sem dizer uma palavra. Ainda havia tanto que fazer, pensou ela. Telefonemas para dar. Papéis para assinar. Organizar o traslado do caixão. A ideia daquilo tudo a deixava exausta. Porém ao menos estariam indo para casa, então. Para Regina.

— Sei que é só meio-dia — disse Gabriel. — Mas podíamos tomar um drinque.

Ela fez que sim com a cabeça.

— Apoiado.

Jane abriu a porta e saltou, pondo o pé na neve que caía suavemente. Caminharam juntos pelo estacionamento, os braços passados, bem forte, em torno da cintura um do outro. Como aquele dia seria muito mais difícil sem ele ali, pensou ela. A pobre Maura perdeu tudo, enquanto ainda tenho a bênção desse homem, de um futuro.

Entraram no bar do hotel, onde a luz estava tão fraca que, a princípio, não perceberam Brophy sentado a uma mesa. Apenas quando seus olhos se adaptaram à penumbra foi que ela o viu.

Não estava sozinho.

Sentado com ele à mesa havia um homem que se pôs então de pé; uma figura alta e imponente, vestida de preto. Anthony Sansone era um recluso conhecido, e tão paranoico em relação a sua privacidade que raramente se aventurava em público. No entanto, ali estava ele, no bar do hotel, o sofrimento estampado no rosto.

— Você devia ter me ligado, detetive — cobrou ele. — Devia ter pedido minha ajuda.

— Desculpe — retrucou Jane. — Não pensei nisso.

— Maura também era minha amiga. Se eu soubesse que estava desaparecida, teria voltado da Itália num piscar de olhos.

— Não havia nada que você pudesse fazer. Nada que nenhum de nós pudesse ter feito.

Ela olhou para Brophy, que trazia o rosto petrificado e se mantinha em silêncio. Esses dois homens nunca gostaram um do outro. No entanto, ali estavam, em uma trégua temporária, em respeito à memória de Maura.

— Meu jato está esperando no aeroporto — disse Sansone. — Assim que liberarem o corpo, podemos voar todos para casa, juntos.

— Deve ser hoje à tarde.

— Vou falar com o piloto, então — decidiu ele, soltando um suspiro profundo de tristeza. — Me avisem quando for hora de fazer o traslado. E vamos levar Maura para casa.

No casulo confortável do jato de Anthony Sansone, os quatro passageiros permaneciam quietos enquanto voavam em direção ao leste, à noite. Talvez estivessem todos pensando, como Jane, na companheira oculta, que viajava abaixo, no porão de carga, fechada num caixão, armazenado naquele compartimento frio e gélido. Era a primeira vez que Jane viajava num jato particular. Fosse em outra ocasião, teria se deliciado com os assentos de couro macio, o amplo espaço para as pernas, os mil e um confortos aos quais os viajantes extremamente ricos estavam acostumados. Entretanto, mal registrara o sabor do sanduíche de rosbife perfeitamente cor-de-rosa, que o comissário lhe oferecera num prato de porcelana. Embora não tivesse almoçado nem jantado, comeu sem prazer, alimentando-se apenas porque seu corpo necessitava.

Daniel Brophy não comeu nada. Seu sanduíche permanecia intacto, enquanto olhava para a noite lá fora, os ombros curvados sob o peso da dor. E da culpa, também, sem dúvida. Da culpa de saber como seria se tivesse escolhido o amor em vez do dever, Maura em vez de Deus. Agora, a mulher que amava era carne carbonizada, trancada no porão sob seus pés.

— Quando chegarmos a Boston — disse Gabriel —, precisamos tomar algumas decisões.

Jane olhou para o marido e se perguntou como ele conseguia se manter focado nas tarefas necessárias. Em horas como aquelas, lembrava-se de que havia casado com um fuzileiro naval.

— Decisões? — perguntou ela.

— Arranjos funerários. Notificações. Deve haver parentes para serem avisados.

— Ela não tem família — respondeu Brophy. — Há apenas a mã... — interrompeu-se ele, sem terminar a palavra *mãe*. Nem disse o nome em que todos estavam pensando: *Amalthea Lank*. Dois anos antes, Maura havia procurado pela mãe biológica, cuja identidade sempre fora um mistério para ela. A busca acabou a levando a uma prisão feminina em Framingham. Até uma mulher acusada de crimes inomináveis. Amalthea não era exatamente uma mãe que se quisessem ter e Maura nunca falava nela.

Daniel falou de novo, com mais firmeza:

— Ela não tem família.

Ela só tinha a gente, pensou Jane. Os amigos. Enquanto Jane tinha marido e filha, pais e irmãos, Maura possuía umas poucas pessoas chegadas. Um amante que só encontrava em segredo, e amigos que não a conheciam realmente. Era uma verdade que Jane precisava reconhecer: *Eu não a conhecia realmente.*

— E o ex-marido? — indagou Sansone. — Acho que ainda vive na Califórnia.

— Victor? — questionou Brophy, dando uma risada de aversão. — Maura o desprezava. Ela não gostaria de vê-lo nem perto do seu funeral.

— Sabemos de fato do que ela gostaria? Quais eram suas últimas vontades? Maura não era religiosa. Imagino, então, que preferisse uma cerimônia secular.

Jane olhou para Brophy, que endurecera de súbito. Ela não achou que o comentário de Sansone fosse uma farpa para o padre, mas o clima entre os dois de repente ficou carregado.

Brophy falou, tenso:

— Mesmo tendo se afastado da igreja, ela ainda a respeitava.

— Maura era uma cientista comprometida, padre Brophy. O fato de que respeitava a igreja não significa que acreditasse nela. Provavelmente, acharia estranho uma cerimônia religiosa no seu enterro. E pelo fato de ser ateia, não lhe seria, de qualquer forma, negado um funeral católico?

Brophy olhou para outro lado.

— Sim — cedeu ele. — Essa é a política oficial.

— Tem também a questão de se ela preferia ser enterrada ou cremada. Sabemos o que ela queria? Ela alguma vez entrou nesse assunto com você?

— Por que entraria? Ela era *jovem*! — A voz de Brophy faltou-lhe de repente. — Quando se tem só 42 anos, não se pensa em como dispor do corpo! Não se pensa em quem deveria ser ou não convidado para o enterro. A pessoa está ocupada demais em estar *viva* — completou ele, respirando fundo e virando o rosto.

Ninguém falou por um longo tempo. O único som era o ronco constante dos motores do jato.

— Então nós vamos ter que tomar essas decisões por ela — disse Sansone, por fim.

— *Nós?* — perguntou Brophy.

— Só estou tentando oferecer minha ajuda. E os fundos necessários, seja lá quanto custe.

— Nem tudo se pode comprar com dinheiro.

— É isso que você acha que estou tentando fazer?

— É o porquê de você estar aqui, não é? Por que você surgiu com o seu jato particular e assumiu o controle? Porque você *pode*?

Jane estendeu a mão para tocar o braço de Brophy.

— Daniel. Ei, relaxa.

— Eu estou aqui porque também gostava de Maura — disse Sansone.

— Como deixou tantas vezes óbvio para nós dois.

— Padre Brophy, sempre foi muito claro para mim o objeto do afeto de Maura. Nada que eu fizesse ou lhe oferecesse mudaria o fato de que ela amava você.

— Mesmo assim, você estava sempre aguardando uma oportunidade. Esperando uma chance.

— Uma chance de oferecer minha ajuda se ela alguma vez precisasse. Ajuda que nunca pediu enquanto estava viva — suspirou Sansone — Ah, se tivesse! Eu teria...

— Salvado Maura?

— A história não pode ser reescrita. Mas nós dois sabemos que as coisas poderiam ter sido diferentes — sugeriu ele, olhando diretamente para Brophy. — Ela poderia ter sido mais feliz.

O rosto de Daniel ficou completamente vermelho. Sansone acabava de dizer a mais cruel das verdades, que no entanto era óbvia para qualquer um que conhecesse Maura, que a tivesse observado nos últimos meses e visto como sua silhueta já esguia havia afinado ainda mais, como a tristeza tinha empalidecido seu sorriso. Ela não estava só em sua dor: Jane vira a mesma tristeza refletida nos olhos de Daniel Brophy, feita de culpa. Ele amava Maura, porém a fizera infeliz, fato mais difícil ainda de suportar porque era Sansone quem fazia a observação.

Brophy ameaçou se levantar da cadeira, os punhos já cerrados, e ela segurou-lhe o braço.

— Parem com isso — ordenou Jane. — Os dois! Por que vocês estão fazendo isso? Estão competindo para decidir quem a amou mais? Nós todos gostávamos dela. Agora já não importa quem a teria feito mais feliz. Ela está morta e não há como mudar a história.

Brophy afundou em sua poltrona, a raiva deixando seu corpo.

— Ela merecia coisa melhor — falou ele. — Melhor do que eu.

Virando-se, olhou pela janela, retirando-se para a própria infelicidade.

Ela ia tocar-lhe o braço novamente, mas Gabriel a impediu.

— Dê um tempo para ele — sussurrou.

Ela obedeceu. Deixou Brophy entregue ao silêncio e ao arrependimento e se juntou ao marido na outra fila. Sansone se levantou e também trocou de lugar, indo para a traseira do avião, refugiando-se nos próprios pensamentos. Durante o restante do voo, eles permaneceram sentados separados e silenciosos, enquanto o avião, levando o corpo de Maura, dirigia-se para o leste, rumo a Boston.

22

Ah, Maura, se ao menos você estivesse aqui para ver isso.

Jane estava do lado de fora da entrada da Igreja Episcopal Emmanuel e observava o fluxo constante de pessoas que chegavam para prestar as últimas homenagens à Dra. Maura Isles. Ela ficaria surpresa com todo esse rebuliço. Impressionada e talvez um pouco envergonhada, também: nunca havia gostado de ser o centro das atenções. Jane reconhecia muitas daquelas pessoas porque pertenciam ao mesmo mundo em que ela e Maura viviam, o qual girava em torno da morte. Viu os Drs. Bristol e Costas, do Departamento de Medicina Legal, cumprimentou discretamente a secretária de Maura, Louise, e o assistente de necropsias, Yoshima. Havia policiais também: o parceiro de Jane, Barry Frost, além da maioria do pessoal da unidade de homicídios, que conhecia bem a mulher a quem se referiam entre si como Rainha dos Mortos. Uma rainha que havia acabado de entrar para aquele reino.

Entretanto, o homem que Maura amava mais que todos não estava lá, e Jane entendia por quê. Daniel Brophy, sofrendo profundamente, encontrava-se em reclusão e não participaria da cerimônia. Dera seu adeus particular a Maura; que exibisse a dor em público era pedir demais dele.

— É melhor irmos nos sentar — sugeriu Gabriel, gentilmente. — Já vai começar.

Ela seguiu o marido até a primeira fila de bancos. O caixão fechado estava bem a sua frente, cercado por grandes vasos com lírios. Anthony Sansone não economizara nos gastos, e a superfície de mogno do ataúde brilhava tanto que ela podia ver o próprio reflexo.

O sacerdote oficiante entrou; não Brophy, mas a reverenda Gail Harriman, da Igreja Episcopal. Maura teria apreciado o fato de uma mulher estar conduzindo seu funeral. Também teria gostado daquela igreja, conhecida pela política liberal de acolher todos em seu rebanho. Ela não acreditava em Deus, mas em companheirismo, e aprovaria aquilo.

Quando a reverenda Harriman começou a falar, Gabriel pegou a mão de Jane. Ela sentia um aperto na garganta e tentava sufocar lágrimas de humilhação. Durante os quarenta minutos de homilias, hinos e palavras de evocação, ela se esforçou para manter o controle. Os dentes cerrados, as costas rigidamente pressionadas contra o banco. Quando, por fim, a cerimônia terminou, os olhos ainda estavam secos, mas todos os músculos doíam, como se tivesse acabado de sair de um campo de batalha.

Os seis homens que carregariam o caixão se levantaram; entre eles, Gabriel e Sansone. Eles conduziram o esquife em seu lento avanço pela nave, em direção ao carro funerário, que aguardava do lado de fora. Quando as pessoas saíram em fila da igreja, Jane não se mexeu. Permaneceu no assento, imaginando a última jornada de Maura. O percurso solene até o crematório. A descida até as chamas. A transformação final dos ossos em cinzas.

Não acredito que nunca mais vou te ver.

Ela sentiu o celular vibrando. Durante a cerimônia, Jane havia desligado a campainha, e a vibração súbita contra o cinto foi como um lembrete inesperado de que o dever ainda requeria sua atenção.

A chamada era de um código de área de Wyoming.

— Detetive Rizzoli — atendeu ela, em voz baixa.

Era a voz de Queenan na linha.

— O nome Elaine Salinger significa alguma coisa para você? — perguntou ele.

— Deveria?

— Então nunca ouviu esse nome antes.

Ela suspirou.

— Eu estou no funeral de Maura. Acho que não estou conseguindo entender realmente o motivo dessa ligação.

— Uma mulher chamada Elaine Salinger acaba de ser dada como desaparecida. Devia ter voltado ao trabalho em San Diego ontem, mas parece que não voltou das férias. E não embarcou no voo para casa, que saía de Jackson Hole.

San Diego. Douglas Comley era de San Diego também.

— Parece que todos se conheciam — continuou Queenan. — Elaine Salinger, Arlo Zielinski e Douglas Comley. Eram amigos, e todos tinham reserva no mesmo voo.

Jane ouviu as próprias batidas do coração reverberando nos ouvidos. Uma imagem voltou-lhe de súbito, a do cartão de embarque rasgado, que pegara no barranco. O pedaço de papel com o fragmento contendo o nome do passageiro: *inger.*

Salinger.

— Como era essa mulher? — indagou ela. — Idade, altura?

— Foi exatamente isso o que fiquei tentando descobrir nessa última hora. Elaine Salinger tem 39 anos. Um metro e setenta. Cinquenta e cinco quilos. E era morena.

Jane deu um pulo e ficou de pé. A igreja ainda não havia esvaziado, e ela teve que empurrar os últimos retardatários quando saiu correndo pela nave, em direção à saída.

— Parem tudo! — gritou.

Gabriel se virou para ela.

— Jane?

— Qual o nome do crematório? Alguém sabe?

Sansone olhou para ela, perplexo.

— Eu cuidei de tudo. Qual é o problema, detetive?

— Ligue para eles, *agora*. Diga-lhes que o corpo não pode ser cremado.

— Por que não?

— Porque tem de ir para o Departamento de Medicina Legal.

O Dr. Abe Bristol olhou para o cadáver sob o tecido, mas não esboçou nenhuma tentativa de descobri-lo. Para um homem que passava a semana abrindo corpos sem vida, parecia abalado diante da perspectiva de retirar o lençol. A maioria das pessoas na sala era composta de veteranos de múltiplas cenas de morte; ainda assim, pareciam todos amedrontados com o que havia debaixo do tecido. Até então, apenas Yoshima tinha posto os olhos no corpo, quando tirara a radiografia, após a chegada. Agora, estava distanciado da mesa, como se tão traumatizado que não queria mais ter nada a ver com aquilo.

— Esta é uma necropsia que eu realmente não queria fazer — disse Bristol.

— Alguém tem que ver esse corpo e nos dar uma resposta definitiva.

— O problema é que não tenho certeza de que a resposta vá ser do nosso agrado.

— Você nem olhou para ela ainda.

— Mas posso ver a radiografia — insistiu ele, apontando para as chapas do crânio, da coluna e da pélvis que Yoshima havia prendido na caixa de luz. — E dizer a você que eles são totalmente compatíveis com os de uma mulher da altura e da idade de Maura. E essas fraturas são as que se encontram num passageiro sem cinto de segurança.

— Maura sempre usou cinto de segurança — interpôs Jane. — Era obsessiva em relação a isso. Você sabe como ela era. — *Era. Não consigo parar de usar o verbo no passado. Não consigo acreditar completamente que esse exame vá mudar alguma coisa.*

— É verdade — concordou Bristol. — Não usar cinto de segurança não era do feitio dela.

Ele pôs as luvas e, com relutância, foi puxando o lençol.

Antes mesmo de ver o corpo, Jane recuou, pondo a mão no nariz contra o cheiro de carne queimada. Com ânsia de vômito, virou-se e viu o rosto de Gabriel. Ele ao menos parecia estar se segurando, mas não havia como não perceber o olhar de horror em seu rosto. Ela se forçou a se voltar para a mesa. E ver o corpo que tinham acreditado ser o de Maura.

Não era a primeira vez que Jane via restos carbonizados. Certa vez, assistira a uma necropsia de três vítimas de incêndio, duas crianças e a mãe. Lembrava-se dos cadáveres sobre as mesas, os membros retorcidos, os braços apontados para a frente, como boxeadores ansiosos por lutar. A mulher que via agora estava imobilizada na mesma posição pugilística, os tendões contraídos pelo calor intenso.

Jane deu um passo mais para perto e olhou para o que deveria ter sido um rosto. Tentou ver algo — qualquer coisa — familiar, mas tudo que viu foi uma máscara irreconhecível de carne carbonizada.

Alguém arquejou de surpresa atrás dela. Jane se virou e viu a secretária de Maura, Louise, parada na porta. Ela raramente se aventurava a ir à sala de necropsias, e era uma surpresa vê-la ali, já no final do dia. Vestia um casaco de inverno, e o cabelo grisalho, despenteado pelo vento, brilhava com flocos de neve derretidos.

— Acho que você não vai querer chegar mais perto, Louise — alertou Bristol.

Porém era tarde demais. Louise já havia tido um vislumbre do corpo e estava paralisada, aterrorizada demais para dar outro passo para dentro da sala.

— Dr.... Dr. Bristol...

— O que é?

— O senhor me perguntou sobre o dentista a que a Dra. Isles ia. De repente, me lembrei de que ela uma vez pediu que eu marcasse uma hora. Então procurei na agenda. Foi há mais ou menos seis meses.

— Você encontrou o nome do dentista?

— Melhor ainda — anunciou Louise, estendendo um envelope de papel pardo. — Estou com a radiografia. Quando expliquei a ele por que precisávamos dela, me disse que passasse lá imediatamente e as pegasse.

Bristol atravessou a sala a passos rápidos e arrancou o envelope das mãos de Louise. Yoshima já estava retirando apressadamente da caixa de luz as radiografias do crânio, arrancando-as dos clipes, fazendo as chapas tremerem com ruído, a fim de dar espaço para as outras.

Bristol retirou as radiografias dentárias do envelope. Não eram panorâmicas feitas pelo necrotério, mas pequenas chapas, que pareciam miniaturas nas mãos roliças dele. Quando as prendeu na caixa, Jane discerniu o nome da paciente na etiqueta.

Isles, Maura.

— Essas chapas foram tiradas nos últimos três anos — observou Bristol. — E temos o suficiente aqui para fazer uma identificação. Coroas de ouro nos molares inferiores esquerdo e direito. Uma antiga raiz com canal tratado aqui...

— Eu fiz chapas da arcada — interrompeu Yoshima, mexendo nas radiografias que havia tirado do cadáver queimado. — Aqui — acrescentou ele, colocando as chapas contra a caixa de luz, bem ao lado das radiografias dos dentes de Maura.

Todos se aproximaram. Por um momento, ninguém disse uma palavra, enquanto os olhares iam de um lado a outro, entre os dois grupos de radiografias.

— Acho que está muito claro — disse Bristol então, virando-se para Jane. — O corpo nessa mesa não é o de Maura.

Um suspiro de alívio exalou dos pulmões de Jane. Yoshima se apoiou contra um balcão, como se ele se sentisse fraco demais para ficar em pé.

— Se esse corpo é o de Elaine Salinger — falou Gabriel —, então continuamos com a mesma pergunta de antes. Onde está Maura?

Jane pegou o celular e fez uma ligação.

Após três toques, uma voz respondeu:

— Detetive Queenan.

— Maura Isles continua desaparecida — avisou ela. — Estamos voltando para Wyoming.

23

Maura acordou com o crepitar de madeira queimando. A luz do fogo dançava através de suas pálpebras fechadas, e ela farejava a doçura de melaço com toucinho, o aroma de feijão com porco, borbulhando sobre o fogo de acampamento. Embora permanecesse totalmente imóvel, seu captor sentiu que ela não estava mais adormecida.

— É melhor comer — grunhiu ele, empurrando uma colherada de feijão em sua direção.

Ela rejeitou, nauseada com o cheiro.

— Por que você está fazendo isso? — murmurou ela.

— Tentando manter você viva.

— Tem um homem no vilarejo. Ele precisa ir para o hospital. Você tem que me deixar ajudá-lo.

— Você não pode.

— Me desamarre. *Por favor*.

— Você vai fugir — disse ele, desistindo de forçá-la a comer e enfiando a colher na própria boca.

Ela olhou para o rosto que a contemplava fixamente. Contra a luz do fogo, seus traços eram invisíveis. Tudo que via era o contorno da cabeça, enorme no capuz forrado de pele. Em algum lugar na escuridão, um cachorro gania e arranhava o chão com as patas. O animal se aproximou, e ela sentiu seu hálito quente, junto a uma lambida no rosto. Era um cão grande, de silhueta peluda, como a de um lobo e, embora parecesse amigável, ela se retraiu diante de suas atenções.

— Urso gosta de você. Ele não é de gostar muito das pessoas.

— Talvez esteja lhe dizendo que estou bem — sugeriu ela. — E que você deve me deixar ir.

— Muito cedo ainda — rebateu ele, virando-se e se aproximando do fogo.

Pegando feijão na panela, ele enfiava colheradas na boca, com uma fome animal. Envolto pela fumaça, parecia uma criatura primitiva, agachada à luz da fogueira de um antigo acampamento.

— O que você quer dizer com é muito cedo ainda? — perguntou ela.

Ele continuou a comer, sugando a colher ruidosamente, completamente concentrado em encher a barriga. Era um animal cheirando a suor e fumaça, tão civilizado quanto o cão. Os pulsos dela se encontravam esfolados, em razão das cordas que os amarravam, e o cabelo estava despenteado e infestado de pulgas. Durante dias, Maura estivera respirando com dificuldade e tossindo, em meio à fumaça densa que pairava no abrigo. Estava sufocando ali dentro, enquanto aquela criatura imunda se encontrava calmamente sentada, enfiando comida na boca, indiferente a se estava viva ou morta.

— Vá se danar! Me. Deixe. *Ir*.

O cachorro rosnou baixo e foi para o lado do dono.

A figura agachada junto ao fogo se voltou vagarosamente em sua direção, e, na penumbra sem traços que era seu rosto, ela imaginou males mais assustadores ainda porque não podia vê-los. Em silêncio, ele remexeu a mochila. Quando Maura viu o que tirou, ficou paralisada. O reflexo do fogo reluziu na lâmina e lançou ondulações de sombra ao longo do serrilhado. Uma faca de caçador. Ela já havia visto, na mesa de necropsia, o que uma arma daquelas era capaz de fazer à carne humana. Havia examinado a pele cortada, usado uma régua para medir os ferimentos, que dilaceravam músculos, tendões e às vezes até mesmo ossos. Ela olhou para a lâmina apontada para si e se encolheu quando ele abaixou a faca.

Com um golpe súbito, ele cortou a corda que lhe atava os pulsos e depois liberou os tornozelos. O sangue correu-lhe para as mãos. Ela se arrastou para longe, refugiando-se num canto escuro. Ali tentou se aconchegar, respirando com dificuldade, o coração martelando por causa da falta de exercício. Durante dias estivera amarrada, só recebendo permissão para ficar de pé quando precisava usar o balde. Agora, sentia-se tonta e fraca, e o abrigo parecia balançar como um navio em alto-mar.

Ele se aproximou e ficou bem em frente a ela, que pôde sentir o cheiro desagradável de lã úmida. Até aquele momento, seu rosto estivera sempre obscurecido pela penumbra. Agora conseguia divisar faces chupadas, sujas de fuligem, e uma mandíbula sem barba. Olhos famintos e encovados. Maura olhou para aquele rosto descarnado e fez uma descoberta espantosa: tratava-se de um garoto, de 16 anos no máximo, mas de tamanho e força suficientes para cortá-la toda com um golpe de faca.

O cão se moveu para mais perto do dono e foi recompensado com um tapinha na cabeça. Garoto e animal olharam-na fixamente, contemplando aquela criatura estranha que haviam capturado na estrada.

— Você tem que me deixar ir — pediu Maura. — Vão procurar por mim.

— Não mais — respondeu o garoto, enfiando a faca no cinto e voltando para perto do fogo, que estava morrendo.

O frio já havia começado a penetrar no abrigo. Ele jogou outro pedaço de lenha, e as chamas reviveram no círculo de pedras. Quando o fogo se tornou brilhante, ela pôde discernir mais detalhes da choupana na qual estava aprisionada. *Há quantos dias estou aqui?* Não sabia. Não havia janelas, e Maura não podia ver se era dia ou noite lá fora. As paredes eram feitas de toras rudemente cortadas, calafetadas com barro seco. Um catre de galhos finos, forrado com cobertores, servia-lhe de cama. No fogo, tinha apenas uma panela e latas de comida, empilhadas numa pirâmide ordenada. Ela viu um pote de manteiga de amendoim familiar; o mesmo que trouxera na mochila.

— Por que você está fazendo isso? — perguntou. — O que você quer de mim?

— Estou tentando ajudar você.

— Me arrastando para cá? Me mantendo prisioneira? — questionou, sem conseguir reprimir um sorriso de desdém. — Você é *louco*?

Seus olhos se contraíram num olhar tão sombrio e penetrante que ela se perguntou se teria ido longe demais.

— Eu salvei a sua vida — falou ele.

— As pessoas vão procurar por mim. E vão continuar fazendo buscas, pelo tempo que for necessário. Se você não me deixar ir...

— Ninguém está procurando pela senhora. Porque já está morta.

Suas palavras, ditas com tanta tranquilidade, gelaram-na até a medula. *Porque já está morta.* Por um momento terrível, desorientador, ela pensou que talvez fosse verdade, que *estava* morta. Que aquele era o seu inferno, castigo, ficar presa para sempre naquele descampado, escuro e gélido, sua própria criação, com aquela estranha companhia, metade garoto, metade homem. Ele observava seu estado de confusão com uma imobilidade sinistra, sem dizer nada.

— Como assim? — sussurrou ela.

— Eles encontraram o seu corpo.

— Mas eu estou aqui. *Viva.*

— Não é o que a rádio disse — falou ele, lançando mais uma acha no fogo.

As chamas se ergueram, enchendo o abrigo de fumaça e fazendo seus olhos se encherem de água. A garganta ardia. Depois, ele foi até um canto, onde se agachou junto a uma pilha desordenada de roupas e mochilas. Remexendo-a, pegou um pequeno rádio. Ligou-o e uma música metálica fez-se ouvir, em meio à estática. Uma música country, na voz de uma mulher, lamentando-se sobre amor e traição. Ele passou-lhe o rádio.

— Espere pelas notícias.

Contudo, o olhar dela se encontrava fixo sobre a pilha de pertences ao canto. Viu a própria mochila, a que usava quando fez a última caminhada para fora do vale. E viu outra coisa que a tomou de espanto.

— Você pegou a bolsa de Elaine — acusou ela. — É um ladrão.

— Queria saber quem estava no vale.

— As pegadas de sapatos para neve eram suas. Você estava nos observando.

— Eu estava esperando alguém voltar. Aí vi o fogo de vocês.

— Por que você não veio falar conosco? Por que ficou em volta espreitando?

— Eu não sabia se vocês eram gente dele. Alguns deles.

— Quem?

— A Assembleia — respondeu ele, em voz baixa.

Ela se lembrou das palavras gravadas em dourado na Bíblia com capa de couro. *Palavras de nosso profeta. A sabedoria da Assembleia.* E se recordou também do retrato pendurado em cada casa. Gente dele, o garoto dissera. Do profeta.

A música country terminou. O garoto se voltou para o rádio quando a voz do locutor surgiu.

— Mais detalhes estão chegando sobre o terrível acidente em Skyview Road. Quatro turistas morreram, semana passada, quando seu Suburban alugado derrapou, despencando num barranco de 15 metros de altura. Os nomes das vítimas já foram identificados e são: Arlo Zielinski e o Dr. Douglas Comley, de San Diego, além da filha de 13 anos do Dr. Comley, Grace. A quarta vítima era a Dra. Maura Isles, de Boston. Os dois médicos estavam na cidade para participar de um congresso. As estradas congeladas e a visibilidade fraca, durante a nevasca do último sábado, podem ter sido uma das causas.

O garoto desligou o rádio.

— É você, não? A médica de Boston? — perguntou ele, enfiando a mão na mochila dela e tirando sua carteira.

— Não entendo — murmurou ela. — Houve algum mal-entendido terrível. Eles não estão mortos. Estavam vivos quando os deixei. Grace, Elaine e Arlo estão *vivos*.

— Eles acham que ela é você — esclareceu o garoto, apontando para a bolsa de Elaine.

— Nunca houve acidente nenhum! E Doug saiu de esqui dias antes!

— Ele não conseguiu.

— Como você sabe?

— Você ouviu o que o rádio disse. Pegaram ele antes que descesse a montanha. Ninguém conseguiu sobreviver, a não ser você. E isso só porque não estava lá quando eles chegaram.

— Mas eles estavam indo nos *resgatar*! Tinha uma escavadeira. Eu ouvi, subindo a estrada. Um pouco antes de você...

Subitamente tonta, deixou a cabeça cair entre os joelhos. *Isso está errado, tudo errado*. O garoto estava mentindo para ela. Confundindo-a, assustando-a, para que ficasse com ele. Mas como poderia o rádio estar errado também? Um acidente com um Suburban e quatro pessoas mortas, a notícia tinha dito.

Uma das vítimas era a Dra. Maura Isles, de Boston.

Sua cabeça latejava, resultado do golpe que o garoto lhe dera no crânio para silenciá-la. A última lembrança que tinha, antes dessa pancada, era da mão dele sobre sua boca, apertando-a, enquanto ela espernava e chutava, quando ele começou a arrastá-la para fora da estrada, para longe do brilho do sol, em direção à sombra das folhagens.

Ali, na floresta, a lembrança terminava abruptamente.

Maura apertou as têmporas com as mãos, tentando pensar em meio à dor, entender tudo que havia ouvido. *Devo estar tendo alucinações*, ponderou. *Talvez ele tenha me batido com força suficiente* para romper um vaso e meu cérebro esteja sendo aos poucos invadido pelo sangue de uma hemorragia. É por isso que nada disso faz sentido. Preciso me concentrar. Preciso ter atenção no que *faço* agora, no que estou absolutamente certa de que é verdade. Sei que estou viva, que Elaine e Grace não morreram num acidente de carro. O rádio está enganado. O garoto está mentindo.

Pouco a pouco, tentou se erguer. O garoto e o cão a observavam enquanto tentava se levantar, vacilante como um bezerro recém-nascido. Eram apenas alguns passos até a porta rústica, mas após dias de confinamento as pernas estavam fracas e sem firmeza. Se tentasse fugir, sabia que não conseguiria ser mais rápida que eles.

— Quer realmente ir embora?

— Você não pode me manter presa.

— Se for, eles vão encontrar você.

— Mas você não vai me impedir?

Ele suspirou.

— Não posso, senhora. Se não quer ser salva — alegou ele, olhando para o cachorro, como se buscasse conforto nele.

Sentindo a agonia do dono, o animal ganiu e lambeu a mão do garoto.

Ela avançou lentamente para a porta, meio que esperando o garoto puxá-la de volta. Ele permaneceu imóvel quando Maura abriu e saiu para a noite negra. Levou um tombo na neve que lhe subia até as coxas. Voltando com sacrifício a ficar de pé, viu-se diante da escuridão total da floresta. Atrás de si, o fogo brilhava convidativamente pela porta aberta. Virando-se, viu o garoto de pé observando-a, a luz do fogo destacando-lhe a silhueta dos ombros. Olhou para a frente de novo, para as árvores. Deu dois passos adiante e parou. *Não sei onde estou nem para onde vou. Não sei quem espera por mim nesta floresta.* Não via estrada, nenhum veículo, apenas as árvores claustrofóbicas que cercavam aquela cabana miserável. Kingdom Come devia ser alcançável a pé dali. A que distância conseguiria um garoto malnutrido arrastar seu corpo inconsciente?

— São 50 quilômetros até a cidade mais próxima — avisou ele.

— Vou voltar para o vale. É onde vão me procurar.

— Vai se perder antes de chegar lá.

— Tenho que encontrar meus amigos.

— Na escuridão?

Ela olhou em volta, para as árvores e a escuridão.

— Onde eu estou? — perguntou, frustrada.

— Em segurança, senhora.

Ela o encarou. Mais firme então, moveu-se em direção a ele, dizendo a si mesma que se tratava apenas de um garoto, e não um homem. Isso o fez parecer menos ameaçador.

— Quem é você? — indagou Maura.

Ele permaneceu em silêncio.

— Não vai me dizer o seu nome?

— Não importa.

— O que você faz aqui sozinho? Não tem família?

O garoto respirou fundo e soltou um grande suspiro.

— Gostaria de saber onde eles estão.

Maura piscou quando o vento jogou-lhe neve nos olhos. Olhou para cima quando os flocos começaram a cair, finos como poeira, espetando o rosto. O cachorro saiu da choupana e veio lamber a mão nua de Maura. Sua língua deixou trilhas de umidade, que molharam e gelaram-lhe a pele. Ele parecia estar pedindo para ser acariciado, e ela pôs então a mão no pelo grosso.

— Se a senhora quer morrer congelada aí fora — disse o garoto —, não posso impedir. Mas eu vou entrar — concluiu ele, olhando para o cão. — Vem, Urso.

O animal continuou imóvel. Maura sentiu que o pelo do pescoço se eriçava de súbito, enquanto cada músculo do corpo parecia se esticar. Virando-se para as árvores, Urso soltou um rosnado baixo, que fez um arrepio percorrer a espinha de Maura.

— Urso? — chamou o garoto.
— O que foi? — perguntou ela. — Por que ele está assim?
— Não sei.

Os dois contemplaram a noite, tentando descobrir o que assustara o animal. Ouviram o vento, o farfalhar dos galhos, mas nada além disso.

O garoto começou a colocar um par de sapatos para neve.

— Vá para dentro — comandou ele, caminhando depois com o cachorro, em direção à floresta.

Maura hesitou apenas durante uns poucos instantes. Se demorasse mais, ficaria muito distante para localizá-los na escuridão. Com o coração aos pulos, seguiu-os.

A princípio, não pôde vê-los, mas ouvia o barulho dos sapatos na neve e o cachorro roçando nos arbustos. À medida que se aprofundava na floresta, que os olhos se adaptavam às trevas, começou a distinguir mais detalhes. Os enormes troncos dos pinheiros. E as duas figuras seguindo em frente; o garoto pisando propositalmente forte e o cachorro pulando para evitar a neve profunda. Entre as árvores adiante, viu algo mais: uma luz fraca, de um laranja esmaecido, em meio à neve que caía.

Sentiu cheiro de fumaça.

As pernas estavam moles pelo esforço de se manter em pé, mas continuava se arrastando, na dianteira, com medo de ficar para trás, vagando perdida. O garoto e o cachorro pareciam incansáveis e se mantinham em movimento, percorrendo o que parecia uma distância interminável, à medida que ia ficando mais para trás. Mas não os perderia agora, porque via para onde se dirigiam. Estavam todos sendo atraídos para aquela luz cada vez mais brilhante.

Quando conseguiu por fim emparelhar com eles, o garoto parecia imóvel, de costas para ela, com o olhar fixo no vale.

Lá embaixo, o vilarejo de Kingdom Come se encontrava em chamas.

— Meu Deus — murmurou Maura. — O que aconteceu?

— Eles voltaram. Eu sabia que voltariam.

Ela contemplou as fileiras gêmeas de chamas, metódicas e regulares como acampamentos militares. Isso não foi acidental, pensou ela. Esse fogaréu não se espalhou de telhado a telhado. Alguém incendiou as casas deliberadamente.

O garoto foi até a beira do penhasco, tão perto que, durante um momento de pânico, Maura achou que ele iria pular, mas ficou apenas olhando para baixo, hipnotizado com a destruição de Kingdom Come. O poder sedutor do fogo também capturou seu olhar. Imaginou as chamas lambendo as paredes da casa onde havia se abrigado, transformando tudo em cinzas. Flocos de neve caíam, derretendo-se em suas faces e misturando-se às lágrimas, por Doug, Arlo, Elaine e Grace. Só então, assistindo ao fogo queimar tudo, acreditou de fato que estavam mortos.

— Por que matá-los? — sussurrou ela. — Grace tinha só 13 anos, uma menina. *Por quê?*

— Eles fazem tudo o que ele quer.

— Tudo que *quem* quer?

— Jeremiah. O Profeta. — Na voz do garoto, a alcunha soava mais como uma maldição que um nome.

— O homem da foto — concluiu ela.

— E ele vai reunir os justos. E levá-los para o *inferno* — disse ele, tirando da cabeça o capuz forrado de pele.

Maura pôde ver-lhe o perfil na penumbra, as mandíbulas cerradas de ódio.

— De quem eram aquelas casas? — perguntou ela. — Quem vivia em Kingdom Come?

— Minha mãe. Minha irmã — respondeu, baixando a voz e a cabeça, em luto por um vilarejo que se encontrava agora tomado pelas chamas. — Os escolhidos.

24

Quando Jane, Gabriel e Sansone pararam no local do acidente, encontraram a equipe de buscas já esperando por eles, no acostamento. Jane reconheceu o xerife Fahey e o subxerife, Martineau, além de Montgomery Loftus, o velho excêntrico, dono da terra, que saudou os recém-chegados com um aceno de cabeça mal-humorado. Pelo menos dessa vez não estava segurando nenhum rifle.

— Vocês trouxeram os pertences? — perguntou Fahey.

Jane mostrou uma mochila.

— Pegamos algumas coisas na casa dela. Fronhas e peças que estavam no cesto de roupa suja. Deve ser o suficiente para eles sentirem o cheiro.

— Podemos ficar com elas?

— Claro. Pelo tempo que for preciso para encontrá-la.

— Este é o local lógico para se começar — disse Fahey, entregando a mochila ao policial Martineau. — Se ela conseguiu sobreviver ao acidente e saiu por aí, eles podem conseguir farejá-la lá embaixo.

Jane e Gabriel foram até a beira da estrada e olharam para o barranco. O Suburban acidentado ainda estava lá, a superfície carbonizada agora coberta de neve. Ela não imaginava como alguém poderia ter sobrevivido àquele acidente, muito menos se afastado do local.

No entanto, a bagagem de Maura estivera naquele veículo, de forma que era apenas uma questão de lógica imaginar que ela realmente estava no malfadado utilitário quando ele despencou pelo barranco. Jane tentou visualizar como aquele milagre de sobrevivência podia ter acontecido. Talvez Maura tivesse sido jogada para fora do veículo antes e caído sobre neve macia, salvando-se da incineração. Outra possibilidade seria que houvesse se afastado do local do acidente, aturdida e com amnésia. Jane examinava o terreno acidentado e sentia pouco otimismo quanto a encontrarem-na com vida. Fora por isso que não avisara Daniel Brophy sobre o retorno a Wyoming. Mesmo que tivesse conseguido transpor o muro de isolamento que o protegia agora, não podia lhe oferecer nenhuma esperança de um resultado diferente ou alguma possibilidade de que aquela busca fosse modificar a resposta final. Se Maura se encontrava naquele Suburban, provavelmente estaria morta. E tudo que lhes restava fazer era encontrar o corpo.

Os cães e a equipe de busca deram início à descida ao local do acidente, parando a cada dezena de metros, enquanto os animais farejavam a área, buscando o cheiro que haviam sido preparados para seguir. Sansone desceu com eles, mas se manteve à parte, como se ciente de que, para a equipe, era um estranho. E não era de admirar que pensassem assim. Ele era um homem de poucos sorrisos, uma figura sombria e inacessível, para quem tragédias passadas pareciam caber como luvas.

— Esse cara também é padre?

Jane se virou e viu Loftus parado a seu lado, de cara amarrada diante dos invasores de sua propriedade.

— Não, é só um amigo — explicou ela.

— O policial Martineau me disse que vocês vieram com um padre da última vez. E agora, esse camarada — resmungou Loftus. — Que amigos interessantes ela tinha.

— Maura era uma pessoa muito interessante.

— Imagino. Mas todos nós acabamos do mesmo jeito — falou ele, entortando a aba do chapéu para baixo, cumprimentando-os com a cabeça e encaminhando-se de volta à picape.

Jane e Gabriel ficaram a sós na beira da estrada.

— Vai ser duro para ele quando encontrarem o corpo — comentou Gabriel, olhando para Sansone lá embaixo.

— Você acha que ela está lá.

— Temos de estar preparados para o inevitável — afirmou ele, observando Sansone descer cada vez mais o barranco. — Ele é apaixonado por ela, não?

Ela deu um sorriso triste:

— Você acha?

— Sejam quais forem as razões de ele estar aqui, fico feliz que tenha vindo. Ele tem tornado as coisas bem mais fáceis.

— O dinheiro em geral torna.

O jato particular de Sansone os levara direto de Boston a Jackson Hole, poupando-os do incômodo de ter que fazer reservas, esperar em filas de segurança e preencher a papelada toda para despachar as armas. Sim, o dinheiro facilitava as coisas. Mas não faz ninguém mais feliz, pensou ela, olhando para Sansone lá embaixo, que parecia sombrio como se estivesse num enterro, ao lado do Suburban destroçado.

A equipe de busca dava voltas em torno do veículo, em círculos cada vez mais amplos, sem se importar mais com os cães farejadores. Quando, por fim, Martineau e Fahey começaram a subir de volta a trilha, carregando a mochila com os pertences de Maura, Jane soube que haviam desistido.

— Não farejaram nada? — perguntou Gabriel, quando os dois homens surgiram na estrada, ofegantes.

— Nem um sopro — respondeu Martineau, jogando a mochila dentro do carro e batendo a porta.

— Vocês acham que isso é porque já se passou muito tempo? — indagou Jane. — Talvez o cheiro dela tenha se dissipado.

— Um daqueles cães é treinado para encontrar cadáveres, e não sinalizou nada também. O treinador diz que o problema é o fogo. O cheiro de gasolina e fumaça é demais para o olfato deles. E tem também a neve grossa — esclareceu ele, olhando para a equipe de busca, que começava a subir. — Se ela está lá embaixo, acho que só vamos encontrá-la na primavera.

— Vocês estão desistindo? — perguntou Jane.

— O que podemos fazer? Os cães não estão encontrando nada.

— Então vamos deixar o corpo dela lá? Onde os animais de rapina podem consumi-lo?

Fahey reagiu, para sua consternação, com um suspiro de cansaço.

— Onde sugere que a gente comece a cavar? Aponte o local e nós começamos. Mas você tem que aceitar o fato de que agora se trata de uma recuperação, e não mais de um resgate. Mesmo que ela tenha sobrevivido ao acidente, não sobreviveria à intempérie, depois desse tempo todo.

A equipe de busca alcançou a estrada, e Jane viu rostos corados, expressões de desânimo. Os cães pareciam igualmente abatidos, com os rabos imóveis.

O último a regressar foi Sansone, e parecia o mais sombrio de todos.

— Eles não procuraram tempo suficiente — reclamou ele.

— Mesmo que os cães a tivessem localizado — observou Fahey, em voz baixa —, isso não alteraria o resultado.

— Mas pelo menos saberíamos. Teríamos um corpo para enterrar — argumentou Sansone.

— Eu sei que isso é uma coisa difícil de aceitar, não ter um fechamento. Mas aqui, meu senhor, às vezes é assim. Caçadores sofrem ataques do coração. Andarilhos se perdem. Aviões pequenos caem. Às vezes não encontramos corpos por meses, até anos. A Mãe Natureza é quem decide entregá-los a nós — disse Fahey, olhando para cima, enquanto a neve começava a cair novamente, seca e em pó, feito talco. — E ela ainda não está disposta a nos entregar esse corpo. Não hoje.

Ele tinha 16 anos, nascido e criado em Wyoming, e seu nome era Julian Henry Perkins. Todavia, só os adultos — professores, pais adotivos e assistentes sociais — o chamavam assim. Na escola, num dia bom, os colegas chamavam-no de Julie-Ann. Num dia ruim, Annie Babaca. Odiava seu nome, mas fora o que a mãe tinha escolhido para ele, após ter visto um filme cujo herói se chamava Julian. Era típico dela, sempre fazendo alguma coisa maluca, como dar ao filho um nome que ninguém tinha. Ou largar Julian e a irmã com o avô e fugir com um baterista. Ou, dez anos depois, reaparecer de repente para reivindicar as crianças, após ter descoberto o verdadeiro significado da vida, com um profeta chamado Jeremiah Goode.

O garoto contou isso tudo a Maura, enquanto desciam vagarosamente a rampa, com o cachorro atrás, ofegando. Um dia se passara desde que haviam assistido às chamas consumindo Kingdom Come; só então ele sentiu que era seguro descer até o vale. Ela havia amarrado nas botas um par improvisado de sapatos para neve, que Julian confeccionara usando ferramentas coletadas em casas, convenientemente destrancadas, na cidade de Pinedale. Ela pensou em apontar que aquilo era roubo, e não "coleta", mas achou que ele não apreciaria a diferença.

— Então como você quer ser chamado, visto que não gosta do nome Julian? — perguntou Maura, enquanto caminhavam para Kingdom Come.

— Qualquer coisa.

— A maioria das pessoas se importa como é chamada.

— Eu não vejo por que as pessoas precisam de nomes.

— É por isso que você fica me chamando de *senhora*?

— Os animais não usam nomes e se entendem muito bem. Melhor que a maioria das pessoas.

— Mas eu não posso ficar te chamando de *ei, você*.

Eles continuaram caminhando por um tempo, os sapatos para neve rangendo, o garoto seguindo à frente. Ele era uma figura triste, locomovendo-se através daquela paisagem branca, o cachorro bufando atrás. E ali estava ela, seguindo de livre e espontânea vontade aquelas duas criaturas selvagens e imundas. Talvez fosse a síndrome de estocolmo; por alguma razão, havia descartado qualquer ideia de fugir do garoto. Dependia dele para se alimentar e se abrigar, e, exceto pelo golpe inicial na cabeça, no primeiro dia, quando ele ficou fora de si para mantê-la quieta, não a machucava. Na verdade, nunca fizera um movimento para tocá-la. Assim, ela se adaptara ao cauteloso papel de meio prisioneira, meio hóspede, e, nessa condição, seguia-o até o vale.

— Rato — disse ele, de repente, virando-se para trás.

— O quê?

— É assim que a minha irmã Carrie me chama.

— Não é um apelido muito agradável.

— Tudo bem. É daquele filme, sobre o rato que cozinha.

— *Ratatouille*?

— É. Nosso avô levou a gente para ver. Gostei do filme.

— Eu também — falou Maura.

— Ela começou a me chamar de Rato, porque às vezes eu preparava o café da manhã. Mas ela era a única que me chamava assim. É um nome secreto.

— Então imagino que eu não tenha permissão para usá-lo.

Ele continuou andando por um momento, fazendo barulho com os sapatos para neve, enquanto percorriam o declive. Após longo silêncio, parou e olhou para trás, como se, após muita consideração, tivesse finalmente tomado uma decisão.

— Acho que você também pode — decidiu ele, e depois continuou a andar. — Mas não pode contar para ninguém.

Um garoto chamado Rato e um cachorro chamado Urso. Certo.

Ela estava começando a se acostumar com sapatos para neve, movimentando-se com mais facilidade, mas ainda se esforçando a fim de se manter ao lado do garoto e seu cão.

— Então sua mãe e sua irmã moravam aqui, no vale. E o seu pai? — perguntou ela.

— Morreu.

— Sinto muito.

— Morreu quando eu tinha 4 anos.

— E onde está seu avô?

— Morreu ano passado.

— Sinto muito — repetiu ela, automaticamente.

Ele parou e olhou para trás.

— Não precisa ficar dizendo isso.

Mas eu sinto muito, pensou ela, olhando para sua figura solitária, de pé contra o imenso fundo branco. Sinto muito que os homens que amaram você tenham partido, que sua mãe pareça entrar e sair da sua vida toda vez que convém a ela e que o único ser com quem você pode contar, que está sempre a seu lado, tenha quatro patas e um rabo.

Eles se aprofundaram mais no vale, entrando na zona de destruição. Desde o alto, vinham sentindo no ar o cheiro das construções queimadas. A cada passo que davam, os danos pareciam mais aterrorizantes. Todas as casas haviam sido reduzidas a ruínas enegrecidas. O vilarejo se encontrava num estado de devastação como se conquistadores o tivessem arrasado, com o propósito de eliminá-lo da face da terra. A não ser pelo ranger dos sapatos para neve e pelo som de sua respiração, o mundo estava em silêncio.

Eles pararam ao lado dos restos da casa onde Maura e os companheiros haviam se abrigado. Lágrimas, de repente, embaçaram-lhe a visão, quando contemplou a madeira carbonizada e o vidro estilhaçado. Rato e Urso percorreram a fileira de casas queimadas, mas

Maura permaneceu onde estava e, naquele silêncio, sentiu a presença de fantasmas. Grace e Elaine, Arlo e Douglas, pessoas de quem não havia gostado particularmente, mas com as quais criara um elo. Elas ainda pairavam ali, murmurando advertências das ruínas. *Saia deste lugar. Enquanto você pode.* Olhando para baixo, viu marcas de pneus. Provas do incêndio criminoso. Enquanto o fogo devastava, derretendo a neve, um utilitário deixara o registro de sua passagem, gravado na lama agora congelada.

Ela ouviu um grito aflito e se virou assustada. Rato tinha caído de joelhos ao lado de uma das ruínas queimadas. Quando caminhou em sua direção, viu que apertava algo com as mãos, algo que parecia um rosário.

— Ela nunca deixaria isso!

— E o que é isso, Rato?

— É de Carrie. Vovô deu de presente e ela *nunca* tirava — contou ele, abrindo vagarosamente a mão e revelando um pingente, em forma de coração, ainda preso a uma corrente de ouro quebrada.

— É da sua irmã?

— Tem alguma coisa errada. Está tudo *errado* — falou ele, ficando de pé, agitado, e começando a cavar os restos carbonizados da casa.

— O que você está fazendo?

— Essa era a nossa casa. De mamãe e Carrie — disse ele, remexendo as cinzas.

Logo, suas luvas estavam negras de fuligem.

— Esse pingente não parece ter estado no fogo, Rato.

— Eu encontrei na estrada. Como se ela tivesse deixado cair lá — explicou o garoto, pegando um pedaço de madeira queimado e, com um grunhido de aflição, virando-o de lado, espalhando cinzas.

Ela olhou para o chão, que era agora lama pura, após o calor do fogo ter derretido a cobertura de neve. O pingente poderia estar ali há dias, pensou Maura. O que mais a neve escondera deles? Enquanto Rato continuava a atacar as ruínas da casa da família, chutando tábuas carbonizadas, em busca de pertences da mãe e da irmã, Maura examinava o pingente de Carrie, tentando entender como algo que era tão estimado podia terminar abandonado sob a neve. Lembrava-se do que haviam encontrado dentro daquelas casas. As refeições intactas, o canário morto.

E o sangue. A poça no pé da escada, congelada sobre as tábuas do chão, depois de o corpo ter sido removido. Aquelas famílias não haviam simplesmente ido embora, pensou ela. Saíram de casa com tanta pressa que refeições ficaram para trás e uma criança não teve tempo de parar, a fim de apanhar um colar estimado. Foi por isso que se pôs fogo em tudo. Com o propósito de esconder o que aconteceu com as famílias de Kingdom Come.

Urso rosnou baixo. Maura olhou para ele e viu que estava agachado, com dentes à mostra e orelhas para trás. Tinha os olhos voltados para cima, na direção da estrada do vale.

— Rato — chamou ela.

O garoto não estava escutando. Tinha a atenção toda voltada para a escavação dos restos da casa, onde a mãe e Carrie moraram.

O cão rosnou novamente, de forma mais intensa, insistente, e os pelos do pescoço se eriçaram. Alguma coisa estava descendo a estrada. Algo que o assustava.

— *Rato*.

Por fim, o garoto levantou a cabeça, suja de fuligem. Ele viu o cachorro, e seu olhar foi em direção à estrada. Só então ouviram o leve ronco de um veículo que se aproximava, descendo para o vale.

— Eles estão voltando — alertou o garoto, agarrando o braço de Maura e puxando-a para o lado das árvores.

— Espera — protestou ela, soltando-se. — E se for a polícia, procurando por mim?

— A senhora não vai querer ser encontrada aqui. *Corra!*

Ele se virou e disparou, movimentando-se mais rápido do que ela imaginava ser possível com sapatos para neve. O veículo que se aproximava havia bloqueado a rota mais fácil para fora de Kingdom Come, e qualquer trilha que subisse a rampa os deixaria totalmente expostos. O garoto fugia na única direção que sobrara para eles, por dentro da floresta.

Por um momento, ela hesitou, assim como o cachorro. Nervosamente, Urso olhou para o dono que se afastava e, depois, em direção a Maura, como se dissesse *O que você está esperando?* Se eu seguir o garoto, pensou ela, posso estar fugindo dos meus salvadores. Será que meu cérebro sofreu uma lavagem tão grande que prefiro ficar com o meu sequestrador?

E se o garoto estiver certo? E se a Morte estiver descendo por aquela estrada atrás de mim?

Urso começou, de súbito, a seguir o dono em sua disparada.

Aquilo foi o que a fez se decidir por fim. Quando até um cachorro tem o bom senso de fugir, ela sabia que era hora de imitá-lo.

Ela correu atrás deles, os sapatos para neve estalando sobre a lama congelada. Para além da última casa queimada, a lama deu lugar à neve alta novamente. Rato ia bem longe, em direção à floresta. Ela se esforçava para alcançá-lo, já sem fôlego, enquanto levantava neve. Assim que chegou às árvores, ouviu o som de um cachorro latindo. Outro cão, que não Urso. Maura se escondeu atrás de um pinheiro e olhou na direção de Kingdom Come.

Um utilitário preto parou entre as ruínas, e um cachorro grande pulou para fora. Dois homens saltaram, carregando rifles, e ficaram vasculhando o vilarejo queimado. Embora estivessem longe demais para que Maura visse seus rostos, eles pareciam claramente estar procurando algo.

De repente, sentiu uma pata em suas costas. Assustada, virou-se e ficou cara a cara com Urso, que estava com sua língua rosa toda de fora.

— Acredita em mim agora? — sussurrou Rato, agachado atrás dela.

— Podem ser caçadores.

— Conheço cachorros. Eles estão com um sabujo.

Um dos homens foi até o utilitário e pegou uma mochila. Agachado ao lado do cão, deixou-o cheirar o conteúdo.

— Estão fazendo ele pegar o cheiro — disse Rato.

— De quem estarão atrás?

O cachorro entrou em ação, perambulando pelas ruínas, o focinho próximo ao chão. Entretanto, o cheiro do fogo parecia confundi-lo, e ele parou ao lado das vigas queimadas, onde Maura e Julian haviam estado antes. Enquanto os homens esperavam, o cachorro andava em círculos, tentando pegar uma pista de sua presa. Os dois homens se separaram então, vasculhando a área.

— Ei — gritou um deles, apontando para o chão. — Pegadas de sapato para neve!

— Eles viram nossos rastros. Não precisam mais de cachorro para nos encontrar — falou Rato, recuando. — Vamos embora.

— Para onde?

Ele já havia se embrenhado na floresta, sem se voltar para ver se ela vinha atrás ou não, sem se importar que os sapatos para neve fizessem ruído ao pisar a vegetação rasteira. O sabujo começou a ladrar, tomando a direção deles.

Maura corria atrás do garoto. Ele se movia como um veado em pânico, enfiando-se por entre os galhos e espalhando neve em seu rastro. Ela ouvia os homens perseguindo-os, gritando um para o outro, e os uivos do sabujo. Porém, mesmo enquanto disparava em meio à floresta, o debate ainda se processava em sua cabeça. *Estarei fugindo dos meus salvadores?*

O disparo do rifle respondeu sua pergunta. Um pedaço de madeira voou da árvore mais próxima, à altura da cabeça, e ela ouviu o cachorro ladrar mais perto. O terror infundiu-lhe energia nova na corrente sanguínea. De repente, os músculos vibravam, as pernas desbravavam velozes a floresta.

Outro tiro de rifle soou. Outro pedaço de árvore arrancado. Depois, ouviu um palavrão e mais um tiro.

— Merda de neve! — gritou um dos homens. Sem sapatos especiais, estavam afundando, atolando-se nos montes de neve.

— Solta o cachorro! Ele vai derrubá-la!

— Vai, garoto. *Pega.*

O novo pânico fez Maura disparar novamente, e ouvia o cão chegando perto dela. Com os sapatos para neve, conseguia andar mais rápido que os perseguidores humanos, mas não tinha condições de se locomover com mais rapidez que um cachorro. Desesperada, examinou as árvores em busca de um vislumbre de Rato. Como ele conseguia ir tão na frente? Ela estava só, então, presa isolada, e o cão se aproximava cada vez mais. Os sapatos deixavam-na desajeitada, e a vegetação rasteira era muito espessa ali, enganchando-se nos solados.

À frente, viu um espaço livre entre as árvores.

Rompeu um emaranhado de galhos e saiu numa ampla clareira. De um só olhar, percebeu a silhueta de três casas novas, em construção, congeladas. Do outro lado da clareira havia uma escavadeira parada, com a cabine quase soterrada na neve. Ao lado dela, viu Rato, de pé, acenando-lhe freneticamente.

Ela correu em sua direção. Contudo, no meio do percurso, percebeu que não ia superar o cão. Ouviu-o romper através dos arbustos atrás dela. Ele caiu como uma bigorna sobre seu ombro, empurrando-a para a frente. Maura esticou os braços, a fim de amortecer a queda, e eles se enterraram na neve até a altura dos cotovelos. Ao cair, ouviu um ruído metálico, estranhamente, abaixo de si, e sentiu algo lhe rasgando a luva e cortando sua mão. Balbuciando, com o rosto coberto de flocos gelados, tentou ficar de pé, mas escombros moveram-se sob seu peso, e ela afundou, impotente como se tivesse caído em areia movediça.

O cachorro a cercou e pulou de novo sobre ela. Debilmente, Maura levantou um braço para proteger a garganta e esperou sentir a dor dos dentes penetrando-lhe a carne.

Um vulto acinzentado passou voando por ela, e Urso colidiu no ar com o sabujo. O ganido foi tão assustador quanto um grito humano.

Os dois cães se atracaram e rolaram no chão, arrancando pelos um do outro e rosnando de forma tão selvagem que só restava a Maura se encolher de terror. Respingos vermelhos manchavam a neve, com uma nitidez chocante. O sabujo tentava se livrar, mas Urso não lhe dava chance de se retirar e, mais uma vez, mergulhou sobre ele. Os dois se retorciam, abrindo sulcos ensanguentados sobre a neve.

— Urso, para! — ordenou Rato. Ele foi até a clareira levando um galho na mão, pronto para usá-lo. No entanto, o sabujo já apanhara o suficiente e, no momento em que Urso o soltou, fugiu correndo de volta ao utilitário, atravessando moitas no pânico de escapar.

— Você está sangrando — disse Rato.

Ela tirou a luva encharcada e contemplou a palma lacerada. O corte era fino e profundo, feito por algo afiado como uma navalha. Na neve revolvida, viu sobras de lâminas de metal e montes de cilindros cinza, escavados pelos cães enquanto se atracavam e rolavam. À sua volta, avistava montes de terra cobertos de neve, e percebeu que estava ajoelhada sobre uma área de entulho de obra. Maura olhou para a mão ensanguentada. *O lugar certo para se pegar tétano.*

O som de outro tiro de rifle a sobressaltou. Os homens ainda não haviam desistido da perseguição.

Rato a ajudou a se erguer, e eles mergulharam de novo na cobertura da floresta. Embora seus rastros fossem fáceis de seguir, os homens não conseguiriam alcançá-los na neve alta. Urso ia na frente, o pelo manchado de sangue como uma bandeira escarlate ondulando adiante, enquanto trotava mais para o fundo do vale. O sangue continuava a escorrer da palma da mão de Maura, e ela apertava a luva já encharcada contra o ferimento, enquanto ficava irracionalmente paranoica com a ideia de bactérias e gangrena.

— Assim que os despistarmos — disse Rato —, temos de voltar ao topo.

— Eles vão nos seguir até o abrigo.

— Não podemos ficar lá. Vamos pegar o máximo possível de comida que a gente puder carregar e seguir adiante.

— Quem eram aqueles homens?

— Não sei.

— Seriam da Assembleia?

— Não sei.

— Ora, Rato! O que você *sabe*?

O garoto olhou para ela.

— Sei como ficar vivo.

Eles estavam subindo, então, escalando gradualmente a crista do morro, onde cada passo era trabalhoso. Ela não sabia como Rato conseguia se deslocar com tanta rapidez.

— Você tem que me levar até um telefone — falou ela. — Me deixe chamar a polícia.

— Ele manda nela. A polícia faz o que ele quer.

— Você está falando de Jeremiah?

— Ninguém vai contra o Profeta. Ninguém reage nunca, nem minha mãe. Nem quando eles... — disse, interrompendo-se e concentrando, de repente, as energias na escalada do morro.

Maura se deteve, sem fôlego.

— O que eles fizeram com a sua mãe?

Ele continuou subindo, a raiva o impulsionando numa velocidade vertiginosa.

— Rato — chamou ela, esforçando-se para alcançá-lo. — Ouça. Eu tenho amigos, pessoas em quem confio. Me leve até um telefone.

Ele parou, a respiração encobrindo o ar como uma máquina a vapor.

— Para quem você vai ligar?

Daniel foi seu primeiro pensamento, mas se lembrou de todas as vezes em que não conseguira encontrá-lo, de todas as conversas por telefone embaraçosas, quando outros estavam por perto, e ele era forçado a falar em código. Agora, quando mais precisava dele, não sabia se poderia contar com sua ajuda.

Talvez eu nunca tenha podido contar.

— Quem é esse amigo? — insistiu Rato.

— O nome dela é Jane Rizzoli.

25

O xerife Fahey não pareceu feliz em ver Jane de novo. Mesmo estando do outro lado da sala, ela podia ler isso em seu rosto, pela divisória de vidro, um olhar de desânimo, como se esperasse que ela fosse fazer alguma nova exigência. Levantou da mesa e aguardou com resignação na porta, enquanto Jane vinha em sua direção, passando por agentes que àquela altura já estavam familiarizados com os três visitantes de Boston. Antes que pudesse fazer a pergunta aguardada, ele a despistou com a mesma resposta que vinha dando havia dois dias.

— Nenhuma novidade — avisou Fahey.

— Não vim esperando nenhuma — retrucou Jane.

— Confie em mim, ligo para você se houver alguma coisa. Não há a menor necessidade de vocês ficarem vindo aqui — falou ele, olhando por sobre seu ombro. — Onde estão seus dois cavalheiros hoje?

— Ficaram no hotel, fazendo as malas. Quis vir até aqui agradecer por tudo antes de irmos para o aeroporto.

— Vocês estão indo embora?

— Vamos pegar o voo para Boston hoje à tarde.

— Ouvi dizer que tem um jato particular na história. Deve ser ótimo.

— Não é meu.

— É dele? O cara de preto. Tipo estranho.

— Sansone é um bom homem.

— Às vezes fica difícil saber. Vemos um bocado de gente por aqui carregada de dinheiro. Tipos de Hollywood, políticos importantes. Compram algumas centenas de hectares, se intitulam rancheiros e depois acham que têm o direito de nos dizer como fazer nosso trabalho.

Embora não estivesse dando nome a ninguém, suas palavras eram claramente dirigidas a ela, aos forasteiros de Boston, que vasculharam seu condado e exigiram toda sua atenção.

— Ela era nossa amiga — disse Jane. — Dá para entender por que queríamos fazer o possível para encontrá-la.

— Que grupo de amigos ela fez. Policiais. Um padre. Um ricaço. Deve ter sido uma mulher e tanto.

— E era — comentou ela, olhando para o telefone celular, que tocava, e viu que se tratava de uma chamada com código de área de Wyoming, mas não reconheceu o número. — Com licença — disse a Fahey, para então atender a ligação. — Detetive Rizzoli.

— Jane? — A voz mais parecia um soluço. — Graças a Deus que você atendeu!

Por um momento, Jane não conseguiu emitir qualquer som. Ficou muda e paralisada, o telefone pressionado contra o ouvido, o ruído do escritório do xerife sufocado pelas batidas do próprio coração. *Estou falando com um fantasma.*

— Achei que você estivesse morta! — explodiu.

— Estou viva. Estou bem!

— Jesus, Maura, nós fizemos seu funeral! — As lágrimas inundaram de súbito os olhos de Jane, que as limpou com um movimento impaciente da manga do casaco. — Onde você está? Você faz alguma ideia do que...

— Ouça. *Me ouça.*

Jane prendeu a respiração.

— Sou toda ouvidos.

— Preciso que você venha até Wyoming. Por favor, venha me pegar.

— Nós já estamos aqui.

— O quê?

— Estamos trabalhando com a polícia daqui para encontrar o seu corpo.

— Que polícia?

— Com o xerife do Condado de Sublette. Estou no escritório dele exatamente agora — contou ela, virando-se e vendo que Fahey estava bem a seu lado, com olhos inquisitivos. — Nos diga onde você está e nós vamos te pegar.

Não houve resposta.

— Maura? Maura?

A ligação tinha caído. Ela desligou e olhou para o número no histórico das chamadas recebidas.

— Preciso de um endereço! — berrou ela, e repetiu o número.

— É da área de Wyoming!

— Era *ela*? — perguntou Fahey.

— Ela está viva! — disse Jane, dando uma gargalhada exultante, enquanto chamava o número.

Tocava, mas ninguém atendia. Ela desligou e tentou novamente. Outra vez, sem resposta. Jane olhou para o celular, querendo que tocasse de novo.

Fahey voltou à mesa e tentou ligar do seu telefone. Àquela altura, todos no escritório estavam prestavam atenção na conversa e observavam-no discar o número com força. Ele ficou tamborilando com os dedos na mesa e, por fim, desligou.

— Também não atendem.

— Mas ela acabou de ligar desse número.

— O que disse?

— Me pediu para ir pegá-la.

— Deu alguma pista de onde está? Do que aconteceu com ela?

— Não teve tempo. A ligação caiu — respondeu Jane, olhando para o celular silencioso, como se ele a tivesse traído.

— Consegui o endereço! — gritou um policial. — O telefone está em nome de uma tal de Norma Jacqueline Brindell, na montanha Doyle.

— Onde é isso? — indagou Jane.

Fahey respondeu:

— Fica a uns 8 quilômetros do local do acidente. Como ela foi parar lá?

— Me mostre no mapa.

Eles foram até o mapa do condado, que se encontrava numa parede, e apontou com o dedo um lugar remoto.

— Não tem nada lá, a não ser umas cabanas sazonais. Não acredito que tenha alguém vivendo ali nessa época do ano.

Ela olhou para o policial que lhes dera o endereço.

— Você tem certeza de que é lá mesmo?

— É de onde a chamada foi feita.

— Continue ligando para lá. Veja se alguém atende — orientou Fahey.

Ele olhou para o atendente.

— Verifique quem temos nessa área no momento.

Jane olhou de novo para o mapa e viu grandes descampados, com poucas estradas e elevações escarpadas. Como Maura fora parar lá, tão longe do Suburban acidentado? Examinou o mapa, o olhar indo do local do acidente até a montanha Doyle. Oito quilômetros a oeste. Imaginou vales cheios de neve e penhascos intransponíveis. Cenário pitoresco certamente, mas sem vilarejos, restaurantes, nada que atraísse um turista da Costa Leste.

O atendente disse:

— O policial Martineau acaba de transmitir pelo rádio. Diz que vai rastrear a chamada. Está indo para a montanha Doyle agora.

* * *

O telefone da cozinha não parava de tocar.

— Deixa eu atender — pediu Maura.

— A gente tem que ir embora — alertou o garoto, esvaziando os armários da cozinha e jogando os alimentos na mochila. — Eu vi uma pá na varanda de trás. Pega.

— É minha amiga tentando falar comigo.

— A polícia vem aí.

— Tudo bem, Rato. Você pode confiar nela.

— Mas não se pode confiar *neles*.

O telefone estava tocando de novo. Ela se virou para atendê-lo, mas o garoto agarrou o fio e o arrancou da parede.

— Você quer morrer? — berrou ele.

Maura largou o aparelho mudo e recuou. Em seu pânico, Rato parecia assustador, até perigoso. Ela olhou para o fio pendurado na mão dele, um punho forte o bastante para esmurrar um rosto, esmagar uma traqueia.

O garoto jogou o fio no chão e respirou fundo.

— Se você quiser vir comigo, temos que ir agora.

— Eu sinto muito, Rato — respondeu ela, em voz baixa. — Mas eu não vou com você. Vou ficar aqui, esperando minha amiga.

O que viu nos olhos dele não foi raiva, mas tristeza. Em silêncio, ele colocou a mochila e pegou os sapatos para neve, de que Maura não precisaria mais. Sem olhar para trás, dar sequer um adeus, voltou-se em direção à porta.

— Vamos, Urso — chamou ele.

O cachorro hesitou, olhando de um para o outro, como se estivesse tentando entender aqueles humanos loucos.

— Urso.

— Espere — pediu Maura. — Fique comigo. Voltamos para a cidade juntos.

— Não sou da cidade. Nunca fui.

— Você não pode ficar perambulando por aí.

— Não estou perambulando. Sei para onde vou — retorquiu ele, olhando novamente para o cachorro, e dessa vez Urso o seguiu.

Maura observou o garoto sair pela porta dos fundos, o cão no seu rastro. Através da janela quebrada da cozinha, viu-os caminhando pela neve em direção à floresta. A criança selvagem e o companheiro, retornando às montanhas. Um momento depois, desapareceram em meio às árvores, e ela se perguntava se eles teriam existido de fato. Se, com o medo e o isolamento, ela tinha inventado salvadores imaginários. Mas não, podia ver as pegadas na neve. O garoto era de verdade.

Tão real quanto a voz de Jane ao telefone. O mundo lá fora não desaparecera. Para além daquelas montanhas, ainda havia cidades, pessoas levando vidas normais. Pessoas que não se escondiam nas florestas como animais perseguidos. Ficara restrita à companhia do garoto por tempo demais, e quase começara a acreditar, como ele, que a natureza selvagem era o único lugar seguro.

Estava na hora de voltar ao mundo real. Seu mundo.

Examinou o telefone e viu que o fio havia ficado danificado demais para religar, mas não tinha dúvidas de que Jane conseguiria rastrear sua localização. *Agora, tudo que tenho a fazer é esperar*, pensou ela. *Jane sabe que estou viva. Alguém vai vir atrás de mim.*

Foi até a sala e se sentou no sofá. Não havia aquecimento na cabana, e o vento entrava pela janela quebrada da cozinha, de forma que manteve o casaco fechado. Sentia-se culpada por causa daquela janela, que Rato havia quebrado para que pudessem entrar na casa. Depois, teve o fio de telefone danificado e a despensa saqueada, prejuízos pelos quais pagaria, naturalmente. Enviaria um cheque, expressando sinceras desculpas. Sentada naquela residência de estranhos, que invadira, contemplou as fotos nas prateleiras. Viu três crianças em diferentes cenários, e uma mulher de cabelos grisalhos, segurando com orgulho uma truta de tamanho impressionante. Os livros na biblioteca eram do tipo entretenimento de verão. Mary Higgins Clark e

Danielle Steel, coleção de mulher com gosto tradicional, que apreciava romances e gatos de cerâmica. Mulher que provavelmente jamais conheceria em pessoa, mas a quem sempre seria grata. *O seu telefone salvou minha vida.*

Alguém bateu na porta da frente.

Ela deu um pulo do sofá. Não tinha ouvido o veículo parar em frente à casa, mas, pela janela da sala, viu um utilitário do Departamento de Polícia do Condado de Sublette. Finalmente meu pesadelo acabou, pensou ela quando abriu a porta da frente. Vou para casa.

Um policial jovem, usando um crachá com o nome de Martineau, estava no pórtico. Usava cabelos cortados à máquina e tinha a postura de um homem que levava seu trabalho a sério.

— Foi a senhora quem fez a chamada telefônica?

— Sim! Sim, sim, *sim* — respondeu Maura, com vontade de passar-lhe os braços em torno do pescoço, mas ele não parecia um policial que gostava de abraços. — Você não faz ideia, policial, de como estou feliz em vê-lo!

— Posso saber seu nome, por favor?

— Eu sou a Dra. Maura Isles. Creio que houve rumores prematuros sobre a minha morte. — Sua gargalhada soou descontrolada, quase demente. — É óbvio que não é verdade!

Ele olhou para o interior da casa.

— Como entrou nesta residência? Alguém a deixou entrar?

Ela enrubesceu de vergonha.

— Infelizmente, nós tivemos de quebrar uma janela para entrar. E houve um outro dano também. Mas prometo pagar por tudo.

— Nós?

Ela ficou em silêncio, subitamente com medo de comprometer o garoto.

— Não tive escolha — disse ela. — Eu precisava de um telefone. Então invadi a casa. Espero que isso não seja um crime que leve ao enforcamento aqui.

Por fim ele sorriu, mas havia algo de errado com aquele sorriso. Não chegava a alcançar o olhar.

— Vou levá-la de volta à cidade — garantiu ele. — E poderá nos contar tudo.

Enquanto se sentava no banco de trás, e ele fechava a porta, tentava entender o que a incomodava em relação àquele jovem policial. O utilitário era um veículo do Departamento de Polícia, e uma tela de metal a isolava na parte traseira do carro, confinando-a numa gaiola destinada a conter prisioneiros.

Quando o policial se sentou atrás do volante, o rádio deu sinais de vida.

— Bobby, aqui é Despache falando — disse uma voz de mulher. — Você já chegou a Doyle Mountain?

— Às dez e quatro, Jan. Acabei de verificar a casa toda — respondeu o policial Martineau.

— Encontrou-a aí? Porque esses policiais de Boston estão no nosso pé.

— Infelizmente, não.

— Ninguém no local?

— Deve ter sido um trote, não tem ninguém aqui. Deixando o local agora, dez e dezessete.

Maura olhou pela tela e encontrou, de repente, os olhos do policial no espelho retrovisor. O olhar que ele lançou-lhe gelou seu sangue. *Eu vi isso no sorriso dele. Sabia que tinha alguma coisa errada.*

— Eu estou aqui! — gritou Maura. — Socorro! Eu estou *aqui*!

O policial Martineau já havia desligado o rádio.

Ela procurou a maçaneta da porta, mas não tinha nenhuma. *Carro de polícia. Sem saída.* Começou a bater freneticamente nas janelas, gritando, insensível à dor de esmurrar os punhos contra o vidro. Ele ligou o motor. O que viria a seguir, uma ida até um lugar solitário e uma execução? O corpo à mercê de animais de rapina? O pânico a fazia enfiar as unhas na tela de proteção, mas carne e osso não eram páreo para o ferro.

Ele manobrou o veículo e freou abruptamente.

— Merda — praguejou ele, entre os dentes. — De onde *você* surgiu?

O cachorro permaneceu na estrada, bloqueando a saída do veículo.

O policial Martineau pôs a mão na buzina.

— Sai do caminho, porra! — berrou ele.

Em vez de ir embora, Urso se pôs de pé nas patas traseiras, plantando as duas da frente sobre o capô, e começou a latir.

Por um momento, o policial ficou olhando fixo para o animal, deliberando se simplesmente pisava no acelerador e o atropelava.

— Merda! Não é uma boa ideia encher o para-choque de sangue — murmurou ele, saindo do carro.

Urso voltou para o chão e partiu em direção a ele, rosnando.

O policial levantou a arma e mirou. Estava tão concentrado em acertar o alvo que não notou a pá se aproximando de sua cabeça, por trás. Ela golpeou-lhe o crânio, e ele cambaleou contra o veículo, deixando a arma cair sobre a neve.

— Ninguém atira no meu cachorro — disse Rato, abrindo a porta de Maura. — Hora de partir, senhora.

— Espera, o rádio! Me deixa pedir ajuda!

— Será que algum dia vai me escutar?

Quando conseguiu sair do utilitário, viu que o policial estava de joelhos e tinha recuperado a arma. Exatamente quando a levantava, o garoto voou sobre ele. Os dois se atracaram, rolando pela neve, cada um tentando ficar com a posse da arma.

A explosão pareceu congelar o tempo.

No silêncio súbito que se fez, até o cão permaneceu imóvel. Vagarosamente, Rato rolou para um lado e ficou de pé. A frente do casaco estava suja de sangue, mas não era o seu.

Maura se ajoelhou ao lado do policial. Ele ainda estava vivo, os olhos abertos e esgazeados de pânico; o sangue jorrava-lhe do pescoço. Ela apertou o ferimento para conter o jato arterial, mas o sangue já formara uma poça sobre a neve. A luz ia se esvaindo dos olhos.

— Vai até o rádio — gritou ela para o garoto. — Peça ajuda.

— Não foi de propósito — murmurou Rato. — A arma disparou sozinha...

Um som de gorgolejo saía da garganta do policial. Quando o último sopro deixou seu corpo, o mesmo se deu com a alma. Maura viu os olhos dele escurecerem e os músculos do pescoço se afrouxarem. O sangue que esguichava pelo ferimento diminuiu até se tornar um filete. Atordoada demais para se mover, ela permaneceu ajoelhada na neve remexida e não ouviu o veículo que se aproximava.

Todavia, Rato se deu conta. Levantou-a, puxando pelo braço com tanta força que ela ficou de pé imediatamente. Só então Maura vislumbrou a picape deslizando em direção à entrada para carros.

Rato arrancou a arma do policial, justamente quando um tiro de rifle acertava o utilitário.

Um segundo disparo destruiu a janela, e cacos de vidro atingiram o couro cabeludo de Maura.

Não são tiros de advertência, ele está mirando para matar.

Rato correu em direção às árvores, e ela o seguiu bem de perto. Quando a picape parou atrás do veículo do policial, eles já estavam adentrando a floresta. Maura escutou um terceiro tiro de rifle, mas sequer olhou para trás. Mantinha a atenção em Rato, que os conduzia para um local mais seguro, sobrecarregado com a mochila desajeitada. Ele só parou para entregar os sapatos para neve a ela, que os calçou em segundos.

Depois se colocaram de novo em movimento, com o garoto seguindo à frente, em direção ao ermo.

26

Jane contemplou o local onde o corpo do policial havia sido encontrado e tentou ler a neve. O cadáver já fora removido. O pessoal do Departamento de Polícia do Condado e do de Investigações Criminais de Wyoming tinha feito buscas na área, pisoteando a neve, e ela detectou pelo menos meia dúzia de impressões diferentes de solados. O que lhe chamou a atenção, e a dos outros investigadores, foram as passadas de sapatos para neve. Elas se afastavam do utilitário do policial morto e seguiam em direção à floresta. Movendo-se na mesma direção, havia pegadas de cachorro, além de solas de botas; tamanho 35, feminino, possivelmente de Maura. O trio de pegadas levava à floresta, onde a sola da bota desaparecia então. Depois uma nova trilha de sapatos para neve surgia.

Maura parou em meio a essas árvores a fim de colocar os sapatos para neve. Depois, continuou a correr.

Jane tentou imaginar o cenário que explicaria essas pegadas. Sua teoria inicial era a de que, quem quer que tivesse matado Martineau, havia depois pegado a arma do policial e obrigado Maura a correr para a floresta com ele. No entanto, aquela trilha não correspondia à teoria. Olhando para a neve, Jane observou uma pegada de bota que se sobrepunha às marcas do sapato para neve. O que significava que

Maura tinha seguido atrás do suposto captor, e não sido empurrada a sua frente. Jane ficou ponderando sobre aquele enigma, tentando relacionar o que via ali com o que fazia sentido. Por que Maura seguiria, de boa vontade, o assassino de um policial até a floresta? Para começar, por que fez aquela ligação telefônica? Fora obrigada a atrair o policial para uma armadilha?

— Eles pegaram digitais em tudo quanto foi lugar — disse Gabriel.

Ela se virou para o marido, que acabava de sair da casa.

— Onde?

— Na janela quebrada, nos armários da cozinha. No telefone.

— Onde ela fez a ligação.

Gabriel assentiu.

— O fio foi arrancado da parede. Parece óbvio que alguém queria interromper a conversa — disse ele, apontando com a cabeça para o veículo do policial assassinado. — Também retiraram digitais da porta do carro. As chances de que saibamos com quem estamos lidando são boas.

— Ela certamente não se portou como refém — insistia uma voz. — Estou dizendo, ela correu em direção às árvores. Ninguém a arrastou.

Jane se virou para observar a conversa entre o detetive da Inteligência de Wyoming e Montgomery Loftus, que havia relatado o crime. A voz do velho rancheiro se elevara, agitada, atraindo a atenção de todos.

— Eu os vi aqui, curvados sobre o corpo dele como dois abutres. Um homem e uma mulher. Ele pegou a arma e se virou na minha direção. Acho que ia tentar acertar meu carro, então dei um tiro.

— Mais de um tiro, me parece — disse o detetive.

— É. Podem ter sido uns três ou quatro — retrucou Loftus, olhando para a janela estilhaçada do utilitário. — Acho que foi culpa minha. Mas o que ele queria que eu fizesse? Que não me defendesse? Assim que disparei os primeiros tiros, os dois correram para a floresta.

— Separados? Ou a mulher foi obrigada?

— Obrigada? — bufou Loftus. — Ela correu atrás dele. Ninguém a estava obrigando.

Ninguém a não ser um rancheiro velho irritado que estava atirando nela. Jane não gostou do modo como aquela história estava sendo contada, como se Maura formasse a metade da dupla Bonnie e Clyde. Entretanto, não podia contradizer o que as pegadas na neve mostravam. Ela não havia sido arrastada para a floresta; tinha fugido para lá.

Sansone perguntou:

— Como calhou de o senhor se encontrar aqui nesta propriedade, Sr. Loftus?

Todos se viraram para ele, que ficara em silêncio até então, uma figura inacessível que havia atraído olhares curiosos do pessoal do Departamento de Inteligência, mas ninguém ousara se opor à sua presença na cena do crime.

Embora a pergunta de Sansone tivesse sido feita em tom respeitoso, Loftus se irritou.

— O senhor está querendo insinuar alguma coisa?

— Aqui me parece um lugar bastante remoto para se aparecer de repente. Me pergunto como foi acontecer de o senhor estar justamente aqui.

— Porque Bobby me chamou.

— O policial Martineau?

— Ele disse que estava na montanha Doyle, e achava que podia ter algum problema. Eu moro perto daqui. Então me ofereci para vir no caso de ele precisar de uma ajuda.

— É um procedimento normal, para um policial, chamar um civil quando precisa de ajuda?

— Não sei como é em Boston, senhor. Mas aqui, quando alguém se vê num aperto, as pessoas correm para ajudar. Especialmente se for um agente da lei.

O xerife Fahey acrescentou:

— Tenho certeza de que o Sr. Loftus só estava tentando ser um bom cidadão, Sr. Sansone. Temos um condado muito grande para patrulhar, um bocado de área. Quando o seu apoio mais próximo está a 30 quilômetros de distância, temos sorte se encontramos pessoas como ele para chamar.

— Não foi minha intenção questionar os motivos do Sr. Loftus.

— Mas é o que está fazendo — ralhou Loftus. — Eu sei onde isso vai parar. A próxima coisa que o senhor vai me perguntar é se matei Bobby — falou, indo até a picape e pegando o rifle. — Aqui, detetive Pasternak! — disse ele, entregando a arma ao detetive do Departamento de Inteligência. — Sinta-se à vontade para confiscá-la. Pode levá-la para o seu laboratório moderno.

— Calma, Monty — suspirou Fahey. — Ninguém acha que você matou Bobby.

— Essas pessoas de Boston não acreditam em mim.

Jane entrou na conversa.

— Sr. Loftus, não é bem assim. Só estamos tentando entender o que se passou aqui.

— Eu disse a vocês o que vi. Eles deixaram Bobby Martineau sangrando até morrer e correram.

— Maura não faria isso.

— A senhora não estava aqui. Não a viu disparando para a floresta. Agiu como quem tinha feito alguma coisa errada, com certeza.

— Então o senhor a interpretou mal.

— Eu vi o que vi.

Gabriel disse:

— Muitas dessas perguntas podem ser respondidas com a câmera do carro — lembrou ele, olhando para o xerife Fahey. — Vamos dar uma olhada no vídeo do policial.

Fahey pareceu de súbito desconfortável.

— Acho que ela está com um problema.

— Um problema?

— A câmera do carro do policial Martineau não estava gravando.

Jane olhou para o xerife, desconfiada.

— Como isso aconteceu?

— Não sabemos. Foi desligada.

— Por que Martineau a desligaria? Vocês devem ter regulamentos contra isso.

— Talvez não tenha sido ele — disse Fahey. — Talvez outra pessoa tenha desligado a câmera no painel.

— Não me diga que vocês vão pôr a culpa disso em Maura também — resmungou ela.

Fahey enrubesceu.

— O tempo todo você nos lembra que ela também trabalha com a lei. Ela saberia sobre a câmera.

— Me desculpem — interrompeu o detetive Pasternak, do Departamento de Investigações Criminais. — Estou apenas começando a me inteirar sobre quem é a Dra. Isles. Gostaria de saber mais sobre ela.

Embora tivesse se apresentado antes, aquela era a primeira vez que Jane prestava toda atenção em Pasternak. Pálido e constipado, com seu pescoço de cegonha exposto ao frio, parecia um homem ansioso por estar num escritório aquecido, e não tremendo naquele acesso para carros, varrido pelo vento.

— Posso lhe falar sobre ela — ofereceu Jane.

— O quanto a conhece?

— Somos colegas. Já passamos por muita coisa juntas.

— Você acha que pode me fazer um perfil completo dela?

Jane pensou em como seria fácil influenciar a opinião daquele homem sobre Maura, de uma forma ou de outra. Tudo dependia dos detalhes que escolhesse revelar. Se enfatizasse seu profissionalismo, ele veria uma cientista, confiável e respeitadora da lei. Porém, se divulgasse outros detalhes, o retrato se tornaria mais sombrio, os traços dominados por escuridão. Sua história familiar, carregada e manchada de sangue. A relação ilícita com Daniel Brophy. Aquela era uma mulher diferente, inclinada a impulsos temerários e paixões destrutivas. Se eu não tiver cuidado, pensou Jane, posso dar a Pasternak todas as razões para tratar Maura como suspeita.

— Quero saber tudo sobre ela — pediu o detetive —, qualquer informação que possa ajudar a equipe de buscas antes de eles começarem amanhã. Eles vão precisar ser informados, quando nos reunirmos na cidade.

— Posso lhe dizer o seguinte: Maura não é mulher de vida ao ar livre. Se vocês não a encontrarem rápido, ela não vai sobreviver aí fora.

— Já faz quase duas semanas que está desaparecida, e conseguiu se manter viva esse tempo todo.

— Não sei como.

— Talvez por causa do homem com quem está viajando — sugeriu o xerife Fahey.

Jane olhou para as montanhas, onde desfiladeiros já começavam a escurecer, enchendo-se de sombras. Nos últimos momentos, quando a luz do sol começou a incidir abaixo do pico, a temperatura havia despencado. Tremendo de frio, Jane passou os braços em volta do corpo e pensou numa noite sem abrigo naquela montanha, onde a floresta possuía garras e o vento sempre encontrava as pessoas. Uma noite com um homem sobre quem não sabiam nada.

O que acontecer a seguir pode depender exclusivamente dele.

— As digitais dele não são novidade para nós — disse o xerife Fahey, dirigindo-se aos agentes da lei e voluntários sentados na sede da prefeitura de Pinedale. — O estado de Wyoming já tem essas impressões registradas. O nome do criminoso é Julian Henry Perkins, e ele tem uma longa ficha corrida. — Começou então a ler suas anotações. — Roubo de carro. Arrombamento e invasão de propriedade particular.

Vagabundagem. Várias acusações de furto — completou ele, olhando para o auditório. — Essa é a pessoa com quem estamos lidando. E sabemos que agora está armado e é perigoso.

Jane sacudiu a cabeça.

— Talvez eu esteja um pouco cansada — falou ela, de seu assento na terceira fila. — Mas isso não soa muito como ficha corrida longa para um assassino de policial.

— Soa sim, quando se tem só 16 anos.

— O criminoso é menor?

O detetive Pasternak disse:

— As impressões dele estavam em todos os armários da cozinha, assim como na porta do veículo do policial Martineau. Somos obrigados a supor que foi ele o indivíduo que o Sr. Loftus viu na cena do crime.

— Nosso departamento já conhece esse garoto, Perkins — disse Fahey. — Já o pegamos várias vezes por inúmeras infrações. O que não conseguimos entender é a sua ligação com a mulher.

— Sua ligação? — questionou Jane. — Maura é refém dele!

Na primeira fila, Montgomery Loftus bufou.

— Não foi o que eu vi.

— O que *pensou* que viu — rebateu Jane.

O homem se virou e dirigiu aos três visitantes de Boston um olhar frio.

— Vocês não estavam lá.

Fahey disse:

— Conhecemos Monty uma vida toda. Ele não é de inventar coisas.

Então talvez precise de óculos, Jane quis dizer, mas engoliu a réplica. Os três visitantes de Boston estavam em número menor naquela sede de prefeitura, onde dezenas de habitantes locais haviam se reunido para a reunião. A morte de um subxerife chocara a comunidade, e uma série de voluntários tinha afluído, ansiosa por levar o criminoso à justiça. Traziam armas, rostos sombrios e uma raiva justa. Jane olhou em volta para aquelas caras e sentiu um arrepio premonitório. Eles estão loucos para matar alguém, pensou. E não importa que a presa seja um garoto de 16 anos.

Uma mulher, sentada na última fila, gritou de repente:

— Julian Perkins é só um garoto! Não, vocês não podem estar falando sério sobre mandar um bando armado atrás dele.

— Ele matou o subxerife, Cathy — retrucou Fahey. — Não é *só* um garoto.

— Conheço Julian melhor do que qualquer um de vocês. Para mim é difícil acreditar que ele tenha matado alguém.

— Com licença — interrompeu o detetive Pasternak. — Eu não sou deste condado. A senhora poderia se apresentar?

A jovem ficou de pé, e Jane a reconheceu imediatamente. Era a assistente social que haviam encontrado na cena do crime, de homicídio duplo, no Circle B.

— Meu nome é Cathy Weiss, e trabalho no Serviço de Proteção à Criança do Condado de Sublette. Sou responsável pelo caso de Julian faz um ano.

— E não acredita que ele possa ter matado o policial Martineau? — perguntou Pasternak.

— Não.

— Cathy, olhe para essa ficha corrida — disse Fahey. — Esse garoto não é nenhum anjo.

— Mas também não é nenhum monstro. Julian é uma vítima. Um garoto de 16 anos que tenta sobreviver num mundo onde ninguém o quer.

— A maioria dos garotos consegue sobreviver muito bem sem arrombar casas e roubar carros.

— A maioria dos garotos não é usada nem maltratada por cultos.

Fahey revirou os olhos.

— Lá vem de novo a mesma história.

— Eu venho alertando sobre a Assembleia há anos. Desde que eles se mudaram para este condado e construíram o seu pequeno vilarejo de gente perfeita. Agora você está vendo o resultado. É isso que acontece quando se ignoram os sinais de perigo. Quando se olha para o outro lado, enquanto pedófilos operam bem embaixo dos nossos narizes.

— Você não tem nenhuma prova. Fomos checar as alegações. Bobby esteve lá três vezes, e tudo que encontrou foram famílias trabalhadoras, que só querem viver em paz.

— Em paz para abusar dos filhos.

— Podemos voltar ao assunto em questão? — gritou um homem no auditório.

— É, estão nos fazendo perder tempo!

— Esse *é* o assunto em questão — insistiu Cathy, olhando em torno, para a plateia. — Esse é o garoto que vocês estão tão ansiosos para caçar. Um garoto que vem gritando por ajuda. E que ninguém escuta.

— Srta. Weiss — começou o detetive Pasternak —, a equipe de buscas precisa de todas as informações que possa ter antes de sair em campo amanhã. Você diz que conhece Julian Perkins. Nos conte o que esperar desse garoto. Ele está aí fora, numa noite terrivelmente fria, com uma mulher que pode ser sua refém. Será que ele é capaz de sobreviver?

— Perfeitamente — retrucou ela.

— Está certa disso?

— Porque ele é neto de Absolem Perkins.

Ouviu-se um murmúrio de reconhecimento no auditório, e o detetive Pasternak olhou em torno, intrigado.

— Com licença. Isso é relevante?

— Você conheceria esse nome se tivesse sido criado no Condado de Sublette — explicou Montgomery Loftus. — Homem do mato. Construiu a própria cabana, viveu nas montanhas Bridger-Teton. Eu costumava pegá-lo caçando perto da minha propriedade.

— Julian passou a maior parte da infância lá — acrescentou Cathy —, com um avô que o ensinou como encontrar alimento, a permanecer vivo na floresta só com um machado e a inteligência. Então sim, ele consegue sobreviver.

— E o que ele faz nas montanhas, a propósito? — perguntou Jane. — Por que não está na escola? — Ela não achava que fosse uma pergunta boba, mas ouviu gargalhadas ecoando pelo auditório.

— O garoto Perkins, na escola? — repetiu Fahey, meneando a cabeça. — É como querer ensinar matemática pura a uma mula.

— Acho que Julian enfrentou dificuldades quando morou aqui, na cidade — comentou Cathy. — Era muito perseguido na escola. Se envolveu em várias brigas. Vivia fugindo do lar adotivo, oito vezes em 13 meses. A última vez que desapareceu foi há algumas semanas, quando o tempo esquentou um pouco. Antes de ir, esvaziou a despensa da mãe adotiva, a fim de ter comida suficiente para ficar vivo um tempo aí fora.

— Temos cópias da foto dele — disse Fahey, passando uma pilha de papéis para a plateia. — Assim, vocês todos podem ver quem estamos procurando.

As fotos circularam entre os presentes, e, pela primeira vez, Jane viu o rosto de Julian Perkins. Parecia uma foto de escola, com um fundo padrão, insípido. O garoto havia evidentemente feito um esforço para se vestir à altura para a ocasião, mas parecia nada à vontade numa camisa branca de mangas compridas e de gravata. O cabelo negro estava repartido e penteado, mas uns fios rebeldes, que saíam de um redemoinho, recusavam-se a ficar no lugar. Os olhos escuros miravam diretamente a máquina fotográfica, e fizeram Jane pensar em um cão dentro de uma gaiola para animais olhando para fora. Desconfiado. Suspeito.

— Essa foto foi tirada do último anuário da escola — observou Fahey. — É a mais recente que pudemos encontrar dele. Desde então, deve ter crescido alguns centímetros e desenvolvido algum músculo.

— E está com a arma de Bobby — lembrou Loftus.

Fahey olhou em torno do auditório.

— A equipe de busca vai se reunir à primeira luz do amanhecer. Quero todos os voluntários com equipamento de inverno, para passar a noite. Não vai ser nenhum piquenique. Então só quero homens em boa forma lá fora — alertou ele, fazendo uma pausa e fixando o olhar em Loftus, que entendeu o significado daquela expressão.

— Você está tentando me dizer que não devo ir? — retrucou Loftus.

— Eu não disse nada, Monty.

— Posso durar mais que todos vocês aí. E conheço aquela área melhor que qualquer um. É o meu quintal — reclamou ele, levantando-se. Embora o cabelo fosse branco e o rosto cheio de rugas, de décadas ao ar livre, ele parecia tão robusto quanto qualquer homem presente. — Vamos resolver isso logo. Antes que outra pessoa morra — falou, enfiando o chapéu na cabeça e saindo.

Enquanto os outros se enfileiravam para ir, Jane viu a assistente social se levantando e a chamou:

— Srta. Weiss?

A mulher se virou quando Jane chegou até ela.

— Sim?

— Não fomos apresentadas. Eu sou a detetive Rizzoli.

— Eu sei. Você é do pessoal de Boston — disse Cathy, olhando para Gabriel e Sansone, que ainda estavam vestindo os casacos. — Vocês causaram sensação na cidade.

— Podemos ir até algum lugar para conversar? Sobre Julian Perkins.

— Agora?

— Antes que usem ele e a nossa amiga para praticar tiro ao alvo.

Cathy olhou para o relógio e assentiu.

— Tem um café aqui no quarteirão. Encontro você lá daqui a dez minutos.

* * *

Na verdade, foram quase vinte. Quando Cathy entrou por fim no café, com o cabelo despenteado pelo vento, trazia cheiro de tabaco nas roupas amassadas, impregnadas de fumaça, e Jane percebeu que ela havia fumado um cigarro, rápido, no carro. Agora, parecia nervosa quando sentou à mesa onde a detetive Rizzoli a esperava.

— E onde estão os seus dois amigos? — perguntou Cathy, olhando para os assentos vazios.

— Foram comprar material de acampamento.

— Eles vão participar da equipe de busca, amanhã?

— Não consegui convencê-los a não ir.

Cathy lhe lançou um olhar longo e pensativo.

— Vocês não têm a menor ideia de com o que estão lidando.

— Eu espero que você possa me dizer.

A garçonete chegou com o bule de café.

— Encho toda, Cathy?

— Se estiver bom e forte.

— Sempre está.

Cathy esperou que ela fosse embora para falar de novo.

— É uma situação complicada.

— Eles fizeram parecer simples na reunião. Mandar uma patrulha para caçar o assassino do policial.

— Certo. Porque as pessoas sempre preferem as coisas simples. Preto e branco, certo e errado. Julian como o garoto mau — observou Cathy, bebendo o café puro, engolindo a bebida amarga sem piscar.

— Ele não é isso.

— E o que ele é, então?

Cathy fixou seu olhar intenso em Jane.

— Você já ouviu falar dos Garotos Perdidos?

— Não tenho certeza se entendo a que você está se referindo.

— Eles são jovens, a maioria adolescente, que são expulsos de casa, da família. Terminam abandonados nas ruas. Não porque fizeram alguma coisa errada, mas simplesmente porque são *garotos*. Nas suas comunidades, isso os torna fatalmente defeituosos.

— Porque garotos causam problemas?

— Não. Porque competem, e os homens mais velhos não os querem por perto. Querem todas as garotas para si.

De súbito, Jane compreendeu.

— Você está falando de comunidades polígamas?

— Exatamente. São grupos que nada têm a ver com a igreja mórmon oficial. São facções dissidentes, que se formam em torno de líderes carismáticos. Elas são encontradas em vários estados. Colorado, Arizona, Utah e Idaho. E aqui, também, no Condado de Sublette, Wyoming.

— A Assembleia?

Cathy assentiu.

— É uma seita chefiada por um homem que se autointitula profeta. O nome dele é Jeremiah Goode. Há vinte anos, ele começou a atrair seguidores em Idaho. Eles construíram um complexo chamado Plain of Angels, a noroeste de Idaho Falls. Acabou se transformando numa comunidade de quase seiscentas pessoas. São totalmente autossuficientes, plantam os próprios alimentos, criam seus animais. Não se permite a entrada de estranhos, de maneira que é impossível saber o que realmente acontece por trás dos portões.

— É como se fossem prisioneiros.

— Mais ou menos isso. O Profeta controla cada aspecto de suas vidas, e eles o adoram por isso. É assim que essas seitas funcionam. Começam com um homem como Jeremiah, que atrai os de cabeça fraca e os necessitados, pessoas que querem desesperadamente alguém que os aceite, lhes dê amor e atenção, para tentar dar um jeito nas suas vidas complicadas. É isso que ele oferece... no início. É assim que todos os cultos começam, dos seguidores do reverendo Moon à Família Manson.

— Você está comparando Jeremiah Goode a Charles Manson?

— Sim — afirmou Cathy, contraindo o rosto. — É exatamente o que estou fazendo. É a mesma psicologia, a mesma dinâmica social. Basta o seguidor tomar a bebida e já é propriedade dele. Eles entregam todos os bens a Jeremiah, seus pertences, e se mudam para o complexo. Lá, ele exerce controle total. Usa o trabalho gratuito deles para manter uma série de negócios altamente lucrativos, desde construção de casas à fabricação de móveis, passando por geleias e conservas feitas sob encomenda. Para quem é de fora, parece uma comunidade utópica, onde todos contribuem. Em troca, todos são providos. Foi o que Bobby Martineau provavelmente achou que viu quando visitou Kingdom Come.

— E o que ele deveria ter visto?

— Uma ditadura. Tudo gira em torno de Jeremiah e do que ele gosta.

— E do que ele gosta?

O olhar de Cathy endureceu como aço.

— Carne fresca. Esse é o negócio da Assembleia, detetive. Possuir, controlar e comer garotinhas.

A mulher da mesa seguinte se virou e as fuzilou com o olhar, ofendida com o linguajar.

Cathy precisou de um momento para recuperar a compostura.

— É por isso que Jeremiah não pode se dar ao luxo de ter muitos garotos em volta — explicou ela. — Então se livra deles. Manda as famílias rechaçarem os filhos adolescentes. Os garotos são levados até a cidade mais próxima e abandonados. Em Idaho, eles são jogados em Idaho Falls. Aqui, em Jackson ou Pinedale.

— E as famílias cooperam nisso?

— As mulheres são pequenos robôs obedientes. E os homens são recompensados, pela fidelidade, com esposas jovens. *Esposas espirituais*, elas são chamadas, para evitarem ser processados por poligamia. Podem ter quantas quiserem, e tudo isso é sancionado biblicamente.

Jane deu uma gargalhada de incredulidade.

— Sério? Por qual Bíblia?

— Pelo Velho Testamento. Pense em Abraão e Jacó, Davi e Salomão. Os velhos patriarcas bíblicos que tinham várias esposas ou concubinas.

— E os seguidores acreditam nisso?

— Porque isso satisfaz uma necessidade premente dentro deles. As mulheres, talvez elas anseiem por segurança, por uma vida em que não precisem fazer escolhas difíceis. E os homens... Bem, é óbvio o que ganham com isso. Levar uma garota de 14 anos para a cama. *E* ir para o paraíso mesmo assim.

— E Julian Perkins fazia parte disso tudo?

— Ele tem a mãe e uma irmã de 14 anos que ainda vivem em Kingdom Come. O pai morreu quando ele tinha 4 anos. A mãe, lamento dizer, é um caso à parte. Sharon largou os filhos para *se encontrar*, ou qualquer outra porcaria que você queira chamar isso. Deixou os dois com o avô, Absolem.

— O homem da montanha.

— Exato. Um cara decente que cuidou muito bem deles. Mas dez anos depois, Sharon reaparece, e que novidade! Está com um homem novo e descobriu a religião! A de Jeremiah Goode. Ela pega os filhos de volta, e eles se mudam para Kingdom Come, o novo assentamento que a Assembleia está construindo aqui, em Wyoming. Meses depois, Absolem morre, e Sharon é a única pessoa adulta que sobrou na vida de Julian — continuou Cathy, cuja voz assumiu um tom de navalha afiada. — E ela o trai.

— Botou ele para fora?

— Como se fosse lixo. Porque o Profeta exigiu.

As duas mulheres se entreolharam; um olhar de raiva compartilhada que só terminou quando a garçonete retornou com o bule de café. Em silêncio, tomaram goles, e a bebida quente apenas piorou o fogo de ódio no estômago de Jane.

— E por que Jeremiah Goode não está na cadeia? — perguntou Jane.

— Acha que não tentei? Você viu como eles reagiram a mim na reunião. Sou a chata da cidade, a feminista irritante que não para de falar sobre garotas molestadas. E eles não querem ouvir mais. — Ela fez uma pausa. — Ou estão sendo pagos para não ouvir.

— Jeremiah os compra?

— Em Idaho foi assim. Policiais, juízes. A Assembleia tem muito dinheiro para comprar eles todos. Os assentamentos não têm comunicação com o exterior, telefone, rádio, nada. Mesmo que uma garota quisesse pedir socorro, não conseguiria — disse Cathy, pousando a xícara de café. — Não há nada que eu gostaria mais de ver do que ele e os homens que o seguem presos. Mas acho que isso nunca vai acontecer.

— Julian Perkins pensa do mesmo jeito que você?

— Ele os odeia. Já me disse.

— O suficiente para matar.

Cathy franziu o cenho.

— Como assim?

— Você esteve na cena do homicídio duplo no Circle B. Aquele casal que morreu pertencia à Assembleia.

— Você não está achando que foi Julian quem fez aquilo.

— Talvez seja por isso que fugiu. Por que ele teria de matar o policial?

Cathy sacudiu a cabeça com veemência.

— Eu conheço bem o garoto. Ele fica por aí com aquele cachorro andarilho, e você nunca vai ver alguém mais carinhoso com um animal. Ele não é violento.

— Acho que todos nós somos um pouco — falou Jane, em voz baixa. — Se pressionados o suficiente.

— Bem, se ele fez isso — concluiu Cathy —, a justiça estava com ele.

27

O buraco na neve cheirava a cachorro molhado, roupa mofada e a suor, de dois corpos imundos. Maura não tomava banho fazia semanas, e o garoto há provavelmente mais tempo ainda. Contudo, o abrigo era aconchegante como a toca de um lobo, grande o bastante para que ambos se esticassem sobre o chão de galhos de pinheiro, e o fogo que Rato havia feito estava belo e crepitante. À luz das chamas, Maura observou o próprio casaco, que já fora branco, mas agora estava manchado de fuligem e sangue. Imaginou o horror que seria se ver no espelho. Estou me transformando num animal selvagem como esses dois, pensou ela. Um bicho escondido numa caverna. Lembrou-se das histórias que lera, de crianças criadas por lobos. Trazidas de volta à civilização, permaneciam selvagens e impossíveis de domesticar. Agora, podia sentir a própria transformação começar. Dormindo e comendo sobre o chão duro, passando dias com a mesma roupa, deitando-se todas as noites ao lado do pelo quente de Urso. Em breve, ninguém a reconheceria.

Nem eu mesma.

Rato jogou um punhado de gravetos no fogo. A fumaça enchia a caverna na neve, irritando-lhes os olhos e a garganta. Sem esse garoto, eu não sobreviveria uma noite sequer aqui fora, pensou ela. Já estaria morta e congelada, meu corpo desaparecendo sob a neve que cai. No entanto, o descampado era um mundo no qual ele parecia se sentir confortável. Em uma hora, havia cavado aquele buraco, escolhendo um local ao abrigo do vento, na encosta de um morro. Juntos, tinham recolhido lenha e galhos de pinheiro, para enfrentar a escuridão e o frio mortal da noite.

Agora, enroscada próxima ao fogo, num conforto surpreendente, ouvia o vento uivando lá fora, do outro lado da porta de galhos de pinheiro, e o observava remexer o conteúdo da mochila, de onde saíram uma caixa de leite em pó e outra, de ração para cachorro, com a qual encheu uma das mãos, atirando-a para Urso. Depois, passou-a a Maura.

— Comida para cachorro? — perguntou ela.

— Se é bom para ele — disse Rato, apontando com a cabeça para o cão, que devorava com felicidade a refeição. — Melhor do que ficar de estômago vazio.

Será?, pensou ela, mordendo resignadamente um pedaço. Por um instante, o único som na caverna era o dos três pares de mandíbulas mastigando. Maura olhou para o garoto através das chamas.

— Temos que encontrar uma forma de nos rendermos — disse ela.

Ele continuou a mastigar, a atenção ferozmente concentrada em encher a barriga.

— Rato, você sabe tão bem quanto eu que eles vão vir atrás de nós. Não vamos conseguir sobreviver aqui.

— Eu vou tomar conta de você. Vamos ficar bem.

— Comendo ração para cachorro? Nos escondendo em cavernas de gelo?

— Eu conheço um lugar, lá nas montanhas. Podemos ficar lá o inverno inteiro, se for preciso — afirmou ele, segurando sachês de leite em pó. — Toma. Sobremesa.

— Eles não vão desistir. Não quando a vítima é um policial.

Ela olhou para a trouxa que continha a arma do morto, que Rato enrolara num trapo e colocara em um canto, como se fosse um cadáver que não quisesse ver. Pensou numa necropsia que realizara no assassino de um policial, que havia morrido sob custódia da polícia. *Ele avançou na gente. Devia estar sob efeito de fenciclidina,* foi o que os agentes alegaram. Todavia, os ferimentos que ela viu no tronco, as lacerações no rosto e no couro cabeludo contavam uma história diferente. *Mate um policial e você vai pagar por isso,* foi a lição que havia aprendido com aquilo. Ela olhou para o garoto e teve, de repente, uma visão dele sobre uma mesa de necropsia, espancado e ensanguentado por punhos vingativos.

— É a única forma que temos de convencê-los — argumentou ela. — Se nos rendermos juntos. Do contrário, eles vão achar que matamos o homem com a sua própria arma.

A avaliação direta pareceu abalá-lo, e o pedaço de ração caiu-lhe subitamente da mão, enquanto abaixava a cabeça. Não podia ver o rosto dele, mas notou que ele se sacudia à luz das chamas, e soube que estava chorando.

— Foi um acidente — consolou ela. — Vou dizer isso a eles, que você só estava tentando me proteger.

Ele se sacudiu mais ainda, passando os braços em torno de si, como se para sufocar os soluços. Urso se aproximou, ganindo, e pôs a cabeça grande sobre o joelho do garoto.

Maura tocou-lhe o braço.

— Se não nos entregarmos, vamos parecer culpados. Você não acha?

Ele sacudiu a cabeça.

— Vou fazer com que acreditem em mim. Eu juro, não vou deixar que acusem você disso — garantiu ela, balançando-o. — Rato, deixe isso comigo.

O garoto se afastou.

— Não.

— Só estou pensando no que é melhor para *você*.
— Não me diga o que fazer.
— Alguém tem que dizer.
— Você não é minha mãe!
— Você bem precisava de uma agora!
— Eu já *tenho* uma! — gritou ele, levantando a cabeça, e seu rosto estava banhado em lágrimas. — E que bem isso me fez?

Para aquilo, ela não tinha uma boa resposta. Em silêncio, observou-o enxugar, envergonhado, as lágrimas, que tinham deixado linhas em seu rosto sujo de fuligem. Durante dias, ele havia se esforçado para ser um homem. As lágrimas a fizeram lembrar que Rato era apenas um garoto, orgulhoso demais para mirá-la nos olhos naquele momento. Em vez disso, focava a atenção nos sachês de leite em pó, que abria e esvaziava na boca.

Ela resolveu abrir os dela. Um pouco do conteúdo se esparramou por sua mão, e Maura deixou Urso lambê-lo. Depois que terminou, o cachorro também lhe deu umas lambidas no rosto, e ela riu. Notou que Rato estava os observando.

— Há quanto tempo Urso está com você? — perguntou ela, acariciando a pelagem grossa de inverno.

— Faz alguns meses.

— Onde você o encontrou?

— Foi ele que me encontrou — disse Rato, esticando a mão e sorrindo, quando Urso voltou para seu lado. — Eu saí da escola um dia, e ele veio direto para mim. Me seguiu até em casa.

Ela também sorriu.

— Acho que ele precisava de um amigo.

— Ou sabia que eu precisava de um — retrucou ele, olhando finalmente para ela. — Você tem cachorro?

— Não.

— Filhos?

Maura fez uma pausa.

— Não.

— Não gostaria de ter?

— Nunca aconteceu — suspirou ela. — Minha vida é... complicada.

— Deve ser. Se você não consegue nem ter um cachorro.

Ela riu.

— É. Tenho que estabelecer prioridades.

Outro silêncio se fez. Rato levantou a cabeça de Urso e esfregou o rosto nela. Sentada diante do fogo crepitante, observando o garoto em comunhão silenciosa com o cachorro, ele pareceu-lhe de repente ter menos de 16 anos. Uma criança em corpo de homem.

— Rato? — chamou ela, em voz baixa. — Você sabe o que aconteceu com sua mãe e sua irmã?

Ele parou de acariciar o cão, e a mão ficou imóvel.

— Ele as levou embora.

— O Profeta?

— Ele decide tudo.

— Mas você não viu? Não estava lá quando aconteceu?

Ele sacudiu a cabeça.

— Você entrou nas outras casas? Viu... — hesitou ela. — O sangue? — perguntou, baixo.

— Vi.

Seu olhar encontrou o dela, e Maura percebeu que a importância do fato não lhe passara despercebida. É por isso que ainda estou viva, pensou. Porque ele sabia o que significava o sangue. Sabia o que aconteceria comigo se permanecesse em Kingdom Come.

Rato abraçou o cachorro, como se apenas em Urso pudesse encontrar o consolo de que precisava.

— Ela só tem 14 anos. Precisa de mim para tomar conta dela.

— Sua irmã?

— Quando eles me levaram embora, Carrie tentou impedi-los. Gritou muito, mas minha mãe a segurou. Dizendo que eu tinha de partir. Tinha de ser evitado. — O punho se cerrou sobre o pelo do cachorro. — Foi por isso que voltei. Por ela, Carrie — admitiu, levantando a cabeça. — Mas ela não estava mais lá. Não tinha mais ninguém.

— Nós vamos encontrá-la.

Maura esticou a mão e segurou seu braço, do mesmo modo como ele tocava no cão. Estavam unidos, os três: mulher, garoto e cachorro. Uma união improvável, transformada pelas dificuldades em algo próximo do amor. Talvez até mais forte que o amor. Não pude ajudar Grace, pensou ela. Mas vou fazer todo o possível para salvar esse garoto.

— Nós vamos encontrá-la, Rato — prometeu. — De alguma forma, isso vai acontecer. Juro que vai.

Urso ganiu alto e fechou os olhos.

— Ele também não acredita em você — disse Rato.

28

Jane observava o marido fazer metodicamente a mochila, com armação interna, enchendo cada recanto com artigos necessários, como saco de dormir, colchonete térmico, tenda individual, estufa para acampamento e refeições congeladas. Nos bolsos menores, colocou bússola, faca, lanterna de cabeça, corda de náilon e kit de primeiros socorros. Nenhum espaço ficou vazio, nenhum grama de peso desnecessário. Ele e Sansone haviam comprado o equipamento naquela noite, mais cedo, e agora os pertences de Gabriel estavam organizados sobre a cama do hotel, coisas pequenas em saquinhos individuais, garrafas de água lacradas com as sempre úteis fitas adesivas. Ele já havia feito aquilo muitas vezes antes, como praticante de trilhas em lugares remotos, e, mais tarde, como fuzileiro naval. A arma que trazia agora na cintura era um lembrete enervante de que essa não era uma simples ida a um acampamento de inverno.

— Eu devia ir com vocês dois — disse Jane.

— Não, nada disso. Você tem que ficar e monitorar as ligações telefônicas.

— E se alguma coisa der errado lá fora?

— Se isso acontecer, vou me sentir bem melhor sabendo que você está aqui, a salvo.

— Gabriel, sempre achei que éramos uma equipe.

Ele pôs a mochila sobre a cama e lhe lançou um sorriso irônico.

— E que membro dessa equipe tem alergia a acampamentos, de qualquer tipo, modo ou forma?

— Mas eu vou, se for necessário.

— Você não tem experiência de acampamento de inverno.

— Sansone também não.

— Mas está em boa forma e é forte. Acho que você não consegue nem levantar essa mochila. Vai, tenta.

Ela agarrou a mochila e a tirou da cama. Entre os dentes, disse:

— Consigo, sim.

— Agora imagina esse peso todo nas suas costas, enquanto você escala a montanha. Imagina carregar essa mochila durante horas, dias, e na altitude. Imagina tentar acompanhar o passo de homens que têm mais ou menos 20 quilos de músculos a mais que você. Jane, nós dois sabemos que você não está sendo realista.

Ela soltou a mochila, que bateu no chão, com um baque surdo.

— Você não conhece a área.

— Mas estarei com pessoas que conhecem.

— Você confia nelas?

— Vamos saber em breve — afirmou ele, fechando a mochila e colocando-a num canto. — O mais importante é que estaremos lá. Eles podem ser rápidos demais no gatilho, e Maura está na linha de fogo.

Jane caiu na cama e suspirou.

— Mas o que ela está fazendo lá, afinal de contas? As ações dela não fazem o menor sentido!

— É por isso que você tem que estar disponível para atender os telefonemas. Ela já ligou uma vez. Pode tentar falar com você de novo.

— E como eu faço para falar com *você*?

— Sansone está levando um telefone via satélite. Não é como se estivéssemos desaparecendo da face da terra.

Mas parece, pensou ela, deitada a seu lado na cama, àquela noite. Gabriel ia fazer uma trilha no desconhecido; no entanto, dormia profundamente, sem ser perturbado por temores. Quem permanecia acordada era ela, atormentando-se por não ser suficientemente forte e experiente para acompanhá-lo. Considerava-se igual a qualquer homem, mas dessa vez tinha de reconhecer a triste verdade. Não podia carregar aquela mochila, nem andar no mesmo passo que Gabriel. Após alguns quilômetros, despencaria sobre a neve, atrapalhando a expedição e passando vergonha.

Então como Maura vai sobreviver?

Essa pergunta se tornou mais urgente quando ela despertou, antes do amanhecer, e olhou pela janela para a neve que o vento lançava no estacionamento do hotel. Imaginou os olhos da amiga sendo aguilhoados, sua pele congelando. Era um dia brutal para se iniciar uma busca.

O sol ainda não havia surgido quando ela, Gabriel e Sansone se dirigiram para o ponto de partida. Uma dezena de outros membros da equipe já tinha chegado, juntamente com os cães farejadores, e os homens estavam tomando goles de café bem quente, na escuridão que precedia a aurora. Jane podia ouvir a animação das vozes, sentir eletricidade no ar. Eram como policiais antes de fazer uma batida, esguichando testosterona e se coçando para entrar em ação.

Quando Gabriel e Sansone colocaram as mochilas nas costas, ela ouviu o xerife Fahey perguntar:

— Aonde vocês acham que vão com essas mochilas?

Gabriel se virou para ele.

— Você pediu voluntários para busca e resgate.

— Não requisitamos nenhum agente federal para a equipe.

— Sou um negociador treinado para libertação de reféns — disse Gabriel. — E conheço Maura Isles. Ela confia em mim.

— Esse é um terreno escarpado. É preciso saber o que fazer.

— Fui fuzileiro naval durante oito anos, com treinamento em operações de inverno, em montanhas. Mais alguma coisa que você queira saber?

Impossibilitado de argumentar diante de tantas qualificações, Fahey se virou para Sansone, mas a expressão pétrea dele fez com que desistisse sequer de tentar desafiá-lo. Resmungando, Fahey se afastou:

— Onde está Monty Loftus? — berrou. — Não podemos ficar esperando por ele muito tempo!

— Disse que não vai vir — respondeu alguém.

— Depois de toda aquela bravata ontem à noite? Achei que ele seria o primeiro a estar aqui.

— Talvez tenha se olhado no espelho e lembrado que tem 71 anos.

Em meio às gargalhadas que se seguiram, um treinador gritou:

— Os cães já pegaram o cheiro!

A equipe de busca entrou na floresta, e Gabriel se voltou para Jane. Os dois deram um beijo e um abraço de despedida, e ele seguiu seu caminho. Tantas vezes antes, ela havia admirado seu porte atlético natural, o jeito confiante de andar. Nem a mochila pesada o atrasava. Enquanto se encontrava parada na beira da floresta, observando-o, conseguia ver ainda o jovem fuzileiro naval que ele fora um dia.

— Esse negócio não vai dar certo — disse uma voz.

Jane se voltou e viu Cathy Weiss meneando a cabeça.

— Vão caçá-lo como um animal — insistiu ela.

— Eu estou preocupada é com Maura Isles — confessou Jane. — E com o meu marido.

Elas permaneceram lado a lado, enquanto a equipe de busca abria caminho em meio à floresta. Aos poucos, a estrada foi esvaziando, à medida que os veículos começaram a ir embora, mas as duas mulheres ficaram, observando até os homens desaparecerem por fim entre as árvores.

— Pelo menos ele parece um homem equilibrado — comentou Cathy.

Jane concordou:

— Pode ter certeza.

— Mas os outros caras, eles estão preparados para atirar primeiro e perguntar depois. Droga! Bobby podia ter escorregado no gelo e atirado *nele mesmo* — resmungou Cathy, soltando um suspiro de frustração. — Como alguém pode saber o que aconteceu de fato? Ninguém viu.

E não havia vídeo do tiro, pensou Jane. Só aquele detalhe a incomodava profundamente. A câmera do carro de Martineau estava funcionando perfeitamente. Fora apenas desligada, violando as normas do Departamento de Polícia. As últimas imagens gravadas eram de quando o subxerife estava a caminho da montanha Doyle. Momentos antes de chegar à casa, ele havia desligado a câmera por vontade própria.

Ela se virou para Cathy.

— Você conhecia bem o policial Martineau?

— Tive alguns negócios com ele.

Pelo tom de voz, esses negócios não pareceram ter sido muito cordiais.

— Você já teve alguma razão para não confiar nele?

Por um momento, Cathy a encarou no amanhecer gelado, e o vapor de suas respirações se misturou, amalgamando-se numa união nevoenta.

— Eu estava esperando para ver quando alguém finalmente teria a coragem de fazer essa pergunta — respondeu ela.

— Bobby Martineau é agora considerado um herói. E não se deve falar mal de heróis mortos, mesmo que mereçam — esclareceu Cathy.

— Você não era fã dele então?

— Cá entre nós, Bobby era partidário do controle abusivo.

Cathy mantinha o olhar na estrada enquanto falava, dirigindo com cuidado sobre o asfalto coberto de neve e gelo. Jane estava contente de não ser ela quem navegava por aqueles caminhos desconhecidos, e mais feliz ainda por estarem indo no sólido utilitário da assistente social, com tração nas quatro rodas.

— No meu trabalho — continuou Cathy —, você descobre logo que famílias no condado estão com problemas. Quem está se divorciando, que crianças estão faltando demais à escola. E que esposas estão chegando no trabalho de olho roxo.

— A de Bobby?

— Agora é ex-esposa. Ela demorou muito a acordar e sair daquela. Há dois anos, Patsy finalmente o deixou e se mudou para Oregon. Eu gostaria que ela tivesse ficado aqui para apresentar uma acusação contra ele, porque caras como Bobby não deviam usar distintivo.

— Ele batia na mulher e usava uniforme?

— Isso deve acontecer em Boston também, não é? As pessoas se recusam a acreditar que um cidadão distinto, honrado, como Bobby, agrida a mulher — bufou Cathy. — Se o garoto atirou realmente nele, talvez Bobby tenha merecido.

— Você não está falando sério, está?

Cathy olhou para ela.

— Talvez. Um pouco. Eu trabalho com vítimas. Eu sei o que anos de maus-tratos podem fazer com um garoto, com uma mulher.

— Isso está começando a ir para o lado pessoal.

— Quando se vê muito isso, claro, começa a ficar pessoal. Por mais que se tente não deixar que aconteça.

— Então Bobby era um babaca que batia na mulher. Mas isso não explica por que desligou a câmera do carro. O que estava tentando esconder na montanha Doyle?

— Essa resposta eu não tenho.

— Ele conhecia Julian Perkins?

— Claro. O garoto foi pego por quase todos os policiais do condado, por uma infração ou outra.

— Então eles têm uma história, os dois.

Cathy ficou pensando, enquanto guiava o veículo por uma rua onde as casas eram poucas e afastadas umas das outras.

— Julian não gostava de policiais, mas isso é típico de qualquer adolescente. Eles são os inimigos. Ainda assim, não acho que essa seja a explicação. E não vamos esquecer — disse ela, olhando para Jane — que Bobby desligou a câmera *antes* de chegar à montanha Doyle. Antes de saber que o garoto estava lá. Qualquer que seja a razão disso, era algo que tinha a ver com a sua amiga Maura Isles.

Cujas ações permanecem sendo o grande mistério de tudo.

— Aqui — disse Cathy, parando o utilitário num lado da rua. — Você queria saber sobre Bobby. Era aqui que ele morava.

Jane olhou para a casa modesta, em frente. Grandes montes de neve haviam se acumulado nos dois lados do acesso para automóvel, e a construção parecia estar se escondendo, com as janelas olhando por sobre a neve como se desejassem ter um vislumbre furtivo dos transeuntes. Não havia outras casas por perto, nenhum vizinho facilmente disponível para ela fazer umas perguntas.

— Ele morava sozinho? — perguntou Jane.

— Pelo que sei, sim. Não parece ter ninguém em casa.

Jane fechou o casaco e saltou do carro. Ouvia o vento soprando entre as árvores, e o sentia picando seu rosto. Teria sido por isso que, de repente, ficou arrepiada? Ou era aquela casa, de um morto, com suas janelas escuras, contemplando a rua por sobre o banco de neve? Cathy já andava em direção ao pórtico de entrada, as botas triturando a neve compacta, mas Jane ficou parada ao lado do carro. Elas não tinham mandado de busca, nem razão para estar ali, a não ser o fato de que o policial Martineau era um enigma para ela, e que qualquer boa investigação de homicídio incluía uma análise da vítima. Por que esse homem em particular fora atacado? Que atos cometeu que levaram a sua morte na montanha Doyle? Até então, toda atenção havia sido concentrada no suposto atirador, Julian Perkins. Era hora de convergir o interesse para Bobby Martineau.

Ela seguiu Cathy pela entrada, as botas encontrando tração na areia grossa, que havia sido espalhada sobre o gelo. Cathy já estava batendo na porta da frente.

Como era de se esperar, ninguém atendeu.

Jane notou o peitoril apodrecido das janelas, a pintura que descascava. Uma pilha de lenha tinha sido jogada de qualquer jeito num canto do pórtico, contra uma grade que parecia perigosamente próxima do desabamento. Olhando pela janela da frente, viu uma sala de estar mobiliada de forma escassa. Uma caixa de pizza e duas latas de cerveja estavam sobre uma mesa de centro. Jane não observou nada que a surpreendesse, que não esperasse encontrar na casa de um homem que vivia sozinho, com salário de subxerife.

— Uau! Isso parece um depósito — disse Cathy, olhando para a garagem, separada do restante da construção, que parecia arqueada sob o peso da neve no telhado.

— Você sabe de algum amigo dele? Uma pessoa que o conhecesse bem?

— Alguém do Departamento de Polícia, provavelmente. Mas é muito difícil encontrar uma pessoa que vá falar algo de negativo. Como eu já disse, um policial morto é sempre um herói.

— Depende de como o policial morreu — rebateu Jane, tentando girar a maçaneta.

Ela voltou a atenção para a garagem. O acesso que levava até a porta de levantar estava desimpedido, e ela viu marcas de pneus — largos, de caminhão. Com cuidado, desceu os escorregadios degraus do pórtico. Na porta da garagem, hesitou, sabendo que, ao abri-la, ultrapassaria a linha da ética. Não possuía mandado, e aquela sequer era sua jurisdição. Porém Bobby Martineau estava morto, de maneira que dificilmente se queixaria daquilo. E, no final, era uma questão de justiça, não? Justiça para o próprio Bobby, bem como para o garoto acusado de matá-lo.

Ela se abaixou, procurando a alça da porta, mas os trilhos estavam cheios de gelo e Jane não conseguiu fazê-la se mexer. Cathy se aproximou e, juntas, esforçaram-se para levantá-la. De repente, soltou-se, e elas a ergueram. As duas ficaram paradas, pasmas.

Um gigante enorme e negro reluzia lá dentro.

— Está vendo isso? — murmurou Cathy. — Está novo em folha, ainda tem a placa da concessionária.

Admirada, Jane acariciou a pintura impecável, enquanto andava em torno da caminhonete. Era uma Ford F-450 XLT.

— Essa criança deve custar no mínimo 50 mil dólares — estimou ela.

— Como Bobby conseguiu comprar isso?

Jane deu a volta até o para-choque dianteiro e parou.

— Uma pergunta melhor ainda é: como ele conseguiu comprar *aquilo*?

— O quê?

Jane apontou para a Harley. Era um modelo V-Rod Muscle preto e, como a caminhonete, parecia novo em folha. Ela não sabia quanto uma motocicleta daquelas custava, mas não era barata, com certeza.

— Parece que o policial Martineau andou nadando no dinheiro recentemente — disse ela em voz baixa, virando-se para Cathy, que olhava, de queixo caído, para a moto. — Ele não tinha algum tio rico por aí, tinha?

Cathy negou com a cabeça, desnorteada.

— Pelo que sei, ele não conseguia nem pagar a pensão da esposa em dia.

— Então como comprou essa moto? E essa caminhonete? — perguntou Jane, olhando em volta, para a garagem pobre, com o madeirame vergado. — É óbvio que temos aqui algo que não se encaixa bem. O que nos faz questionar tudo que nos contaram sobre Martineau.

— Ele era policial. Talvez alguém o estivesse pagando para fechar os olhos.

Jane contemplou de novo a Harley, tentando compreender que ligação poderia ter com a morte de Martineau. Estava claro que ele tinha deliberadamente desligado a câmera do carro, a fim de ocultar seus atos. A seção de atendimento acabara de lhe dizer que Maura Isles estava esperando lá, uma mulher solitária, precisando ser resgatada. Após receber a chamada, Martineau desligara a câmera e seguira em direção à montanha Doyle.

O que aconteceu então? Onde o garoto entrava na história? *Talvez tudo tivesse a ver com ele.*

Ela olhou para Cathy.

— A que distância fica Kingdom Come?

— A uns 50 ou 60 quilômetros daqui. No meio do nada.

— Talvez devêssemos dar um pulo lá para conversar com a mãe de Julian.

— Acho que não tem ninguém morando lá agora. Ouvi dizer que os moradores foram passar o inverno fora.

— Você lembra quem deu essa informação? O mesmo policial que visitava regularmente Kingdom Come. E que nunca viu nada de errado lá.

Cathy disse em voz baixa:

— Bobby Martineau.

Jane apontou com a cabeça para a Harley.

— Com base no que encontramos aqui, acho que não podemos confiar em nada do que Martineau dizia. Alguém o estava pagando para ficar de bico calado. Alguém com dinheiro suficiente para isso.

Nenhuma das duas precisou dizer o nome em voz alta. *Jeremiah Goode.*

— Vamos fazer uma visita a Kingdom Come — decretou Jane. — Quero descobrir o que não podemos ver.

29

Pela janela do carro, Jane viu corcovas marrons espalhadas por um vasto campo branco. Eram bisões, aconchegados uns contra os outros, a fim de se proteger do vento, os pelos grandes e emaranhados salpicados de neve. Isso era novidade para uma garota da cidade grande, onde todos os bichos usavam coleira, tinham placas de identificação e eram registrados. Todavia, os animais de estimação eram alimentados e abrigados, e não deixados à própria sorte, ao relento cruel. Essa é a consequência da liberdade, pensou ela, contemplando os bisões, consequência que Julian Perkins tinha aceitado quando fugiu do lar adotivo com apenas uma mochila de comida. Como um garoto de 16 anos conseguia sobreviver naquele mundo implacável?

Como Maura conseguia?

Como se lesse seus pensamentos, Cathy disse:

— Se existe alguém que pode mantê-la viva aí fora, essa pessoa é Julian. Ele foi criado por um avô que conhecia todos os truques de como se viver da terra. Absolem Perkins é uma lenda por aqui. Construiu a sua cabana com as próprias mãos, lá nas montanhas Bridger-Teton.

— Onde fica isso?

— É aquela cordilheira ali — respondeu Cathy, apontando.

Através da nuvem de poeira de neve atirada para cima pelos pneus, Jane viu picos escarpados.

— Foi *ali* que Julian cresceu?

— É uma floresta nacional agora. Mas, se você for fazer uma trilha lá, vai encontrar algumas propriedades antigas, como a de Absolem. Da maioria delas, só sobraram os alicerces, mas nos fazem lembrar como era difícil se manter vivo naquela época. Não consigo imaginar um só dia sem um vaso sanitário com descarga e uma ducha quente.

— Que loucura! Não consigo imaginar um dia sem TV a cabo.

Elas estavam então subindo a base da montanha, por uma região onde as árvores começavam a se adensar e as construções a escassear. Passaram pela loja de conveniência Grubb's, e Jane viu a placa sinistra: ÚLTIMA CHANCE PARA ABASTECER. Não pôde evitar um olhar ansioso ao medidor de combustível de Cathy, e ficou aliviada ao ver que tinham três quartos de tanque.

Lembrou-se do que Queenan dissera sobre os muitos relatos de onde Maura fora vista. As pessoas diziam tê-la visto por todo o estado, até no Dinosaur Museum, em Thermopolis, e no Hotel Irma, em Cody. Além de na loja de conveniência Grubb's, no Condado de Sublette.

Ela pegou o telefone celular a fim de ligar para Queenan. Nenhum sinal. Ela o pôs de volta na bolsa.

— Interessante — comentou Cathy, enquanto saíam da estrada principal e entravam em outra, mais estreita.

— O quê?

— Passaram a máquina para retirar o gelo.

— Essa é a estrada para Kingdom Come?

— É. Se Bobby disse a verdade, e o vale está deserto, por que alguém iria se preocupar em limpar a estrada?

— Você já esteve aqui antes?

— A única vez que vim foi no verão passado — respondeu Cathy, enquanto fazia uma curva tão fechada que Jane se apoiou instintivamente no encosto para o braço. — Eu tinha acabado de ficar responsável por Julian. A polícia o havia pegara em Pinedale, onde ele havia invadido uma casa e estava revirando a cozinha atrás de comida.

— Depois de ser expulso da Assembleia?

Cathy assentiu.

— Mais um dos Garotos Perdidos deles. Vim até aqui na esperança de conseguir conversar com a mãe. A irmã, Carrie, me preocupava. Julian tinha me contado que ela estava com 14 anos, e sei que essa é a idade em que os homens começam a... — Cathy fez uma pausa e respirou fundo. — O fato é que não consegui chegar a Kingdom Come.

— O que aconteceu?

— Entrei na estrada particular deles e estava descendo na direção do vale quando uma caminhonete subiu e me interceptou. Eles devem ter algum tipo de sistema de alarme que diz quando alguém entra na propriedade. Dois homens, com rádios, quiseram saber o motivo da minha visita. Assim que descobriram que eu era assistente social, me mandaram embora e me disseram para não voltar nunca mais. Tive só um vislumbre do assentamento, da estrada. Eles tinham construído dez casas, e havia mais duas em construção, com escavadeiras mecânicas e tratores em volta. Era óbvio que tinham planos de se expandir. Esse vai ser o novo Plain of Angels deles.

— Então você nunca falou com a mãe de Julian?

— Não. E ela nunca tentou, nem uma vez sequer, entrar em contato com alguém para saber se ele estava bem — continuou Cathy, sacudindo a cabeça em sinal de desaprovação. — Onde fica o amor materno? Você tem de escolher entre sua religião e seu filho, e se livra da criança. Não consigo entender isso, você consegue?

Jane pensou na própria filha, no que sacrificaria para manter Regina a salvo. *Eu morreria por ela, sem nem pensar duas vezes.*

— Não, também não entendo.

— Imagina o que não deve ter sido isso para o pobre Julian. Saber que a mãe o considera descartável, que fechou os olhos quando os homens o arrastaram para fora de casa.

— Meu Deus! Foi assim que aconteceu?

— Foi como Julian descreveu. Disse que soluçava e berrava. A irmã gritava também. E a mãe deixou que tudo acontecesse, sem um sinal de protesto.

— Que mãe de merda!

— Mas lembre que ela também é uma vítima.

— Isso não é desculpa. Uma mãe luta pelos filhos.

— Na Assembleia, as mães nunca lutam. Em Plain of Angels, dezenas de mães entregaram os filhos de bom grado, deixando que fossem arrastados e despejados na cidade mais próxima. Os garotos se sentem tão violentados, prejudicados, que muitos caem nas drogas. Ou são explorados por aproveitadores. Ficam desesperados para ter alguém que os ame.

— Como Julian reagiu?

— Só queria voltar para a família. Ele é como aquele cachorro que apanha, mas quer voltar para o dono que o maltrata. Em julho, roubou um carro só para retornar ao vale e ver a irmã. Conseguiu ficar escondido aqui três semanas, até que a Assembleia o pegou e o despejou de volta em Pinedale.

— Então ele pode retornar para lá dessa vez também — supôs Jane, olhando para Cathy. — A que distância estamos da montanha de Doyle? Onde Martineau foi morto?

— Numa linha reta, não fica longe. Está bem do outro lado desses morros. Mas pela estrada é muito mais longe.

— Ele poderia vir a pé, então?

— Se realmente quisesse.

— Ele acabou de matar um policial. Está assustado e fugindo. Pode vir procurar abrigo em Kingdom Come.

Cathy pensou no assunto, franzindo cada vez mais o cenho.

— Se ele estiver lá agora...

— Está armado.

— Não me faria mal. Me conhece.

— Eu só estou dizendo que precisamos ter cuidado. Não podemos prever qual será o próximo passo dele.

E ele está com Maura.

Estavam subindo sem parar por quase uma hora e não tinham visto qualquer outro veículo ou construção, nenhuma evidência de que alguém residisse naquela montanha. Apenas quando Cathy diminuiu a velocidade e parou foi que Jane viu a placa, os mourões enterrados pela metade na neve profunda.

ESTRADA PARTICULAR
APENAS PARA MORADORES
ÁREA PATRULHADA

— Faz a gente se sentir bem-vinda, não?

— Também me faz pensar por que eles têm tanto medo de visitas...

— Interessante. A corrente está no chão, e essa estrada também foi limpa.

Elas começaram a descer a via particular, o utilitário de Cathy deslizando vagarosamente sobre o asfalto, coberto com quase 3 centímetros de neve recente. Os pinheiros eram abundantes ali, lançando sobre a estrada uma sombra claustrofóbica, e Jane pouco conseguia ver para além daquela cortina verde. Ela olhava para a frente, os músculos tensos, sem ter certeza do que esperar. Uma interceptação hostil por parte da Assembleia? Um tiro de um garoto assustado? De repente, as árvores se tornaram mais esparsas, e ela piscou diante da claridade do céu aberto, frio e ensolarado.

Cathy parou em um local que permitia uma boa visão e estacionou. As duas mulheres avistaram, chocadas, o que havia sido o assentamento de Kingdom Come.

— Meu Deus! — murmurou Cathy. — O que aconteceu aqui?

Ruínas enegrecidas pontuavam o vale. Alicerces carbonizados marcavam onde ficavam as casas, com as duas fileiras formando um registro estranhamente ordenado da devastação. Em meio aos destroços, algo se movia, troteando com arrogância entre as casas queimadas, como se aquele vale agora lhe pertencesse e ele estivesse apenas supervisionando seus domínios.

— É um coiote — observou Cathy.

— Isso não parece ter sido acidente — concluiu Jane. — Acho que alguém esteve aqui e botou fogo nas casas.

Ela ficou em silêncio, chocada pelo que lhe parecia óbvio.

— Julian.

— Por que ele faria isso?

— Ódio da Assembleia? Se vingando por o terem expulsado.

— Você é a primeira a culpá-lo por tudo, não? — disse Cathy.

— Ele não teria sido o primeiro garoto a incendiar uma casa.

— Destruindo seu único abrigo disponível em quilômetros? — questionou Cathy, suspirando fundo e engatando a primeira no carro. — Vamos chegar mais perto.

Elas desceram a estrada do vale, e, através de grupos intermitentes de pinheiros, Jane teve outros ângulos de visão do assentamento, a destruição lhe parecendo mais assustadora a cada novo olhar. Àquela altura, o som do veículo já percorrera o declive, e o coiote solitário havia fugido em direção à floresta que se estendia em volta. Quando o carro se aproximou, Jane viu montes negros espalhados pelo campo de neve e percebeu que aquilo também eram coiotes. Entretanto, encontravam-se todos imóveis.

— Jesus, parece que a matilha toda foi massacrada — disse Jane.

— Caçadores.

— Por quê?

— Os coiotes não são muito populares nas áreas de rancho — respondeu Cathy, parando ao lado do primeiro alicerce queimado, e as duas contemplaram o campo de animais mortos.

Na borda da floresta, o único coiote sobrevivente estava parado, observando-as como se ele também quisesse respostas.

— Isso é estranho — murmurou Jane. — Não vejo sangue em lugar nenhum. Não estou certa de que esses animais tenham sido abatidos a tiros.

— E como teriam morrido, então?

Jane saltou do carro e quase escorregou no gelo. A neve derretida com o incêndio se congelara rapidamente numa camada dura, sobre a qual repousavam agora cerca de 3 centímetros de neve em pó. Para onde quer que olhasse, via pegadas de animais de rapina. A destruição a assombrava. Ela ouviu as botas de Cathy caminhando em volta, mas permaneceu ao lado do veículo, contemplando a mistura de madeira carbonizada e metal, observando, aqui e ali, algum objeto reconhecível entre as ruínas. Um espelho quebrado, uma maçaneta chamuscada. Uma pia de cerâmica cheia de água congelada, como uma pista de patinação em miniatura. Um vilarejo todo reduzido a escombros e cinzas.

O grito foi penetrante, cada eco reverberando das montanhas, como lascas de vidro. Jane correu, assustada, e viu Cathy parada do outro lado das ruínas. O olhar estava fixo no chão, a mão enluvada pousada sobre a boca. A passos irregulares e robóticos, ela começou a se afastar.

Jane chegou até ela.

— O que foi, Cathy?

A outra mulher não respondeu. Ainda olhava para baixo, recuando aos tropeços. Quando Jane se aproximou, viu vestígios de cores no solo. Um pedaço azul aqui, um ponto rosa ali. Fragmentos de roupas, percebeu ela, as bordas esfarrapadas. Ao se mover para além do último alicerce queimado, viu que a neve se tornava mais profunda e repleta de pegadas de animais de rapina. As marcas estavam por todo lado, como se os coiotes tivessem executado uma dança.

— Cathy?

Por fim, a mulher se voltou para ela, e seu rosto estava sem cor. Incapaz de falar, tudo que conseguia fazer era apontar para o chão, na direção de um dos coiotes mortos.

Só então Jane se deu conta de que Cathy não estava apontando para o animal, mas para um par de ossos, espetados como dois talos finos e brancos na neve. Podiam ser restos da presa de algum animal selvagem, rasgados e mordiscados por predadores, a não ser por um pequeno detalhe. Circundando esses ossos havia algo que não pertencia a animal nenhum.

Jane se agachou e fixou os olhos nas contas cor-de-rosa e púrpura enfiadas num elástico. Uma pulseira de criança.

Seu coração martelava quando se ergueu de novo. Olhou para a área coberta de neve que se estendia até as árvores e viu buracos no solo, onde os coiotes tinham cavado em busca de tesouros, carne fresca, com a qual haviam começado a se banquetear.

— Eles ainda estão aqui — anunciou Cathy, em voz baixa. — As famílias, as crianças. O povo de Kingdom Come nunca foi embora — disse ela, olhando para o chão, como se visse algum novo horror a seus pés. — Eles estão bem *aqui*.

30

Ao anoitecer, a equipe de resgate do investigador de homicídios já havia extraído o 15º corpo do chão congelado. Estava emaranhado a outros cadáveres, enterrados juntos, numa vala comum, os membros misturados num abraço grupal grotesco. A cova era rasa, coberta apenas por uma fina camada de terra, tão fina que mesmo com 45 centímetros de neve animais de rapina haviam detectado aquele tesouro de carne. Como os 14 corpos anteriores, aquele cadáver emergiu da vala com os membros congelados e rígidos, cílios incrustados de gelo. Era apenas um bebê, de cerca de 6 meses, vestindo um pijama de algodão, de mangas compridas, estampado com pequenos aviões. Roupa de se usar dentro de casa. Como os outros corpos, não exibia marcas de violência. Exceto por danos *post mortem*, causados por carnívoros, os cadáveres se encontravam perfeitos, de modo estranho e perturbador.

Esse bebê era o mais perfeito de todos, os olhos fechados, como se dormisse; a pele tão lisa e leitosa quanto porcelana. *É só um boneco*, foi o primeiro pensamento de Jane, ao vislumbrar o pequeno cadáver na vala. Era o que queria acreditar. Porém, logo a verdade se tornou aparente, quando a equipe do investigador, com vestimentas contra contaminação cobrindo as pesadas roupas de inverno, cuidadosamente tirou o corpo de sua sepultura.

Jane havia observado a sucessão infindável de cadáveres emergindo, e o do bebê foi o que mais a incomodou, porque a fez pensar na própria filha. Tentou bloquear a imagem, mas ela já tinha surgido em sua mente: o rosto sem vida de Regina, a pele pulverizada com geada.

Abruptamente, afastou-se da vala e caminhou de volta para onde os veículos se encontravam estacionados. Cathy ainda estava encolhida em seu utilitário. Jane entrou, sentou-se ao lado dela e fechou a porta. O veículo cheirava a fumaça, o cinzeiro estava abarrotado. De mãos trêmulas, Cathy acendeu mais um cigarro e deu uma tragada. As duas mulheres ficaram sentadas por um tempo, sem falar. Pelo para-brisa, elas assistiram ao membro da equipe de resgate colocar o pequeno e deplorável embrulho dentro do rabecão e fechar a porta. Havia pouca luz do sol restante. Amanhã as escavações seriam retomadas, e eles certamente encontrariam mais corpos. No fundo da vala, a equipe já tinha vislumbrado um membro rígido de adulto.

— Nenhum ferimento a faca. Nenhuma perfuração de bala — disse Jane, enquanto observava o rabecão se afastar. — É como se tivessem pegado no sono e morrido.

— Jonestown — murmurou Cathy. — Você se lembra daquilo, não? O reverendo Jim Jones. Ele carregou quase mil seguidores da Califórnia para a Guiana. Fundou a própria colônia. Quando as autoridades dos Estados Unidos apareceram para investigar, mandou os seguidores cometerem suicídio. Mais de novecentas pessoas morreram.

— Você acha que esse foi um suicídio coletivo também?

— O que mais pode ter sido? — devolveu Cathy, observando a cova rasa pela janela. — Em Jonestown, eles fizeram as crianças beberem primeiro. Deram a elas cianeto misturado com refresco. Sabor uva. Imagina fazer uma coisa dessas. Encher uma mamadeira com veneno. Pegar o próprio bebê. Colocar o bico na sua boca. Imagina ficar olhando enquanto ele bebe, sabendo que seria a última vez que olharia para você e sorriria.

— Não, não consigo imaginar isso.

— Mas em Jonestown eles fizeram isso. Mataram os próprios filhos e depois se mataram. Tudo porque um suposto *profeta* disse que assim fizessem. — Cathy se virou para ela com um ar espantado. As sombras, que se tornavam mais intensas dentro do veículo, realçavam seus olhos fundos. — Jeremiah Goode tem o poder de comandá-los. Pode fazer com que renunciem aos próprios bens e deem as costas ao mundo. Consegue que abram mão das filhas e expulsem os filhos. Pode entregar a eles um copo de veneno, dizer que bebam, e eles bebem. Fazem isso com um sorriso, porque não há nada mais importante do que satisfazê-lo.

— Eu já fiz essa pergunta antes. Acho que sei a resposta. Isso é uma questão pessoal para você, não?

As palavras de Jane, ditas em voz tão baixa, pareceram ter atordoado Cathy. Ela ficou imóvel, enquanto o cigarro queimava vagarosamente, transformando-se em cinza. De repente, apagou-o e olhou nos olhos de Jane.

— Pode acreditar que isso é muito pessoal — respondeu ela.

Jane não fez mais nenhuma pergunta, nenhum comentário. Era experiente o bastante para lhe dar tempo e espaço, a fim de que dissesse mais quando estivesse pronta.

Cathy desviou o olhar para fora, contemplando a luz que diminuía.

— Há 16 anos — admitiu ela —, perdi minha melhor amiga para a Assembleia. Ela e eu éramos como irmãs, até mais chegadas. Katie Sheldon morava ao lado da gente, e eu a conhecia desde os 2 anos. O pai era carpinteiro, desempregado havia muito. Um homenzinho desagradável que dominava a família como um imperador de meia-tigela. A mãe era dona de casa. Uma personalidade nula, mal me lembro dela. Eles eram exatamente o tipo de família que a Assembleia parece atrair. Pessoas que não têm outros contatos, que precisam de uma razão para existir nas suas vidas sem propósito. E o pai de Katie provavelmente gostou da ideia de uma religião que dava a ele carta branca para dominar a família. Sem falar nas garotinhas que teria para manter relações sexuais. Várias esposas, Armagedon, o fim dos tempos. Ficou feliz da vida em adotar isso tudo. Toda a lenga-lenga de Jeremiah. E então a família saiu do nosso bairro. Para Plain of Angels.

"Katie e eu prometemos escrever uma à outra. Eu escrevi. Cartas e mais cartas, e nunca recebi uma resposta. Mas nunca parei de pensar nela, me perguntando o que teria acontecido com ela. Anos mais tarde, descobri."

Enquanto Cathy respirava fundo para se acalmar, Jane permaneceu em silêncio, esperando para ouvir o que, àquela altura, sabia ser uma conclusão trágica.

— Acabei a faculdade — continuou Cathy — e arranjei um emprego de assistente social num hospital, em Idaho Falls. Um dia, surgiu um caso de emergência obstetrícia. Uma jovem que estava com hemorragia depois de ter dado à luz em Plain of Angels. Era minha amiga Katie. Tinha só 22 anos quando morreu. A mãe estava com ela, e deixou escapar o fato de que Katie tinha mais cinco filhos em casa — falou Cathy, apertando as mandíbulas. — Faça as contas.

— As autoridades deveriam ter sido notificadas.

— E foram. Fiz questão de que fossem. A polícia de Idaho foi até Plain of Angels e fez perguntas. Àquela altura, a Assembleia já havia criado a sua versão para o fato. Não, eu tinha entendido errado, era o primeiro filho dela. Não havia mães menores de idade. Não havia abuso sexual de garotas. Eles formavam apenas uma comunidade pacífica, onde todos eram felizes e saudáveis, um verdadeiro nirvana. A polícia não pôde fazer nada — disse Cathy, encarando Jane. — Era tarde demais para salvar a minha amiga. Mas achei que poderia ajudar as outras. Todas aquelas garotas prisioneiras da Assembleia. Foi quando me tornei ativista.

"Durante anos, procurei informações sobre Jeremiah e os seguidores. Insisti com a polícia para que fizesse o seu trabalho e protegesse aquelas garotas. Mas não tem nenhum jeito de acabar com a Assembleia, até eles prenderem Jeremiah. Enquanto estiver vivo e livre, ele controla todos. Envia ordens e manda os seus homens atrás das pessoas que o desafiam. Mas, se for encurralado, vai se tornar perigoso. Lembre-se do que aconteceu em Jonestown. E com o Ramo Davidiano em Waco. Quando Jim Jones e David Koresh viram que iam se dar mal, levaram todo mundo com eles. Homens, mulheres e crianças."

— Mas por que agora? — perguntou Jane. — O que poderia fazer Jeremiah ordenar um suicídio coletivo nesse momento em particular?

— Talvez ache que as autoridades estão chegando muito perto. Que é só uma questão de tempo para ele ser preso. Quando se encara a possibilidade de passar décadas atrás das grades por crimes sexuais, quando essa pessoa sabe que está afundando, não se importa com quantas leva consigo. Se você cai, seus seguidores têm de cair também.

— Mas há um problema com essa teoria, Cathy.

— Qual?

— Esses corpos foram enterrados. Alguém os arrastou até o campo, cavou uma vala e tentou esconder o que aconteceu. Se Jeremiah os convenceu a cometer suicídio coletivo com ele, quem ficou então para enterrar os corpos? Quem queimou as casas?

Cathy ficou em silêncio, pensando. Lá fora, membros da equipe de recuperação retornavam em seus veículos. Pareciam bonecos Michelin gordos, em seus trajes contra contaminação. A luz havia desaparecido, transformando a paisagem em tons invernais de cinza e branco. Escondidos na escuridão da floresta em torno, mais animais de rapina espreitavam certamente, aguardando uma nova chance de se banquetear com carne envenenada. A mesma que já havia matado seus companheiros.

— Eles não vão encontrar o corpo de Jeremiah aqui — concluiu Jane.

Cathy olhou para os restos queimados de Kingdom Come.

— Você está certa. Ele está vivo. Tem de estar.

Uma batida na porta de Cathy fez as duas mulheres se sobressaltarem. Pela janela, Jane reconheceu o rosto pálido do detetive Pasternak olhando para elas. Quando Cathy baixou o vidro, ele disse:

— Srta. Weiss, eu estou pronto para ouvir tudo que você tem a dizer sobre a Assembleia.

— Então você finalmente acredita em mim.

— Só lamento que ninguém a ouça — falou ele, fazendo um gesto em direção ao banco de trás do veículo. — Posso entrar para escapar desse vento e me juntar a vocês?

— Vou contar tudo que sei. Mas com uma condição — avisou Cathy.

Pasternak entrou no carro e fechou a porta.

— Sim?

— Você tem de compartilhar algumas informações com a gente.

— Tais como?

Jane se virou em seu banco e olhou para ele.

— Que tal começar com o que você sabe sobre o policial Martineau? E onde ele conseguiu dinheiro para comprar uma Harley novinha e uma reluzente caminhonete nova em folha também.

Pasternak olhava alternadamente para as duas mulheres que o encaravam de seus assentos.

— Estamos averiguando isso.

— Onde está Jeremiah Goode? — pressionou Cathy.

— Também estamos investigando isso.

Cathy sacudiu a cabeça.

— Temos uma sepultura coletiva aqui, e você sabe quem é o provável responsável por ela. Deve ter alguma ideia de onde ele está.

Após um momento, Pasternak assentiu.

— Estamos nos comunicando com a polícia de Idaho. Eles me disseram que já têm um contato dentro do complexo de Plain of Angels, que disse que Jeremiah Goode não se encontra lá no momento.

— E você confia nesse contato?

— Eles confiam.

Cathy bufou.

— Então aí vai a lição número um, detetive. No que se refere à Assembleia, não confie em ninguém.

— Um mandado de prisão já foi expedido contra ele. Nesse meio-tempo, Plain of Angels fica sob observação.

— Ele tem contatos em tudo quanto é lugar. Casas seguras onde pode ficar escondido anos.

— Tem certeza disso?

Cathy balançou a cabeça.

— Ele tem tanto os seguidores como o dinheiro para permanecer fora de alcance. Suficiente para subornar um exército de Bobby Martineau.

— Estamos seguindo essa trilha do dinheiro, pode acreditar. A conta bancária do policial Martineau andou recebendo uma boa quantia, duas semanas atrás.

— De onde? — perguntou Jane.

— De uma conta registrada em nome do Dahlia Group e da Assembleia. A conta está em um banco de Rockville, Maryland.

Cathy franziu o cenho.

— A Assembleia não tem nenhum contato em Maryland. Não que eu saiba.

— A Dahlia parece ser uma empresa de fachada, seja para que negócio for. Alguém se deu ao trabalho de ocultar o rastro do dinheiro.

Jane contemplou o local da sepultura, onde operários estavam colocando tábuas pesadas sobre a vala, a fim de protegê-la contra mais predadores. E para proteger os animais também contra o veneno que havia matado tanto as vítimas humanas quanto as criaturas que tinham se banqueteado com a carne contaminada.

— Foi por isso que Martineau recebeu o dinheiro — disse ela. — Para ficar calado sobre o que aconteceu aqui.

— É um segredo que vale a pena guardar — comentou Pasternak. — Um assassinato em massa.

— Talvez seja por isso que tenha sido morto — especulou Jane. — Talvez o garoto não tenha tido nada a ver com isso.

— Acho que só Julian Perkins pode responder essa pergunta.

— E há um batalhão de homens armados prontos para matá-lo. —Jane olhou em direção às montanhas e ao céu, que já estava escurecendo para mais uma noite gélida. — E, se eles fizerem isso, podemos perder nossa única testemunha.

31

Urso ouviu primeiro.

Durante a maior parte da manhã, o cachorro andou trotando bem à frente deles, como se já soubesse o caminho, embora o garoto nunca o tivesse trazido antes àquela montanha. Estavam caminhando havia horas, sem falar, preservando o fôlego durante a subida, Maura indo por último, atrás do garoto. Cada passo era um esforço para ela acompanhar. Assim, quando Urso de repente parou numa saliência acima deles e deu um latido, Maura achou que era para ela. Uma versão canina de *Vamos lá, minha senhora! Por que está demorando tanto?*

Até ouvi-lo rosnar. Olhando para cima, viu que ele não estava voltado em sua direção, mas para leste, onde ficava o vale que tinham acabado de subir. Rato estacou e se virou na mesma direção. Por um momento, ficaram em silêncio. Os galhos dos pinheiros rangiam. A neve fazia redemoinhos, movida por dedos invisíveis de vento.

Então ouviram o latido distante de cães.

— A gente tem que andar mais rápido — alertou o garoto.

— Não consigo ir mais rápido.

— Consegue, sim — garantiu ele, aproximando-se. — Eu te ajudo.

Ela olhou para a mão estendida e depois para seu rosto, sujo e emaciado. *Ele vem me mantendo viva esses dias todos*, pensou Maura. *Agora é a minha vez de retribuir o favor.*

— Você vai andar mais rápido sem mim — disse ela.

— Não vou deixar você para trás.

— Vai, sim. Você vai correr, e eu vou ficar sentada aqui, esperando por eles.

— Você nem sabe quem são *eles*.

— Eu conto o que aconteceu com o policial. Explico tudo.

— Não faça isso, por favor. *Não.* — Ela escutou lágrimas entrecortarem-lhe a voz.— Venha comigo. Só temos que atravessar a próxima montanha.

— E depois? A próxima, a próxima e a próxima.

— Só falta mais um dia para chegar lá.

— Chegar aonde?

— Em casa. Na cabana do meu avô.

O único lugar seguro que ele conheceu, pensou Maura. O único lugar onde foi amado.

Rato olhou para o outro lado do vale. Lá, no flanco nevado do morro em frente, pequenas formas escuras se moviam.

— Não sei para onde mais a gente pode ir — disse ele em voz baixa, e passou a manga suja pelos olhos. — A gente vai ficar bem lá. Eu sei que vai.

Era um pensamento mágico, apenas isso, mas fora tudo que lhe sobrara. Porque nada mais ficaria bem para ele de novo.

Ela olhou para o alto da montanha. Seria, no mínimo, meio dia de escalada até o topo, mas lhes daria uma vantagem, se algo desse errado. Se tivessem de oferecer alguma resistência.

— Rato — chamou ela. — Se eles se aproximarem muito, se nos alcançarem, você tem de me prometer uma coisa. Vai me deixar para trás. Deixa eu conversar com eles.

— E se eles não quiserem conversar?

— Podem ser policiais.

— O último também era.

— Eu não consigo ir mais rápido que eles, mas você consegue. Provavelmente consegue ir mais rápido que todo mundo. Eu só estou te atrasando. Então vou ficar e conversar com eles. No mínimo, posso te dar mais tempo para escapar.

Ele a encarou, os olhos escuros começando de repente a lacrimejar.

— Você faria mesmo isso? — perguntou ele. — Por mim?

Ela tocou com a luva seu rosto sujo, secando as lágrimas.

— Sua mãe foi uma louca — disse ela, suavemente — de abrir mão de um garoto como você.

Urso deu um latido seco, impaciente, e os encarou como quem diz *O que vocês estão esperando?*

Ela sorriu para o garoto e forçou as pernas doloridas a se moverem novamente, e eles seguiram o cachorro montanha acima.

No final da tarde, já haviam subido para além da cobertura de árvores, e Maura não tinha dúvidas de que seus perseguidores poderiam avistá-los com facilidade. Três figuras escuras subindo a encosta imaculadamente branca. *Eles nos veem, da mesma forma que os vemos,* pensava ela. *Predador e presa, com apenas um vale nos separando.* E ela estava se deslocando muito devagar, o sapato para neve direito estava frouxo na bota, e os pulmões ofegantes no ar rarefeito. Os perseguidores iam diminuindo cada vez mais a distância que os separava. Não estavam cansados, esfarrapados e famintos, depois de dias a céu aberto; não tinham o corpo de uma mulher urbana, de 42 anos, cujo conceito de exercício era uma caminhada sem pressa pelo parque. Como as coisas chegaram àquele momento improvável? Arrastando-se montanha acima com um cachorro de raça duvidosa e um garoto marginalizado, que não confiava em ninguém e tinha todas as razões para isso. Aqueles eram os dois seres com quem podia contar ali, dois amigos que já tinham dado provas disso mais de uma vez.

Ela olhou para Rato, movendo-se incansável a sua frente, e ele parecia ter muito menos de 16, apenas uma criança assustada, escalando a encosta como um cabrito-montês. Entretanto, Maura havia chegado ao limite de sua capacidade de resistência, e agora mal conseguia colocar um pé na frente do outro. Continuou a se arrastar trilha acima, os sapatos para neve afundando sob seu peso, o pensamento fixo no encontro que se daria. Aconteceria após o cair da tarde. De uma maneira ou de outra, pensou ela, naquela noite tudo seria decidido. Olhando para trás, viu que seus perseguidores já estavam emergindo da cobertura de árvores abaixo. Tão próximos.

Em breve, estaremos ao alcance de seus rifles.

Maura olhou de novo para a montanha, para o pico que ainda pairava bem distante, e suas últimas forças pareceram se desintegrar e desaparecer como cinzas.

— Venha! — chamou Rato.

— Não posso — respondeu ela, parando e se recostando contra um monte alto. — Não posso.

Ele voltou até ela, levantando neve, e agarrando seu braço.

— Você precisa.

— Chegou a hora — disse ela. — Hora de você me deixar.

Ele puxou o braço de Maura com mais força.

— Eles vão matar você.

Ela o segurou pelos dois ombros e o sacudiu.

— Rato, escuta. Agora não interessa mais o que vai me acontecer. Eu quero que *você* viva.

— Não. Não vou deixar você — insistiu ele, com a voz partida se transformando num soluço de menino, um apelo frenético infantil. — Por favor, tente. *Por favor* — implorava, então, com o rosto molhado de lágrimas.

Não parava de puxar-lhe o braço, forçando-a com tanta determinação que ela chegou a pensar que o garoto a arrastaria montanha acima, cooperasse ou não. Deixou-se ser arrastada mais alguns passos pela encosta.

De repente, ouviu um estalo de madeira e sentiu um raio de dor subindo pelo calcanhar direito, enquanto o sapato para neve, quebrado, despencava sob seu peso. Tombou para a frente, com os braços esticados, para se proteger, e afundou até o cotovelo na neve. Gaguejando, tentou se erguer, mas o pé direito não se mexia.

Rato passou um braço em torno de sua cintura e tentou libertá-la.

— Pare! — gritou Maura. — Meu pé está preso!

Ele se jogou no chão e começou a cavar um túnel na neve. Urso se mantinha a seu lado, parecendo espantado de ver o dono cavando freneticamente feito um cão.

— A sua bota ficou presa entre duas pedras. Não consigo soltar! — disse ele, encarando-a com pânico nos olhos. — Vou puxar. Talvez eu consiga tirar o seu pé do sapato. Mas vai doer.

Ela olhou para baixo da montanha. A qualquer momento, pensou, aqueles homens estariam a um tiro de rifle de alcance, e a encontrariam presa como uma cabra amarrada a um poste. Aquela não era a forma como queria morrer. Exposta e impotente. Respirou fundo e fez um sinal com a cabeça para Rato.

— Vá em frente.

Ele pôs as mãos em torno do tornozelo dela e começou a puxar com tanta força que gemia com o esforço, e Maura achou que seu pé se partiria em dois. A dor fez com que soltasse um grito preso na garganta. De repente, o pé saiu da bota e ela caiu de costas na neve.

— Desculpa, desculpa! — berrava Rato. Ela sentiu o seu cheiro de suor e medo, ouviu-o respirando com dificuldade no frio, enquanto a segurava por sob os braços e a levantava. Seu pé direito trazia apenas uma meia de lã e, quando jogou o peso sobre ele, a perna afundou até o joelho na neve. — Se apoia em mim. Vamos subir a trilha juntos — falou ele, colocando-lhe o braço em torno do pescoço. — Vamos — estimulou o garoto. — Você vai conseguir. Eu sei que vai.

Mas será que você vai? A cada passo que davam juntos, ela sentia os músculos dele se distendendo com o esforço. Se algum dia eu tivesse um filho, pensou ela, gostaria que fosse um garoto desse tipo. Tão leal e corajoso como Julian Perkins. Maura se agarrou a ele com mais força, e o calor de seus corpos se fundia, enquanto subiam a montanha. Aquele era o filho que nunca tivera e provavelmente jamais teria. Já estavam ligados, uma união forjada na batalha. *E eu não vou deixar que o machuquem.*

Seus sapatos para neve rangiam em uníssono, e o vapor das respirações formava uma nuvem única. O pé com a meia exposta estava encharcado, os dedos doíam de frio. Urso ia aos saltos na frente, mas eles se deslocavam devagar, muito devagar. Seus perseguidores podiam certamente avaliar o progresso da presa pela encosta nua.

Ela ouviu Urso rosnar e olhou para cima, na direção da trilha. O cachorro ficou imóvel, de orelhas para trás. Porém não estava encarando os perseguidores no vale; tinha os olhos fixos num platô acima, onde uma coisa escura se movia.

Ouviram-se disparos de arma de fogo, que ecoaram como trovão contra os despenhadeiros.

Maura sentiu Rato cair contra ela. De repente, o ombro que a estivera sustentando despencou, e o braço dele soltou sua cintura. Quando os joelhos do garoto se dobraram, foi ela quem tentou mantê-lo de pé, mas não tinha forças. O máximo que conseguiu fazer foi amortecer-lhe a queda, quando despencou no chão. Ele caiu ao lado de uma plataforma de rochas, de costas, como se fosse fazer um anjo de neve. Olhou para Maura com um ar de espanto. Só então ela notou as manchas de sangue na neve.

— Não — gritou ela. — Oh, Deus, *não*.

— Vai — sussurrou ele.

— Rato, querido — murmurou ela, esforçando-se para não chorar e manter a voz firme. — Você vai ficar bem. Juro que você vai ficar bem, querido.

Ela abriu-lhe o casaco e contemplou, horrorizada, a mancha que se espalhava por sua camisa. Rasgou o tecido e expôs o ferimento à bala, que lhe perfurara o peito. Ele ainda respirava, mas as veias jugulares estavam distendidas, feito grossos canos azuis. Maura tocou-lhe a pele e ouviu os estalos, enquanto o ar vazava do seu peito e infiltrava os tecidos moles, distorcendo seu rosto e pescoço. *Pulmão direito perfurado. Pneumotórax.*

Urso retornou de um salto e lambeu o rosto de Rato, enquanto o garoto tentava falar. Maura teve de empurrar o cachorro para o lado, a fim de ouvir suas palavras.

— Eles estão vindo — sussurrou ele. — Usa a arma. Pega...

Ela olhou para a arma do policial, que Rato havia tirado do bolso do casaco. Então é assim que isso tudo vai acabar, pensou Maura. Os atacantes não deram nenhum sinal de advertência ou fizeram qualquer tentativa de negociar. O primeiro tiro tivera a intenção de matar. Não haveria chance de rendição; seria uma execução.

E ela era o próximo alvo.

Maura se agachou para olhar por entre as rochas. Um homem, sozinho, descia a montanha em direção a eles. Carregava um rifle.

Urso deu um latido ameaçador, mas antes que pudesse se lançar para fora da cobertura oferecida pelas rochas, Maura agarrou-lhe a coleira e disse:

— Quieto. *Quieto.*

Os lábios de Rato estavam azuis. A cada respiração, o pulmão perfurado deixava vazar ar na cavidade torácica, onde ficava preso, sem poder escapar. A pressão estava aumentando, comprimindo-o, deslocando todos os órgãos no seu peito. Se eu não agir agora, pensou, ele vai morrer.

Maura abriu a mochila e remexeu o conteúdo, em busca do canivete dele. Abrindo a lâmina, viu que estava cheia de ferrugem e sujeira. Dane-se a esterilização; ele tinha apenas alguns minutos de vida.

Urso latiu de novo, emitindo um som tão frenético que ela se virou para ver o que o tinha assustado. Agora, ele olhava para baixo, onde cerca de uma dezena de homens subia em sua direção. *Um homem com um rifle acima. Mais homens armados se aproximando por baixo. Estamos encurralados.*

Voltou os olhos para a arma, que havia caído na neve, ao lado de Rato. A arma do policial. Quando aquilo acabasse, quando ela e o garoto estivessem mortos, eles apontariam para a arma, como prova de que eram assassinos de um policial. Ninguém jamais saberia a verdade.

— Mãe. — A palavra era pouco mais que um murmúrio, um apelo de criança vindo dos lábios de um jovem que morria. — Mãe.

Ela se inclinou para junto do garoto e tocou seu rosto. Embora estivesse olhando diretamente para Maura, parecia estar vendo outra pessoa. Alguém que fazia seus lábios se curvarem vagarosamente num sorriso pálido.

— Eu estou aqui, querido — respondeu ela, piscando, enquanto as lágrimas escorriam-lhe pela face e congelavam sobre a pele. — Sua mãe vai estar sempre aqui.

O estalo de um galho se quebrando a fez se retesar. Levantou a cabeça para olhar por sobre a rocha e viu o atirador solitário, no mesmo momento em que ele a viu.

Ele atirou.

A bala lançou neve em seus olhos, e ela se jogou de novo no chão, ao lado do garoto que morria.

Sem negociação. Sem piedade.

Eu me recuso a ser abatida como um animal. Maura pegou a arma do subxerife. Erguendo o cano, atirou para o alto. Um disparo de advertência, para acalmá-lo. Fazê-lo pensar.

Mais abaixo, na encosta, cães latiam e homens gritavam. Viu o destacamento se aproximar, subindo a montanha em direção a ela, que não tinha cobertura contra a fuzilaria deles. Agachada ali, ao lado de Rato, estava exposta ao pelotão de fogo, que se movia em sua direção.

— Meu nome é Maura Isles! — gritou. — Quero me render! Por favor, me deixem me entregar! Meu amigo está ferido e precisa de... — Sua voz sumiu quando um vulto surgiu acima dela.

Maura levantou a cabeça e deu com um cano de rifle.

O homem que o segurava disse, em voz baixa:

— Me dê a arma.

— Eu quero me entregar — implorou Maura. — Meu nome é Maura Isles e...

— Me entregue essa arma.

Era um homem mais velho, de olhos implacáveis e com autoridade na voz. Embora as palavras tivessem sido ditas em voz baixa, não havia sinal de acordo naquela ordem.

— Me entregue, devagar.

Só quando começou a obedecer foi que percebeu ser aquela uma manobra errada, totalmente errada. De arma na mão, levantando o braço para entregá-la: os homens que vinham de baixo não veriam uma mulher se entregando, mas sim se preparando para atirar. No mesmo instante, soltou a arma, deixando-a cair por entre os dedos. Contudo, o homem parado a sua frente já tinha erguido o rifle para atirar. A decisão de matá-la havia sido tomada de antemão.

O disparo a fez se retrair. Ela caiu de joelhos, encolhendo-se na neve ao lado de Rato. Perguntava-se por que não sentia dor, não via sangue. *Por que ainda estou viva?*

O homem sobre o rochedo deu um grunhido de surpresa, quando o rifle caiu-lhe das mãos.

— Quem está atirando em mim? — berrou ele.

— Se afasta dela, Loftus! — ordenou uma voz.

— Ela ia atirar em mim! Eu tinha que me defender!

— Eu disse *se afasta dela*.

Eu conheço essa voz. É de Gabriel Dean.

Vagarosamente, Maura levantou a cabeça e viu não uma, mas duas figuras familiares se movendo em sua direção. Gabriel mantinha a arma apontada para o homem sobre o rochedo, enquanto Anthony Sansone corria até ela.

— Você está bem, Maura? — perguntou Sansone.

Ela não tinha tempo a perder com respostas, nem para se maravilhar com a aparição miraculosa dos dois homens.

— Ele está morrendo — soluçou ela. — Me ajude a salvá-lo.

Sansone ficou de joelhos ao lado do garoto.

— Me diga o que você quer que eu faça.

— Vou descomprimir o peito. Preciso de um tubo. Qualquer coisa oca serve, até uma caneta esferográfica!

Ela pegou o canivete de Rato e olhou para o peito magro, as costelas tão salientes sob a pele branca. Mesmo naquela montanha gelada, a palma de sua mão suava contra o cabo, enquanto reunia coragem para fazer o que era necessário.

Ela encontrou o ponto certo, pressionou a lâmina contra a pele e cortou o peito do garoto.

32

— Ele ia me matar — disse Maura — se Gabriel e Sansone não o tivessem impedido. Aquele homem ia me matar a sangue-frio, da mesma forma que atirou em Rato. Sem perguntar nada.

Jane olhou para o marido, de pé ao lado da janela, olhando para o estacionamento do centro médico. Gabriel não contradisse nem confirmou o que Maura dissera, mas permaneceu estranhamente quieto, deixando-a contar a história. Exceto pelo murmúrio da TV, com volume baixo, o saguão para visitantes do CTI era silencioso.

— Tem alguma coisa muito errada em relação a tudo que aconteceu lá em cima — continuou Maura. — Alguma coisa que não faz sentido. Por que ele estava tão determinado a nos matar?

Ela ergueu a cabeça, e Jane mal reconheceu a amiga com aquele rosto emaciado e contundido. A pele normalmente imaculada de Maura se encontrava desfigurada por arranhões, que começavam a descascar. O suéter novo que usava estava muito grande, e as clavículas chamavam atenção sobre o peito lamentavelmente descarnado. Sem as roupas elegantes, a maquiagem, Maura parecia tão vulnerável como qualquer outra mulher, e aquilo perturbava Jane. Se até a fria e confiante Maura Isles fora reduzida àquela pobre criatura combalida, então qualquer um também poderia ser. *Até eu.*

— Um subxerife foi morto — disse Jane. — Você sabe como as coisas ficam toda vez que um policial é abatido. A justiça se torna um pouco dura.

Mais uma vez, ela olhou para o marido, esperando que fizesse algum comentário, mas Gabriel continuava em silêncio, olhando para a manhã gloriosamente clara. Embora ele tivesse se barbeado e tomado banho após a volta da montanha, ainda parecia exausto e avermelhado pelo vento, com olhos cansados, que se estreitavam contra a luz do sol.

— Não, ele apareceu lá em cima *com a intenção* de nos matar — insistiu Maura. — Exatamente como aquele policial, na montanha Doyle. Para mim, tudo isso tem a ver com Kingdom Come. E com o que eu não devia ter visto lá.

— Pelo menos agora a gente sabe o que era — falou Jane.

No dia anterior, o último dos 41 corpos havia sido retirado da vala comum: 12 homens, 19 mulheres e 10 crianças — na maior parte meninas. A maioria não tinha sinais de traumatismo, mas Maura havia visto o bastante em Kingdom Come para saber que as vítimas foram certamente forçadas a marchar em direção à sepultura. O sangue na escada, as refeições abandonadas, os animais de estimação deixados à própria sorte, até morrerem de fome; tudo aquilo apontava para um assassinato em massa.

— Eles não podiam deixar nenhum de vocês vivos — concluiu Jane. — Não depois do que viram naquele assentamento.

— No dia em que fui embora, ouvi o barulho de uma escavadeira, subindo a montanha — contou Maura. — Achei que eles tinham finalmente chegado para nos resgatar. Se eu tivesse ficado com os outros...

— Teria acabado como eles — comentou Jane. — Com o crânio fraturado e o corpo queimado, dentro do Suburban. Eles só tiveram que empurrá-lo para o barranco, pôr fogo e pronto. Apenas um grupo de turistas sem sorte, mortos num acidente. Sem perguntas. — Ela fez uma pausa. — Acho que compliquei as coisas para você.

— Como assim?

— Ao insistir que ainda estava desaparecida. Trouxe roupas suas para os cães farejadores. Dei a eles tudo de que precisavam para te caçar.

— Eu estaria morta agora — disse Maura, em voz baixa —, se não fosse o garoto.

— Mas parece que você retribuiu o favor — observou Jane, esticando a mão para tocar a de Maura.

Parecia estranho fazer aquilo, porque Maura não era o tipo de mulher que dava ensejo a toques ou abraços. No entanto, ela não se retraiu diante do carinho de Jane; na verdade, parecia cansada demais para reagir a qualquer coisa.

— Esse caso todo vai se resolver — garantiu Jane. — Pode levar tempo, mas tenho certeza de que eles vão descobrir o suficiente para ligar o que aconteceu à Assembleia.

— E a Jeremiah Goode.

Jane assentiu.

— Nada teria ocorrido se ele não tivesse dado ordens para isso. E, mesmo que aquelas pessoas tenham tomado o veneno voluntariamente, continua sendo um assassinato em massa. Porque se está falando de crianças, que não tiveram escolha.

— E tem a mãe do garoto. A irmã…

Jane meneou a cabeça.

— Se elas estavam morando em Kingdom Come, provavelmente estão entre os mortos. Nenhum deles foi identificado ainda. A primeira necropsia vai ser feita hoje. Todos acham que foi cianeto de potássio.

— Como em Jonestown — disse Maura, em voz baixa.

Jane concordou com a cabeça.

— Rápido, eficiente e facilmente encontrável.

Maura levantou a cabeça.

— Mas eles eram seguidores dele. Os escolhidos. Por que ele de repente os ia querer mortos?

— Essa é uma pergunta que só Jeremiah pode responder. E, no momento, ninguém sabe onde ele está.

A porta se abriu, e uma enfermeira do CTI entrou.

— Dra. Isles? A polícia foi embora, e o garoto a está chamando novamente.

— Eles deviam deixar o pobre garoto em paz — reclamou Maura, enquanto se levantava da poltrona. — Já contei tudo a eles.

Por um momento, ela pareceu perigosamente fraca e sem firmeza, mas conseguiu recuperar o equilíbrio e seguir a enfermeira para fora do saguão.

Jane esperou até que a porta se fechasse de novo e depois olhou para o marido.

— Ok. Diga o que está te incomodando.

Ele suspirou.

— Tudo.

— Dá para ser mais específico?

Ele se voltou e a encarou.

— Maura está absolutamente certa. Montgomery Loftus pretendia com certeza matá-la e ao garoto. Ele não foi com a nossa equipe de busca. Foi esperto o suficiente para prever que o garoto iria para a cabana de Absolem e contratou um helicóptero para colocá-lo lá em cima, onde esperou para emboscá-los. Se não o tivéssemos impedido, ele teria matado os dois.

— Por que motivo?

— Ele alega que só queria fazer justiça. E ninguém aqui está questionando isso. Afinal, são os seus amigos e vizinhos.

E nós somos os forasteiros intrometidos, pensou Jane. Ela olhou pela janela para o estacionamento, onde Sansone passeava com Urso. Os dois faziam uma dupla estranha, o cachorro de aspecto selvagem e o homem de suéter de caxemira. Todavia, Urso parecia confiar nele, e pulou de vontade própria para dentro do carro quando Sansone abriu a porta, a fim de retornarem ao hotel.

— Martineau e Loftus — falou Jane, em voz baixa. — Será que existe alguma ligação entre os dois?

— Talvez haja um rastro de dinheiro a seguir. Se Martineau era pago pelo Dahlia Group...

Ela olhou para Gabriel.

— Eu soube que Montgomery Loftus enfrenta dificuldades financeiras. Mal pode se manter no rancho Double L. Está no ponto para ser subornado também.

— Para matar Maura e um garoto de 16 anos? — questionou Gabriel, sacudindo a cabeça. — Ele não parece o tipo de homem que se pode subornar só com dinheiro.

— Talvez fosse *muito* dinheiro. E, sendo esse o caso, seria difícil esconder.

Gabriel olhou para o relógio.

— Acho que está na hora de eu ir para Denver.

— Para o escritório do FBI?

— Encontramos uma misteriosa empresa de fachada em Maryland. E a movimentação de grandes quantias de dinheiro. O negócio está começando a parecer realmente grande, Jane.

— Os 41 corpos já não são um negócio grande o suficiente?

Ele sacudiu a cabeça, de modo sombrio.

— Isso pode ser só a ponta do iceberg.

33

Maura parou na porta do cubículo do CTI, perturbada pela visão de tantos tubos, cateteres e fios em volta do corpo de Rato, uma invasão que nenhum garoto de 16 anos deveria ter de suportar. Entretanto, o ritmo no monitor cardíaco se encontrava estável, e ele estava respirando sem ajuda de aparelhos.

Sentindo sua presença, Rato abriu os olhos e sorriu.

— Olá, senhora.

— Ai, Rato — suspirou ela. — Você nunca vai parar de me chamar assim?

— Como devo chamá-la?

Você já me chamou de mãe uma vez. Ela piscou para conter uma lágrima furtiva diante daquela lembrança. A verdadeira mãe do garoto estava quase que certamente entre os mortos, mas não teve coragem de lhe dar a notícia. Em vez disso, tentou retribuir o sorriso como pôde.

— Dou permissão a você de me chamar como quiser. Mas meu nome é Maura.

Ela sentou na cadeira ao lado da cama e pegou a mão dele. Reparou como era calejada e áspera, as unhas ainda obstinadamente sujas. Maura, que tinha dificuldades em tocar as pessoas, pegou aquela mão maltratada na sua sem hesitação. Nada mais natural e justo.

— Como está Urso? — perguntou ele.

Ela riu.

— Você vai trocar o nome dele para Porco quando vir o quanto ele está comendo.

— Então ele está bem.

— Meus amigos o estão estragando. E a sua família adotiva prometeu tomar conta dele até você voltar para casa.

— Ah, eles — resmungou Rato, virando o olhar distraído para o teto. — Acho que vou ter de voltar para lá.

Um lugar a que obviamente não desejava ir. Porém que alternativa Maura poderia oferecer? O lar de uma mulher divorciada, que não sabia nada sobre como educar crianças? De uma mulher que mantinha um caso de amor furtivo com um homem que nunca poderia reconhecer como parceiro? Ela seria um mau exemplo para um adolescente, e sua vida já era suficientemente problemática. Ainda assim, a oferta tremia-lhe nos lábios, de acolhê-lo, fazê-lo feliz, consertar-lhe a vida. Ser sua mãe. Como era fácil fazer aquela oferta e, uma vez feita, como seria impossível voltar atrás. Seja sensata, Maura, pensou ela. "Você não consegue nem ter um gato, muito menos criar um adolescente sozinha. Nenhuma autoridade responsável lhe garantiria a custódia. Aquele garoto já havia experimentado rejeição demais, decepções demais; seria cruel fazer promessas que não pudesse cumprir.

Então não fez nenhuma. Apenas segurou sua mão e ficou do seu lado, até que voltasse a dormir. A enfermeira entrou para trocar o soro e saiu de novo. Contudo, Maura ficou considerando o futuro do garoto, e que papel poderia de fato ter nele. *Tudo que eu sei é que não vou te abandonar. Você vai sempre saber que existe alguém que se importa com a sua vida.*

Uma batida na janela a fez se virar, e ela viu Jane fazendo-lhe sinais.

Com relutância, Maura se afastou da cama e saiu do cubículo.

— Eles vão começar a fazer a primeira necropsia — avisou Jane.

— Das vítimas de Kingdom Come?

Jane assentiu com a cabeça.

— O patologista forense acabou de chegar do Colorado. Disse que te conhece, e quer saber se você quer assistir. Vai ser feita lá embaixo, no necrotério do hospital.

Maura olhou através da janela para Rato, e viu que ele dormia tranquilamente. O garoto perdido, ainda esperando ser acolhido. *Vou voltar, prometo.*

Ela fez um sinal a Jane, e as duas deixaram o CTI.

Ao chegarem no necrotério, viram a antessala apinhada de observadores, o xerife Fahey e o detetive Pasternak entre eles. O alto número de vítimas fizera o caso notório, e mais de uma dezena de agentes da lei, além de funcionários do condado e do estado, havia se juntado para assistir à necropsia.

O patologista viu Maura entrar na sala e levantou uma de suas grandes mãos, saudando-a. Dois verões antes, ela conhecera o Dr. Fred Gruber num congresso de patologia forense no Maine, e ele pareceu feliz em ver um rosto conhecido.

— Dra. Isles — chamou ele, com sua voz retumbante —, seria útil para mim ter outro par de olhos treinados. Você gostaria de pôr o jaleco e se juntar?

— Não acho que seja apropriado — opôs-se o xerife Fahey.

— A Dra. Isles é uma patologista forense.

— Ela não trabalha para o estado de Wyoming. Esse caso vai ser acompanhado de perto, e podem se levantar objeções.

— Por que seriam feitas objeções?

— Porque ela estava naquele vale. É testemunha, e podem surgir acusações de adulteração. Contaminação de provas.

Maura disse:

— Só estou aqui como observadora, e posso fazer isso perfeitamente bem deste lado da janela, com o restante de vocês. Imagino que se possa assistir naquele monitor? — perguntou ela, apontando para a tela de TV instalada na antessala.

— Vou ligar a câmera para que vocês possam ter uma boa visão — falou o Dr. Gruber. — E, de qualquer forma, vou pedir a todos os observadores que permaneçam nesta sala, com a porta fechada, pois existe a possibilidade de estarmos lidando com envenenamento por cianeto.

— Eu achava que tinha de engolir a coisa para ficar envenenado — disse um funcionário.

— Existe a possibilidade de um escapamento de gases. O grande perigo é quando se corta o estômago, porque é o momento em que o cianeto pode ser liberado. Meu assistente e eu vamos usar máscaras, e vou dissecar o estômago debaixo da capela de exaustão. Trouxemos também um sensor GasBadge, que nos alerta imediatamente se detectar cianeto de hidrogênio. Se der negativo, posso deixar alguns de vocês entrarem na sala. Mas vão ter que usar jalecos e máscaras.

Gruber vestiu o traje para dissecação, inclusive a máscara, abriu a porta e entrou no laboratório de necropsias. O assistente já o estava esperando, igualmente trajado. Eles ligaram a câmera, e, pelo monitor de TV, Maura pôde ver a mesa de necropsia vazia, aguardando o ocupante. Gruber e o assistente tiraram da geladeira o corpo, envolto num saco plástico, o colocaram sobre a mesa.

Gruber abriu o zíper do envoltório.

No monitor de vídeo, Maura viu que o cadáver era de uma jovem, de apenas 12 ou 13 anos. Desde a exumação do solo frio, a carne já havia descongelado. O rosto estava de uma palidez fantasmagórica, o cabelo louro se transformara num emaranhado de anéis úmidos. Gruber e o assistente removeram respeitosamente as roupas: um vestido longo de algodão, uma combinação que ia à altura do joelho e um traje íntimo branco, modesto. O corpo, agora desnudo, possuía a magreza de uma bailarina, e, apesar de enterrado havia dias, era estranhamente belo, a carne preservada pelas temperaturas abaixo de zero do vale.

Os funcionários se aproximaram do monitor. Enquanto Gruber recolhia sangue, urina e amostras do globo ocular para a toxicologia, os olhos dos homens foram expostos ao que nunca deveria ter-lhes sido revelado. Era uma violação da intimidade de uma jovem.

— A pele está muito pálida. — Eles ouviram Gruber dizer pelo interfone. — Não vejo absolutamente nenhum vestígio de vermelhidão.

— Isso é importante? — indagou o detetive Pasternak a Maura.

— O envenenamento por cianeto faz às vezes com que a pele fique avermelhada — respondeu ela. — Mas esse corpo ficou congelado durante dias, de maneira que não sei se isso teria algum efeito.

— Que outras características têm esse tipo de envenenamento?

— Se ingerido oralmente, pode corroer a boca e os lábios. Dá para ver nas membranas mucosas.

Gruber já havia inserido um dedo enluvado na cavidade oral e olhado seu interior.

— As membranas estão secas, sem apresentar nenhum outro sinal — afirmou ele, olhando pela janela para a plateia. — Vocês estão vendo bem pelo monitor?

Maura fez que sim com a cabeça.

— Tem alguma lesão corrosiva? — perguntou ela, pelo interfone.

— Nenhuma.

Jane disse:

— O cianeto não costuma ter cheiro de amêndoas amargas?

— Eles estão usando máscara — disse Maura. — Não conseguem sentir cheiro.

Gruber fez a incisão em Y e pegou o cortador de ossos. Pelo interfone, ouviram-se estalos enquanto ele cortava as costelas, e Maura notou que várias pessoas se viraram de repente, olhando para a parede. Gruber levantou o escudo formado pelo esterno e as costelas, expondo a cavidade torácica, a fim de examinar os pulmões. Levantou um lobo molhado, que pingava.

— Me parece muito pesado. E estou vendo uma espuma cor-de-rosa por aqui — disse ele, cortando o órgão, de onde escorreu um líquido.

— Edema pulmonar — concluiu Maura.

— E o que isso significa? — questionou Pasternak.

— É uma descoberta não específica, mas pode ter sido causada por uma variedade de drogas e toxinas.

Enquanto Gruber pesava o coração e os pulmões, a câmera permanecia fixa numa visão estática do torso aberto. Já não olhavam mais para uma jovem núbil. O que poderia ter causado excitação havia se transformado em carne cortada, uma mera carcaça fria.

Gruber pegou novamente a faca, e suas mãos enluvadas reapareceram no monitor.

— Esta maldita máscara embaça toda hora — queixou-se ele. — Vou dissecar o coração e os pulmões depois. Agora, estou mais preocupado com o que vamos encontrar no estômago.

— O que o sensor está mostrando? — perguntou Maura.

O assistente olhou para o monitor GasBadge.

— Não está registrando nada. Nenhum sinal de cianeto foi detectado ainda.

Gruber disse:

— Ok, é aqui que as coisas podem ficar interessantes — avisou ele, olhando para a plateia pela janela. — Como podemos estar lidando com cianeto, vou proceder de modo um pouco diferente. Normalmente eu só faço a retirada, peso e abro os órgãos abdominais. Mas dessa vez vou arrancar o estômago primeiro, antes de fazer a ressecção total.

— Ele vai colocá-lo sob a capela antes de abrir — explicou Maura a Jane. — Por questão de segurança.

— É tão perigoso assim?

— Quando os sais do cianeto são expostos ao ácido gástrico, podem formar um gás tóxico. Se o estômago for aberto, o gás se espalha pelo ambiente. É por isso que eles estão usando máscaras para respirar e Gruber só vai cortar o estômago quando o órgão estiver na capela de exaustão.

Pela janela, elas o viram retirar o estômago do abdômen. Ele o levou até a capela e olhou para o assistente.

— Está aparecendo alguma coisa no GasBadge?

— Nem um sinal.

— Ok. Traga o monitor mais para perto. Vamos ver o que acontece quando eu começar a cortar.

Gruber parou, olhando para o órgão reluzente, como se tomando coragem para enfrentar as consequências do que estava para fazer. A capela bloqueava a visão de Maura da incisão. Só via o perfil de Gruber, a cabeça inclinada, os ombros curvados para a frente, concentrado, enquanto cortava.

De repente, ele se retesou e olhou para o assistente.

— E?

— Nada. Não há leitura de cianeto, cloro ou amônia.

Gruber se virou para a janela, o rosto obscurecido pela máscara embaçada.

— Não há lesões na mucosa, nenhuma alteração corrosiva no estômago. Tenho de concluir que provavelmente não estamos lidando com envenenamento por cianeto.

— O que a matou então? — perguntou Pasternak.

— Neste momento, detetive, eu só estaria especulando. Suponho que eles tenham ingerido estricnina, mas o corpo não mostra nenhum opistótono.

— O quê?

— Curvamento e rigidez anormais da coluna.

— E aquela descoberta no pulmão?

— O edema pulmonar pode ter sido provocado por algum opiáceo ou fosgênio. Não posso lhe dar uma resposta. Acho que tudo isso vai ter que passar pelo exame toxicológico — observou ele, retirando a máscara embaçada e suspirando, como se aliviado por se livrar daquela coisa claustrofóbica. — No momento, acho que foi uma morte farmacêutica. Algum tipo de droga.

— Mas o estômago está vazio? — perguntou Maura. — Você não encontrou nenhum vestígio de cápsula?

— A droga pode ter sido ingerida de forma líquida. E a morte pode ter sido postergada. Sedação seguida de asfixia assistida.

— Heaven's Gate. — Maura ouviu alguém dizendo, atrás dela.

— Exatamente. Como o suicídio coletivo de Heaven's Gate, em San Diego — confirmou Gruber. — Eles ingeriram fenobarbital e amarraram sacos plásticos em volta da cabeça. Depois dormiram e nunca mais acordaram.

Ele se voltou para a mesa.

— Agora que já eliminamos qualquer possibilidade de gás cianeto, vou fazer as coisas com tempo. Vocês todos vão precisar de paciência. Na verdade, alguns podem achar o restante tedioso. Quem quiser ir embora...

— Dr. Gruber — chamou um funcionário —, quanto tempo vai durar essa primeira necropsia? Há mais quarenta corpos aguardando no freezer.

— E eu não vou descongelar mais nenhum até estar convencido de que fiz justiça a esta jovem.

Ele olhou para o corpo da menina, e sua expressão era de pesar. Entranhas brilhavam no abdômen aberto, e a carne recém-descongelada gotejava líquidos cor-de-rosa no dreno da mesa. No entanto, era o rosto o que parecia atrair sua atenção. Olhando pelo monitor, Maura, também, estava impressionada com ele, tão pálido e inocente. Uma donzela de neve, congelada no limiar da idade adulta.

— Dr. Gruber — chamou o assistente. — Está tudo bem?

O olhar de Maura se voltou para a janela de vidro. Gruber balançou e pôs a mão para a frente, a fim de se apoiar na mesa, mas as pernas pareceram amolecer sob ele. Uma bandeja virou, e instrumentos metálicos caíram no chão com ruído. Gruber despencou em seguida.

— Meu Deus! — exclamou o assistente, ajoelhando-se ao lado do corpo. — Acho que ele está tendo algum ataque.

Maura pegou o telefone mais próximo e ligou para a telefonista.

— Emergência médica no laboratório de necropsias — alertou ela. — Estamos com uma emergência médica!

Ao desligar, viu, com desalento, que três observadores tinham aberto a porta e entrado no laboratório. Jane já ia segui-los quando Maura agarrou-lhe o braço e a deteve.

— O que é isso? — perguntou ela.

— Fique exatamente aqui — mandou Maura, pegando um jaleco de necropsia de uma prateleira e enfiando nos braços luvas pesadas de dissecação. — Não deixe ninguém mais entrar nessa sala.

— Mas o cara está tendo um ataque lá dentro!

— *Depois* que tirou a máscara — falou ela, procurando freneticamente outra máscara, mas não via nenhuma na antessala.

Não tem escolha, pensou ela. Preciso ser rápida. Limpou os pulmões, respirando fundo três vezes, passou pela porta e entrou no laboratório. Gruber tinha deixado a máscara sobre a capela. Ela a pegou e a pôs na cabeça. Ouviu um barulho, e, quando se virou para ver o que era, deu com um dos homens se vergando sobre a pia.

— Saiam todos daqui! — gritou ela, enquanto agarrava o homem que desfalecia e o empurrava na direção da porta. — Esta sala está contaminada!

O assistente lançou-lhe um olhar pasmo através da máscara.

— Não entendo! O monitor do GasBadge não registrou nada!

Ela se agachou para agarrar Gruber por sob os braços, mas ele era pesado demais, impossível de mover.

— Pegue pelos pés — ordenou.

Juntos, ela e o assistente arrastaram Gruber para longe da mesa, pelo chão cheio de instrumentos. Quando conseguiram puxá-lo até a antessala, a equipe de emergência médica já havia chegado e estava colocando máscaras de oxigênio nos três homens pálidos.

Maura olhou para Gruber, que estava ficando com o rosto azul.

— Este homem não está respirando! — gritou ela.

Quando a equipe convergiu sobre o paciente, Maura se afastou para deixá-los fazer seu serviço. Dentro de segundos, eles estavam colocando oxigênio em seus pulmões, espalhando eletrodos sobre o peito. No monitor, apareceu um traçado de eletrocardiograma.

— Ele está com ritmo sinusal. Frequência de cinquenta.

— Não estou conseguindo medir a pressão. Ele está sem perfusão.

— Comecem as compressões!

Maura disse:

— Ele foi exposto a alguma coisa. Algo naquela sala.

Todavia, ninguém parecia ouvi-la, por causa da máscara. A cabeça martelava. Ela retirou a máscara e piscou diante das luzes que pareciam fortes demais. A equipe médica operava agora em ritmo de emergência total, e o tronco de Fred Gruber estava completamente à mostra, o abdômen proeminente exposto de forma humilhante e se sacudindo a cada compressão cardíaca. Um cheiro de urina exalava de suas calças encharcadas.

— Temos algum histórico desse homem? — gritou o médico. — O que se sabe sobre ele?

— Sofreu algum tipo de colapso enquanto fazia uma necropsia — respondeu Jane.

— Ele parece estar uns 50 quilos acima do peso. Aposto que teve um ataque cardíaco.

— Ele urinou — observou Maura.

Mais uma vez, sua voz foi ignorada. Era como um fantasma, pairando sobre a periferia, inaudível e sem receber atenção. Ela apertou a cabeça com a mão, que latejava ainda mais, e fez força para pensar, se concentrar. De alguma maneira, conseguiu abrir caminho em meio à equipe e se ajoelhar perto da cabeça de Gruber. Erguendo uma das pálpebras, examinou a pupila.

Era apenas um pontinho negro contra a pálida íris azul.

O cheiro de urina emanava de seu corpo, e ela olhou para as calças encharcadas. De repente, ouvindo o som de alguém vomitando, lançou um olhar à sala e viu o assistente da necropsia curvado sobre a pia.

— Atropina — disse ela.

— Já espetei a intravenosa! — gritou uma enfermeira.

— Ainda não estou conseguindo medir a pressão.

— Aplico dopamina?

— Ele precisa de atropina — insistiu Maura, mais alto.

Pela primeira vez, o médico pareceu notá-la.

— Por quê? Os batimentos cardíacos não estão tão baixos assim.

— Ele só tem um pontinho de pupila. Está encharcado de urina.

— Também teve um ataque.

— Todos nós ficamos nauseados naquela sala — falou ela, apontando para o assistente, ainda inclinado sobre a pia. — Dê a atropina para ele, ou você vai perdê-lo.

O médico levantou a pálpebra de Gruber e observou a pupila contraída.

— Ok. Atropina, 2 miligramas — ordenou.

— E é preciso interditar este laboratório — orientou Maura. — Vamos todos para o corredor agora, o mais longe possível desta sala. Eles precisam chamar uma equipe de emergência química.

— Mas o que está acontecendo? — perguntou Jane.

Maura se virou para ela, e bastou aquele movimento súbito para fazer tudo girar.

— Há uma substância tóxica aqui.

— Mas as leituras do GasBadge foram negativas.

— Negativas para aquilo que ele estava monitorando. Mas ele foi envenenado por outra coisa.

— Você sabe o quê? Você sabe o que matou todas aquelas pessoas?

Maura assentiu com a cabeça.

— Sei exatamente por que morreram.

34

— Os compostos organofosforados estão entre os pesticidas mais tóxicos usados na indústria agrícola — esclareceu Maura. — Eles podem ser absorvidos por quase todas as vias, inclusive através da pele e por inalação. Provavelmente foi assim que o Dr. Gruber se expôs na sala de necropsia, quando retirou a máscara e respirou o gás. Por sorte, recebeu o tratamento certo a tempo, e vai se recuperar.

Ela olhou em volta da mesa para o corpo de funcionários da área médica e policial que havia se reunido na sala de conferências do hospital. Não precisou acrescentar o fato de que foi ela quem fez o diagnóstico e salvou a vida de Gruber. Eles já sabiam disso, e, embora fosse uma estranha, Maura distinguia um tom de respeito quando se dirigiam a ela.

— E isso pode matar uma pessoa? — perguntou o detetive Pasternak. — Só por fazer uma necropsia num cadáver envenenado?

— Teoricamente, sim, quando se é exposto a uma dose letal. Os organofosforados agem inibindo a enzima que quebra um neurotransmissor chamado acetilcolina. O resultado é que ele se acumula em níveis perigosos. Isso provoca o disparo de impulsos nervosos por todo o sistema parassimpático. É uma tempestade sináptica. O paciente sua e saliva. Perde o controle da bexiga e do intestino. As pupilas se contraem até virarem um pontinho, e os pulmões se enchem de líquido. E ele acaba entrando em convulsão e perde a consciência.

— Eu não entendo uma coisa — disse o xerife Fahey. — O Dr. Gruber ficou indisposto meia hora depois de começar a necropsia. Mas a equipe de resgate, da investigação de homicídios, desenterrou 41 daqueles corpos, os colocou em sacos plásticos e levou-os até o hangar do aeroporto. Nenhum dos homens acabou no hospital.

O Dr. Draper, legista do condado, falou:

— Eu tenho uma confissão a fazer. É um detalhe que me foi passado ontem, mas eu não sabia que era importante até o momento. Quatro membros da equipe de resgate tiveram problemas intestinais. Ou foi o que pensaram ter.

— Mas ninguém desmaiou ou morreu — observou Fahey.

— Provavelmente porque estavam trabalhando com corpos congelados. E usavam trajes de proteção, além de pesadas roupas de inverno. O corpo na sala de necropsias foi o primeiro a ser descongelado.

— E isso faz diferença? — perguntou Pasternak. — Um corpo congelado e um descongelado?

Todos olharam para Maura, e ela fez que sim com a cabeça.

— Em temperaturas mais altas, os compostos tóxicos têm mais propensão a se dispersar no ar. À medida que aquele corpo foi descongelando, começou a emitir gases. Provavelmente o Dr. Gruber acelerou o processo quando o abriu, expondo os líquidos corporais e os órgãos internos. Ele não é o primeiro médico a passar mal por causa de uma exposição a toxinas de um paciente.

— Espere aí. Isso está começando a soar familiar — comentou Jane. — Não houve um caso desses na Califórnia?

— Acho que você deve estar se referindo ao caso de Gloria Ramirez, em meados dos anos 1990 — respondeu Maura. — Foi muito discutido nas conferências de patologia forense.

— O que aconteceu nesse caso? — perguntou Pasternak.

— Gloria Ramirez era uma paciente com câncer que chegou à emergência se queixando de dor de estômago. Sofreu uma parada cardíaca. Enquanto a equipe médica tratava dela, eles começaram a se sentir mal, e vários desmaiaram.

— Foi por causa desse mesmo pesticida?

— Essa foi a teoria na época — afirmou Maura. — Quando fizeram a necropsia, os patologistas usaram traje de proteção completo. A toxina nunca foi identificada. Mas aí é que vem o detalhe interessante: o pessoal da equipe que desmaiou enquanto tratava dela foi ressuscitado com êxito graças à atropina intravenosa.

— A mesma droga usada para salvar Gruber.

— Exatamente.

Pasternak perguntou:

— Você tem certeza de que é com esse tal de organofosforado que estamos lidando?

— Isso vai precisar ser confirmado pelo relatório do exame toxicológico. Mas o quadro clínico é clássico. Gruber respondeu à atropina. E um primeiro exame de sangue revelou uma queda significativa na atividade da colinesterase. É o mesmo que ocorreria num envenenamento por organofosforado.

— É o suficiente para ter certeza?

— Praticamente — respondeu Maura, olhando para os rostos em volta da mesa e se perguntando quantas entre aquelas pessoas, à exceção de Jane, estavam dispostas a confiar nela. Apenas alguns dias antes, ela havia sido uma possível suspeita de ter matado o policial Martineau. Certamente naquelas mentes ainda pairavam dúvidas a seu respeito, mesmo que ninguém as manifestasse em voz alta. — As pessoas que viviam em Kingdom Come provavelmente foram envenenadas por algum pesticida à base de organofosforado — completou. — A questão é: foi suicídio coletivo? Homicídio? Ou acidente?

A indagação foi recebida com descrença por Cathy Weiss. A assistente social estivera sentada a um canto, como se ciente de que não era plenamente aceita como membro daquela equipe, mesmo tendo o detetive Pasternak a convidado a participar da reunião.

— Acidente? — questionou ela. — Temos um caso de 41 pessoas que morreram porque foram *obrigadas* a beber pesticida. Quando o Profeta diz aos seguidores que pulem, a única reação possível é perguntar *quão alto, senhor*?

— Ou alguém pode ter despejado o veneno no poço de água deles — especulou o Dr. Draper. — O que dá no mesmo que homicídio.

— Homicídio ou suicídio coletivo, tenho certeza de que foi uma decisão do Profeta — insistiu Cathy.

— Qualquer um podia ter envenenado a água — observou Fahey. — Algum seguidor insatisfeito. Pode ter sido esse garoto Perkins.

— Ele nunca faria isso — refutou Maura.

— Eles o chutaram para fora do vale, não? Ele teria todos os motivos para se vingar.

— Certo — disse Cathy, sem se importar em esconder seu desdém por Fahey. — E depois aquele garoto de 16 anos, sozinho, arrasta 41 corpos até o campo e os enterra com uma escavadeira? — Ela riu.

Fahey olhou alternadamente para Maura e Cathy e bufou com desprezo.

— É obvio que as senhoras não sabem do que os garotos de 16 anos são capazes.

— Eu sei do que Jeremiah Goode é capaz — devolveu Cathy.

O celular de Pasternak interrompeu a conversa ao tocar. Ele verificou o número e se levantou rápido da cadeira.

— Com licença — disse, saindo da sala.

Por um momento, fez-se silêncio; ainda pairava no ar a tensão da última troca de palavras.

Depois, Jane falou:

— Quem quer que tenha feito isso precisava ter acesso ao pesticida. Deve haver registros de compra. Em especial porque estamos falando de uma quantidade grande o suficiente para matar uma comunidade inteira.

— O complexo de Plain of Angels, em Idaho, cultiva os próprios alimentos — observou Cathy. — É uma comunidade completamente autossuficiente. É provável que tivessem esse pesticida à mão para usar na lavoura.

— Isso não prova a culpa deles.

— Eles têm o veneno. Têm acesso a Kingdom Come e à fonte de água.

— Ainda não percebi nenhum motivo. Nenhuma razão para Jeremiah Goode querer que 41 dos seus seguidores morressem.

— Para saber o motivo, tem de perguntar a *ele* — retorquiu Cathy.

— Muito bem. Você nos diz onde encontrá-lo e fazemos isso.

— Na verdade — interveio Pasternak —, sabemos onde encontrá-lo. — O detetive estava de pé, na porta, com o celular na mão. — Acabei de receber uma ligação da polícia estadual de Idaho. O contato deles dentro da Assembleia informou que Jeremiah Goode acaba de ser visto no complexo de Plain of Angels. Idaho está se mobilizando para fazer uma batida ao nascer do dia.

— Ainda faltam umas sete horas para isso — disse Jane. — Por que esperar tanto?

— Precisam de pessoal suficiente. Não só agentes da lei, mas também de serviços de proteção à criança e assistentes sociais, para lidar com mulheres e crianças. Se enfrentarem resistência, pode ficar perigoso — explicou Pasternak, olhando para Cathy. — E é aí que você entra, Srta. Weiss.

Cathy franziu o cenho.

— Como assim?

— Você parece saber mais sobre a Assembleia que todo mundo.

— E venho tentando alertar as pessoas há anos.

— Bem, agora estamos ouvindo. Preciso saber como eles vão reagir. Se vai haver violência. Preciso saber exatamente o que esperar

— declarou ele, olhando em volta da sala. — Idaho está pedindo nossa ajuda. Querem que estejamos mobilizados antes do nascer do sol.

— Estou pronta para ir a qualquer hora.

— Ótimo — falou Pasternak. — Você vem comigo. Esta noite, Srta. Weiss, você é a minha nova melhor amiga.

Eles dirigiram noite afora, Pasternak na direção e Cathy ao lado. No banco de trás, Jane ia sozinha. Aquela seria uma operação policial, na qual Maura não podia tomar parte, e Cathy fora a única civil a ser convidada para participar.

Enquanto seguiam para oeste, Cathy previa o que enfrentariam em Plain of Angels.

— As mulheres não vão falar com vocês. Nem as crianças. Elas são treinadas a ficar em silêncio na frente de estranhos. Então não esperem cooperação de nenhuma delas, mesmo quando as retirarem do complexo.

— E os homens?

— Eles têm porta-vozes escolhidos, designados por Jeremiah para lidar com o mundo exterior. Em retribuição à sua lealdade, desfrutam de privilégios especiais na seita.

— Privilégios?

— Meninas, detetive. Quanto mais confiáveis são, mais jovens são as garotas que recebem como recompensa.

— Jesus.

— Todas as seitas operam de forma semelhante. É um sistema de recompensa e punição. Faça o Profeta feliz e ele vai deixar você ter outra esposa nova. Irrite-o e você vai ser banido da seita. Esses porta-vozes são homens em quem ele confia, e não são ignorantes. Conhecem a lei e tentam despejar sobre você todo um jargão legal. Vão nos deter no portão por uma eternidade, enquanto examinam o mandado com pente-fino.

— Vão estar armados?

— Sim.

— E provavelmente são perigosos — resmungou Jane, no banco de trás.

Cathy se virou a fim de olhar para ela.

— Quando estiverem encarando anos de prisão por estuprar meninas menores de idade? Sim, aí eu diria que isso vai torná-los perigosos. Sendo assim, espero que todos vocês estejam preparados.

— Qual o tamanho da equipe que está participando? — perguntou Jane.

Pasternak disse:

— Idaho está convocando policiais de várias jurisdições, estaduais e federais. O chefe da equipe é o tenente David MacAfee, da polícia estadual de Idaho. Ele garante que vai haver uma demonstração de força bem grande.

Cathy soltou um suspiro profundo.

— Finalmente, isso vai terminar — murmurou ela.

— Parece que você espera por isso há muito tempo — observou Pasternak.

— Sim — admitiu Cathy. — Há muito tempo. Estou contente porque vou estar lá para ver isso acontecer.

— Você sabe, Srta. Weiss, que não deve tomar parte ativa nessa operação. Não quero vê-la em perigo — falou ele, virando-se para Jane. — E seria melhor que você também ficasse como observadora.

— Mas eu sou policial — retorquiu Jane.

— De Boston.

— Eu já estava trabalhando nesse caso antes de você entrar.

— Não venha dar uma de feminista para cima de mim. Eu só estou dizendo que esse é um assunto de Idaho. Você foi convidada a dar consultoria e ajudar quando necessário. Se querem que se mantenha no banco de reservas, é uma decisão deles. É assim que as coisas funcionam, Rizzoli.

Jane se recostou no banco.

— Ok. Mas só para você saber, *estou* armada.

— Então mantenha a arma no coldre. Se isso for tratado da maneira certa, não vai haver necessidade de armas. Nosso objetivo é tirar as mulheres e as crianças e levá-las sob custódia. E fazer isso usando um mínimo de força.

— Espera aí. E Jeremiah? — perguntou Cathy. — Se vocês o encontrarem, *vão* prendê-lo, não?

— A essa altura, só para interrogatório.

— Os 41 seguidores mortos não são o suficiente para incriminá-lo?

— Ainda não temos provas de que ele é o responsável por essas mortes.

— Quem mais poderia ser?

— Precisamos de mais que isso. De testemunhas, alguém que dê um passo à frente e nos conte algo — explicou ele, olhando para Cathy. — É isso que eu preciso que você faça. Que converse com essas mulheres. Que as convença a cooperar.

— Não vai ser fácil.

— As ajude a entender que são vítimas.

— Se lembra das mulheres de Charles Manson? Mesmo depois de anos na cadeia, ainda eram as garotas de Charlie, ainda dominadas por ele. Não dá para desprogramar num dia só o que foi martelado na cabeça durante anos. E, se elas insistirem em voltar para o complexo, não tem como detê-las indefinidamente.

— Então faça de outro jeito — sugeriu Jane. — Testes de DNA nos bebês. Descubra quem são os pais. Se as mães eram menores quando tiveram filhos.

— Isso é cortar os galhos para matar a árvore — observou Cathy. — Só tem um jeito de fazê-la vir abaixo. Tem que destruir a raiz.

— Jeremiah — disse Pasternak.

Cathy assentiu.

— Tranquem-no e joguem a chave fora. Sem o Profeta, a seita implode. Porque Jeremiah Goode é a Assembleia.

35

Oculta por um véu de neve que caía, a tropa se encontrava reunida. Jane batia os pés, tentando se manter aquecida, mas os dedos já estavam dormentes e nem a xícara de café escaldante que acabara de engolir conseguia repelir o frio gélido do amanhecer em Idaho. Se fizesse parte da equipe de ataque, o frio não lhe importaria, porque a adrenalina tornava as pessoas imunes a desconfortos menores, tais como temperaturas abaixo de zero. Entretanto, naquela manhã, relegada à posição de mera observadora e obrigada a permanecer à toa, sentia o frio penetrar-lhe os ossos. Cathy, a seu lado, parecia não se importar nem um pouco com o tempo. A mulher estava imóvel, com o rosto despreocupadamente exposto ao vento. Jane ouvia o tom das vozes subindo a seu redor; podia sentir a tensão no ar e sabia que a ação era iminente.

Pasternak saiu do burburinho dos oficiais em comando. Carregava um radiocomunicador.

— Estamos prontos para nos mexer assim que derrubarem o portão — avisou ele, passando o rádio para Jane. — Fique com Cathy. Vamos precisar das orientações dela quando estivermos lá dentro, e você é a sua escolta. Proteja-a.

Enquanto Jane prendia o rádio no cinto, veio um alerta pelo alto-falante.

— Estamos observando atividade no interior do complexo. Parece que dois homens estão se aproximando.

Através da neve que caía, Jane viu as figuras chegando perto, vestidas de maneira idêntica, com casacos pretos longos. Moviam-se sem hesitação, andando a passos largos em direção aos agentes da lei. Para surpresa de Jane, um dos homens pegou um chaveiro e abriu o portão.

O líder da equipe de policiais deu um passo à frente.

— Sou o tenente MacAfee, da polícia estadual de Idaho. Temos um mandado para fazer uma busca no complexo.

— Não precisa de mandado — respondeu o homem com as chaves. — São todos bem-vindos. Todos vocês — completou ele, escancarando o portão.

MacAfee lançou um olhar aos outros oficiais, claramente perplexo diante do acolhimento.

O homem fez sinal para que os visitantes entrassem.

— Estamos reunidos no salão de cultos, onde há lugar para todos. Só pedimos que vocês mantenham as armas no coldre, em nome da segurança de nossas mulheres e crianças — observou ele e depois abriu os braços, como se estivesse convidando o mundo inteiro. — Por favor, juntem-se a nós. Vocês vão ver que não temos nada a esconder.

— Eles sabiam — rosnou Cathy. — Miseráveis, já *sabiam* que vínhamos. Estão preparados.

— Mas como ficaram sabendo? — perguntou Jane.

— Ele pode comprar qualquer coisa. Olhos, ouvidos. Um policial aqui, um político ali — respondeu ela, olhando para Jane. — Está vendo agora qual é o problema? Está entendendo por que ele nunca vai ser levado à justiça?

— Nenhum homem é intocável, Cathy.

— *Ele* é. Sempre foi — replicou a assistente social, voltando o olhar para o portão aberto.

O pelotão de agentes da lei já havia entrado no complexo, suas silhuetas desaparecendo na neve que caía. Pelo rádio, Jane escutava a conversa. Ouvia vozes calmas e respostas triviais.

— Primeiro prédio verificado e vazio...

— Tudo vazio no número três.

Cathy sacudiu a cabeça.

— Ele vai passar a perna em todo mundo dessa vez também. Eles não sabem o que procurar. Não conseguem ver o que está bem diante dos olhos.

— Nenhuma arma. Tudo em ordem...

Cathy contemplava as figuras distantes, que pareciam agora nada além de formas fantasmagóricas. Sem dizer palavra, ela também passou pelo portão aberto.

Jane a seguiu.

Elas percorreram fileiras de construções silenciosas e escuras, seguindo as marcas de botas da equipe policial. À frente, Jane via as chamas de velas, ardendo convidativas, pelas janelas do salão de culto, e ouvia música, o som de muitas vozes unidas numa canção. Era um hino suave e etéreo, que subia em direção ao céu, em notas cantadas por crianças. O cheiro de fumaça da lenha e a promessa de calor e companheirismo atraíram-nas para o prédio.

Elas cruzaram a porta e entraram no salão.

No interior, uma multidão de velas iluminava o espaço ascendente. Uma congregação de centenas de pessoas enchia bancos lustrosos, de madeira. De um lado do corredor central, sentavam-se mulheres e meninas, formando um mar de trajes em tom pastel. Do outro, estavam homens e meninos, vestidos com camisas brancas e calças escuras. Uma dezena de agentes se postara na parte de trás do salão, de onde contemplavam tudo, inquietos, sem saber como agir no que era obviamente um local de culto.

O hino chegou ao fim, e as últimas e emocionantes notas se esvaíram. No silêncio que se fez, um homem de cabelos negros subiu no estrado e examinou calmamente a congregação. Não usava roupas de sacerdote, nenhum xale bordado ou qualquer outro ornamento que indicasse ser ele diferente ou especial. Pelo contrário, estava diante deles vestindo as mesmas roupas que os outros seguidores, à exceção de que as mangas da camisa branca estavam dobradas até os cotovelos, como se preparado para um dia de trabalho. Não precisava de traje, de nenhum brilho que atraísse o olhar, a fim de obter a atenção de todos. Seu olhar por si só — intenso a ponto de parecer radioativo — atraía os dos demais, no salão.

Então esse é Jeremiah Goode, pensou Jane. Embora a cabeleira fosse entremeada de fios brancos, ainda parecia a de um homem jovem, abundante e leonina, chegando quase até os ombros. Naquele dia sombrio de inverno, sua presença parecia emitir uma chama tão ardente quanto as labaredas que se erguiam na enorme lareira de pedra do salão. Em silêncio, examinava o auditório, e seu olhar pousou nos agentes policiais, de pé ao fundo.

— Caros amigos, levantemos todos para saudar nossos visitantes — convidou.

Como se fosse um organismo único, a congregação ficou de pé ao mesmo tempo e se virou para olhar os forasteiros.

— Bem-vindos — disse o coro de saudação.

Cada rosto parecia escovado e ter bochechas cor-de-rosa; cada olhar, arregalado de inocência. Benéfica e saudável era a imagem que transmitiam, retrato de uma comunidade feliz, unida num único propósito.

Mais uma vez, ao tempo, todos se sentaram. Foi um movimento estranhamente coreografado, que provocou um ranger simultâneo de bancos.

O tenente MacAfee chamou:

— Jeremiah Goode?

O homem no estrado balançou solenemente a cabeça.

— Eu sou Jeremiah.

— Eu sou o tenente David MacAfee, da polícia estadual de Idaho. O senhor pode vir conosco?

— Posso perguntar por que essa demonstração de força é necessária? Em especial agora, num momento de dor?

— De dor, Sr. Goode?

— É por isso que vocês estão aqui, não? Por causa das atrocidades cometidas contra os nossos pobres irmãos de Kingdom Come? — perguntou Jeremiah, olhando sombriamente em torno de sua congregação. — Sim, amigos, nós sabemos, não? Soubemos ontem da terrível notícia do que aconteceu aos nossos seguidores. Tudo por causa do que eram e acreditavam.

Na plateia, houve murmúrios e gestos de concordância tristes.

— Sr. Goode — insistiu MacAfee. — Peço novamente ao senhor que venha conosco.

— Por quê?

— Para responder algumas perguntas.

— Faça-as então aqui e agora, para que todos possam ouvir — falou Jeremiah, abrindo os braços, num gesto extravagante em direção aos seguidores.

Aquilo era um grande teatro, e Jeremiah ocupava sozinho o centro do palco, com os arcos do salão se erguendo sobre ele e a luz das janelas caindo em seu rosto.

— Não tenho segredos para esta congregação.

— Não é uma questão de foro público — retorquiu MacAfee. — É uma investigação criminal.

— Você acha que não sei disso? — disse Jeremiah, lançando-lhe um olhar que pareceu chamuscar o ar. — Nossos seguidores foram *assassinados* naquele vale. *Executados* como ovelhas, e seus corpos deixados para serem destroçados e devorados por animais selvagens!

— Foi isso o que lhe contaram?

— Não foi o que aconteceu? Aquelas 41 boas pessoas, incluindo mulheres e crianças, foram martirizadas por aquilo que acreditavam? E agora vocês vêm aqui, convidados a passar por nossos portões. Vocês, homens, com as suas armas e o seu desprezo pelos que não acreditam no mesmo que vocês.

MacAfee se mexeu inquieto. No calor do salão, gotas de suor brilhavam em sua testa.

— Vou pedir mais uma vez, Sr. Goode. Ou o senhor vem conosco de boa vontade, ou seremos obrigados a prendê-lo.

— Eu *tenho* boa vontade! Não acabei de dizer que vou responder suas perguntas? Mas as faça agora, onde essas boas pessoas podem ouvi-lo. Ou tem medo de que o mundo todo saiba a verdade? — perguntou ele, olhando em torno, para os seguidores. — Meus amigos, *vocês* são a minha segurança. Peço-lhes que sejam testemunhas.

Um homem da congregação ficou de pé e disse:

— Do que a polícia tem medo? Façam as suas perguntas para que a gente possa ouvir também!

A multidão se uniu a ele.

— Sim, perguntem agora!

— Aqui!

Bancos rangiam à medida que a congregação se agitava mais, e outro homem se levantou. Os policiais olhavam nervosamente em torno do salão.

— Então você se recusa a cooperar? — falou MacAfee.

— Eu *estou* cooperando. Mas, se vocês estão aqui para fazer perguntas sobre Kingdom Come, não vou poder ajudá-los.

— E você chama isso de cooperação?

— Não tenho respostas para vocês. Porque não fui testemunha do que aconteceu.

— Quando foi a última vez que esteve em Kingdom Come?

— Em outubro. Quando os deixei, prosperavam. Estavam bem-abastecidos para o inverno. Já erguendo os alicerces para mais seis casas. Foi a última vez que vi o vale — declarou ele, olhando para a congregação, em busca de apoio. — Não estou dizendo a verdade? Há alguém aqui para me contradizer?

Dezenas de vozes saíram em sua defesa.

— O Profeta não mente!

Jeremiah olhou para MacAfee.

— Acho que teve a sua resposta, tenente.

— Nem de longe — retrucou MacAfee.

— Vocês estão vendo, meus amigos? — instigou Jeremiah, olhando em torno, para os seguidores. — Como eles profanam a casa de Deus com seus exércitos e suas armas?

Ele sacudiu a cabeça, lastimando.

— Essa demonstração de força é a tática dos homens *pequenos* — disse Jeremiah, sorrindo para MacAfee. — Ela funcionou para você, tenente? Se sente *maior* agora?

Aquela provocação era mais do que MacAfee podia aguentar, e suas costas se retesaram diante do desafio.

— Jeremiah Goode, você está preso. E todas essas crianças se encontram agora sob custódia. Vão ser escoltadas para fora desta propriedade, onde há ônibus aguardando por elas.

As mulheres deram um grito de surpresa, seguido por um coro de lamentações e soluços. A congregação inteira ficou de pé, em protesto. Em uma questão de segundos, MacAfee perdeu o controle do salão, e Jane viu as mãos dos policiais procurarem as armas. Instintivamente, ela buscou a sua, quando a fúria aumentou e a violência parecia iminente.

— Meus amigos! Meus amigos! — gritou Jeremiah. — Vamos ficar em paz.

Ele levantou os braços e o salão inteiro se acalmou.

— O mundo todo vai saber a verdade muito em breve — proclamou ele. — Vai ver que nos conduzimos com dignidade e compaixão. Que, quando confrontados pela face brutal da autoridade, respondemos com graça e humildade. — Jeremiah soltou um suspiro profundo e pesaroso. — Meus amigos, não temos outra escolha a não ser obedecer. E não posso fazer nada senão me submeter à vontade deles. Só peço que se lembrem do que testemunharam hoje aqui. A injustiça, a crueldade de famílias sendo separadas.

Ele olhou para cima, como se falasse diretamente com os céus. Só então Jane observou um membro da congregação numa sacada ao alto, filmando todo o discurso. *Está tudo filmado. O martírio de Jeremiah Goode em vídeo.* Quando o conteúdo fosse entregue à mídia, o mundo inteiro saberia daquele ultraje, praticado contra uma comunidade pacífica.

— Lembrem-se, amigos! — ordenou Jeremiah.

— Lembraremos! — respondeu a congregação em uníssono.

Ele desceu os degraus do estrado e caminhou calmamente até os policiais que o aguardavam. À medida que transpunha o corredor central, passando por seus seguidores, pasmos, o som de lamentações tomou conta do salão. Porém a expressão de Jeremiah não era de pesar; o que Jane viu em seu rosto foi um ar de triunfo. Ele havia planejado e orquestrado aquele confronto, uma cena que seria exibida e reexibida nas TVs de todo o país. O profeta humilde, caminhando com dignidade serena em direção a seus torturadores. *Ele ganhou essa rodada*, pensou ela. *Talvez tenha até ganhado a própria guerra. Que tribunal o condenaria quando era ele quem parecia ser a vítima?*

Jeremiah se deteve diante de MacAfee e levantou as mãos, oferecendo docilmente os pulsos para serem algemados. O simbolismo não poderia ser mais desavergonhado. MacAfee cedeu, e o clique do metal soou escandalosamente alto.

— Vocês vão exterminar nós todos? — perguntou Jeremiah.

— Dá um tempo — reclamou MacAfee.

— Você sabe muito bem que não tive nada a ver com o que aconteceu em Kingdom Come.

— É o que vamos descobrir.

— Vão? Não acho que vocês queiram a verdade. Porque já escolheram o vilão.

De cabeça erguida, Jeremiah atravessou o corredor formado pelos policiais. Contudo, quando se aproximava da saída, parou de repente, o olhar fixo em Cathy Weiss. Aos poucos, seus lábios se curvaram num sorriso de reconhecimento.

— Katie Sheldon — disse ele, com suavidade. — Você voltou para nós.

Jane franziu o cenho para Cathy, cujo rosto havia se tornado assustadoramente pálido.

— Mas você disse que Katie Sheldon era sua amiga — disse Jane.

Cathy parecia não ouvir Jane, mas mantinha o olhar fixo em Jeremiah.

— Dessa vez, isso acaba — afirmou ela, em voz baixa.

— Acaba? — questionou ele, sacudindo a cabeça. — Não, Katie, isso só nos deixa mais fortes. Para o público, eu sou um mártir. — Ele contemplou seu cabelo despenteado pelo vento, o rosto emaciado, e o olhar que lhe lançou foi quase de piedade: — Vejo que o mundo não a tem tratado bem. Que pena você ter nos deixado! — disse, sorrindo enquanto se virava para ir embora. — Mas temos todos que seguir em frente.

— Jeremiah! — chamou Cathy, correndo de súbito atrás dele, com os braços para a frente. Só então Jane viu o que ela estava segurando com as mãos.

— Cathy, não! — gritou Jane.

Num instante, ela sacou a própria arma.

— Larga isso. Larga essa arma, Cathy!

Jeremiah se virou e contemplou calmamente a arma apontada para seu peito. Se sentiu algum medo, não demonstrou. Em meio às marteladas do próprio coração, Jane ouviu pessoas arfando nos bancos e passadas frenéticas, quando a congregação correu para lhe dar cobertura. Ela não tinha dúvidas de que, àquela altura, uma dezena de policiais já havia sacado suas armas e apontado. No entanto, o olhar de Jane se mantinha fixo em Cathy. As mãos esfoladas, castigadas pelo vento, seguravam a arma. Embora qualquer policial no recinto pudesse ter atirado nela, nenhum o fez. Estavam todos paralisados pela perspectiva de ter que abater aquela jovem. *Nunca imaginaríamos que ela estivesse armada. Por que deveríamos?*

— Cathy, por favor — suplicou Jane, calmamente.

Ela era quem estava mais perto, quase o suficiente para esticar o braço e pegar a arma, se Cathy a entregasse.

— Isso não vai resolver nada.

— Vai, sim. Vai acabar com essa história.

— É para isso que existem os tribunais.

— *Tribunais?* — A risada de Cathy foi amarga. — Eles não vão tocar nele. Nunca tocaram.

Ela segurou a arma com mais força, e o cano se inclinou mais para o alto. Nem assim, Jeremiah se esquivou. Seu olhar permanecia sereno, quase divertido.

— Vocês estão vendo, meus amigos? — falou.— É isso o que temos de encarar. Raiva e ódio irracional.

Ele sacudiu a cabeça com tristeza e olhou para Cathy.

— Acho que está claro para todos aqui que você precisa de ajuda, Katie. Eu só sinto amor por você. Foi o que sempre senti — disse Jeremiah, virando-se mais uma vez para partir.

— Amor? — sussurrou Cathy. — *"Amor?"*

Jane viu os tendões de seu pulso se retesarem. Viu os dedos da mulher se contraírem, e, mesmo assim, seus próprios reflexos se recusavam a entrar em ação. A mão congelou em volta da arma.

O disparo do revólver de Cathy cravou uma bala nas costas de Jeremiah. Ele se inclinou para a frente e caiu de joelhos.

O salão se transformou num espetáculo de tiros. O corpo de Cathy se sacudia e se retorcia enquanto uma avalanche de balas da polícia penetrava-lhe a carne. A arma caiu, e ela desabou de cara no chão, ao lado do corpo de Jeremiah Goode.

— Cessar fogo! — gritou MacAfee.

Ouviram-se mais dois tiros hesitantes, e depois se fez silêncio.

Jane se ajoelhou ao lado de Cathy. Da congregação, veio um choro de mulher, um lamento tão alto e sinistro que sequer parecia humano. Depois, ouviram-se outros, um coro de gritos, que logo se tornou ensurdecedor, à medida que centenas de vozes lamentavam o profeta caído. Ninguém chorou por Cathy Weiss. Ninguém chamou seu nome. Apenas Jane, ajoelhada no chão sujo de sangue, encontrava-se perto o bastante para ver os olhos da mulher. Só ela viu sua luz se apagar, quando a alma partiu.

— Assassina! — gritou alguém. — Judas!

Jane olhou para o corpo de Jeremiah Goode. Até na morte, ele sorria.

36

— O nome de nascimento dela era Katie Sheldon — dizia Jane enquanto ela e Maura iam de carro para Jackson. — Aos 13 anos, se tornou uma das tais esposas espirituais de Jeremiah, das quais se esperava que se submetessem completamente aos seus desejos. Durante seis anos, pertenceu a ele. Mas, não sei como, conseguiu tomar coragem para fugir. E escapou da Assembleia.

— Foi quando mudou de nome? — perguntou Maura.

Jane assentiu, sem tirar os olhos da estrada.

— Virou Catherine Sheldon Weiss. E dedicou o resto da vida a derrubar Jeremiah. O problema é que ninguém a escutava. Era uma voz no deserto.

Maura olhou adiante para o que já se tornara uma estrada familiar, pela qual passava todos os dias para visitar Rato no hospital. Aquela seria a última visita. No dia seguinte, estaria voando para Boston, e temia aquele adeus. Receava-o porque ainda não sabia que tipo de futuro lhe poderia oferecer, que promessas poderia manter de maneira realista. A pequena Katie Sheldon fora profundamente envenenada pela Assembleia; teria Rato sido prejudicado de modo semelhante? Maura gostaria, de fato, de levar uma criatura tão marcada para sua casa?

— Pelo menos, isso responde algumas perguntas — observou Jane.

Maura olhou para ela.

— Que perguntas?

— Sobre o homicídio duplo no Hotel Rancho Circle B. O casal que foi morto na cabana. A porta não tinha sido forçada. O assassino apenas entrou e começou a esmagar a cabeça do marido, destruindo completamente o seu rosto.

— Um crime de ódio.

Jane balançou a cabeça.

— Eles encontraram a arma do crime na garagem de Cathy. Um martelo.

— Então não há dúvida de que foi ela.

— Isso explica também outra coisa que me intrigava em relação à cena desse crime — prosseguiu Jane. — Uma criança havia ficado viva num berço. Não só não fizeram nada com ela como também tinha quatro mamadeiras vazias ao lado. O assassino queria que ela sobrevivesse. Até tirou a placa de NÃO PERTURBE para que a arrumadeira entrasse e encontrasse os corpos. Parece coisa de quem gosta de criança, não? — completou Jane, olhando para Maura.

— Uma assistente social.

— Cathy vigiava constantemente a Assembleia. Sabia quando algum membro ia à cidade. Talvez tenha matado aquele casal num acesso de fúria. Ou talvez só estivesse tentando salvar a bebê. — Jane fez um sinal severo de aprovação. — No final, ela acabou salvando muitas garotas. As crianças estão todas sob custódia, como medida de proteção. E as mulheres estão começando a sair de Plain of Angels. Como Cathy previu, a seita está desmoronando sem Jeremiah.

— Mas ela teve de matá-lo para que isso acontecesse.

— Não vou julgá-la. Pense em quantas vidas ele destruiu. Inclusive a do garoto.

— Rato não tem mais ninguém agora — falou Maura, em voz baixa.

Jane olhou para ela.

— Você sabe que ele vem com uma série de problemas graves.

— Eu sei.

— Uma ficha policial juvenil. Passou de um lar adotivo para outro. E agora a mãe e a irmã morreram.

— Por que você está falando nisso, Jane?

— Porque sei que você está pensando em adotá-lo.

— Quero fazer a coisa certa.

— Você mora sozinha. Tem um trabalho que exige muito.

— Ele salvou a minha vida. Ele merece mais do que tem.

— E você está pronta para ser mãe dele? Para assumir todos os seus problemas?

— Não sei! — Maura suspirou, olhando para os telhados cobertos de neve. — Eu só quero fazer algo de bom na vida dele.

— E Daniel? Como o garoto vai se encaixar nesse relacionamento?

Maura não respondeu, porque ela mesma não sabia a resposta. *E Daniel? Para onde vamos daqui em diante?*

Quando entraram no estacionamento do hospital, o celular de Jane tocou. Ela verificou o número e atendeu.

— Olá, amor! Tudo bem?

Amor. O termo carinhoso escapou dos lábios de Jane com tanta naturalidade, de forma tão fácil. Era assim que duas pessoas que dividiam a cama e a vida falavam uma com a outra, sem se importar com quem estivesse ouvindo. Não precisavam se comunicar aos sussurros, esgueirar-se para as sombras. Era assim que o amor soava quando saía da escuridão e se mostrava ao mundo.

— O laboratório tem certeza absoluta desse resultado? — perguntou Jane. — Maura acha que é outra coisa.

Maura olhou para ela.

— Que resultado?

— Ok, vou dizer para ela. Talvez possa explicar. Vemos vocês no jantar.

Jane desligou e olhou para Maura.

— Gabriel acabou de falar com o laboratório de toxicologia em Denver. Eles fizeram uma análise de urgência do conteúdo do estômago da garota.

— Encontraram organofosforados?

— Não.

Maura sacudiu a cabeça, espantada.

— Mas era um caso clássico de envenenamento por organofosforado! Todos os sinais clínicos estavam lá.

— Ela não tinha nenhum produto de degradação no estômago. Se engoliu esse pesticida, teria que haver algum vestígio dele, certo?

— É, teria.

— Só que não havia nada — disse Jane. — Não foi isso que a matou.

Maura ficou em silêncio, incapaz de explicar aquele resultado.

— É possível também absorver uma dose letal através da pele.

— Então o produto *espirrou* em 41 pessoas? Isso parece possível?

— A análise gástrica pode não estar correta — insistiu Maura.

— Ela está indo para o laboratório do FBI, para que eles façam novas análises. Mas, no momento, parece que o seu diagnóstico está errado.

Um caminhão de artigos hospitalares entrou no estacionamento e parou ao lado do carro delas. Maura se esforçava para se concentrar, enquanto a porta de trás do veículo se abria e dois homens começavam a descarregar tanques de oxigênio.

— Gruber estava com a pupila contraída — relembrou Maura. — E reagiu claramente à dose de atropina. — Ela se sentou ereta, mais convencida que nunca. — Meu diagnóstico *tem* de estar correto.

— O que mais poderia causar aqueles sintomas? Existe algum outro veneno, alguma coisa que o laboratório possa não ter pegado?

O ruído de metal contra metal fez com que Maura olhasse para fora, incomodada, em direção aos dois entregadores. Ela se fixou nos tanques de oxigênio, enfileirados no carrinho como mísseis verdes, e uma lembrança surgiu de repente. Algo que tinha visto no vale de Kingdom Come e não registrara na época. Como aqueles tanques de oxigênio, era um cilindro, mas cinza e incrustado na neve. Ela pensou na equipe de emergência no laboratório de necropsias, recordando-se das pupilas contraídas de Fred Gruber e de sua resposta à atropina.

Meu diagnóstico estava quase certo.
Quase.

Jane abriu a porta do carro e saltou, mas Maura não se mexeu no assento.

— Ei — chamou Jane, olhando para ela. — Não vamos entrar para visitar o garoto?

Maura respondeu:

— Precisamos ir a Kingdom Come.

— O quê?

— O dia só tem mais algumas horas de claridade. Se sairmos agora, podemos chegar lá ainda com luz. Mas temos que parar numa loja de ferramentas primeiro.

— Loja de ferramentas? Para quê?

— Quero comprar uma pá.

— Eles já recuperaram todos os corpos. Não tem mais nada para se descobrir lá.

— Talvez haja — falou Maura, fazendo sinal para Jane entrar no carro. — Vamos! Temos que ir *agora*.

Com um suspiro, Jane se sentou de novo atrás do volante:

— Isso vai fazer com que a gente chegue atrasada no jantar. E eu nem sequer comecei a fazer as malas.

— É a nossa última chance de ver o vale. De entender o que matou aquelas pessoas.

— Pensei que você já sabia.
Maura sacudiu a cabeça.
— Eu estava errada.

Lá foram elas, montanha acima. A mesma estrada que Maura havia percorrido naquele dia fatídico, com Doug, Grace, Elaine e Arlo. Ainda podia ouvir suas vozes discutindo no Suburban, ver os lábios de Grace fazendo bico de mau humor e a animação imbatível de Doug quando insistia que tudo iria dar certo, bastava confiar no universo. Fantasmas, pensou ela, que ainda assombram essa estrada. Ainda me assombram.

Hoje não havia neve caindo, e a estrada estava desimpedida, mas Maura podia vê-la como estava naquele dia, obscurecida por uma cortina branca ofuscante. Ali, naquela curva, fora o lugar onde eles falaram pela primeira vez em voltar. Se ao menos tivessem feito isso. Como as coisas teriam sido diferentes se tivessem retornado e descido a montanha, em direção a Jackson. Poderiam ter almoçado num bom restaurante, se despedido e voltado a suas vidas. Talvez, em algum universo paralelo, essa tivesse sido a escolha que fizeram e, nesse universo, Doug, Grace, Arlo e Elaine ainda estivessem vivos.

A placa de ESTRADA PARTICULAR surgiu à frente. Nenhuma nevasca, corrente ou portão barrava seu caminho dessa vez. Jane adentrou a estrada, e Maura se lembrou de passar andando com dificuldade pelos mesmos pinheiros. Doug na frente e Arlo arrastando a mala com rodinhas de Elaine. Recordou-se das agulhadas da neve, varrida pelo vento, e da escuridão que caía ao redor deles.

Os fantasmas estavam ali também.

Elas passaram pela placa para Kingdom Come, e, quando começaram a descida em direção ao vale, Maura viu os alicerces queimados e a cova comum escavada. Pedaços de fita do isolamento policial se espalhavam pelo campo, como retalhos coloridos, flutuando sobre a neve.

Os pneus do carro de Jane esmagavam o gelo, à medida que se aproximavam da primeira ruína carbonizada.

— Eles encontraram todos os corpos enterrados juntos, ali — observou Jane, apontando para o buraco, ainda aberto na neve. — Se ainda existe alguma coisa a ser descoberta aqui, só vai ficar evidente na primavera.

Maura abriu a porta e saltou.

— Aonde você vai? — perguntou Jane.

— Dar uma volta — respondeu Maura, tirando do banco de trás a pá, que havia acabado de comprar numa loja de ferramentas.

— Já disse a você que eles vasculharam esse campo todo.

— Mas procuraram na floresta?

Carregando a pá, Maura partiu em meio à fileira de casas arruinadas, o gelo estalando sob as botas. Em todo lugar, via evidências de que os técnicos da polícia tinham esquadrinhado o local, desde a neve pisada, as várias marcas de pneus, as pontas de cigarro, até pedaços de papel que flutuavam sobre a neve. O sol se punha, levando consigo a última luz do dia. Ela começou a caminhar mais rápido, deixando o vilarejo queimado para trás, e entrou na floresta.

— Espera! — gritou Jane.

Maura não conseguia se lembrar exatamente do ponto onde ela e Rato tinham entrado. As marcas dos sapatos para neve haviam se desvanecido desde então, sob posteriores quedas de neve. Manteve-se percorrendo a direção geral em que tinham fugido dos homens e do sabujo. Ela não trouxera sapatos para neve, e cada passo era dado com dificuldade, em meio a uma camada à altura do joelho. Escutou Jane se queixando alto atrás dela, mas continuou seguindo em frente, arrastando a pá, com o coração martelando devido ao esforço. Teria ido longe demais na floresta? Havia passado do lugar?

Então, as árvores se espaçaram e a clareira se estendeu a sua frente, com a neve cobrindo os montes de entulho de construção. A escavadeira ainda se encontrava estacionada do outro lado, e ela viu o esqueleto das estruturas das novas edificações, aguardando finalização. Ali estava o lugar onde havia caído, atolada na neve. Onde ficara inerte, enquanto o cão se aproximava. Viu tudo aquilo de novo, o pulso mais rápido diante das recordações. O cachorro pulando em sua direção. O grito de surpresa que soltara quando Urso o interceptou no ar.

Todos os vestígios da luta entre os cães haviam desaparecido sob a neve fresca, mas ela ainda conseguia identificar a depressão no solo onde havia caído, podia ver os contornos irregulares de restos de construção, cobertos de branco.

Maura enterrou a pá em um dos montes e retirou um pouco de neve.

Jane finalmente a alcançou e chegou ofegante à clareira.

— Por que você está cavando nesse local?

— Vi uma coisa aqui antes. Pode não ser nada, pode ser tudo.

— Ok, isso responde minha pergunta.

Maura jogou para o lado mais um pouco de neve.

— Só vi de relance. Mas, se for o que estou achando que é...

De repente, a pá bateu em algo sólido, fazendo um ruído metálico.

— Pode ser isso — disse ela, caindo de joelhos e começando a cavar com as próprias mãos enluvadas.

Aos poucos, o objeto se tornou visível, liso e curvo. Maura não conseguia soltá-lo da neve, porque estava solidamente congelado, preso ao monte de entulho abaixo. Continuou a cavar, mas metade do objeto permanecia enterrada, sem poder ser vista, e encerrada no gelo. O que ela conseguira revelar era uma extremidade de um cilindro de metal cinza. Encontrava-se circundado por duas faixas pintadas, uma verde e outra amarela. Estampado nele estava o código **D568**.

— O que é essa coisa? — perguntou Jane.

Maura não respondeu. Continuava a retirar neve e gelo, expondo cada vez mais o cilindro. Jane se ajoelhou para ajudá-la. Números novos apareceram, impressos em verde.

2011-42-114
155H
M12TAT

— Você faz alguma ideia do que esses números significam? — perguntou Jane.

— Imagino que sejam números de série de algum tipo.

— Para quê?

Uma lasca de gelo se soltou de repente, e Maura olhou fixamente as letras gravadas que acabavam de ser reveladas.

GÁS VX

Jane franziu o cenho.

— VX. Isso não é um tipo de gás tóxico?

— É exatamente isso — confirmou Maura em voz baixa, virando-se sobre os joelhos, estupefata. Ela passou os olhos pela clareira, até a escavadeira. Os colonos estavam erguendo novas construções naquele local, pensou. Haviam derrubado árvores e estavam levantando os alicerces para casas novas. Preparando o vale para outras famílias, que se mudariam para Kingdom Come.

Saberiam eles que uma bomba-relógio estava enterrada naquele solo em que estavam cavando e remexendo?

— Não foi um pesticida que matou aquelas pessoas — declarou Maura.

— Mas você disse que era compatível com o quadro clínico.

— Da mesma forma que o gás tóxico VX. Ele mata *exatamente* do mesmo modo que os organofosforados. O VX causa perturbações nas mesmas enzimas, provoca os mesmos sintomas, mas é muito mais potente. É uma arma química, criada para ser dispersa no ar. Se você o usasse numa área baixa... Ele transformaria este vale numa zona mortal — disse ela, olhando para Jane.

O ronco de um motor de caminhonete fez as duas ficarem imediatamente de pé. Nosso carro está estacionado sem nenhuma cobertura, pensou Maura. Quem quer que tenha acabado de chegar já sabe que estamos aqui.

— Você está armada? — perguntou Maura. — Por favor, me diga que sim.

— Deixei no porta-malas do carro.

— Você tem que ir pegar.

— O que diabos está acontecendo?

— Foi *isso* que aconteceu! — exclamou Maura, apontando para a cápsula semienterrada de gás VX. — Não tem nada a ver com pesticidas, nem com suicídio em massa. Foi um *acidente*. Jane, estas são armas químicas. Deviam ter sido destruídas décadas atrás. Devem estar enterradas aqui há anos.

— Então a Assembleia, Jeremiah...

— Ele não tinha nada a ver com a morte daquelas pessoas.

Jane olhou em torno da clareira, a compreensão surgindo em seu rosto.

— O Dahlia Group, a companhia de fachada que pagava Martineau, está metida nisso, não?

Elas escutaram o estalo de um galho quebrando.

— *Se esconde*! — sussurrou Maura.

As duas se meteram na floresta no momento em que Montgomery Loftus entrou na clareira. Ele carregava um rifle, mas estava apontado para o chão, e se movia com o passo casual de um caçador que ainda não tinha visto a presa. As pegadas de Maura e Jane estavam por toda parte, e a Loftus não escapariam as evidências de sua presença. Tudo que tinha a fazer era seguir as marcas até onde as duas estavam agachadas, entre os pinheiros. No entanto, ignorou o óbvio e se aproximou calmamente do buraco que Maura tinha acabado de cavar. Olhou para o cilindro exposto e a pá que ela deixara ali.

— Se você deixa uma coisa enterrada durante trinta anos, ela acaba se corroendo — disse ele. — O metal fica quebradiço. Se bater nele com uma escavadeira ou jogá-lo contra uma pedra, quebra — continuou, levantando a voz como se as árvores fossem sua plateia. — O que você acha que aconteceria se eu disparasse um tiro nisso agora?

Só então Maura percebeu que o rifle estava apontado para a cápsula. Ela permaneceu imóvel, temerosa de fazer qualquer barulho. Com o canto do olho, notou que Jane se arrastava vagarosamente mais para dentro da floresta, mas Maura não conseguia se mover.

— O gás VX não demora muito para matar — prosseguiu Loftus. — Foi o que o fornecedor me disse há trinta anos, quando me pagou para jogá-lo fora. Pode ser que demore um pouco mais a se dispersar num dia frio como hoje. Mas num dia quente se espalha rápido. É levado pelo vento, entra pelas janelas abertas nas casas.

Ele levantou o rifle e mirou na cápsula.

Maura sentiu o coração pequeno. Um disparo daquela arma formaria uma nuvem de gás tóxico, da qual elas jamais conseguiriam escapar. Da mesma forma que os moradores de Kingdom Come não puderam, naquele dia quente atípico, em novembro, quando abriram as janelas e os pulmões. A morte penetrara e fizera rapidamente suas vítimas: crianças que brincavam, famílias reunidas para as refeições. Uma mulher nos degraus, cujo tombo mortal a deixara sangrando ao pé da escada.

— Não! — implorou Maura. — Por favor.

Ela saiu de trás da árvore. Não conseguia ver onde estava Jane; sabia apenas que Loftus já sabia de sua presença, e não havia a menor esperança de ser mais rápida que o tiro dele. Todavia, o rifle não estava apontado para ela; continuava mirando na cápsula.

— É suicídio — falou ela.

Ele lhe lançou um sorriso irônico.

— Essa é a ideia no geral, minha senhora. Como não estou vendo nenhum jeito de isso vir a acabar bem para mim. Não agora. Melhor isso que a prisão — decidiu Loftus, olhando para o destruído vilarejo de Kingdom Come. — Quando eles terminarem as últimas análises naqueles corpos, vão saber o que os matou. Vão vasculhar este vale todo, procurando pelo que possa estar enterrado. Não vai demorar muito para que batam na minha porta.

Ele soltou um suspiro profundo.

— Há trinta anos, eu nunca imaginei...

O rifle chegou mais perto da cápsula.

— O senhor pode consertar as coisas, Sr. Loftus — argumentou Maura, esforçando-se para manter a voz calma, sensata. — O senhor pode contar a verdade para as autoridades.

— A verdade? — devolveu ele, soltando um grunhido de aversão a si mesmo. — A verdade é que eu precisava do maldito dinheiro. O rancho precisava. E o fornecedor queria uma forma barata de se livrar disso.

— Transformando o vale num depósito tóxico?

— Somos nós que pagamos para que se façam essas armas. A senhora, eu e qualquer outra pessoa que pague impostos neste país. Mas o que fazer com as armas químicas quando não se pode mais usá-las?

— Deviam ter sido incineradas.

— A senhora acha que os fornecedores do governo construíram realmente os incineradores caros que prometeram? Era mais barato mandar isso para longe e enterrar — declarou Loftus, passando os olhos pela clareira. — Não existia nada aqui então, só um vale vazio e uma estrada lamacenta. Nunca achei que haveria famílias morando aqui um dia. Eles não faziam ideia do que estava em suas terras. Só uma cápsula seria o suficiente para matar todos eles.

Ele olhou novamente para o cilindro.

— Quando os encontrei, tudo que consegui pensar foi como fazer aqueles corpos desaparecerem.

— Então o senhor os enterrou.

— O fornecedor mandou o seu próprio pessoal fazer isso. Mas aí veio a nevasca.

Foi quando aparecemos. Os malfadados turistas que foram dar numa cidade fantasma. A mesma nevasca assombrosa que deixara Maura e seu grupo ilhados em Kingdom Come, onde viram demais, souberam demais. *Nós íamos revelar tudo.*

Mais uma vez, Loftus ergueu o rifle e mirou na cápsula.

Ela deu um passo, em pânico, na direção dele.

— O senhor pode pedir imunidade.

— Não existe imunidade para a morte de pessoas inocentes.

— Se o senhor aceitar depor contra o fornecedor...

— São eles que têm o dinheiro, os advogados.

— O senhor pode dar nomes.

— Já dei. Tem um envelope na minha caminhonete. Com números, datas, nomes. Todos os detalhes que posso lembrar. Espero que seja o suficiente para derrubá-los.

Sua mão apertou mais o cabo do rifle, e a respiração de Maura congelou na garganta. *Onde está você, Jane?*

Um farfalhar de galhos alertou Maura.

Loftus também ouviu. Nesse instante qualquer incerteza que o tivesse atormentado desapareceu de repente. Ele olhou para a cápsula.

— Isso não resolve nada, Loftus — insistiu Maura.

— Resolve tudo — rebateu ele.

Jane saiu da floresta, segurando a arma com as duas mãos, o cano apontado para Loftus.

— Solte o rifle — ordenou ela.

Ele a olhou com uma expressão estranhamente impassível. O rosto de um homem que não se importava mais com o que aconteceria depois.

— É com você, detetive — disse ele. — Seja uma heroína.

Jane deu um passo em sua direção, a arma firme como uma rocha.

— Não precisa acabar assim.

— É só uma bala — afirmou Loftus e, virando-se para a cápsula, ergueu o rifle para disparar.

A explosão borrifou de sangue o chão branco. Por um segundo, Loftus pareceu estar suspenso, como o mergulhador pronto para se jogar no oceano. O rifle caiu de sua mão. Vagarosamente, ele foi tombando para a frente, até desmoronar de cara na neve.

Jane baixou a arma.

— Jesus — murmurou ela. — Ele me forçou!

Maura se agachou ao lado de Loftus e o virou de frente. A consciência ainda não lhe tinha abandonado a visão, e ele olhou para ela, como se memorizando seu rosto. Foi a última imagem que viu, antes de a luz deixar-lhe os olhos.

— Não tive escolha — disse Jane.

— Não. Não teve. E ele sabia disso — falou Maura, levantando-se e virando-se na direção do assentamento desaparecido de Kingdom Come. E pensou: elas não tiveram escolha também, as 41 pessoas que morreram aqui. Nem Douglas, Grace, Elaine e Arlo. A maioria de nós passa pela vida sem saber como e quando vai morrer.

Entretanto, Montgomery Loftus fizera sua escolha. Escolhera aquele dia, por meio do tiro de uma policial, naquele lugar envenenado.

Lentamente, ela suspirou, e a nuvem branca de seu hálito ondulou, à luz do entardecer, como mais uma alma liberta, esgueirando-se para o vale dos fantasmas.

37

Daniel estava na pista de pouso, esperando para saudá-los, quando o jato particular de Sansone taxiou até o terminal aéreo executivo. O mesmo vento forte que havia atrasado o voo para Massachusetts fazia flutuar seu casaco preto e despenteava-lhe o cabelo; ainda assim, ele suportava estoicamente sua intensidade, enquanto o jato parava e a escada era baixada.

Maura foi a primeira a descer, indo direto para os braços dele, que a aguardavam. Algumas semanas antes, eles teriam se cumprimentado apenas com um beijo discreto no rosto e um abraço casto. Esperariam até estar entre quatro paredes, com as cortinas fechadas, para se abraçarem. Porém aquele era o dia de sua chegada, seu retorno do mundo dos mortos, e ele a puxou para si sem hesitação.

Contudo, mesmo enquanto a abraçava, murmurando euforicamente seu nome, ela estava ciente dos olhos dos amigos os observando. Consciente também do próprio desconforto, quando aquilo que tentara esconder por tanto tempo estava agora à vista de todos.

Não foi o vento cortante, mas saber que estava sendo observada o que a fez se soltar de Daniel rápido demais. Ela viu, de relance, o rosto ilegível e sombrio de Sansone e notou o modo desajeitado como Jane se virou, para não ter que encontrar seus olhos. Eu posso ter voltado dos mortos, pensou ela, mas alguma coisa realmente mudou? Ainda sou a mesma mulher, e Daniel, o mesmo homem.

Foi ele quem a levou em casa.

Na penumbra do quarto, um tirou a roupa do outro, como haviam feito tantas vezes antes. Ele beijou-lhe as marcas roxas e os arranhões que cicatrizavam. Acariciou todas as concavidades, os lugares onde agora os ossos tinham ficado proeminentes.

— Minha pobrezinha, você perdeu tanto peso — falou Daniel.

E disse-lhe como havia sentido sua falta e lamentado por ela.

Ainda não era de manhã quando ela despertou e se sentou na cama, observando-o dormir enquanto a noite se recolhia lá fora. Maura gravou na memória o rosto, o som da respiração, o toque e o perfume dele. Toda vez que Daniel passava a noite com ela, o amanhecer trazia sempre tristeza, porque significava a hora de sua partida. Naquela manhã, não foi diferente, e a associação foi tão flagrante que ela se perguntou se alguma vez conseguiria contemplar o nascer do sol sem uma ponta de desânimo. Você é meu amor e minha infelicidade, pensou. E eu sou sua.

Maura se levantou da cama, foi até a cozinha e fez café. Pôs-se diante da janela, sorvendo-o enquanto a luz do dia ia ficando mais forte, revelando um gramado coberto pela geada. Pensou naquelas manhãs frias e silenciosas em Kingdom Come, onde havia finalmente encarado a verdade sobre sua vida. *Estou ilhada no meu próprio vale nevado. E sou a única que pode me salvar.*

Ela terminou o café e voltou para o quarto. Aconchegando-se junto a Daniel, viu-o abrir os olhos e sorrir para ela.

— Eu te amo, Daniel — disse. — E sempre vou te amar. Mas é hora de dizer adeus.

38

QUATRO MESES DEPOIS

Julian Perkins saiu da fila do refeitório da escola, carregando sua bandeja, e procurou com o olhar uma mesa vazia, mas todas estavam ocupadas. Viu os outros estudantes reparando nele e notou como desviavam rápido os olhos, receosos de que pudesse interpretar aquilo como um convite. Compreendia o significado daqueles ombros obstinadamente curvados. Não era surdo às risadas, aos cochichos.

Meu Deus, como ele é estranho.
A seita deve ter feito uma lavagem cerebral nele.
Minha mãe diz que ele devia estar numa instituição para menores infratores.

Julian finalmente encontrou uma cadeira desocupada, e, ao se sentar, os outros garotos na mesa se levantaram rápido, como se ele fosse radioativo. Talvez fosse e emitisse raios mortais, que matavam todos aqueles que amava, qualquer um que *o* amasse. Comeu rápido, como sempre fazia, como um animal feroz, temeroso de que a comida lhe fosse arrancada, engolindo o peru com arroz em poucas garfadas vorazes.

— Julian Perkins? — chamou um professor. — Julian Perkins está aqui no refeitório?

O garoto se encolheu enquanto percebia que todos se viravam, a fim de olhar para ele. Quis se enfiar debaixo da mesa, onde não pudesse ser encontrado. Quando um professor chamava o nome de alguém no refeitório, não era um sinal de coisa boa. Os outros estudantes apontavam, animados, para ele, e o Sr. Hazeldean já estava indo em sua direção, usando sua costumeira gravata-borboleta e ostentando a carranca de sempre.

— Perkins.

Julian baixou a cabeça.

— Pois não, senhor — balbuciou.

— O diretor quer que você vá até a sala dele.

— O que eu fiz?

— Você provavelmente sabe a resposta.

— Não, senhor, não sei.

— Então por que não vai até lá saber?

Abandonando com pesar o pudim de chocolate intocado, Julian levou a bandeja até a janela de pratos sujos e seguiu pelo corredor, em direção à sala do diretor Gorchinski. Ele não tinha ideia do que havia feito de errado. Das outras vezes, sim. Não deveria ter levado a faca de caça para a escola, ter pegado emprestado o carro da Sra. Pribble sem sua permissão. No entanto, desta vez, não conseguia pensar numa infração que explicasse aquele chamado.

Quando chegou à sala de Gorchinski, já tinha pronta a desculpa de sempre. *Eu sabia que era errado, senhor. Nunca mais vou fazer isso, senhor. Por favor, não chame a polícia de novo, senhor.*

A secretária do diretor Gorchinski mal levantou a cabeça quando ele apareceu.

— Pode entrar direto, Julian — avisou ela. — Estão esperando por você.

Estão. Plural. Aquilo estava ficando cada vez pior. A secretária de rosto inescrutável, como sempre, não dava qualquer pista; continuava digitando no teclado. Parando do lado de fora da porta de Gorchinski, preparou-se para qualquer que fosse o castigo que o aguardava. Eu provavelmente mereço, pensou ele, e entrou na sala.

— Aí está Julian. Você tem visitas — disse-lhe Gorchinski, sorrindo.

Aquilo era novo e diferente.

O garoto olhou para as três pessoas que estavam sentadas do outro lado da mesa do diretor. Já conhecia Beverly Cupido, sua nova assistente social, e ela, também, estava sorrindo. O que significariam todos aqueles rostos amigáveis? Isso o deixava nervoso, porque sabia que o golpe mais cruel vinha muitas vezes acompanhado de sorrisos.

— Julian — começou Beverly —, sei que este ano foi muito difícil para você. A perda de sua mãe e sua irmã. Toda aquela questão do subxerife. E sei que você ficou desapontado porque a Dra. Isles não foi aprovada como mãe adotiva.

— Ela queria ficar comigo — falou ele. — Disse que eu poderia ir morar com ela em Boston.

— Não seria uma situação apropriada para você. Para nenhum dos dois. Temos que pesar as circunstâncias e pensar no seu bem-estar. A Dra. Isles mora sozinha e tem um trabalho que exige muito dela, às vezes até com chamados durante a noite. Você ficaria muito sozinho, sem qualquer supervisão. Não é o tipo de solução que um garoto como você precisa.

Um garoto que devia estar numa instituição para menores infratores era o que ela queria dizer.

— É por isso que essas pessoas vieram ver você — continuou Beverly, apontando para o homem e a mulher que haviam se levantado da cadeira para cumprimentá-lo. — Para lhe oferecer uma alternativa. Elas representam a escola Evensong, no Maine. Uma escola muito boa, devo dizer.

Julian reconheceu o homem como alguém que viera visitá-lo enquanto ainda estava no hospital. Aquele fora um tempo muito impreciso, quando estivera um pouco confuso por causa dos medicamentos, e fora um vaivém de detetives, enfermeiras e assistentes sociais em seu quarto de hospital. Não se lembrava do nome do homem, mas se recordava daquele olhar penetrante, que estava agora fixo nele, com tal intensidade que tinha a impressão de que todos os seus segredos estavam de repente expostos. Embaraçado, Julian resolveu olhar para a mulher.

Ela estava na casa dos 30 anos, era magra e tinha cabelos castanhos à altura dos ombros. Embora estivesse vestida de forma conservadora, com um tailleur cinza, não havia como ocultar o fato de que era muito atraente. Sua postura, com um quadril estreito audaciosamente protuberante, cabeça inclinada de forma travessa, dava-lhe um ar estranho, de punk urbana.

— Olá, Julian — cumprimentou a mulher.

Sorrindo, estendeu a mão para apertar a sua, como se estivesse conhecendo um igual. Adulto.

— Meu nome é Lily Saul. Eu ensino os clássicos.

Ela fez uma pausa, percebendo o olhar perdido do garoto.

— Entendeu o que quis dizer?

— Desculpe, senhora. Não.

— História. A história da Grécia e da Roma antigas. Um assunto muito fascinante.

Ela abaixou a cabeça.

— Tirei D em história.

— Talvez eu possa mudar isso. Você já dirigiu uma biga, Julian? Já manejou uma espada espanhola, ou uma do exército romano?

— Você faz isso na sua escola?

— Tudo isso e muito mais — respondeu ela, vendo seu queixo se erguer de repente, numa demonstração de interesse, e riu. — Está vendo? A história pode ser muito mais divertida do que você imagina. Basta lembrar que ela trata de pessoas, e não só de datas e tratados chatos. A nossa escola é muito especial e fica num cenário também muito especial. Cheio de campos e florestas, e você pode até levar o seu cachorro se quiser. Acho que o nome dele é Urso.

— Sim, senhora.

— Nós temos também uma biblioteca que qualquer outra escola invejaria. E os professores, do mundo todo, estão entre os melhores nas suas áreas. É uma escola para alunos com talentos especiais.

Ele não sabia o que dizer. Olhou para Gorchinski e Beverly. Ambos balançavam a cabeça com aprovação.

— A escola Evensong interessa a você? — perguntou Lily. — Seria um lugar que você gostaria de frequentar?

— Desculpa, senhora — disse Julian — Tem certeza de que está falando com o Perkins certo? Tem um Billy Perkins aqui na escola.

A mulher pareceu achar graça.

— Tenho certeza absoluta de que estou falando com o Perkins certo. Por que você acha que não é o Perkins que queremos?

Julian suspirou.

— A verdade é que as minhas notas não são muito boas.

— Eu sei. Nós vimos o seu histórico.

Mais uma vez, ele olhou para Beverly, perguntando-se qual seria o ardil. Por que um privilégio como aquele lhe estava sendo oferecido.

— É uma grande oportunidade — afirmou a assistente social. — Ser interno numa escola, o ano inteiro, com um padrão acadêmico de primeira linha. Com bolsa total. Eles só têm cinquenta alunos, de maneira que você vai receber toda atenção possível.

— Mas por que *me* escolheram?

Sua pergunta pungente pairou por um momento sem resposta. Foi o homem quem falou por fim.

— Você se lembra de mim, Julian? — perguntou ele. — Já nos conhecemos.

— Sim. — O garoto se viu encolhendo sob seu olhar penetrante. — O senhor veio me ver no hospital.

— Eu faço parte do conselho de administração de Evensong. É uma escola em que acredito muito. Uma escola para alunos especiais. Jovens que se mostraram extraordinários de alguma forma.

— Eu? — O garoto riu, descrente. — Sou um ladrão. Eles disseram isso a você, não?

— Sim, eu sei.

— Eu arrombo casas. Roubo coisas.

— Eu sei.

— Matei um policial. Atirei nele.

— Em defesa própria. Isso é um talento, sabia? Saber como sobreviver.

O olhar de Julian se desviou para a janela. Abaixo, estava o pátio da escola, onde grupos de estudantes estavam espalhados no frio, rindo e conversando. *Nunca vou fazer parte do mundo deles*, pensou. *Nunca serei um deles. Existe algum lugar neste mundo do qual eu faça parte?*

— Noventa e nove por cento dos garotos não teriam suportado tudo que você passou — continuou o homem. — Por sua causa, minha amiga Maura está viva.

Julian olhou para ele com uma compreensão súbita.

— Isso é por causa dela, não? Maura lhe pediu que me recebesse.

— Sim. Mas também estou fazendo isso por Evensong. Porque acho que você vai ser um acréscimo para nós. Um acréscimo para... — Ele se interrompeu. Era naquele silêncio que a verdadeira resposta estava. Resposta que o homem preferiu, naquele momento, não revelar. Em vez disso, sorriu. — Desculpe. Eu não me apresentei, não foi? Meu nome é Anthony Sansone — falou ele, estendendo a mão. — Podemos lhe dar as boas-vindas em Evensong, Julian?

O garoto contemplou Sansone, tentando ler seus olhos e entender o que não estava sendo dito. O diretor Gorchinski e Beverly

Cupido estavam ambos sorrindo ingenuamente, sem perceberem a estranha corrente de tensão que percorria a sala, um zumbido não audível que lhe sussurrava que a escola Evensong era mais ainda do que Lily Saul e Anthony Sansone estavam dizendo. E que sua vida estava para mudar.

— E então, Julian? — perguntou Sansone, com a mão ainda estendida.

— Meu nome é Rato — disse o garoto, apertando-lhe a mão.

Agradecimentos

Escrever é uma profissão solitária, mas estou longe de me sentir sozinha. Tenho a sorte de contar com a ajuda e o apoio de meu marido, Jacob; minha agente literária, Meg Ruley; e minha editora, Linda Marrow. Devo agradecimentos também a Selina Walker, da Transworld. A Brian McLendon, Libby McGuire e Kim Hovey, da Ballantine, e à equipe animada e maravilhosa da Jane Rotrosen Agency.

Este livro foi composto na tipografia Minion Pro,
em corpo 11/15,1, e impresso em papel
off-set 90g/m² no Sistema Digital Instant Duplex
da Divisão Gráfica da Distribuidora Record.